"华中科技大学学术著作青年系列丛书"资助项目（HF20231404）

湖北省社科基金一般项目（后期资助项目）"威廉·福克纳小说神话诗学研究"（2021263)成果

华中科技大学—中央高校基本科研业务专项资金资助项目"威廉·福克纳的神话学研究"（2021WKYXQN048）成果

武汉理工大学—企业单位委托项目"新质生产力引领下的文化产业动力机制及优化策略研究"(202401hx0831)成果

秦崇文 著

圣俗相偎

威廉·福克纳小说神话诗学研究

Interdependency of the Sacred and the Profane
A Study of Mythological Poetics in William Faulkner's Novels

中国社会科学出版社

图书在版编目（CIP）数据

圣俗相偎：威廉·福克纳小说神话诗学研究／秦崇文著. -- 北京：中国社会科学出版社，2025.7.
ISBN 978-7-5227-5206-8

Ⅰ.I712.074

中国国家版本馆 CIP 数据核字第 20258HX434 号

出 版 人	季为民
责任编辑	陈肖静
责任校对	李 锦
责任印制	戴 宽

出　　版	中国社会科学出版社
社　　址	北京鼓楼西大街甲 158 号
邮　　编	100720
网　　址	http://www.csspw.cn
发 行 部	010-84083685
门 市 部	010-84029450
经　　销	新华书店及其他书店
印　　刷	北京明恒达印务有限公司
装　　订	廊坊市广阳区广增装订厂
版　　次	2025 年 7 月第 1 版
印　　次	2025 年 7 月第 1 次印刷
开　　本	710×1000　1/16
印　　张	20
插　　页	2
字　　数	281 千字
定　　价	109.00 元

凡购买中国社会科学出版社图书，如有质量问题请与本社营销中心联系调换
电话：010-84083683
版权所有　侵权必究

内容提要

神话是文学艺术的土壤和原初质料，是人类历史上极其重要的文化现象。神话自诞生之日起，就左右着人类的精神生活，对人类自我意识及意识形态的形成起着关键性作用。神话之于文学，最大限度地构建了人类文化的诗性深度和诗性广度，展示了人类自由美好生活的意义和价值。对神话的认知，不仅促成了世界各国文学与不同民族文化之间的多元互动、交流互鉴，而且在一定意义上，重塑了人们对民族国家的历史精神价值信念。

威廉·福克纳作为20世纪最为重要的美国作家之一，其作品中蕴含着大量的神话元素，然而，在早已汗牛充栋的福克纳研究成果中，从神话诗学视角出发，对其作品进行整合性、跨学科层面的研究却较少。鉴于此，本书在"神话诗学"视野下，对福克纳小说作品中的背景环境、神话原型、文化身份、文化记忆、乡愁困境、人类命运共同体进行观照，剖析福克纳这位现代艺术大师是如何激发"人类学想象"，通过"约克纳帕塔法"世系建构起美国南方的"民族志"，重塑人们在现代性社会中的精神信仰，并试图建构起福克纳小说神话诗学理论结构体系，更深刻地阐明福克纳所关心的人类最根本问题，即人是什么？人将如何存在？以及人最终将走向何处？

在福克纳的系列作品中，本书抽绎出潜隐着的神话诗学意义上的"诞生—成长—毁灭—再生"的环形叙事链条。这也是贯穿福克纳一生的愿景，他想绘制出一种连续性的美国历史图景。具体而言，作家在对原始神话进行现代重构和对现代文化身份构想中，再现了"诞生"神话。《八月之光》借美国南方故事，重构诞生神话的写作倾向，并对创世后人类的文化身份进行了构想。《喧哗与骚动》对"混沌初开"后出现的"众声喧哗"的世界进行了展示。不论是《八月之光》中莉娜和乔·克里斯默斯关于"我是谁？"的追寻，还是《喧哗与骚动》中杰生的与"物"同游，乃至班吉的"白痴"形象塑造，都经历了个体主体身份建构或身份转变的标志性事件，均成为创世神话被重构后的言说对象，"约克纳帕塔法县"成为故事人物活动的"伊甸园"。

《去吧，摩西！》和《押沙龙，押沙龙！》在神话叙事、文化记忆与身份实践等层面再现了"成长"神话。小说讲述了故事主人公艾萨克·麦卡斯林和萨德本家族的"成长史"，这同时也是美国的阶段性成长史，乃至人类社会成长史的一个部分。成长，既是时间意义上的，也是空间意义上的。如果说"什么是美的、善的生活？"是起源叙事背后的唯一问题，那么"如何追寻这样的生活？"则是成长叙事背后最有意义的问题。

在现代性问题丛生，特别是现代悲剧与乡愁困境主题下，《圣殿》以哥特式笔法，讲述一部美国版的"俄狄浦斯悲剧"，展示了一个具有希腊神话色彩的现代主义的美国迦南福地——一个疯狂的、衰落的乌托邦。而对处在伦理失落、乡愁困境中的美国人来说，《我弥留之际》则是一部家庭悲剧和一部伦理悲剧。本德仑一家的送葬旅程是通过"火"与"血"的斗争而到达杰弗生镇的，在这看似荒诞、滑稽、混杂的故事背后实际预示这个"家庭事件"上升为象征美国的"公共事件"，是大家都将面临的问题——"伊甸园神话"走向了"衰落（或毁灭）"。

在全球化时代对人类命运共同体的关注中，《野棕榈》以寓言式的笔调，采用音乐"对位法"式的结构，再现了古老的洪水再生神话。而《寓言》的字里行间隐含了"基督受难和重生"的基本叙事结构，作者有意识地将《圣经》的叙事模式融入小说之中，并把现代民族国家想象成具有人格化的形象和会"发声"的主体性存在。从整体上看，《野棕榈》更加侧重强调了个体主体性的再生，而《寓言》则强调了集体性再生，即重建国家和社会秩序，重新规定人性和民族性，坚持以人为中心，反映人类普遍的价值理念和人类命运共同体观念。

福克纳的小说滋养于20世纪神话全面复兴和世界性的文化寻根浪潮的历史文化环境。作者将古老神话进行现代重构，并且将南方地理空间和人们的身体实践、种族文化身份联系起来，建构起一种全方位的文化景观。他站在人类整体的高度，对美国的过去进行深谋远虑的重写，从中体察人性、关注现实。这种世界性的梦想，呈现出福克纳"圣俗相偎"的整体史观。他的整个小说系列，呈现"从生到死到再生"的生命循环式神话结构叙述模式，重新审视了一个直击人们灵魂的重大问题——"我是谁？我从哪里来？我将要到哪里去？"这不单是作家所呈现出的具有"诗性正义"式的责任，也是研究者必须面对的问题。在面对当下人类困境和跨越不同时空的文化关联性的同时，福克纳为人们提供了意义深远且全面的美学模型。

Abstract

Being the soil and original material of literature and art, as well as one kind of very important cultural phenomenon in the history of mankind, myth has shaped human spiritual life since the day of its birth, and has played an important role in the formation of human self-consciousness and ideology. The use of myth in literature has maximized the poetic depth and breadth of human culture, it also showed the meaning and value of freedom and beauty in human life. The perception of myth not only promotes the multiple interactions, exchanges and mutual learning among world literatures and different national cultures, but also in a certain extent, reshapes people's beliefs in the historical spiritual value of a nation-state.

As one of the most important 20th century American writers, William Faulkner's use of mythological elements in his works may be said as marvelous. However, among the numerous Faulkner studies, there are few studies focused on this aspect to conduct an integrative and cross-disciplinary study of Faulkner. In view of this, this dissertation did an integrative study of Faulkner's novels from the perspective of "mythological poetics", which covers multiple issues including backgrounds, mythological archetypes, cultural identity, cultural memory, nostalgia, and the community with shared future for mankind, so that to analyze how did Faulkner, the great modern artist motivate "anthropological imagination" and construct the "ethnography" of the American South through the "Yoknapatawpha genealogy" to reshape people's belief in a modern society; furthermore, to construct the mythological poetic structural system that depicted in Faulkner's novels; ultimately, to illuminate how did Faulkner concern about the fundamental problem of humanity, namely, what are human beings? How would they exist? And where are they going?

In analyzing series of Faulkner's novels, the current study made clear the mythological poetic circular narrative chain of "birth-growth-destroy-rebirth" that hidden in his works, and that expressed Faulkner's lifelong vision to draw a continuous picture of the history of America. Specifically, through reconstructing of the primitive myth in a modern way, also in conceiving of a modern cultural identity, the author represented the myth of "birth". *Light in August* tells stories of American South, and shows the tendency of reconstructing the myth of birth, it also conceives the idea of posthuman cultural identity. *The Sound and the Fury* demonstrates a "multi-phonic" world in the "opening of chaos". Lena and Joe Christmas in *Light in August* want to know "who am I?" Jason in *The Sound and the Fury* goes along with "material"; Benjy was shaped as an idiot. All of them experienced events of individual subject identity construction or identity transition, thus all are discursive objects in the reproduced myth of creation, and the "Yoknapatawpha County" is the "Garden of Eden" to the characters.

Go Down, Moses and *Absalom, Absalom*! reproduce the myth of "growth" from aspects of mythological narrative, cultural memory and identity searching. The two novels tell the "growth history" of the protagonist Isaac McCaslin and the Sutpen family, that also was the periodical growth history of America, and even a part of the growth history of human society. Growth means both temporally and spatially. If "what is beautiful and good life?" is the only question behind the origin narrative, then "how to pursue this kind of life?" must be the most meaningful question behind the growth narrative.

Under the theme of "modernity problem", especially of modern tragedy and nostalgia, *Sanctuary* represents an American version of Oedipus tragedy by using the Gothic technique, and also displays a modern American-land-of-Canaan with Greek mythological color that like a utopia of mad and decay. For those Americans who face the problem of ethical lost or nostalgia, *As I Lay Dying* must be a family tragedy, as well as an ethical tragedy. The funeral journey of the Bundrens reached Jefferson through fighting in fire and blood, that seems absurd, funny and mixed story, but actually it indicates the "family event" has risen to symbolize one of American "public events", that is also a problem all human must face— "the Eden myth" move towards "decline (or destroy)".

In concerning the community with shared future for mankind in the era of globalization, *The Wild Palms* reproduces the ancient rebirth-after-flood myth in an apocalyptical style and with the structure of counterpoint. Between the lines of *A Fable*, it implies the basic narrative structure of "the crucifixion and rebirth of Christ", the author has infused Bible stories into the novel intentionally, and anthropomorphized the modern nation-state through imagination, and made it a "voiced" subjective existence. Generally speaking, *The Wild Palms* emphasizes more on the rebirth of individual subject, while *A Fable* emphasizes more on communal rebirth, that is, the reconstruction of national and social order, redefining humanity and nationality, insisting on human-centered ideas and ideas of universal value and the community with shared future for mankind.

Faulkner's novels have nourished in the 20th century historical and cultural environment where myth fully revived, and there was worldwide root-seeking tide. Through modern reconstruction of ancient myth, the connection of southern geological space, physical practice and racial cultural identity, his works provide us an overall cultural landscape, he wrote the American past in a thoughtful way to observe human nature and concern about the social reality at the level of humanity as a whole. This kind of cosmopolitan dream shows Faulkner's view of human history as the "interdependency of the sacred and the profane". The overall structural narrative model of the lifecycle myth of "birth-death-rebirth" that represented in Faulkner's serial novels lead us to review an important question that directly hit the human soul——"who am I? where do I come from? Where am I going?" it not only shows the author's responsibility of "poetic justice", but also a question all researchers have to face. In facing current human dilemma and cross-cultural relations, Faulkner provides us an aesthetic model of profound and comprehensive meaning.

Key words: William Faulkner; mythological poetics; interdependency of the sacred and the profane; poetic justice; community with shared future for mankind

目 录

绪 论 …………………………………………………… (1)
  第一节 问题的提出:人类困境与福克纳小说中的
        神话现象 ……………………………………… (1)
  第二节 对福克纳研究现状的回顾与问题反思 ………… (10)
    一 国外研究 ……………………………………… (11)
    二 国内研究 ……………………………………… (20)
  第三节 理论基础、价值意义与研究径路 ……………… (31)
    一 理论基础与价值意义 ………………………… (32)
    二 研究目的、观点与径路 ……………………… (41)

第一章 诞生:原始神话重构与文化身份构想 ………… (45)
  第一节 《八月之光》:原始神话重构与现代"道路"书写 … (47)
    一 神话构境:荒原意象与现代伊甸园 …………… (49)
    二 我是谁?——乔和莉娜的伦理困境与身份追寻 ……… (54)
    三 机器神话:"火车头"意象与现代"道路"书写 …… (61)
  第二节 《喧哗与骚动》:物质喧嚣中的神话表征与
        身份认同 …………………………………… (66)
    一 神话原型与诗意世界 ………………………… (68)
    二 与"物"同游:消费主义与文化身份 ………… (74)

三　班吉:"白痴"形象与优生学思想 …………………………… (79)
　小　结 ………………………………………………………………… (86)

第二章　成长:神话叙事、文化记忆与身份追寻 ……………… (89)
　第一节　《去吧,摩西》:契约叙事与原乡文化寻踪 ……………… (91)
　　一　再现《圣经》:契约叙事与历史记忆 …………………………… (93)
　　二　伦理环境的变迁与伦理身份的追寻 …………………………… (98)
　　三　"通过"仪式:狩猎行动与原乡回归 …………………………… (106)
　第二节　《押沙龙,押沙龙!》:神话叙事与"实验人类学
　　　　　想象"图景 ……………………………………………… (113)
　　一　神话原型与道德救赎 …………………………………… (115)
　　二　年表、人物谱系及约克纳帕塔法县地图:想象世界的
　　　　"田野化" ………………………………………………… (120)
　　三　现代性议题与作家的历史观 …………………………… (129)
　小　结 ………………………………………………………………… (135)

第三章　毁灭:古老神话映照下的现代悲剧与乡愁困境 ……… (139)
　第一节　《圣殿》:希腊俄狄浦斯神话视野下的
　　　　　现代美国悲剧 ……………………………………………… (141)
　　一　哥特小说中的俄狄浦斯悲剧 …………………………… (143)
　　二　老法国人庄园:信仰崩塌后的美国荒原 ……………… (150)
　　三　"镜"与"影"中的身体 …………………………………… (153)
　第二节　《我弥留之际》:伊甸园神话与乡愁伦理困境 ……… (161)
　　一　"送葬"仪式与"还乡"神话 …………………………… (163)
　　二　伦理困境与伦理身份的追寻 …………………………… (170)
　　三　文化乡愁:家园困境与现代性想象 …………………… (176)
　小　结 ………………………………………………………………… (180)

第四章 再生:全球化时代的现代神话与人类命运共同体 …… (184)
  第一节 《野棕榈》:自由之歌与再生神话 …… (185)
    一 音乐之韵、历史记忆与南方经验 …… (187)
    二 "雌雄同体":夏洛特烦恼与自由之路 …… (195)
    三 再生神话:老人河的洪水与囚徒的救赎 …… (203)
  第二节 《寓言》:现代战争中的再生神话与人类命运
       共同体 …… (208)
    一 现代战争中的"基督"神话 …… (210)
    二 自传式写作与历史记忆 …… (215)
    三 人道主义与人类命运 …… (224)
  小 结 …… (229)

余论 诗性正义与福克纳的"世界性" …… (231)
  一 文学全球化与福克纳研究带来的启示 …… (231)
  二 诗性正义与文学想象中的神话学意识 …… (235)
  三 反思与超越:从神话复兴管窥人类命运共同体 …… (239)

参考文献 …… (244)

附 录 …… (273)
  附录1 …… (273)
  附录2 …… (284)

绪　　论

艺术对象创造出懂得艺术和能够欣赏美的大众——任何其他产品也都是这样。因此，生产不仅为主体生产对象，而且也为对象生产主体。

——马克思《〈政治经济学批判〉导言》①

她来啦！她来啦！穿黑衣的女王，
这原始的夜，混沌的远古！
在她面前，奇异的镶金云彩回避消失，
缤纷的晚霞在天边隐去。

——亚历山大·蒲柏（Alexander Pope）②

第一节　问题的提出：人类困境与福克纳小说中的神话现象

我是谁？我从哪里来？我将要到哪里去？这一连串直击人类灵魂

---

① [德]马克思：《〈政治经济学批判〉导言》，《马克思恩格斯全集》第12卷，中共中央马克思恩格斯列宁斯大林著作编译局编译，人民出版社1995年版，第742页。
② Alexander Pope, *The Dunciad* (1728) Bk IV, lines 629–632, Adolphus W. Ward (ed.), *The Poetical Works of Alexander Pope*, London: Macmillan, 1908: 423.

的终极追问,在当下依然在场,它既是作家于写作中深层追求的问题,也是研究者上下求索想要回答的问题。

尤瓦尔·赫拉利(Yuval Noah Harari)在《人类简史:从动物到上帝》一书中,对人类如今的现状表达出深深焦虑:约在7万年前,非洲智人还不过是一种微不足道的动物,但是,在距今的几千年间,智人却逐渐转变成了整个地球的主人,同时也成为整个生态系统的梦魇。如今,人类似乎只要再跨一步,就能进入神的境界,希望青春永恒,乃至拥有创造和毁灭一切的神力。然而,人类在逐渐获得神力的同时,似乎也比以往任何时候更不负责,更贪得无厌,殊不知此时人类正面临全球危机。① 演化生物学家、人类学家贾雷德·戴蒙德(Jared Diamond)对形成历史最广泛模式的环境因素加以探讨,指出"枪炮、病菌与钢铁"成为现代人类社会集体命运的代名词。② 不仅如此,伊万·布莱迪(Ivan Brady)强烈推荐人类学家和其他学者阅读戴蒙德的《图腾》一书,他给出了三条理由:

> 第一,在探寻他文化的体验中,戴蒙德确实在诗歌中,达到了自己向往的崇高境界;第二,该书提出了一个体验多元文化世界的"后等级"(post-hierarchical)方式;第三,戴蒙德把民族诗学融入人类学中,将"西方精英文明"漠视的多种文化引入西方人的意识中。他的所作所为表明,我们迫切需要在人文学科的整套概念中,添加人性的观念。③

其实,不管是赫拉利从宏观视角对人类简史的描述,还是戴蒙德

---

① [以色列]尤瓦尔·赫拉利(Yuval Noah Harari):《人类简史:从动物到上帝》,林俊宏译,中信出版社2017年版,第391—392页。
② [美]贾雷德·戴蒙德(Jared Diamond):《枪炮、病菌与钢铁——人类社会的命运》(修订版),谢延光译,上海译文出版社2016年版。
③ [美]伊万·布莱迪编(Ivan Brady):《人类学诗学》,徐鲁亚等译,中国人民大学出版社2010年版,第233页。

对他文化、对多元世界的理解及对人类社会现状的抽象提炼，特别是对人文学科中需要人性观念的强调，从一定意义上讲，他们都是对人类社会发展过程中出现的环境问题、战争问题、病菌瘟疫和现代工业化问题等"人类难题"的思考、反思和批判。而当今人类所面临的问题还不仅是在生存环境方面，对于成长中的一代，特别是当代大学生群体，先辈们坚守已久的社会基本原则和群体共识在他们之中开始瓦解，这一现象已成为一种时代特征，值得我们深刻反思。在碎片化及被信息裹挟的时代，在社会生活中遭遇困难与挫折时，他们不再求助于书本，他们心中的善与恶已经不能用文学形象进行反映，再没有任何经典书籍能够形塑他们的文学想象空间和兴趣爱好，这些现象已经是一个不争的事实。诸如《论语》《圣经》《荷马史诗》这类经典作品，以及包含福克纳在内的经典作家曾在教育教学过程中，起到重要的启蒙和教诲作用，而如今这些正逐渐被传媒时代的流量杂志和报纸及一些为博眼球昙花一现的"短命"作家作品所取代。经典在"后人类"①的语境中，似乎失去了应有的活力，对当下年轻人的状况，似乎也提不出什么忠告。因此，就产生了这样一种窘境：经典一旦脱离学术氛围，它们便不再是精神生活的必需品。于是，经典对于人们的影响，特别是对社会生活及人生目标形塑的影响明显式微。在这个时代，更多的年轻人尽管在专业上显得游刃有余，但他们似乎只顾着一路狂奔，却忘记了精神上的追求，哪怕拥有偶尔几次的反思……正如同叶舒宪所指出的："现代社会的整体腐败是人性异化和非精神化的

---

① ［意］罗西·布拉伊多蒂（Rosi Braidotti）：《后人类》，宋根成译，河南大学出版社2015年版，第1—17页。在该著作中，作者指出：随着科技的进步和全球化的快速推进，人的概念在当下发生了剧烈变化。在后现代、后殖民、后工业、后共产主义，甚至饱受争议的后女性主义之后，我们似乎步入了后人类的困境。后人类是一种思维方式的质变，思考关于自己是谁，现存政治体制问题，以及人与环境之间的关系问题；人类当下共同的参照单元应该是什么样子的，我们应该怎样转变传统的思维方式？在当今经济全球化、技术中介化的社会中，非人类、非人性、非人道、反人类和后人类的话语与表征迅速增殖、相互叠重，在此语境下，作者对一直以来被视为当然的人的本质构成属性提出了质疑。当然，人类面临这一困境时，可将困境视为认识自我的一次机遇，在后人类困境中，我们在成长过程中创造性地、批判性地思考自我。

原因。"①

面对此种现象或曰事实，我们如何才能走出这种"困境"？面对此种困境，我们不禁又生出了一系列的追问：如果要找出病因，我们是不是得寻找病源？这个源头和文明起源又有何关系？如果对文明的源头进行溯源，它会是一种什么样的形态？是神话？或者还有其他？文学能否为人们的这种困境提供一种思考方式？如果可以的话，有没有一种最佳方式？……就这一系列问题，我们或可从马克思的话语中得到一个答案，只要"经济基础决定上层建筑"的关系没有发生变化，对话就会存在，对话为我们提供一种反思自我的方式，在对话交流过程中，也为未来文学研究提供某种参照。在开放的现代性视域下，知识全球化和多元文化共生共存已经成为一种社会常态，本土文化从自觉走向自强，更是文化战略政策的重要组成部分。

在此背景下，向传统文化寻找智慧灵感并坚持对外开放交流是解决上述问题的关键。无疑，阅读经典，特别是阅读内容包含着神话元素一类的经典之作，成为人类自我反思和寻求问题解决之道的一种重要方式。经典必须讲出一些永恒的东西，并且不限于某一时代。对经典作家和经典作品的研究，一直是学界永不凋谢的主题，经典作品大抵触摸的都是时光恒久而分量沉重的主题，而触摸的方式，可谓窥一斑而知全豹。在文学艺术领域，坚持阅读经典、发掘民间传统文化并且以开放包容的文化心态，面对外来文化，尤其应注重当今世界不同文化之间的交流和对话。威廉·福克纳作为世界影响力最大、最复杂的作家之一，被称为"美国的莎士比亚"②，像阅读莎士比亚那样去阅读福克纳，无疑是可取的，他的作品所放射出的光芒一直照射到 21 世纪的今天。布鲁

---

① 叶舒宪、谭佳：《比较神话学在中国：反思与开拓》，社会科学文献出版社 2016 年版，第 358—359 页。
② Robert W. Hamblin and Charles A. Peek（eds.），*A William Faulkner Encyclopedia*，Greenwood Publishing Group，1999：ix.

姆（Harold Bloom）曾指出，希望通过阅读莎士比亚，复兴他的教诲功能，让他成为"盎格鲁-撒克逊世界的永久训导的代理人"。① 曾经在维多利亚时代，人们把艺术看成道德说教的方式，文学艺术成为阐释道德真理的工具。但如今我们重读经典、重读福克纳，并非简单地传达福克纳作品"莎士比亚式"的教诲功能。在一个意义持续重构的世界之中，文学艺术成为形塑意义的最为重要的工具之一。我们更应该在"对话"的基础上，为我国的文学文化研究提供一种视角和一种可供实践的经验。若从传统的文学研究视角去阅读理解福克纳，不论是论述还是观点，成果可谓汗牛充栋，人们几乎已经探索了其作品涉猎的所有问题领域。但是，若从神话诗学的视角去阅读和阐释，可能会让我们更深刻地体会到什么才是经典，从而发掘福克纳作品中被遮蔽已久的诸多诗学特质。

　　1897年9月25日，福克纳出生在密西西比州的新亚尔巴尼，随后不久随父母迁居到里朴莱，并在他五岁前几天，再次搬迁，搬到了奥克斯福。在那里，他度过自己的大部分岁月。1962年7月6日，也恰好是他的曾祖父、密西西比州福克纳家族的老祖宗、老上校的诞辰之日，这一天，福克纳在奥克斯福附近山上的一所疗养院去世。正如达维德·明特所讲："福克纳比包括罗伯特·弗罗斯特在内的我们这个时代任何一个美国大作家都更具有一个地区的乡土性。他是我们伟大的乡下人。"② 虽然他曾经在加拿大、美国的新奥尔良、好莱坞、纽约、弗吉尼亚都住过，在欧洲、亚洲及拉丁美洲等诸多国家和地区都旅游或考察过，他一生所联想的事实的范围远远超越了家乡，但是，他对他自己的出生地总是念念不忘。他从小就生活在南方这片"圣经地带"上，加之他个人和家庭经验，都加强了他的家乡反复灌输给他

---

① ［美］阿兰·布鲁姆、［美］哈瑞·雅法：《莎士比亚的政治》，潘望译，江苏人民出版社2012年版，第3页。

② ［美］达维德·敏特：《圣殿中的情网——小说家威廉·福克纳传》，赵杨译，生活·读书·新知三联书店1991年版。

的东西——暴力、犯罪、奴隶制、种族歧视、腐败的政治、失败的战争、人性的堕落及自我中心主义等。在早期的诗歌写作中，如诗集《春景》（*Vision in Spring*，1921）、《大理石牧神》（*The Marble Faun*，1924）和《这片大地》（*This Earth, a Poem*，1932），这些作品除了透露出作为"诗人"的福克纳的印象派和象征主义的风格，最为显著的是诗行融入了大量的神话元素，特别是希腊神话和希伯来圣经中的典故，作者从创作伊始，就显露出强烈的神话意识。自进入小说创作阶段后，特别是在《沙多里斯》（*Sartoris*，1929）以后，作者便开启小说创作的"狂飙运动"模式，作者发现"家乡那邮票大的地方"是可以一直写的。从整体上看，他的作品大部分以美国南方为背景，构建了一种连续性的美国历史文化图景。美国南方，是一个虚构和象征的地方、一个清晰又模糊的概念。对于局外人来讲，那只不过是20世纪曾经与林肯兵戎相见的地理范畴①；而对于像福克纳这样的南方人来说，那是他们永远魂牵梦绕的地方，永远的精神家园。探究福克纳小说中的神话现象，是理解美国社会问题的一把钥匙，也是探究作家艺术世界的窗口。

　　福克纳一生创作了19部长篇小说、大量的短篇小说及散文，这些作品大都以家乡密西西比州为背景，一起构成"约克纳帕塔法"传奇。这些作品与上述南方地区存在着紧密关联，其中的《塔门》《寓言》《野棕榈》，一般被排除在该南方体系之外，但从更为宽泛深层的意义上讲，这三部作品也是该体系的重要组成部分。

---

① 在美国，南方是指东南部与中南部诸州，一般特指南北战争时，参加南方同盟的11个主张蓄奴州，即亚拉巴马（Alabama）、阿肯色（Arkansas）、佛罗里达（Florida）、佐治亚（Georgia）、路易斯安那（Louisiana）、密西西比（Mississippi）、北卡罗来纳（North Carolina）、南卡罗来纳（South Carolina）、田纳西（Tennessee），以及得克萨斯（Texas）和弗吉尼亚（Virginia），若加上南部扩展区域，还包括边界州，例如马里兰州（Maryland）、西弗吉尼亚州（West Virginia）等。这与后来查尔斯所描述的地区大致趋同：北起"梅森—迪克逊分界线"（Mason-Dixon Line），南至部墨西哥湾，东边直达大西洋，西边至得克萨斯州边境。这条线成为自由州和蓄奴州的大致分界线，也成为南方种植园文化与北方工商业文化的分界线。南北一片天，截然两种景。

表 1　福克纳作品涉及的主要神话元素①和叙事地点

序号	作品名称	作品涉及的叙事地点	作品涉及的主题与神话元素	叙事时间	创作年代
1	《士兵的报酬》 Soldiers' Pay	欧洲，美国的佐治亚州、亚拉巴马州、加利福尼亚、旧金山	创伤、荒诞主题等	第一次世界大战后	1926
2	《蚊群》 Mosquitoes	新奥尔良	爱情、死亡、荒诞	19世纪	1927
3	《沙多里斯》 Sartoris	密西西比州等	圣经元素	19世纪	1929
4	《喧哗与骚动》 The Sound and the Fury	密西西比州等	诞生神话、"白痴"神话、圣经结构等	18世纪末至20世纪初	1929
5	《我弥留之际》 As I Lay Dying	密西西比州、杰弗生镇等	毁灭主题	1913年	1930
6	《圣殿》 Sanctuary	密西西比州、阿巴拉马州、弗吉尼亚州、新奥尔良、奥克斯福、杰弗生镇、金斯敦、孟菲斯	毁灭主题、基督元素等	20世纪上半叶	1931
7	《八月之光》 Light in August	亚拉巴马州、密西西比州、杰弗生镇、孟菲斯	创世神话、机器神话等	19世纪至20世纪	1932
8	《塔门》 Pylon	密西西比州等	基督元素	19世纪	1935
9	《押沙龙，押沙龙！》 Absalom, Absalom!	西弗吉尼亚、田纳西州、密西西比州、新奥尔良、杰弗生镇、萨德本百里地	成长主题、《圣经·押沙龙》等	南北战争前后	1936
10	《不败者》 The Unvanquished	密西西比州等	基督元素	19世纪至20世纪	1938
11	《野棕榈》 The Wild Palms	密西西比河流域、芝加哥、新奥尔良等	洪水再生神话	20世纪20—30年代	1939
12	《村子》 The Hamlet	密西西比州等	基督元素	19世纪至20世纪	1940

---

① 表中主题和神话元素一栏内容，从文本内容基础上总结得出，关于研究类的综述将在下文呈现。

续表

序号	作品名称	作品涉及的叙事地点	作品涉及的主题与神话元素	叙事时间	创作年代
13	《去吧，摩西》 Go Down, Moses	密西西比州、杰佛生镇等	成长主题、圣经元素	19世纪	1942
14	《坟墓的闯入者》 Intruder in the Dust	密西西比州等	死亡、圣经元素	19世纪	1948
15	《修女安魂曲》 Requiem for a Nun	密西西比州等	死亡、圣经元素	19世纪	1951
16	《寓言》 A Fable	法国凡尔登战场、美国南部诸州	基督受难再生	第一次世界大战后期中的一个星期	1954
17	《小镇》 The Town	密西西比州等	圣经元素	19世纪	1957
18	《大宅》 The Mansion	密西西比州等	圣经元素	19世纪至20世纪	1959
19	《掠夺者》 The Reivers	密西西比州等	侦探、圣经元素	19世纪至20世纪	1962

从上表可以看出，福克纳在创作中所建构的"约克纳帕塔法"世系，除了具有明显的南方地理特征外，更为突出的就是作品的神话元素。通过对他的作品进行整体把握会发现，其创作思想中，始终贯穿着神话历史观念，可以概括为"诞生—成长—毁灭—再生"四个阶段的神话主题，同时这也是对整个神话体系的再现。

笔者将福克纳的整个作品系列进行整体观照，发现其作品主题可以概括性地分为四个大类，即诞生主题、成长主题、毁灭主题和再生主题。这四大类主题恰好构成一个具有线性链条表征的循环结构。在此特别强调一点，通过对整个系列作品潜隐着的具有过程性表征的几大类主题与作家福克纳本身的成长过程进行比照发现，其实这两者之间并非是一个严格意义上的线性时间层面的正相关关系。比如，福克纳晚年依然写出了成长类主题的小说《掠夺者》，而在他早年创作的作品中却出现出了不少代表毁灭性的主题的元素，不能说，一个人的早年只能写成长类主题的作品，晚年则必须写毁灭性的主题作品，这两种"时间"在意义所指层面是有所区别的。从神话诗学视角,对整个作品系列进行审视,就会发现其主题呈现出"从诞生到成长,到毁灭再复生"式的循环序列。

作者在进行南方意义上的书写的同时,也不断地超越南方,作品不仅涉及了欧洲的艺术、非洲的奴隶贸易、奴隶迁移历史,而且通过作品中主人公的回忆,把亚洲也联系进来,因而在地理空间范围上获得了突破。在作品主题上,作者通过从远古神话中发掘资源,建构起一套自己的神话人物谱系。他的这种创作思想,为广大后来者借鉴,比较典型的是托尼·莫里森(Toni Morrison,1931—2019),后者可以说是继承了福克纳的衣钵,将南方书写继续向前推进,作为美国第一位黑人女性诺贝尔文学奖的获得者,她与福克纳一样,都在不同程度上改变了美国文学的面貌。

伴随着全球化的快速推进,中美之间的"文化对话"已成为全球化现代性议题的重要内容。在此背景之下,本书选取美国作家福克纳作为研究对象,并从神话学视角对其进行解读,主要基于三个方面的考虑:一是"后人类"与"后理论"① 时代,各种"现代性问题"丛生,人们处于"困境"中的整体文化语境下,发掘"神话"所具有的独特的文学元典价值,能够追本溯源,"对症下药",成为解决问题、走出"后人类困境"的最佳方案;二是福克纳的作品本身具有"世界性"意义,从中国的视角出发对其进行研究,具有典型的"对话"意义;三是作为经典作品,福克纳小说作品中嵌入了大量神话元素,从"神话诗学"视角来看,可以将一个多侧面的、千变万化的、内涵极其丰富的福克纳统筹起来,能够最大限度地帮助我们去认识一个多元的、立体的、整合的福克纳。

本书在"神话诗学"视野下研究福克纳,致力于完成以下两个任务:一是引入神话诗学视野,对福克纳进行整合性、跨学科研究;二

---

① "后理论时代"这个命名得益于伊格尔顿的《理论之后》一书,参见王宁《比较文学:理论思考与文学阐释》,复旦大学出版社 2011 年版,第 40—72 页。

是在神话诗学视野下对福克纳小说涉及的诸如时间与空间、神圣与世俗、身体与实践等重要诗学问题进行剖析，并尝试建立起福克纳小说诗学理论结构体系，并对福克纳小说所反映的系列现实问题进行再审视，试图阐明福克纳所关心的人类最根本的问题，即人是什么？人将如何存在？以及人最终将走向何处？

第二节　对福克纳研究现状的回顾与问题反思

作为 20 世纪最为复杂的小说家之一，福克纳作品文体的复杂性、语言的挑战性和内涵的丰富性，在给研究者带来不可抗拒的挑战的同时，也彰显了其巨大的艺术魅力。自 20 世纪 20 年代中后期以来，福克纳研究在不知不觉中，已走过近百年历史。托马斯·英奇在 1996 年时针对文学界权威杂志的统计数据显示，以福克纳为研究对象的博士学位论文已超过了 700 篇，专著也在 500 部以上。[①] 中国关于福克纳研究的相关数据，经笔者统计，到目前为止，硕士、博士学位论文也超过了 600 篇（具体数据见后文附录）。学界关于福克纳的研究，经历了从遭受质疑到多方肯定过程；研究的内容，也从单一走向多元，从内部研究向多元并重的趋势发展。从整体上看，一直处于机遇和挑战并存的状态，让福克纳的作品能够在不同的历史时期与当下现实社会产生共鸣、产生新的价值意义。中国的福克纳研究，实际上是一种中美异质文化之间的交往和对话，是两种迥然有别的文化精神之间的碰撞，这其中也难免有不可避免的文化隔膜问题。这一系列问题反映在文化心态方面，需要我们以坚持开放的姿态、恰当的态度和立场来看待美国的文化体系；坚持在对话交往之中，吸收国际经验，准确把握美国文化的精神实质；在对福克纳作品的具体剖析中，尽量避免整体把握的偏差而引起具体评价的失误。建立在平等开放的基础之上，研

[①] Thomas Inge, "Faulkner 100 Bookshelf", Taojie, *Faulkner: Achievement and Endurance*, Beijing: Peking University Press, 1998: 370.

究福克纳，对美国文化保持一种尊重和理解的态度，尽量了解其基本特征，进行深层次研究，其最终目的是推动中国的文学文化发展。

一　国外研究

20世纪30年代，福克纳在美国本土还鲜为人知，却在欧洲受到广泛关注，正所谓"墙内开花墙外香"，特别是备受法国年轻读者追捧。对此，萨特发表评论称："对于法国的年轻人来说，福克纳就是上帝。"① 这一时期，研究者多从作品本身入手，进行内部研究，如对其中的语言、文本形式、叙事策略等方面进行考察，但得出的结论，往往是否定的，《喧哗与骚动》《我弥留之际》《圣殿》《押沙龙，押沙龙！》等作品都遭到了强烈批判。这种趋势一直持续到萨特关于福克纳的评论及乔治·马里恩·奥唐奈（George Marion O'Donnell）的《福克纳的神话》（1939）发表后，才出现转机。萨特于1939年在《新法兰西评论》上发表《〈喧哗与骚动〉：福克纳小说中的时间》这一重量级评论性文章之后，福克纳在美国本土的关注度迅速上升，在学界和思想界得到重新认识和重新定位。与此同时，奥唐奈认为，福克纳作品主题表现了"固有的传统准则与现代社会之间的冲突"②，这是研究者首次对作品主题从整体层面给予肯定评价。

到了20世纪五六十年代，特别是在福克纳获得诺贝尔文学奖之后，学界掀起了一股福克纳研究热潮，开始出现了一些研究专著。研究的视角依然延续前期，主要关注福克纳作品的结构、主题、意义、写作技法，以及对传统南方文化的表现等层面。值得一提的是，1965年，约翰·卫斯理·亨特（John Wesley Hunt）推出了《威廉·福克

---

① [美]杰伊·帕里尼：《福克纳传》，吴海云译，中信出版社2007年版，第224页。
② George Marion O'Donnell, "Faulkner's Mythology", Frederick J. Hoffman and Olga W. Vickery (eds.), *William Faulkner: Three Decades of Criticism*, Michigan: Michigan State University Press, 1960: 93.

纳：神学张力中的艺术》①一书，将福克纳的作品，置于神学的视野之下，探讨了艺术张力与神学之间的紧密关联，同时对基督教神学影响下的作家创作动机进行了深入分析，成为较早以神话学视角来研究福克纳作品的探索。另一个值得关注的是，在这一时期，出现了具有一个总结性成果——《福克纳评论二十年》，这种"十年系列"还有"三十年""四十年""六十年"系列②，对于福克纳研究都提供了重要的参考价值。

到了70年代，伴随西方的理论热潮，这一阶段的福克纳研究，与前一阶段较为排斥的政治视角和历史视角有所不同，开始朝着新历史主义及意识形态批评的方向发展。较有代表性的如1971年查尔斯·D.皮维（Charles D. Peavy）的《现在慢行：福克纳与种族问题》③，通过福克纳的作品及其创作历程，探讨了南方的种族关系与经济体制，以及福克纳作为南方白人作家对待这种种族关系的态度。1976年，米拉·杰伦（Myra Jehlen）的《福克纳眼中的南方阶级社会与南方性格》④，从政治意识形态的视角，对福克纳的作品进行分析，并对福克纳的阶级立场进行了站位，还对南方性格与福克纳较为矛盾的文化心态进行了探索。

此外，1974年，密西西比大学英语系与南方文化研究中心联合在福克纳的老家奥克斯福小镇主办"福克纳和约克纳帕塔法"学术年会。此后，该会一年召开一次，成为一种惯例。1976年，福克纳研究年会以"南方与福克纳的约克纳帕塔法"为主题，会后出版了由埃文

---

① John Wesley Hunt, *William Faulkner: Art in Theological Tension*, Syracuse University Press, 1965.

② Frederick John Hoffman and Olga W. Vickery (eds.), *William Faulkner: Two Decades of Criticism*, Michigan State College Press, 1951; Frederick John Hoffman and Olga W. Vickery (eds.), *William Faulkner: Three Decades of Criticism*, Michigan State University Press, 1960; Linda Wagner-Martin (ed.), *William Faulkner: Four Decades of Criticism*, Michigan State University Press, 1973; Linda Wagner-Martin (ed.), *William Faulkner: Six Decades of Criticism*, Michigan State University Press, 2002.

③ Charles D. Peavy, *Go Slow Now: Faulkner and the Race Question*, U. Of Oregon Bks, 1971.

④ Myra Jehlen, *Class and Character in Faulkner's South*, Columbia University Press, 1976.

斯·哈灵顿（Evans Harrington）和安·J. 阿巴迪（Ann J. Abadie）主编的年会会议论文集《南方与福克纳的约克纳帕塔法》。① 可以说，这次年会既对当时研究做了阶段性回望，也对下一阶段研究方向做出了预判。而此后较为重要的年会还有1981年召开的"福克纳与南方文艺复兴"主题年会，会后结集出版了论文集《福克纳与南方复兴》。② 从该视角进行研究的学者，还有瓦尔特·泰勒（Walter Taylor）③和理查德·戈登（Richard Godden）④，他们关注南方的底层劳动人民，并从南方社会结构出发，对南方文化进行了深入发掘。1985年召开的以"福克纳与妇女"为主题的年会，女性主义研究被正式纳入福克纳研究的话语体系之中。1987年，召开了"福克纳与小说技巧"为主题的年会，会后出版了论文集《福克纳与小说技巧》⑤。1989年，召开"福克纳与宗教"年会，会后出版了论文集《福克纳与宗教》⑥，较为集中地从主题、意象、母题、人物等层面探讨了福克纳与宗教之间的千丝万缕的联系，特别是宗教中的清教主义思想。

从整体上看，70年代之后的福克纳研究，已经从修辞层面逐步走向深入，慢慢地从60年代"苦心孤诣地寻找拉斐特县与作家虚构的约克纳帕塔法县之间丝丝缕缕的关联"⑦之中解放出来，人们开始关注福克纳小说中带有南方地域性特征的主题和观念，从社会、历史和文化层面进行深入发掘。研究者们在注重叙事视角、修辞技巧和文体风

---

① Evans Harrington and Ann J. Abadie (eds.), *The South and Faulkner's Yoknapatawpha*, University Press of Mississippi, 1977.
② Doreen Fowler and Ann J. Abadie (eds.), *Faulkner and the Southern Renaissance*, University Press of Mississippi, 1982.
③ Walter Taylor, *Faulkner's Search for A South*, University of Illinois Press, 1983.
④ Richard Godden, *Fictions of Labor: William Faulkner and the South's Long Revolution*, Cambridge University Press, 2008.
⑤ Doreen Fowler and Ann J. Abadie (eds.), *Faulkner and the Craft of Fiction*, University Press of Mississippi, 1989.
⑥ Doreen Fowler and Ann J. Abadie (eds.), *Faulkner and Religion*, University Press of Mississippi, 2006.
⑦ [美] 杰伊·帕里尼：《福克纳传》，吴海云译，中信出版社2007年版，第5页。

格的同时,将这些叙述特征放到更宽泛的历史、社会和文化意义层面去探讨,建立它们与作品主题之间的深层联系,正如 D. 马休·拉姆西(D. Matthew Ramsey)所说:"叙事学使得福克纳研究可以在不牺牲主题和社会价值的同时对作品的叙述视角和叙述者给以系统关注。"① 而这一阶段在神话诗学视角方面的研究也有所增加,例如 1972年,J. 罗伯特·巴思(J. Robert Barth)的《福克纳小说的宗教视野:约克纳帕塔法及之外》② 分析了福克纳作品中的宗教元素以及外部元素对福克纳创作的影响,特别是欧洲元素的渗透;1977 年,大卫·威廉姆斯(David Williams)出版了《福克纳笔下的女人:神话与缪斯》,从神话原型理论视角对福克纳的作品进行了分析,特别对作品中的女性人物形象做了剖析;1978 年,阿瑟·F. 契尼(Arthur F Kinney)出版了《福克纳的叙述诗学:看得见的风格》,主要从风格视角,探讨了福克纳的多重叙事,创造了不同的文体风格,同时进一步探讨福克纳在叙事学领域的突出贡献;同年,阿瑟·F. 金尼(Arthur F. Kinney)的《福克纳的叙事诗学:作为想象的文体》③ 从不同层面探讨了福克纳的叙述方式及现代主义的表达技巧;1983 年,詹姆斯·M. 科菲(James M. Coffee)出版了《福克纳的非基督的基督徒:小说中的圣经典故》④,分析了小说中的大量圣经典故,挖掘了基督思想对福克纳创作的影响;1989 年,约瑟夫·R. 沃尔克(Joseph R. Urgo)出版了《福克纳的〈新约〉外传》(*Faulkner's Apocrypha*)⑤,同样探讨了福克纳小说中的基督教圣经元素,并且深入分析了其艺术特色。

---

① Charles A. Peek and Robert W. Hamblin, *A Companion to Faulkner Studies*, University Press of Mississippi, 2004:58.

② J. Robert Barth (ed.), *Religious Perspectives in Faulkner's Fiction: Yoknapatawpha and Beyond*, University of Notre Dame Press, 1972.

③ Arthur F. Kinney, *Faulkner's Narrative Poetics: Style as Vision*, University of Massachusetts Press, 1978.

④ James M. Coffee, *Faulkner's Un-Christlike Christianity: Biblical Allusions in the Novels*, UMI Research Press, 1983.

⑤ Joseph R. Urgo, *Faulkner's Apocrypha*, University Press of Mississippi, 1989.

绪 论

进入21世纪以来，文学研究继续向着交叉学科和跨学科研究方向发展，为福克纳研究提供了许多新视角。1996年，主题为"福克纳与自然"年会召开，成为20世纪末学界加强"生态"研究的一个标志性事件，会后结集出版了论文集《福克纳与自然世界》。① 研究者对福克纳作品中的自然、荒野、土地、森林等极具象征意象的事物给予高度关注，传达出福克纳对环境被破坏的深深忧虑。随着生态理论的逐渐成熟，人们逐渐从小说中的自然问题，拓展到了人文社会，关注社会中的种族、性别、阶级、政治意识形态等问题，对这些问题进行"生态学"考察，深入挖掘南方作为一个封闭、冲突、矛盾的生态系统，所出现的整体生态失衡状态。在2003年，年会则直接以"福克纳与南方生态"为主题，出版论文集《福克纳与南方生态》②，生态批评相关研究逐步走向成熟。比较典型的学术论文如巴特·哈里森·韦灵（Bart Harrison Welling）的《无法逃避的地球：威廉·福克纳，约克纳帕托法和自然界》（以下简称《无法逃避的地球》）③，作者认为，自1920年以来，当世界第一批福克纳评论家在密西西比大学学生报上袭击了年轻的"蘑菇"诗人时，福克纳对自然世界的奇怪而千变万化的看法产生了极大的震惊，但令人惊讶的是，很少有人对其进行深入研究。《无法逃避的地球》与具有里程碑意义的《福克纳和自然世界》（1999）内外的最新作品一起试图填补空白。但是，从众多批判的角度来看，它的确更贴近福克纳景观的复杂性、模糊性和不稳定性，而不是强调"自然"。通过将生态批评的关注和方法与文字和书目研究以及福克纳和美国研究的传统分支进行对话，《无法逃避的地球》提出了约克纳帕塔法的"文本景观"的论点，更接近福克纳地区的核心

---

① Donald M. Kartiganer and Ann J. Abadie (eds.), *Faulkner and the Natural World*, University Press of Mississippi, 1999.

② Joseph R. Urgo and Ann J. Abadie (eds.), *Faulkner and the Ecology of the South*, University Press of Mississippi, 2007.

③ Bart Harrison Welling, *Inescapable Earth: William Faulkner, Yoknapatawpha, and the book of nature*, University of Virginia, 2004.

和作者身份。以及像《喧哗与骚动》和《押沙龙,押沙龙!》除了以"超文本"或模仿的方式对福克纳在密西西比州的小镇和森林中的过往经历进行画图之外,这种风景还经常涉及生态经济学家经常忽略或轻描淡写的其他参照模式[如琳达·哈钦(Linda Hutcheon)的分类]:诠释学,以及诠释、内部和超文本。换句话说,它积极地使自己的创作过程主题化,在意义的建构中吸引读者,并将其自身嵌入到意义和生产的文学和书目网络中,以及它所构成的生态和社会网络中。《无法逃避的地球》观看的是流动的且经常被"回收利用"的书,通过这些书,这种风景不仅以纯文字表达,而且在全息图、打字,甚至书法和插图的版本中表达出来。这样做是为了将这些书籍视为自己最容易被发现的地方:对家庭、种族和性创伤进行表演性探索的材料和语言场所,这些文学和语言场所在福克纳出生的乡村确实刻画了自己"自然之力"。

步入 21 世纪后,研究者们承继了以前的相关理论,对福克纳的研究继续推进,整体上,进入了"后理论"时代。伴随着知识全球化时代的进一步推进,特别是信息技术的发展,研究者们在比较研究领域进一步深入。对于福克纳的文本研究,理论也不再局限于文艺理论,而是借用政治学、社会学、生态学、美学、心理学、人类学等其他学科的相关理论对福克纳作品进行跨学科、跨文化比较研究。通过诸如精神分析[1]、文化批评[2]、性别批评[3]、大众批

---

[1] Eunju Hwang, *William Faulkner's art of becoming*: *A Deleuzean reading*, Purdue University, 2006; William Collins, "Do Ghosts Desire? Time, Disembodiment and Consciousness in William Faulkner's '*Light In August*'", *International Journal of Arts and Sciences*, 11 (01), 2018: 21–34.

[2] Tony Nelson Kelly, *Readings from a Life*: *Rural Educators Read our Rural Selves*, McGill University (Canada), 2009; Victoria M. Bryan, "William Faulkner in the Age of the Modern Funeral Industry", *The Southern Quarterly*, 53, 1, fall 2015: 25–40.

[3] Mary Paniccia Carden, "Fatherless Children and Post-Patrilineal Futures in William Faulkner's *Light in August*, *Absalom, Absalom!* And *Go Down, Moses*", *The Faulkner Journal*, fall 2013: 51–75; Crystal Gorham Doss, "'Put A Mississippian in Alcohol and You Have A Gentleman': Respectable Manhood in William Faulkner's Sanctuary", *The Faulkner Journal*, fall 2013: 77–87; Mark Osteen, "Dark Mirrors: *Sanctuary's* Noir Vision, *The Faulkner Journal*, Spring 2014: 11–35.

评①、新历史主义②、新马克思主义③、现代主义④、后现代主义⑤、后殖民⑥等多种批评方法的实践,使得福克纳研究呈现出一种"百花齐放、百家争鸣"的景象,福克纳作品中的种族主义⑦、男子气概⑧、战争文学⑨等问题都得到了全面的挖掘。而就本书所关心的神话学方面,较

---

① Nidhi Mehta, "The Decadence and Decay of the Family in William Faulkner's *The Sound and The Fury*", *Literary Endeavour*, X, 2, April 2019: 137 – 141; Amy A. Foley, Doorways to Being: Modernism and "Lived" Architectures, University of Rhode Island, 2017; Barbara Ladd, "Faulkner's Paris: State and Metropole in *A Fable*", *The Faulkner Journal*, Spring 2012: 115 – 128; Haili A. Alcorn, Beauty and the Beasts: Making Places with Literary Animals of Florida, University of South Florida, 2018; Kathryn Cai, Nascent Articulations of Feeling: Affective Care Labor in Emerging Postsocialist and Late Capitalist China-U. S. Circuits, University of California, Los Angeles, 2019.

② John B. Padgett, War and history in the fiction of William Faulkner, The University of Mississippi, 2004; James Benjamin Bolling, Serial historiography: Literature, narrative history, and the anxiety of truth, The University of North Carolina at Chapel Hill, 2016; Jeffrey R. Villines, Normative Disruptions: The Diegetic Reading of Anachronism in Twentieth-century American Novels, University of Houston, 2018.

③ Stephanie Rountree, *American Corpus*: *The Subversion of National Biopower in Post-Emancipation Literature*, Georgia State University, 2017.

④ Yasemin ASCI, "Tragedy and Tragic Characters in William Faulkner's Novel *The Sound and The Fury*", *The Journal of International Social Research*, 12, 66, October 2019: 5 – 10; Nidhi Mehta, "The Decadence and Decay of the Family in William Faulkner's *The Sound and The Fury*", *Literary Endeavour*, X, 2, April 2019: 137 – 141; William Duane Nichols Ⅲ, Arrythmias of Time: Past and Present in A La Recherche Du Temps Perdu and *Absalom, Absalom!* Indiana University, 2019; Bradley Gerhardt, Genealogical Modernism: Family Structures, Identity, History, and Narrative in the 20th-Century "Long" Novel, University of Washington, 2018; Katie Owens-Murphy, Lyrical Strategies: The Poetics of the Twentieth-Century American Novel, The Pennsylvania State University, 2017; Levi J. Jost, Lines That Bind: Disability's Place in the Modernist Writings of William Faulkner, Amy Lowell, Langston Hughes, and Ezra Pound, Southern Illinois University at Carbondale, 2017.

⑤ Anthony J. DeCamillis, Faulkner's "fierce, courageous being": Narrative and Neuroscience in *The Sound and the Fury*, University of Colorado-Boulder, 2018; Jonathan Berliner, Borrowed Books: Bodies and the Materials of Writing in *The Sound and the Fury*, *The Faulkner Journal*, fall 2016: 3 – 17.

⑥ Hüseyin ALTINDIS, "Faulkner Tragedies and Unproductive Frustrations: Love and Death in William Faulkner's *Light in August* and *Absalom, Absalom!*" *The Journal of International Social Research*, 11, 59, October 2018: 24 – 33; Joyce Kim, Repressions and revisions: the afterlife of slavery in Southern literature, Boston University, 2016.

⑦ Daisuke Kiriyama, Dis/Inheritance: Love, Grief, and Genealogy in Faulkner, State University of New York at Albany, 2018.

⑧ Kathryn Cai, Nascent Articulations of Feeling: Affective Care Labor in Emerging Postsocialist and Late Capitalist China-U. S. Circuits, University of California, Los Angeles, 2019.

⑨ Jennifer Madeline Zoebelein, *Memories in Stone and Ink*: *How the United States Used War Memorials and Soldier Poetry to Commemorate the Great War*, Kansas State University, 2018.

新的研究如下。

斯科特·钱塞勒（Scott T. Chancellor）的《威廉·福克纳的希伯来圣经：帝国与起源神话》[①]认为，威廉·福克纳的文学想象力来自植根于对圣经的崇敬的犹太人的敏感性。在福克纳的著作中，希伯来圣经元素，希腊神话、南方基督教和美国殖民主义之间存在着千丝万缕的联系。从本体论来讲，作者认为，威廉·福克纳是养育卫理公会（Methodist）的人，并且有记录认为自己是"好基督徒"，因此是犹太人。就是说，福克纳的著作广受赞誉，他对希伯来圣经、基督教、上帝、道德和弥赛亚时间的许多评论都充实着犹太人的情感。陈海惠（Haihui Chen）曾经在《威廉·福克纳〈押沙龙，押沙龙!〉的原型研究》[②]一文中指出，通过对小说《押沙龙，押沙龙!》中《圣经》引用的分析，可以揭露福克纳对于原型的吸收和置换的艺术手法。丹妮拉·杜若利亚（Daniela Duralia）的《威廉·福克纳〈押沙龙，押沙龙!〉中引用经典神话的教学》[③]探讨了在教学当中，为使学生准确深刻理解福克纳的小说《押沙龙，押沙龙!》乃至其他更多部作品，首先具备经典史诗及希腊罗马神话方面的某些知识是必需的，例如荷马史诗《奥德赛》，索福克勒斯的《俄狄浦斯王》等。杜若利亚的另一文《威廉·福克纳〈押沙龙，押沙龙!〉中哥特传统辨析的教学》[④]指出，在教学当中如果忽视对小说当中所含的哥特元素的辨析，读者对于《押沙龙，押沙龙!》的历史意义的体会也将大打折扣。而这些哥特元素是福克纳以复杂的叙事技巧融合了希腊神话、西方宗教、亚瑟王传奇等的结果。

[①] Scott T. Chancellor, *William Faulkner's Hebrew Bible: Empire and the myths of origins*, The University of Mississippi, 2011.

[②] Haihui Chen, "An Archetypal Study on William Faulkner's *Absalom, Absalom!*" *Theory and Practice in Language Studies*, 7, 3, 2017: 187–194.

[③] Daniela Duralia, "Teaching William Faulkner's Use of Classical Myth in *Absalom, Absalom!*" *International Journal of Arts & Sciences*, 10 (01), 2017: 283–298.

[④] Daniela Duralia, "Teaching How to Discern William Faulkner's Use of the Gothic Tradition in *Absalom, Absalom!*" *International Journal of Arts & Sciences*, 11 (01), 2018: 295–302.

伴随着福克纳学术研究的发展，还出现了一些科研机构和相关组织。它们的出现，给予了福克纳研究极大的便利，如《密西西比季刊》（密西西比大学文学科学院办）、《福克纳丛刊》（佛罗里达大学办）和一些杂志出版社出版的福克纳研究专刊；法国福克纳基金会、美国南方文学中心、东南密苏里大学福克纳研究中心、美国福克纳学会等。特别是一年一度的福克纳年会，将每年的福克纳研究推向高潮。截至2022年，福克纳研讨会已经举办了48届，每届都围绕一个不同的研究主题。① 2023年7月23—27日，福克纳与约克纳帕塔法年会（Faulkner and Yoknapatawpha 2023）将在密西西比大学召开，会议主题是"酷儿福克纳"（Queer Faulkner），主办方发出了邀请并对年会进行"解题"。

伊娃·科索夫基·塞奇威克（Eve Kosofky Sedgwick）曾指出："莎士比亚有没有同性恋者？"这个问题具有奇怪的多余性和无意的揭示性。围绕同性恋福克纳重构这个问题，可能会产生类似的效果，但又没有必要。第四十九届福克纳与约克纳帕塔法年度会议将以"酷儿恋福克纳"为题，探讨威廉·福克纳的生活和作品中非正常的性、性别、欲

---

① 自1976年以后每年的会议都有一个主题，至今已讨论过的主题包括南方和福克纳的约克纳帕塔法（1976），福克纳、现代主义和电影（1978），约克纳帕塔法的50年（1979），自己的宇宙（1980），福克纳和南方文艺复兴（1981），福克纳：国际视角（1982），福克纳研究新方向（1983），福克纳和幽默（1984），福克纳和女性（1985），福克纳和小说技巧（1987），福克纳和通俗文化（1988），福克纳和宗教（1989），福克纳和短篇小说（1990），福克纳和心理学（1991），福克纳和意识形态（1992），福克纳和艺术家（1993），文化语境中的福克纳（1995），福克纳和自然世界（1996），福克纳百年：回顾与展望（1997），福克纳和美国（1998），福克纳和后现代主义（1999），福克纳和21世纪（2000），福克纳和战争（2001），福克纳和他的同时代人（2002），福克纳和南方生态（2003），福克纳和物质文化（2004），福克纳的遗产（2005），福克纳和全球化（2006），福克纳和性（2007），福克纳和形式主义：文本的回归（2008），福克纳和神秘（2009），福克纳和电影（2010）（2010年的研讨会主题与1978年的字面部分重复，但在新的历史语境下，"福克纳与电影"反映了福克纳与通俗文化的关系，这也是近年来福克纳研究者比较关心的一个话题。为了生计，福克纳曾经先后为好莱坞的米高梅和华纳两家电影公司打过工，那么，这段经历对福克纳的创作是否产生了什么影响？严肃文学和通俗文学的关系、现代主义和后现代主义与文化产业的关系等，已经成为被关注的热点），福克纳和地理/南方文学地理（2011），福克纳身后50年（2012），福克纳和美洲的黑人文学（2013），福克纳和历史（2014），福克纳与印刷文化（2015），福克纳和南部原住民（2016），福克纳和物质文化（金钱）（2017），福克纳与奴隶制（2018），福克纳的家庭（2019）。

望和隶属关系的不同表达、意义和功能，挖掘同性恋和跨性别研究的学术成果及其建立的新范式和阅读策略。在这样做的过程中，会议试图拓宽、深化和丰富由菲利普-戈登（Phillip Gordon）、海梅-哈克（Jaime Harker）、加里-理查兹（Gary Richards）、迈克尔-比布勒（Michael Bibler）和凯瑟琳-冈瑟-科达特（Catherine Gunther Kodat）等学者发起的关于福克纳作品中的性与性别的对话，对话的条款将不可避免地会引起争论。许多读者赋予作者及其作品的越轨精神是否延伸到了他对性和性别身份、偏好、实践的描绘？他的艺术如何以及在何处为同性恋能量创造空间？他的艺术如何以及在哪些方面遏制或否定了这些能量？对福克纳作品的同性恋化——无论是顺从还是逆向——作为一个陌生化、非殖民化或补偿的项目可能意味着什么？鉴于"酷儿"这一术语充满争议的性质，"酷儿"到底是什么意思？它（作为形容词、名词或动词）对研究福克纳作品的学生的用处在哪里，福克纳对同性恋研究和LGBTQ+教学与学术的用处又在哪里？

二　国内研究

1840年鸦片战争以降，中国社会陷入民族危机和文化危机之中，并从此进入多事的近代社会。此时的中国，与西方相比，显然暂时落后了。经晚清"诗界革命""文界革命""小说界革命"以及辛亥革命期间的近代文学变革等文化运动思潮，中国传统文化和传统文学亟须变革，以适应新的文化环境。于是，"拿来主义"应运而生。按照鲁迅的观点，"外之既不后于世界之思潮，内之仍弗失固有之血脉，取今复古，别立新宗"。[①] "五四"新文化运动使中国文化迎来了转型期。"五四时期"与20世纪70年代末的改革开放初期，所遇情景都是如此。外国文学研究的两次翻

---

① 鲁迅：《鲁迅全集》第1卷，人民文学出版社1981年版，第56页。

译高潮，就是在此历史语境下发生的。对福克纳的学术研究，亦是该潮流中的一个典型个案。

早在20世纪30年代，我国学者赵家璧、李长之、凌昌言等已经开始把福克纳介绍到中国，赵家璧在《新传统》一书中，著专文全面介绍过福克纳的创作，但由于战争及政治意识形态原因，在很长一段时间里，福克纳并未引起中国作家过多的注意。40年代后期，福克纳在苏联被划入代表"美国文学日趋腐朽"的反动作家，其作品表现"反动的资产阶级思想"。但在50年代末，苏联对福克纳的态度发生了变化，认为福克纳是值得研究的作家。60年代，袁可嘉在《文学研究集刊》（1964年第1册）对美英"意识流"小说进行了述评，周熙良翻译了英国评论家阿伦的《威廉·福克纳与美国南方》（《现代外国哲学社会科学文摘》1966年第4期）。1979年，《外国文艺》杂志（第6期）集中刊载了福克纳的《烧马棚》（Barn Burning）、《干旱的九月》（Dry September）和《献给爱米丽的玫瑰》（A Rose for Emily）三部短篇小说，同时翻译刊载了美国马尔科姆·考利的研究论文《福克纳：约克纳帕塔法的故事》，这也许是新时期重新译介福克纳的开始。但对其作品的系统翻译和研究，则始自20世纪80年代。1978年11月，在广州开会讨论通过《外国文学研究工作八年规划》，会议成立中国外国文学学会，中国外国文学研究进入了发展的全新时期。在这股思潮影响下，福克纳小说在20世纪八九十年代逐渐被译介进来，大量的研究文章及专著也接踵发表。特别是进入21世纪，随着知识全球化和文化多元化的到来，福克纳的研究进入一个新的高潮期。截至目前，福克纳的所有作品，在国内基本都能找到相对应的译本。

1934年，《现代》杂志隆重推出《现代美国文学专号》。在对《现代》杂志计划出版各国文学专号而首选美国文学时，其"导言"写道："大部分是出于对美国文学的短视，以为美国的文学至今还没有发展到世界的水平线，……但是，这种反对却并不能说服我们，使我们把从美国文学着手的计划放弃。"①《现代美国文学专号》内容极为丰富，文类包括小说、诗歌、戏剧，译介形式有评述文章和翻译作品。其中，作家专论有：凌昌言撰写的《福尔克奈——一个新作风的尝试者》②，翻译作品有江兼霞译福克纳小说《伊莱》。《现代美国文学专号》体现了对美国文学谱系梳理和系统介绍的用心，其"编后记"明确说明，本期的翻译和介绍，"从贾克·伦敦到威廉·福尔克奈（福克纳），就是三十年来美国文坛的年谱了"。③ 此外，赵家璧在谈论福尔克奈时说："福尔克奈在叙述故事的时候，更把对话、心理描写拼合在一起，这一种形式上冲破英国束缚的勇气，比海明威和安特生的更值得纪念。"④

1958年，《译文》发表了福克纳的两个短篇小说《胜利》（赵萝蕤译）和《拖死狗》（黄星圻译）以及苏联学者叶琳娜·罗曼诺娃有关福克纳作品《士兵的报酬》《胜利》和《寓言》中反战主题的论文（1958年4月，林三木译）。因此，《拖死狗》和《胜利》也就作为反映"福克纳对于战争的痛恨和对于战争摧残的人们的深刻同情"小说而得以翻译。⑤ 事实上，20世纪50年代中期，李文俊曾译介过福克纳的《胜利》（*Victory*）和《拖死狗*》（*Death Drag*）（《译文》，1958年4月）。

---

① 施蛰存：《现代美国文学专号·导言》，《现代》1934年第5卷第6期。

② 凌昌言：《福尔克奈——一个新作风的尝试者》，《现代》1934年第5卷第6期。对于新近崛起于美国文坛的"意识流"作家福克纳，评论者凌昌言则重点分析了其与众不同的全新的叙事形式，凌昌言认为："帮助他获得普遍的声誉的，便是各种各样的新技巧的尝试。新奇，这也是现代生活所需要的一件东西，福尔克奈是无论在内容上或形式上都适应了现代的要求了。""作者把故事的时间是时时的倒置，要读者把这许多零零落落的印象凑合起来，才能得到一幅整然的图画。"凌氏进一步指出："威廉·福尔克奈并不是一个深刻的思想家，要在他的作品里找寻思想发展的过程的人是会失望的。他的人生观也宁说是非常单纯：即，他看到这世界是整个的恶的。……我们与其在作家本人身上寻找他的思想的特征，却还不如去考察一下这个福尔克奈可能成为流行的时代的特征较为有益些。"

③ 至于这个作家的排序，《专号》的编后记中说："从贾克·伦敦到威廉·福尔克奈，就是三十年来美国文学的年谱了。"可见这一排序体现了编辑者的"现代美国文学史"的思路，从另一侧面，也可看出国内学界认为福克纳在20世纪30年代美国文学上占据较为重要的位置。

④ 赵家璧：《美国小说之成长》，《现代》1934年第5卷第6期。

⑤ 于沁：《美国通贝克教授谈我国研究翻译福克纳作品的情况》，《外国文学动态》1983年第9期。

此后，李文俊一直是福克纳及其作品在国内广泛传播的主要推动者。1980年，李文俊组织翻译了《福克纳评论集》（中国社会科学出版社），其中收录了众多国外评论名家撰写的有关福克纳研究的文章。在此书写于1979年7月的"前言"中，李文俊的话语反映了当时评论界与翻译写作两者之间严重脱节的事实：文集中没有更多地收入分析其他重要作品（如《八月之光》、《我弥留之际》、"斯诺普斯"三部曲、《寓言》）的文章，固然是因为本书篇幅有限，更重要的原因还在于福克纳的作品基本没有译成中文，恐贻本末倒置之讥。① 这种反差揭示了改革开放初期，走出"现代主义禁区"的艰难。创刊于1981年的《美国文学丛刊》，是中国美国文学研究会会刊，1984年停刊。这期间，共出版12期，内容主要集中在作品翻译（含研究文章译文）和评论文章等方面。其中，就有福克纳短篇小说翻译作品。1984年第1期刊登的李文俊的《〈喧哗与骚动〉：人物形象与艺术手法》一文，对福克纳这部作品做了全方位分析，解说了南方堕落以及现代人精神危机的主题。在其他刊物中，与上述专刊的关注类似，诸多综论研究的重点也放在现当代美国文学的介绍和评述上，再次表明美国文学研究界对了解美国文学新近发展态势的重视。1984年，《喧哗与骚动》由李文俊翻译完毕，以单行本的形式由上海译文出版社出版。尽管早在1981年该书以节选形式出现在《外国文学季刊》上，但以单行本的形式出现的《喧哗与骚动》，无疑使得福克纳的意识流创作手法更加全面地展示给读者群体。李文俊特别强调了福克纳与传统现实主义的深厚渊源，并指出了小说的价值意义，他在译序中写道："我们完全有理由认为《喧哗与骚动》不仅提供了一幅南方地主家庭（扩大来说又是种植园经济制度）解体的图景，在一定程度上，也包含有对资本主义价值标准的批判。"② 到1999年底，李文俊推出《福克纳评传》，至此，李文俊所言"我的Faulkner Period

---

① 李文俊：《福克纳评论集》，李文俊编选，中国社会科学出版社1980年版，前言，第4页。
② ［美］威廉·福克纳：《喧哗与骚动》，李文俊译，上海译文出版社1984年版，前言，第11页。

（福克纳时期）大概至此告一结束"。① 在此之前，李文俊还陆续译出《我弥留之际》《去吧，摩西》《押沙龙，押沙龙！》等小说。而在翻译之外，李文俊还发表了多篇福克纳的研究论文，包括《〈福克纳评论集〉前言》（《读书》1980年第8期）中，对福克纳的研究层面做了归纳，体现在两方面：南方题材与表现手法。前者包含美国南方历史和现代知识分子的身份困惑与精神苦闷；后者主要涉及"意识流""对位式结构""时序颠倒""象征隐喻"等文学创作手法，成为后来福克纳研究者的主要内容。在《约克纳帕塔法的心脏——福克纳六部重要作品辨析》（《外国文学》1985年第4期）一文中，李文俊对《喧哗与骚动》《圣殿》《八月之光》《我弥留之际》《押沙龙，押沙龙！》和《去吧，摩西》这六部作品进行较为细致的分析，并对作品的主题思想与写作特色进行评述。对于《喧哗与骚动》，李文俊认为其包含了传统文学和现代两种元素，与从"忏悔的贵族"立场出发批判农奴制度的俄罗斯文学属于同一社会思潮下的产物；文章还强调了福克纳对历史和现代的双重视角，忠实地记录了美国过去的社会图景，并对现代人有更深层次的心理学和现代哲学上的思考，表现了现代人和现代社会的复杂性。

20世纪初至"二战"前期，中国学界对福克纳的研究，主要集中在《熊》《喧哗与骚动》《我弥留之际》《八月之光》《押沙龙，押沙龙！》等作品，主要是关注作品中的象征艺术、文化分析、文体风格、写作技巧、美国南方等主题。在关注度上，福克纳是除了海明威、奥尼尔之外，最被关注的作家，并在学界呈持续上升趋势。②

福克纳的文字代表了西方现代文学叙事的一个顶峰，这与新时期我国的外国文学研究者迫切希望了解外面世界、获取新信息的心情具有一定的内在默契关系。在新时期之初，中国文学界急切地将目光投

---

① 蓝仁哲：《福克纳的魅力》，《小说家》2000年第6期。
② 陈建华主编，江宁康、金衡山、查明建等著：《中国外国文学研究的学术历程·美国文学研究的学术历程》第4卷，重庆出版社2016年版，第171—172页。这里的关注度主要从研究文章的数量看，对于研究文章的统计数量，笔者参看了相关的数据统计量表。

向西方，寻找变革动力。新时期初期的十几年，是中国的美国文学研究的复苏、发展和初步繁荣时期。然而，如赵毅衡所说，"与五四时期的作家不同，当代中国作家大都不直接阅读原文"①。新时期初期关于福克纳的研究，大概分为两类，一类是综论，另一类是作品分析。前者以介绍作品内容、主题和思想意义为主，同时也有专题分析作品中的乡土意识、种族问题等，以及与其他作家的比较；后者主要集中在几部重要作品，包括对《喧哗与骚动》②《我弥留之际》③《八月之光》④ 和短篇小说《熊》⑤《献给艾米丽的玫瑰》⑥ 等的分析，文章数量较少。

到了20世纪90年代，美国文学研究则在广度和深度上进一步深化。纵观此阶段的福克纳研究，从出版的20余部美国文学教程上看（不完全统计）⑦，基本都涉及福克纳，这些教程具有"文史结合"或"史选合一"的风格意识，其中《献给艾米丽的玫瑰》《干旱的九月》出现频率较高。20世纪90年代，在国内还召开了两次福克纳国际研讨会。1992年，第一次由北京大学英语系联合中国社会科学院美国研究所在北京召开；1997年，第二次由北京大学英语系与香港浸会大学英语系、香港港美中心联合举办，次年出版了由陶洁主编的此次会议学者的英文论文集，内容涉及写作艺术、小说评价及影响研究，该论文集引起国外学者的关注，《美国文学研究》（*American Literary Schol-*

---

① 赵毅衡：《当说者被说的时候》，中国人民大学出版社1998年版，第266页。
② 李文俊：《〈喧哗与骚动〉译余断想》，《读书》1985年第3期。
③ 屈长江、赵晓丽：《魂兮归来——〈我弥留之际〉的一种解读》，《读书》1989年第3期。
④ 李万遂：《美国南方社会的一曲悲歌——福克纳〈八月之光〉主题和人物浅析》，《四川外语学院学报》1985年第4期。
⑤ 顾胜：《论威廉·福克纳小说〈熊〉的综合文体风格》，《外国文学评论》1988年第3期。
⑥ 裘小龙：《从〈献给艾米丽的玫瑰〉中的绿头巾想到的》，《读书》1980年第9期；施少平：《一幕耐人寻味的现代悲剧——福克纳〈纪念爱米丽的一朵玫瑰花〉浅探》，《求是学刊》1987年第4期。
⑦ 陈建华主编，江宁康、金衡山、查明建等著：《中国外国文学研究的学术历程（第4卷）：美国文学研究的学术历程》，重庆出版社2016年版，第221页。

arship）对此作了专门介绍。

这一时期的福克纳作品研究方面，涉及《喧哗与骚动》《我弥留之际》《八月之光》《押沙龙，押沙龙!》《熊》等小说作品，内容涉及"乡土意识"①"文化背景"②"美国南方""悲剧意识"③"黑人形象"④"叙述结构"⑤"比较研究"⑥ 及系列评传⑦等，福克纳成为除海明威之外被国内学者关注度最高的美国作家。特别是进入 21 世纪以来，美国文学的跨学科研究，在中国学界取得突破性进展，尤其是将美国文学与文化认同、宗教思想、生态环境、民族关系、大众传媒和文化批评理论的译介联合起来进行探讨，取得了一系列成果。将福克纳研究放在这一美国文化的大背景下加以考察，也大大拓展了福克纳研究的视野。

改革开放四十余年，使美国文学研究，在高校里逐渐壮大起来。从研究发表趋势看，近二十年福克纳研究发展势头不错，但近五年，发展有减缓趋势（注：以福克纳为关键词在知网中的检索结果，见图 1）。

特别是进入 21 世纪的近二十年来，据不完全统计，在中国出版的福克纳研究译著已有几十部，国内福克纳研究的专著达到六十多部（不完全统计，实际出版的专著数量应该更多)⑧。而从高校硕士、博士

---

① 黎明：《论威廉·福克纳的乡恋情结》，《西南师范大学学报》1999 年第 5 期。
② 肖明翰：《福克纳与美国南方文学传统》，《四川师范大学学报》1996 年第 1 期。
③ 陶洁：《〈喧哗与骚动〉新探》，《外国文学评论》1992 年第 4 期。
④ 肖明翰：《矛盾与困惑：福克纳对黑人形象的塑造》，《外国文学评论》1992 年第 4 期；张淑媛：《走近福克纳及其黑人世界》，《文艺争鸣》1998 年第 3 期。
⑤ 刘晨锋：《〈喧哗与骚动〉中变异时空的美学价值》，《外国文学评论》1991 年第 1 期；许志强：《〈我弥留之际〉的一个评注》，《外国文学评论》1999 年第 2 期；肖明翰：《〈押沙龙，押沙龙!〉的多元与小说的"写作"》，《外国文学评论》1997 年第 1 期；肖明翰：《〈押沙龙，押沙龙!〉中的哥特手法》，《四川师范大学学报》1991 年第 5 期。
⑥ 朱世达：《福克纳与莫言》，《美国研究》1993 年第 4 期；肖明翰：《大家族的没落——福克纳和巴金家庭小说比较研究》，广西师范大学出版社 1994 年版。
⑦ 潘小松：《福克纳——美国南方文学巨匠》，长春出版社 1995 年版；肖明翰：《威廉·福克纳研究》，外语教学与研究出版社 1997 年版；李文俊：《福克纳评传》，浙江文艺出版社 1999 年版。
⑧ 具体见附录 1 附表 2。

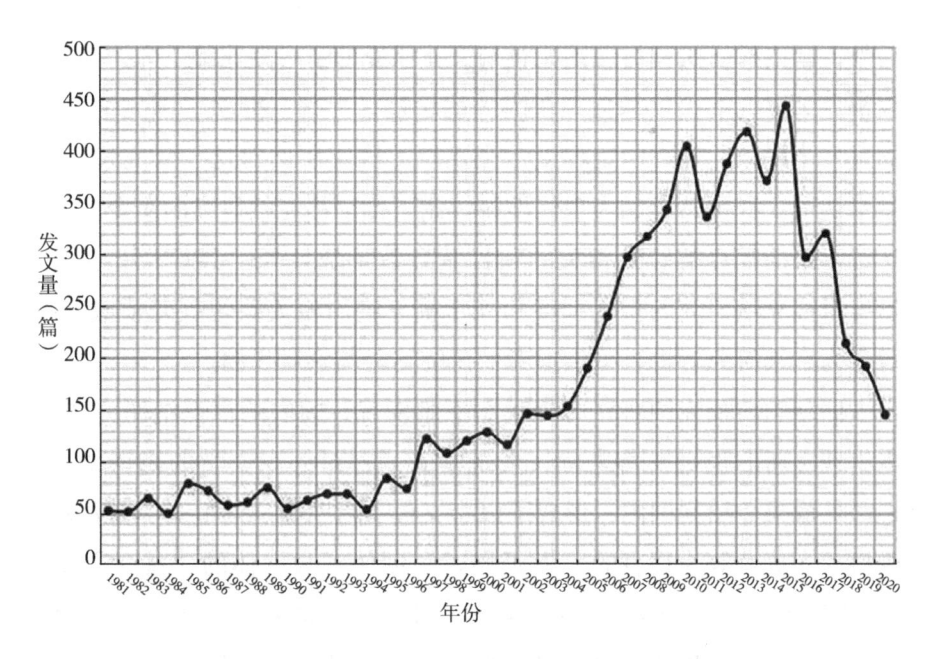

图1　改革开放40年来国内福克纳研究发表趋势

学位论文选题来看，将福克纳作为研究对象的论文也在逐年增加，截至2023年7月，从《中国优秀博硕士学位论文全文数据库》里可以检索到的研究福克纳的硕士学位论文已达600多篇，博士学位论文28篇。①

各高校的硕士、博士学位论文选题，也拓展了福克纳研究领域，这些学者成为福克纳研究的中坚力量。除李文俊、肖明翰、陶洁、蓝仁哲等学者外，一批具有博士学位的青年学者纷纷著书立说，加入到福克纳的研究队伍中来，成为福克纳研究的生力军，如刘佳波、朱振武、李萌羽、蔡勇庆、李常磊等。这些青年学者能够紧跟时代学术前沿，学术专业水平不断提高，也使得当代中国学者以福克纳为缩影的美国文学研究水平不断提高，研究者整体水平得到提升，他们能够在开阔的视野中，研究美国文化艺术与中国文化艺术之间的关系问题。

---

① 笔者将硕士、博士学位论文选题进行主题分类，形成13类量表，可以直观呈现历年选题内容，具体内容见附录2附表5至附表20。

另外，国内科研机构对美国文学与文化研究的学科专业给予大力支持，仅福克纳研究的项目基金，在国内就超过二十项，推动了福克纳研究的进一步深入，这在一定程度上也反映了国家层面对这一研究领域的学术认可，科研基金成为现代学科体制下推动福克纳研究的重要内容。从近年来的福克纳研究相关的项目基金数量统计①还可以看出，国内学界对福克纳研究的重视程度和关于福克纳的相关课题研究领域，同时也为后来研究者提供可供参考的研究路径与选题思路。

回顾国内福克纳研究历程我们不难发现，国内的福克纳研究热基本出现在新旧世纪交替之际，大批学者通过对外国文学的翻译研究，把国外成果介绍到国内，形成了以李文俊、肖明翰、刘道全、蓝仁哲、朱振武、莫言等为代表的、集研究者和创作者为一体的"福学"圈。"福学"研究的主题涉及接受美学、社会学、心理学、历史、空间、时间、种族、基督教文化、叙事策略、创作观念、个人经验、叙事技巧、语言艺术、综合评论等，几乎涵盖所有关涉福克纳作品的研究内容。特别值得一提的是，本书较为关心的神话学视角方面，同样也受到了一些学者的关注。例如，肖明翰在《福克纳与基督教文化传统》（《外国文学》1994年第4期）一文中认为，尽管福克纳曾公开声明相信上帝，但他对基督教文化传统，其实也有批判的内容。刘道全在《救赎：福克纳小说的重要主题》（《外国文学》1998年第3期）一文中指出，福克纳借助基督教原型，在作品中传达了一个重要主题：救赎。刘道全在《创造一个永恒的神话世界——论福克纳对神话原型的运用》（《当代外国文学》1997年第3期）一文中认为，福克纳在运用神话原型时，常常为自己的小说安排一个对应的神话原型结构，有意识地处理作品中的人物、故事、结构，使之隐含在人们熟知的某一神话故事之中，如《喧哗与骚动》《押沙龙，押沙龙！》和《我弥留之际》的隐含结构。该文同时指出，福克纳运用这些现代神话的目的，

---

① 见附录1附表3。

是以此象征整个人类的命运。类似的文章还有刘建华撰《福克纳小说中的神话与历史》(《外国文学》1997年第3期)，通过追问美国文学评论家帕特里克·奥道纳尔在其所著《福克纳与后现代主义》一书中提出的福克纳的后现代性，以及福克纳对自己作品进行修改的能力的问题，指出福克纳不断用历史修改神话，从而使其建构的"约克纳帕塔法"神话世界变得更加具体，也更复杂、更接近历史，这也从侧面呈现了福克纳的艺术创作历程。

进入21世纪之后，对于国内学界福克纳研究的关注点和研究动向，我们可以从2010—2023年期刊文章被引频次①看出近十多年来学界福克纳研究侧重点的变化：从起初仅对其经典作品进行研究逐渐转向涵盖其更多作品的研究，再到从电影、音乐等大众消费文化入手，进行消费社会中的"物文化"研究。在知识全球化快速推进的今天，在传统研究主题之外，进行跨学科研究成了"福学"研究的当下亮点。但从整体上看，近十年来国内学界的福克纳研究热度不算高。

综上所述，从整体来看，国内外研究者对福克纳及其作品，从内部研究到外部进行多层面、多角度乃至跨学科（特别是21世纪以来这种倾向较为明显）的探讨，既有总结性的研究，也有具体的分析研究，还有回顾和反思的综述性研究；所涉及的相关理论和方法也呈现多元化态势，既有多元批评方法，也有语言学研究及其他跨学科研究方法。如结构主义、解构主义、心理分析、读者反应、女权主义、主题分析、形式主义、存在主义、后殖民、新批评、新马克思主义、历史与社会道德批评等，所用理论呈现出由传统的文学批评经典理论向边缘化理论倾斜的取向，相关理论也进入了"后理论"时代，这些理论自身发展的驳杂性和不稳定性在一定程度上阻碍了其与福克纳研究的契合度。涉及学科领域涵盖语义学、符号学、接受美学、现象学、心理学、人类学、历史学、语言学、修辞学、语义学、宗教学、叙事

---

① 见附录1附表4。

学等,研究者运用这些学科知识对福克纳传记、福克纳与南方文化、种族主义、语言艺术、叙事技法、通俗文化之间的关系等进行深入研讨和挖掘。在"后理论"时代,研究者多将叙事作品视为文化语境中的产物,关注作品与创作者以及接受语境之间的逻辑关联。近几年,伴随着"后理论"的发展、信息化水平的提高以及媒介技术手段的日益更新迭代,上述的跨学科多元化对话研究趋势逐渐加强,主要集中在三方面:一是福克纳与现代主义①;二是福克纳与电影、信息化等媒介手段的关系研究,与其他作家的平行研究和影响研究;三是针对福克纳作品的文本再细读,重温大家熟悉的经典代表作的同时,关注到福克纳早期的诗歌绘画作品以及后期的作品。

从福克纳研究的中国视角看,早期国内的福克纳研究,多是评介性质的,真正意义上的研究较少。随着研究的不断深入,特别是改革开放后,福克纳研究呈现去政治化和文学审美化的研究倾向。进入21世纪后,福克纳研究更加注重文学的审美价值,研究也呈现出多元化的发展态势,并且产生了积极效应:研究者增多,也加快了美国文化在中国的传播,促进了中国学界对美国文学的认识、理解、反思、批评及接受,对中国小说产生重要影响。其中的问题也是明显的,陶洁就曾指出:"我国福克纳研究起步较晚,但发展迅速。存在的问题主要是重复研究,对他的后期作品以及现实主义创作手法研究不足等。"② 除此之外,当下学界的福克纳研究主要存在以下问题:一是研究视域越来越狭窄,缺乏整体全局眼光;二是重复性劳动较多,具有开拓性的研究较少;三是除传记性研究外,学者型研究系统性不够;四是受作品难度、研究者专业素养及其他因素影响,跨学科研究不足。面对国内福克纳研究存在的问题,朱振武开出的处方是"只有既立足于文本又不局限于文本,既发散思维又能回归作品,收放自如地探讨

---

① 此处现代主义作为一种多元化整体性综合性的艺术。
② 陶洁:《新中国六十年福克纳研究之考察与分析》,《浙江大学学报》(人文社会科学版)2012年第1期。

作品的内涵与外延，中国的福学研究才能打开局面，重塑辉煌"①。

由上文梳理可见，福克纳作品中呈现出来的神话现象异常突出而关注者相对较少，特别是国内学者对此关注更少，而运用神话诗学的视角对福克纳的整体创作观和作品进行全面系统的研究就更匮乏了。鉴于此，本书将在前人研究者的基础上，从学界极少涉猎的神话诗学视角对福克纳的小说展开研究和探讨，从宏观上对福克纳的作品进行整体把握，在微观上进行文本细读，以期发掘出福克纳及其作品潜隐着的神话结构体系和作品中长期被遮蔽的一些诗学特质，推进福克纳研究的新发展，也为中国的文学研究提供一种新的解读视角和可能经验。

第三节 理论基础、价值意义与研究径路

科学的研究领域不以"事物"的"实际"联系为依据，而是以"问题"的"思想"联系为依据：凡在以新方法探索新问题并且一种揭示意义重大的新观点的真理借此而被发现了的地方，一门新的"科学"就形成了。

——马克斯·韦伯②

神话是文学艺术的土壤和原初质料，是人类历史上极其重要的文化现象。神话自诞生之日起，就左右着人类的精神生活，对人类自我意识及意识形态的形成起着关键性作用。神话之于文学，最大限度地构建了人类文化的诗性深度和诗性广度，展示了人类自由美好生活的意义价值。对神话的认知，不仅促成了世界各国文学与不同民族文化之间的多元互动、交流互鉴，而且在一定意义上，重塑了人们对民族

---

① 朱振武、郭宇：《美国福克纳研究的垦拓与创新》，《当代外国文学》2011年第1期。
② ［德］马克斯·韦伯：《社会科学方法论》，韩水法译，中央编译出版社1999年版，第19页。

国家的历史精神价值信念。

一 理论基础与价值意义

人类信仰的普遍性与信仰内容及其表现形式的多样性，成为人类认识文明差异性存在的关键。科学和理性不是文明发生的原因，只是文明发展的结果，因此不能作为文明的必要条件，而神话观念与宗教信仰才是文明发生的必要条件。在此意义上，汤因比在《历史研究》（上）第二部"文明的起源"，以及继第四章"问题的提出以及为何无法解决"之后，在第五章"挑战与迎战"部分，有两个小节标题都用到"神话"：第一节为"神话的线索"，第二节为"相关的神话"。①作为严谨的历史哲学家，用非理性的"神话"去解释世界文明的起源难题，这足以引起文学研究者的注意，为我们思考文学中的神话问题提供参考。在分析本土信仰与外来信仰的置换的时候，国内神话学者叶舒宪就指出："神话观念决定了文明信仰之间的差异。"② 其实，文化在传播过程之中存在一条因果关系的链条，这也是文明多样性的表征，在文学研究层面，追溯神话的元典价值成为必然。

神话，这一术语似乎自亚里士多德始就正式进入了诗学系统。在亚里士多德的《诗学》中，"神话"意味着"情节"（完整行动的摹仿）、"叙述性结构"（由情节而起，有突转或发现、单一或双重等）、"寓言故事"等③；与此同时，它还带来了它的反义词——"逻各斯"（Logos），一个让无数智者哲人敬畏而思考不尽的范畴。其实，诗学总是与哲学思辨联系在一起的，一个民族的诗学文化传统，往往与其哲学思考所设定的中心紧密相联。在此基础上，民族自身的诗学理论带

---

① ［英］阿诺德·汤因比：《历史研究》（上），郭小凌、王皖强、杜庭广等译，上海人民出版社2016年版，第66—84页。
② 叶舒宪：《玉石神话信仰与华夏精神》，复旦大学出版社2019年版，第375页。
③ ［古希腊］亚里士多德：《诗学》，罗念生译，上海人民出版社2005年版。

着政治价值判断的微风吹向了艺术的审美空间。德里达认为:"每一次哲学讨论,必然地有一种政治意义。……因为哲学讨论总是把哲学的本质与政治的本质维系在一起。"①"逻各斯"成为了西方诗学语境的中心主义,其在自律性言说,在场的意义源于"逻各斯",它成为文化信仰的布道者和隐喻智慧的文化施暴者。"在本体论的意义上,东西方诗学文化传统都无法逃避设定一个形而上的超验中心作为'思'、理性及逻辑起始与回归的终极——'telos'。这个终极不仅成就了一个民族的诗学文化传统,也成就了一个民族思者自身的智慧、野心和生存价值;因此,这个终极就是使诗学文化在哲学的维度上得以发生且成为可能的本源。"②"神话"是一种叙述,是故事的、直觉的、非理性的,而其对立面的"逻各斯"则是哲学的、系统的、辩证的对话,是揭示性文学,这两者的关系亦如埃斯库罗斯的悲剧与苏格拉底的辩证法。

在17—18世纪,"神话"这一术语与当时的启蒙时代语境似乎"格格不入",人们使用"神话"时通常都带有轻蔑的含义,从科学和历史的视角看,它是虚构的,不真实的。直到维科的《新科学》出现,这一情况才发生了转变。在经过浪漫主义之后,特别是在尼采发出"上帝已死"的呼告后,"神话"像诗一样成为了真理或者类似于真理的东西,其地位也逐渐从边缘走向了中心,取得了正统地位。当然,这里所指的"真理"并非与历史的或者科学的真理成为一种对抗关系,而是它们的补充。神话作为文学中的一种现象,如瓦·叶·哈利泽夫所指出的:"第一,这是虚构的物象世界,是'词语之外'的现实的现象。第二,这又是实实在在的言语的组织、话语的结构。文学作品的这种两层面性使学者们有理据来谈论,文学是将两种不同的艺术融为一体,即虚构的艺术和词语本身的艺术。"③

神话是无名氏讲述的故事,"那些传世古远的神话,通过歌手的艺

---

① Jacques Derrida, *Margins of Philosophy*, The University of Chicago Press, 1982:111.
② 杨乃乔:《东西方比较诗学:悖立与整合》,文化艺术出版社2006年版,第80页。
③ [俄]瓦·叶·哈利泽夫:《文学学导论》,周启群、王加兴、黄玫等译,北京大学出版社2006年版,第127页。

术保持着勃勃生机并充满活力"①，这种"自由表达关涉生命意志与实践理性活动"②，讲述着世界的起源和人类的命运。在人类经验中，大自然的观念具有亘古不变的深刻内涵，"对大自然之同情的关照"还在"语言床的阶段"，在神话时代，就已然与人相伴随。③ 在潜隐2000多年后，"神话"在19世纪中叶后又花开第二春，伴随着现代艺术中的非理性而复活，也成为了现代批评家笔下的高频词。如果说古典的和中世纪的神话主要附属于哲学与文学的话，那么现代神话的意义范围则涉及了宗教学、人类学、社会学、语言学、民俗学、心理学等诸多领域，尤其在语言学领域受惠颇丰。在国内文艺学界，经研究者们多年不断推进和深入运用神话研究，逐渐形成了叶舒宪所命名的"神话－原型批评"理论体系，以区别源于国外的"神话批评"和"原型批评"。叶舒宪将这一理论体系概括为以下四类：（1）剑桥学派：仪式与文学的发生；（2）荣格学派：原型心理学研究；（3）原型的文化价值研究；（4）原型的语义学和语用学研究。④ 并且，他还在《文学人类学教程》一书中，深入讨论了"语言学转向"之后的20世纪文学学科发展的"人类学转向"⑤，介绍了相关内容在学术界较为普遍的知识观和研究范式的拓展情况。

在19世纪最后二十年间，神话开始全面复兴，这是西方知识分子

---

① [美]约翰·迈尔斯·弗里：《口头诗学：帕里—洛德理论》，朝戈金译，社会科学文献出版社2000年版，第96页。
② 李咏吟：《诗学解释学》，浙江大学出版社2013年版，扉页。
③ 参见[俄]瓦·叶·哈利泽夫《文学学导论》，周启群、王加兴、黄玫等译，北京大学出版社2006年版，第265页。
④ 叶舒宪编选：《神话—原型批评》，陕西师范大学出版社2011年版，第1—28页。
⑤ 叶舒宪：《文学人类学教程》，中国社会科学出版社2010年版，第39页。作者从比较文学和文学理论的专业范围着眼，勾勒出20世纪的人类学转向所带来的变化线索，并对转向以后的发展态势做出某种相应的文献揭示和前瞻式描述。涉及的文学研究新理论命题及其与人类学的分支学科对应情况共计有20项：（1）原型批准中的神话仪式学派；（2）文化研究中的文化人类学范畴；（3）文学解释学；（4）新历史主义文学批评；（5）后殖民批评；（6）生态人类学；（7）政治人类学；（8）宗教人类学；（9）符号人类学；（10）语言人类学；（11）影响研究中的文化传播论；（12）平行研究中的文化对应现象研究；（13）人类学诗学；（14）形象学中的文化他者理论；（15）译介学；（16）离散文学；（17）少数民族文学；（18）口传文学中的民族志诗学；（19）性别诗学；（20）从叙事学到叙事治疗学。从以上20个新理论命题入手，检讨了相关的人类学知识背景，并集中到一个跨学科方向上，提出建构文学人类学的新理论视点，期待学科旧范式的转变。

自识、反思的结果，由此逐渐形成的神话学，成为近代西方思想体系中的重要组成部分，并且逐渐成长为一种新型的"神话学学科"。"相比其他学科，神话学的总体性诉求、普遍性旨趣、具体素材选择及研究方法等都更具有比较性。这有以下两方面原因。一方面，作为被现代人发现的、能与'逻各斯'相对立的人类思维方式，'神话'的价值在于成为研究载体，通过它'发现'前现代、异文化中所隐匿的人类心智、文化和社会发展规律。这种'发现'必然需要广泛关注和比较不同时间、地域的人类社会。另一方面，在古今纠结缠绕的现代性转型中，只有当历史时间被视为物理学意义上的单线时间，即神话时间（包括宗教时间）成为自然时间时，神话学研究才成为可能。神话学及其衍生出来的神话思维、神话结构、神话隐喻、仪式、象征等范畴无不需要在与'现代'相对的'过去'，或'他者'的时空文化样态中相互比较而产生。"①

在20世纪初，以弗雷泽（James George Frazer）《金枝》（*The Golden Bough*）为代表的文化人类学著作，给予沉闷的传统西方思想以极大的刺激。在此基础上，神话研究开始全面复兴，成为现代主义文学艺术中的一大潮流。这一潮流在20世纪末演变成为席卷全球的更大规模的神话—魔幻主义思潮。与前一次相比，后一次常常被称为"新神话主义"。在一定程度上，它是现代文化工业与消费主义驱动下的产物，体现反叛现代性生活方式的价值倾向，要求回归和复兴神话、巫术、魔幻等原始主义的世界性文化诉求。T. S. 艾略特的《荒原》（*The Waste Land*）与弗莱（Northrop Frye）的《批评的解剖》（*Anatomy of Criticism*）分别成为深入发掘神话遗产中充分发挥"个人写作才能"的诗歌经典和展示文艺批评大师风范的批评类经典。《荒原》开篇，作者用注释的形式，阐明自己受《金枝》的影响；乔伊斯在创作《尤利西斯》（*Ulysses*）时，同样从世界神话与仪式的大全《金枝》中获取灵感。在文学翻译过程中，

---

① 叶舒宪、谭佳：《比较神话学在中国：反思与开拓》，社会科学文献出版社2016年版，第3页。

出现了"知识生产文学"新命题。这一命题在大卫·丹穆若什（David Damrosch）的《什么是世界文学?》（*What Is World Literature*）中得到突出体现。他认为，从流通、翻译以及创作层面，在所有这些可变性里，可以发现，当代世界文学流通的不同形式和新出现的模式中存在着家族相似性。由此，他提出以世界、文本和读者为中心的世界文学三重定义："一、世界文学是民族文学的椭圆形折射；二、世界文学是从翻译中获益的文学；三、世界文学不是指一套经典文本，而是指一种阅读模式——一种以超然的态度进入与我们自身时空不同的世界的形式。"[1] 这一定义也对研究者们的专业素养提出了新的要求，世界性"知识共享"模式的开启，在流通、翻译、阅读层面，更加强调了个体的主观能动性。世界文学具有了极大的包容性和开放性，从过去到当下、从地方区域到世界舞台，这之间构成一种双向互动模式。就像霍尔指出的那样："文化涉及的是'共享的意义'。如今，语言是具有特权的媒介，我们通过语言'理解'事物，生产和交流意义。……语言作为一个表征系统来运作，组建意义、维持参与者之间的对话，建立共享意义，从而以大致相同的方法解释世界的一种文化。"[2] 这种流通、翻译、再创造过程，如果在学科上有所体现的话，其实是"在研究视域上敞开而借助于异质文化照亮自己的学科"[3]。我们今天把神话视为文学，其实"今天意义上的文学是被中文系、外国文学、古典文学、现代文学、当代文学这些'铁路警察'划分了的文学。在商周时期，却没有这种界限，那个时候，只要记录下来的东西，都带有一种民族经验的记忆"[4]。

人类的文学观念，在18—19世纪的时候逐渐突破了民族国家的范

---

[1] [美]大卫·丹穆若什：《什么是世界文学?》，查明建等译，北京大学出版社2015年版，第309页。
[2] [英]霍尔编：《表征：文化表象与意指实践》，徐亮、陆兴华译，商务印书馆2003年版，第1页。
[3] 杨乃乔：《比较诗学与跨界立场》，复旦大学出版社2011年版，第35页。
[4] 叶舒宪：《金枝玉叶——比较神话学的中国视角》，复旦大学出版社2012年版，第236页。

围,具有了"总体文学"的"世界文学"的理念。"民族国家的出现,也就是本土语言扩张为共通语言,从用这些共通语言撰写的各种新文学的响应发展之间的有机联系和相互依赖来看,文学资源的聚集必然根植于国家的政治历史之中。"① 20世纪初,伴随着文化人类学、比较文学等学科快速突破所谓的国界范围,在世界领域迅猛崛起,在文学创作和批评的共同作用下孕育发展出了"文学人类学"理念,在创作层面体现出"人类学想象"。就作家福克纳来讲,在他的那个年代,并没有出现"文学人类学"这一个术语。但是,从他的创作过程及其作品内容看却极具"文学人类学"意味,体现出作家前瞻性和极强的个人素养、专业素养,或许正是因为他没有经过学校"训练",才有了这样天才的想象、跨学科的思维方式以及不断突破自我的文学艺术创作理念。他的这种理念与后来"文学人类学"的相关理念有着高度的"暗合"之处。例如,他在《押沙龙,押沙龙!》中的"人类学想象",对想象世界进行"田野化",具有了人类学视野下的"民族志写作"的影子;《寓言》则具有文学人类学观念下的"自传式写作"韵味;《喧哗与骚动》《我弥留之际》《去吧,摩西》等的作品,也无一不充满了"人类学想象"。

在发展过程中,作家人类学意识中的神话回归的源头,即成为了诗学,这也是文学研究中不可分割的一部分,而不是边缘性的或"附加物"。对于文学人类学来讲,顾名思义,它的学术伦理和研究范式受到人类学的强烈影响,借助于后殖民批判的全球知识观变革而日趋活跃,主张文学研究突破传统的"书面文学观"以及现代性的魔咒,"文学"不再局限于"书写文本",还包括口传文本。其实,对于细心的读者或研究者来讲,在福克纳的作品中就可以发掘出诸多"口传"的影子,如黑人口传的"灵歌"、土著印第安人的"口传神话"。我们可以把福克纳的这种叙事"作为一种过程,叙事总是在生成过程中,

---

① [美]大卫·达姆罗什:《新方向:比较文学与世界文学读本》,陈永国、尹星主编,北京大学出版社2010年版,第216页。

在对话性的互动中，自然发生且不太确定，存在于并且帮助创立一个真实的、有潜力的、具有探究性的社会"①。当然，在福克纳的世界观中，也难免出现韦伯在论述资本主义精神时言说的："既不能也完全没有必要理解为对我们的观点唯一重要的那种东西。之所以如此，乃是'历史概念形成'的本质造成的。在方法上，其目的并不是要将历史真实置于抽象的类别概念里，而是努力将其置于具体的、动态的相互关联之中，但这样做的结果往往会不可避免地带有个体色彩。"②

神话通常被定位在过去，曾经被当作"真实"的故事。但是，从公元前5世纪的修昔底德开始，这一"历史"标准似乎不再适合。在他看来，"神话"作为解释性的传说，不具备令人满意的基础，应该把它与"真实的"历史区别开来。有研究者认为，修昔底德是"给过去强加了一个新的概念，强调人们应该把业已展开的对最近的过去的研究，扩展到遥远的过去，认真思考人类关于历史的言说，判断其真实性和虚构性"③。有很多时候，神话是被蓄意制造出来的。加百利·诺德（Gabriel Naude）写道："很少有哪个民族不粉饰自己的起源，他们往往追溯到某个英雄或半神。"④ 对于某个民族来说，这种神话赋予了民族内在的自信，赋予过去和未来一种担保，拥有一种相对稳定的结构，也预示着种族某种可期的未来。如今，这样的神话依然在场，正如乔纳森·克拉克（Jonathari Clark）指出的"美国神话"。⑤ "美国神话"就像公民或民族身份一样，它是上帝的"应许之地"，有一种

---

① [美]伊万·布莱迪编：《人类学诗学》，徐鲁亚等译，中国人民大学出版社2010年版，第195页。

② [德]马克斯·韦伯：《新教伦理与资本主义精神》，袁志英译，上海译文出版社2019年版，第15页。

③ Bernard Williams, *Truth and Truthfulness: An Essay in Genealogy*, Princeton: Princeton University Press, 2002: 162-163.

④ Gabriel Naude, *Additions to the History of Louis XI* (1630), Peter Burke, The Renaissance Sense of the past, London: Edward Arnold, 1969: 74.

⑤ Jonathan Clark, *Our Shadowed Present: Modernism, Postmodernism and History*, London: Atlantic Book, 2003: esp. Ch. 5.

自然的优越感,为民族的稳定和团结提供基础。在福克纳的作品之中,这种"神话"表现为对过去深谋远虑的重写,以"诞生—成长—毁灭—再生"为线索,作家有意识地制造了一种连续性的图景。

原本神话创作只是无意识诗歌的基原,对诸如表现手段、艺术手法、行文风格等属于文艺理论(或称诗学)探讨的对象加之于神话。但是,神话将一般的意象用具体的感性的形式表现出来,具有了形象性的艺术韵味,从某种意义上讲,这又承继于神话。古老的神话不仅孕育着宗教、哲学观念,还是艺术(特别是口传艺术)的胚胎。"神话"这一充满敬畏的复杂性术语,在今天看来,依然是很难加以界定的。神话在20世纪世界性的文化寻根背景中被激发复活,到如今变成了一个"意义的范围",并出现在各个学科领域。那么,就有了这样的疑问,现代人到底有没有神话?或者有没有一套神话系统?有研究者认为:"神话是诗歌和宗教之间的共同因素。"[①] 正如叶·莫·梅列金斯基所言:"艺术形态之于神话,既承袭具体的、感性的概括手法,又承袭浑融体本身。"[②] 文学在发展过程中,往往将传统神话直接运用于艺术目的。有鉴于此,并受梅列金斯基《神话的诗学》启发,本书将在"神话诗学"视野下探讨福克纳的小说艺术创作,探讨其文学创作中的"神话主义"[③] 思想,即作家试图将现实生活"神话化"。本书以期在文学创作层面,去剖析作家福克纳是如何激发"人类学想象",通过"约克纳帕塔法"建构起美国南方的"民族志",并尝试建立福克纳小说

[①] [美]勒内·韦勒克、[美]奥斯汀·沃伦:《文学理论》,刘象愚等译,浙江人民出版社2017年版,第180—182页。韦勒克和沃伦在《文学理论》中,专门对"神话"这一术语做了一个相对简洁的历史性的梳理。同时对文学与非文学之间的界限进行了界分,提出了文学研究的"外部研究"和"内部研究"的分野,把文学与其他学科关系的研究归于"外部研究",把对文学自身的研究归于"内部研究",超越了传统文论从外部切入文学理论的研究思路,把重心置于文学本身。

[②] [俄]叶·莫·梅列金斯基:《神话的诗学》,魏庆征译,商务印书馆2009年版,第1页。

[③] 神话主义作为现代主义(19世纪下半期以后产生于资产阶级文学艺术领域的种种颓废主义、形式主义流派和倾向的统称)的一种现象,很大程度上产生于对资产阶级文化危机的意识,即对整个人类文明危机的意识。

神话诗学理论结构体系，以便能够更加深入地阐明福克纳所关心的最根本的问题，即人是什么？人将如何存在？以及人最终将走向何处？

从整体上看，福克纳的小说并不属于一种用于宣传或说教的作品，正如韦恩·布斯所指出的，"当作家有意或无意地试图把它的虚构世界灌输给读者时，他可以用史诗、长篇小说或短篇小说的修辞手法"，在"《八月之光》这样的非说教作品"① 中，意义则更为明显。其实这种关系在上文大卫·丹穆若什关于作品的流通、翻译与作家创作的观点中已经有所体现。"神话"作为一种"修辞"，必须对话性地植根于社会实践，让其自身在人类事物的运用中获得意义。像后现代社会建构论的奠基人肯尼思·工格根（Kenneth J. Gergen）指出的那样，本书的"写作留下了一个开放的空间，在其中，人类与周围环境需要被联系起来，在历史的进程中和平共处，维持生命的活力——或者相反，导致这一切都不能实现。更具理解性的理论和更加有效的实践还有待进一步发展。我们必须超越人类自身最重要、最有价值的狭隘观念，开始思考和真正承担关系的责任"②。其中，这种"关系是一种不断协调的过程，独立的——或关系的——人的观念自这一过程产生。关系的过程发生在我们关于人的观念之前，并可以解释这种观念的构成。而最终，我们需要着力维护和支持的也正是这样一种关系的过程"③。作为小说艺术大师的福克纳，其小说作品亦是处理这一动态关系的具象呈现，他站在人类整体的高度去体察人性、关注现实，在文本世界中借古喻今。

就文学艺术领域而言，在长期发展过程中，神话被直接作用于艺术目的。通常，神话被定位在过去，以"连贯一致的故事"的形式存

---

① ［美］韦恩·布斯：《小说修辞学》，华明、胡晓苏、周宪译，北京联合出版公司2017年版，第18页。
② ［美］肯尼思·工格根：《关系性存在：超越自我与共同体》，杨莉萍译，上海教育出版社2017年版，中文本前言，第2—3页。
③ ［美］肯尼思·工格根：《关系性存在：超越自我与共同体》，杨莉萍译，上海教育出版社2017年版，第1页。

在着。但在很多时候，神话是根据人们的需要而被蓄意制造出来的。比如人们建构起来的"美国神话"，它就像公民或民族身份一样，有一种自然的优越感，为民族的稳定和团结提供精神基础。这也就像福克纳的文本写作，留下了一个开放的意义空间，人类均置身其中。人类与周围环境构成了一种关系性的共同体，而这种关系性的存在，也一直处于动态变化之中，而"神话"作为这类关系中最具渗透力的一种"文化修辞"，必须对话性地根植于实践，让它处于"对话交流"中，才能获得意义。

宏观地看，在开放的现代性视域之下，"百花齐放、百家争鸣"的文艺理论建设为文学研究提供了坚实的理论基础。美国文学研究是中国外国文学研究的重要组成部分，美国小说研究则是其中的核心内容。以经典作家福克纳为研究个案，为美国小说研究发展提供更多的视角，对中国的美国小说研究发展乃至文学文化建设具有重要的学术价值和理论意义。

二 研究目的、观点与径路

承上所述，基于国内外福克纳研究的现状及存在的问题，本书从神话学视角切入，结合历时和共时的双重维度，对福克纳的小说进行整合性、跨学科研究。重点考察福克纳及其思想观点生成与发展的历史文化语境，探究福克纳研究的历史嬗变及其文学文化上的"世界性"效应，并总结中国福克纳研究中的得失，展望未来福克纳研究的趋势，从而为未来美国小说研究提供参照，也为中国小说研究提供经验和借鉴。具体来说，从神话诗学视角进行福克纳研究所具有的独特意义与价值，主要体现于下述观点和研究思路。

第一，本书对福克纳小说文本形成的"历史文化语境"的强调，是为了深入文本背后去挖掘促成文本形成的道德、政治、宗教、经济等诸多动机，尤其是美国作为"应许之地"所带来的不同文化传统的相互影响、冲突到融合，正是这一系列因素构成了小说文本的"语境"。我们在此语境下，才得以继续关注它们的语言风格、结构特征、修辞手法和表达技巧的运用等问题，包括南方基督教文化、印第安文化及外来元素之间的互动作用，都成为南方文化构建中的重要组成部分。只有将福克纳的整个创作历程置于更为宽泛的历史语境之中去考察，才能从起源、演化和反应的视角去审视他，去解读他的宗教、社会、心理和哲学等思想内涵。

第二，本书注重从实证角度，将定性分析和定量分析相结合，以图表形式展示相关数据分析，并以此为依据提出自己的学术观点。如对国内硕士、博士学位论文涉及福克纳的选题进行量化分析，全面掌握国内学者特别是中青年学者的福克纳研究动态，力图拥有"上挂政治史，下联教育史，左傍思想史，右带文化史（陈平原语）"[①]的视野，以及"科学合理的架构、丰富充实的史料、敏锐深刻的史识、客观公正的立场、高容百家的心胸（王向远语）"[②]，坚持西方理论话语与中国理论话语相融合，加强与域外学界的对话意识。既结合中国文学人类学倡导的文化大传统与四重证据法相勾连，图像与文字的互动阐释，又结合文学伦理学的批评方法，对文本进行细读。

第三，本书以神话诗学为视角，将福克纳纳入整个人类历史文明进程中去考察，内部研究与外部研究、横向研究与纵向研究、历时研究与共时研究、本土元素与外来元素相结合，在着眼考察神话传统对福克纳文学品格塑形的同时，提炼出福克纳在作品中潜隐的神话结构模式及作者的审美价值判断。借助中国文学人类学建构起来的知识体

[①] 此为北京大学陈平原教授在上海学术研讨会上的讲话内容。2013年年底，来自中国社会科学院、清华大学、南京大学、四川大学等高校和科研机构的数十位专家，围绕中国的外国文学研究的话题，对治学理念和治学方法展开深入讨论，陈教授在谈及自己从事学术史研究的心得和阐述学术史研究的方法论问题时如是说，同时参会的还有曹顺庆、王宁、陈建华、周启超、王向远、孟昭毅、朱振武、袁筱一和温华等。

[②] 陈建华主编，江宁康、金衡山、查明建等著：《中国外国文学研究的学术历程（第4卷）：美国文学研究的学术历程》，重庆出版社2016年版，第7页。

系，即"以文化文本及其符号编码原理为核心，以文史哲和宗教学不分的'神话历史'为认识目标，以三重证据法和四重证据法为新方法论系统的一种规范化、专门化的知识体系"① 对福克纳进行观照，本书将侧重于理论体系中的"小传统的文字文本解读的相关性、因果关系、神话历史"②，并结合大传统中非文字符号中的口传神话，将福克纳研究与本土经验相融合。力图将福克纳视为一个文化文本，特别是挖掘文本中的种族、性、婚俗、神话等人类学元素，破解文字背后的历史传统，强调文学的文化语境还原性研究范式，在实践中建立起"整体文学观"，让福克纳研究在与多元族群、多元文化的互动中，突破文字的遮蔽与文本的束缚，发挥其文化整合功能，同时为未来的外国文学研究提供本土视角。

第四，本书结构安排以潜隐于福克纳作品中的一套体系化的神话结构序列为线索，对福克纳作品中的相关叙事一一展开探讨，也即"诞生—成长—毁灭—再生"：第一章主要关注小说中的"诞生"主题，探索现代社会中的原始神话重构与文化身份构想，以小说《八月之光》和《喧哗与骚动》为突破口；第二章主要关注"成长类"主题，从神话叙事、文化记忆与身份追寻等层面探索成长过程中的系列问题，以小说《去吧，摩西》和《押沙龙，押沙龙！》为分析文本；第三章主要关注"毁灭类"主题，挖掘福克纳作品中的古老神话映照下的现代悲剧与乡愁困境主题，以小说《圣殿》和《我弥留之际》为阐释文本；第四章为"再生"主题，探讨全球化时代的现代神话与人类命运共同体问题，以小说《野棕榈》和《寓言》为分析文本。这些作品从不同的侧面，反映了神话中的某一类主题，一起构成一个有机整体，组成现代文学中的神话体系，呈现为"从生到死到再生"的生

---

① 叶舒宪作序，黄玲主编：《文学人类学研究的理论与实践》（上），光明日报出版社2019年版，第1页。
② 唐启翠、叶舒宪编：《文学人类学新论：学科交叉的两大转向》，复旦大学出版社2019年版，第5页。

命循环式神话整体结构叙述模式。需要特别指出的是，本书挑选出来的小说文本，在每一章中侧重一个主题进行言说，但并不是说这些作品仅限于此一主题，若从其他视角进行考察，可以发现其他奇迹，即所谓阐释的不确定性，这也是福克纳作品的魅力所在。他为思考人类困境和跨越不同时空的文化关联性，提供了意义深远、全面的美学模型。

第五，从国际学术前沿的发展趋势看，国内的福克纳研究还存在可以改进之处，特别是在经典文本阐释、跨学科研究、文学思潮、全球视野与本土经验的融合等层面还有许多拓展空间。福克纳研究作为一个经典案例，也是世界文学版图上不可忽视的图标。研究福克纳，对于研究美国文学、进入西方文化传统，认知西方、了解世界文化具有重大意义。

第一章 诞生：原始神话重构与文化身份构想

起初，神创造天地。

地是空虚混沌，渊面黑暗；神的灵，运行在水面上。

神说："要有光"，就有了光。

——《圣经·创世记》（1: 1-3）

20世纪既是物质文化快速发展的时代，也是神话复兴的时代。许多西方现代作家把目光转向远古神话，以期在远古的神话中寻找创作灵感，建构自己的现代神话。笔者认为，这一现象呈现出文学传统的再创造过程：先是吸纳与融合，然后产生"误解"，即创立新的语境。一般来讲，神话会经过非定型和虚构这两个发展阶段，作家又是"如何将事实融入神话之中的呢？"关于这个问题，美国人类学家阿兰·邓迪斯（Alan Dundes）认为"神话是关于世界和人怎样产生，并成为今天这个样子的神圣的叙事性解释"。① 如果把神话这一概念纳入文学视野来考察，这里的人成为高度抽象的符号，与人格化的符号没有太大区别。上帝创造了万物，或许他们大致以现在的样子而存在，但我们不可能把这样的故事与自然的真实相调和，而这在人为创世神话之

---

① ［美］阿兰·邓迪斯：《西方神话学读本》，朝戈金译，广西师范大学出版社2006年版，导言，第1页。

中，可以找到一些让人满意的答案。作家们重新创造过去，并将其在现在的语境中呈现出来，使得现世可以为世人所理解。作家在作品中，给我们提供一个具有诗意的世界，它在时间上，有始有终，在隐喻空间上，也能让人感受到它的顶端和末端。创世神话对人类的思想发展有着巨大的牵引力，人为的创世神话成为了人类创造和制造东西的折射。最为突出的现象是，欧美国家的文化研究，其聚焦于问题身份和身份塑造、经历及转化的多种方式，身体被视为一个斗争的场域。尤为重要的是对诸多不稳定性文化和文化身份的研究，这种文化本身就是不断变化的意识形态建构，在这个过程中，也呈现出文化或文化身份的不稳定性、延续性和断裂性特征。在某种意义上，身体成为了主体性建构的一个场域，身体是自我规划的一部分，是可以被塑造的，可以书写的，具有充分的言说功能。其中，身体实践的主体性往往承载着被动和主动选择两个层面，在小说故事中，呈现为人物被动或主动地与周围环境作斗争，在斗争过程中实现自己文化身份的转变。

福克纳作为美国最为著名的实验小说家，他虽通过艺术形式对神话进行加工，却也对虚构保持警惕，这一点可以通过他的小说作品来证明。他通过小说书写南方历史，同时也参与南方历史的建构过程，其作品的外在形式显示出小说对悲剧的模仿或对神话的再加工，而且在技巧建构和心理描写方面，很多地方都显现出古希腊、圣经神话的影子。出版于1929年的《沙多里斯》和1932年的《八月之光》，在某种意义上，都呈现出作者借美国南方故事重构创世神话的写作倾向，并对创世后人类的文化身份进行了构想。1929年出版的《喧哗与骚动》对"混沌初开"后出现的"众声喧哗"的世界进行了展示。不论是《八月之光》中莉娜和乔·克里斯默斯关于"我是谁？"的追寻，还是《喧哗与骚动》中杰生的与"物"同游，乃至对班吉"白痴"形象的塑造，他们都经历了个体主体身份建构或身份转变的标志性事件，均成为创世神话被重构后的言说对象，"约克纳帕塔法县"则成为故事人物活动的"伊甸园"①。

第一节 《八月之光》:原始神话重构与现代"道路"书写

1932年,福克纳的第七部小说《八月之光》(*Light in August*)②问世,这部源于作家脑海中"一个名叫莉娜的年轻姑娘,怀着身孕,决心赤手空拳地去寻找她的情夫"③的意象而创作的小说,一经问世,便备受读者青睐。

在这部小说中,作者延续了前几部小说以杰弗生镇为背景的构境模式,并对其进行拓展和深化,视野由家庭延伸到了城镇,环境描写也更加深入和集中。整个故事横向展开的时间为八月中旬前后,历时仅十天左右,但是纵向延伸的时间,却涉及了几代人的家族史。

小说以莉娜·格罗夫、乔·克里斯默斯、盖尔·海托华、乔安娜·伯顿为中心人物展开叙事。乔·克里斯默斯不能确定自己的血统,这成为他一生的梦魇,终其一生他都在追寻自己的伦理身份,想搞清楚自己究竟是黑人还是白人,但是,他最后才发现,生活中需要的只是简单的宁静。白人小姐乔安娜·伯顿深受种族主义和清

---

① 关于"伊甸园"相关概念的阐释,《圣经·旧约》有时称其为"耶和华的园子"(创世记13:10)、"耶和华的园囿"(以赛亚书51:3)、"上帝的园"(以西结书28:13),它与上帝的存在具有紧密的关联,它不仅仅是一个地方,而且是一种生活方式。《创世记》第二章描绘一幅原始纯真的景象,《创世记》3:1-6描述人类从纯真到罪恶的过程,《创世记》还描写了"堕落"给亚当夏娃的命运乃至整个宇宙带来的后果。堕落前伊甸园是圣洁理想的居所,堕落后则成为罪恶开始的地方。福克纳小说作品对"伊甸园"的构景具有强烈的文化指涉意蕴,是对美国南方社会图景的深描,具有"堕落"与"美好"的双重内涵,在一定程度上深化了美国文学宏大叙事的主题。本书将《八月之光》与《喧哗与骚动》的文本构境与"伊甸园原型"进行比照,更加强调了原始神话进行现代重构后所呈现出的一些表征意象,对处于"旧南方"与"新南方"的转型关键期的美国进行言说,福克纳的伊甸园书写是对传统田园理想书写的突破,艺术化地再现美国南方现实。

② [美]福克纳:《八月之光》,蓝仁哲译,上海译文出版社2008年版。

③ F. L. Gwynn and J. L. Blotner (eds.), *Faulkner in the University: Class Conferences at the University of Virginia, 1957–1958*, Charlottesville: University of Virginia Press, 1959: 74.

教主义思想影响，心灵扭曲乃至变态，成为城镇中的自我隔离者和生活中的孤独者。盖尔·海托华起初生活在对过去的幻想之中，沉浸于祖父的辉煌而不能自拔，最终在助产新生命的感悟下、在反异化的过程中开始觉醒，认识到自己的过错，懂得了人与社会的责任。莉娜·格罗夫一生都行走在路上，寻找孩子的父亲，她单纯天真、乐观自信、自然纯朴、宽厚仁爱，成为作家笔下一个非人格化的意味隽永的象征，俨然是大地母亲的化身。当然，莉娜的乐观并非总寄希望于明天的米考伯式①的乐观信念。在广阔的文本世界中，福克纳对人物进行几近诗意的描写，更为广泛地揭示出美国社会存在的问题。

作者在多角度、多线条叙事的基础上，尝试融入了一些喜剧性情节和侦探小说的叙事技巧，让人物意识流活动与时间的跳跃交织并存，从而拒绝读者试图以一条线索而窥全貌的阅读模式。小说大量采用对位、对置、反衬、对应等手法，在高度自由组合的结构框架内，嵌入故事主题和人物活动事件，使得小说极具内聚力和多元性，从而也让读者最难将其纳入理性思辨范畴并加以美学透视。正如迈克尔·米尔格特指出的那样："《八月之光》是一部远未读懂的小说。"② 在整体上，评论家米尔格特认为："30年代初期，福克纳的创作同时追求两大目标：一是探索小说形式，在结构和风格上，存在的最广阔领域和可能达到的极限；二是进一步建构他业已开始的神话王国——约克纳帕塔法世界。"③ 作者将现实事件与历史影响相互融合，充分展示了20世纪20年代以"杰弗生镇"为典型代表的美国南方的社会现实，赋予小说现实的广度和历史的深度。

---

① 狄更斯的小说《大卫·科波菲尔》中的人物，一个没有远虑、老想着会走运的乐天派。
② [美]迈克尔·米尔格特：《是小说而非轶事》，见《新论〈八月之光〉文选》，剑桥大学出版社1987年版，第31页。
③ [美]迈克尔·米尔格特：《是小说而非轶事》，见《新论〈八月之光〉文选》，剑桥大学出版社1987年版，第5页。

一 神话构境：荒原意象与现代伊甸园

荒野意象与现代伊甸园想象成为福克纳文学创作之神话构境的一种基本模式，他把现实世界抽象出来，并嵌入到神话传说、圣经故事之中，呈现出魔幻式的叙事色调。特别是在30年代初期，福克纳把这一模式推向高潮，小说《八月之光》就是其中的典型。弗莱认为，"《圣经》是我们传统中未移位神话的主要来源"[1]。作家有意识地将《圣经》中的一些元素嵌入到小说的背景、主题、情节和人物之中，进行置换变形，增强小说的神秘色彩。小说中，莉娜的寻夫与克里斯默斯的逃亡，可以在《圣经》中找到原型，克里斯默斯形象的塑造，在某种意义上，与耶稣的经历构成对应。荒野成为治疗人类心灵创伤的场所，人类的伊甸园。

小说开篇，便以《圣经·创世记》的语调，描绘出了进入现代社会后的"伊甸园"。莉娜怀孕，从乡村到杰弗生镇寻夫的情节，与《创世记》中人违背上帝的命名，被神赶出伊甸园形成形式上的对应。通过莉娜的视角，给读者呈现出了从亚拉巴马州至密西西比州一路的荒野景象，仿佛她自己也是荒野的象征，她成为了被赶出伊甸园的"夏娃"。福克纳有意识地唤起济慈的《古希腊瓮颂》(*Ode on a Grecian Urn*)里牧歌似的境界，莉娜沉默的形体象征"永恒"，使人超越思想，诠释着"美即是真，真即是美"[2]。

小时候，她就梦想着自己是个城镇里的人，她不肯坐在父亲的马车上而宁愿步行，她走在大街上和街边的人行道上，让看见她的人或遇到她的人，都以为她也是个住在城镇里的人，而不是乡下人。父亲

---

[1] [加]诺斯罗普·弗莱：《批评的解剖》，陈慧等译，吴持哲校译，百花文艺出版社2006年版，第199页。

[2] 19世纪初英国约翰·济慈的作品，创作于1819年，于1820年匿名发表在杂志 *Annals of the Fine Arts* 上，其中名句有"Thou, silent form, dost tease us out of thought. As doth eternity: Cold Pastoral! ……""Beauty is truth, truth beauty."中文译者以诗人查良铮最为著名。

去世后,她被哥哥麦金利用马车接到了多恩厂。"乡下人"的身份和后来成为"城里人"的"人生模式",成为了莉娜人生的一部分,也是南方人的人生发展轨迹。"城—乡"的二元对立模式及其带来的价值观念上的"高下"区分,也成为20世纪美国南方社会历史的一部分。莉娜被带到多恩厂时所见情景能很好地说明这一点:

> 这家厂采伐松木,已经在这儿开采了七年,再过七年就会把周围一带的松木砍伐殆尽。然后,一部分机器,大部分操作这些机器的人,靠它们谋生的人和为它们服务的人,就会载上货车运到别的地方去。由于新机器总可以以分期付款的方式添置,有些机器便会留在原地:立在断砖头和杂草堆中的车轮,形容憔悴,扎眼刺目,不再转动,那副样子真叫人触目惊心;还有那些掏空内脏的锅炉,以一副倔头倔脑、茫然而又若有所思的神情支撑着生锈的不再冒烟的烟囱,俯视着到处都是树桩的、萧杀肃静而又荒凉的田野——无人耕耘,无人栽种,经过年复一年的绵绵秋雨和春分时节的狂风骤雨的冲刷侵蚀,渐渐成了一条条红色的堵塞得满满的沟壑。于是,这个即使在全盛时期也上不了邮政部地名录的小村子便被人彻底忘却,连那些继承这份遗产的、肚子里有钩虫的子孙后代也记不得了:他们拆掉的房屋,用来当烧饭取暖的柴火。①

相对《去吧,摩西》中的荒野意象而言,《八月之光》已经没有了未被开化的原始森林的那种感觉,这里到处是杂草、树桩,还出现了锅炉、砖头,这里的荒野已经遭受现代文明的破坏,树木差不多被采伐殆尽,呈现出现代的人造"荒原",是失落的"现代伊甸园"。

大自然的"荒野"具有原始的、静态的、包容性的生命特性,这

---

① [美]威廉·福克纳:《八月之光》,蓝仁哲译,上海译文出版社2008年版,第2页。

与莉娜的宁静、单纯、包容,以及她自带的一股"荒野"气息形成对应,莉娜也成为大地母亲的象征意象。莉娜怀孕为孩子寻找父亲,她的"声音平静而又固执,心平气和","面孔像石头般沉静,但不那么生硬,固执中带着柔和,一种内心澄明的安详与平静,一种不带理智的超脱。"① 她的宁静来自于内心中坚定的信念,"我想小孩出世的时候,一家人应当守在一起,尤其是生第一个。我相信,上帝会想到这一点,会让我们团聚的"。② 她的"目光注视着杰弗生镇方向的大路,面容沉静,带着期望,有点儿心不在焉,但不显得迷茫"③。她望着突起的伸向远方的道路,似乎在沉思,实际上,她"在进行着一场温和的斗争,同自己生存其间,并与之共存的古老土地所赋予的谨慎"④。她在这片太阳照耀的广袤而寂寥的土地上,仿佛置身于时光之外,无所谓时间的流逝,无所谓行色匆匆。⑤ 她"光光地坐在那儿,望着车外,像是她这辈子从来没有见过乡村——道路、树木、田地和电线杆。她连他的影子也没见着,最后还是他自己绕到车后来。她根本不用张望,只需要等待。而且她心里早就明白"⑥,到了"苏尔伯里,田纳西州",她的脸上流出惊奇的表情,美滋滋的,显得十分和谐,她说道:"哎呀呀。人可真能走。咱们从亚拉巴马州出来才两个月,现在已经到达田纳西州了。"⑦ 她俨然成了那幅"老在行走却没有移动"的"古翁上的绘画"般的景象,一个以乡村、荒野为背景的淳朴人生。

莉娜来到杰弗生镇那天,与乔·克里斯默斯逃离该镇形成对应。对于在城镇中得不到身份认同的乔·克里斯默斯来说,只有逃到荒野的时候,他的心灵才能重归宁静,他成为了被赶出伊甸园的"亚当"。

---

① [美] 威廉·福克纳:《八月之光》,蓝仁哲译,上海译文出版社2008年版,第12页。
② [美] 威廉·福克纳:《八月之光》,蓝仁哲译,上海译文出版社2008年版,第14页。
③ [美] 威廉·福克纳:《八月之光》,蓝仁哲译,上海译文出版社2008年版,第16页。
④ [美] 威廉·福克纳:《八月之光》,蓝仁哲译,上海译文出版社2008年版,第17页。
⑤ [美] 威廉·福克纳:《八月之光》,蓝仁哲译,上海译文出版社2008年版,第18页。
⑥ [美] 威廉·福克纳:《八月之光》,蓝仁哲译,上海译文出版社2008年版,第339页。
⑦ [美] 威廉·福克纳:《八月之光》,蓝仁哲译,上海译文出版社2008年版,第340页。

他感觉自己仿佛在黑暗的夜里，自己像是一根火柴棍，余光慢慢消失在夜空里。漆黑的夜里，他仿佛听见了各种声音：树木的声音，大地的声音，人的声音，自己的声音，还有"唤起他对许多名字、时间和地点的记忆的其他声音"①，他不明白，想着"上帝也爱我"。"记忆里积淀的未必早于知晓的记忆，比能回忆的长远，甚至比记忆所想象的更久远。知晓的记忆相信有一条走廊，那是在一幢宽大长方的歪七扭八、冷冰冰回应有声的楼房里的一条走廊……"② 他从小就被抛弃，他的孤儿身份如同阴冷的墙壁，如同下雨天从烟囱里流出来的黑色泪水。"当生活的节奏开始变得如此疾速，接受总是取代认识和相信。"③ 对他而言，人生就像"成千条荒凉孤寂的街道，从（逃亡）那天晚上起它们开始延伸"④。他仿佛跌进了阴沟，整个往昔像是一个扁平的模式，这模式往前延伸，明天晚上，所有的明天，都将是扁平体的一部分，再往前延伸……不断重复，明天的未来与明天的过去都属于同一模式。⑤ 在他逃亡的途中，只有荒野才接纳他，荒野的宁静与新鲜的空气，让心灵安顿下来。在城镇的时候，他感觉自己像一个幽灵，不知道自己该到何处去，比荒野上独立的电杆还孤单凄凉。最初逃到荒野的时候，他可以背靠着树干用早餐，边吃边阅读喜欢的杂志故事。"他会不时抬起眼睛，一面咀嚼，一面观看映照着阳光，荫蔽着沟渠的树叶。他仿佛看见炎黄的天日宁谧地展现在他眼前，像一条长廊，一张挂毯，渐渐成为一幅明暗对照的素描画面。……他仿佛看见时光，在面前缓慢地流动，心里想着'我所向往的只是宁静'。"⑥ 黎明时分，天刚放亮，这灰暗静寂的短暂时刻充满了安宁，鸟雀尝试着睁开眼睛。空气吸进体内像泉水般宜人。他舒缓地深深呼吸，每吸一口气，都感

---

① ［美］威廉·福克纳：《八月之光》，蓝仁哲译，上海译文出版社2008年版，第70页。
② ［美］威廉·福克纳：《八月之光》，蓝仁哲译，上海译文出版社2008年版，第79页。
③ ［美］威廉·福克纳：《八月之光》，蓝仁哲译，上海译文出版社2008年版，第119页。
④ ［美］威廉·福克纳：《八月之光》，蓝仁哲译，上海译文出版社2008年版，第147页。
⑤ ［美］威廉·福克纳：《八月之光》，蓝仁哲译，上海译文出版社2008年版，第188—189页。
⑥ ［美］威廉·福克纳：《八月之光》，蓝仁哲译，上海译文出版社2008年版，第74页。

到自己与周围的灰暗交融,与静寂合一,变得心平气和,像从来不曾有过愤怒或绝望的体验。"这便是我想要获得的一切",他想,暗暗地逐渐感到惊讶,"这就是我三十年来想得到的一切。看来整整三十年我所要求的并不太多"。①克里斯默斯重新钻进了树林,他朝着笔直的方向前进,像勘测员勘测路线,不顾翻山越岭,甚至横过沼泽泥潭。他不慌不忙,像一个人知道自己身在何处,要去哪,到达那儿需要多少时间,精确到几分几秒。他能够稳健地行走的时候,他认为周围的景象和他看见的景物便是一切,是它们给予他平和、从容和安静;直等到他突然面临真正的答案,他才感到周身虚脱无力。"我用不着再为饮食伤脑筋了,"他终于明白,"生存原来是这么回事。"②荒野抚慰了他受伤的心灵,平复了他内心的矛盾和冲突,荒野成为了精神的治疗场所。

在拜伦·邦奇眼中,荒野是被人们开垦出来的土地,"如今,这片平地已被零散的黑人小木屋、一块块菜园和死寂的荒地分割得七零八落,水土流失之后显出坑坑洼洼,杂乱地长着橡树,檫树,柿树和带刺的灌木丛。……小木屋静静地落照在夕阳余晖里像个小玩具,坐在台阶上的押送人也同玩具相仿"③。在这段描写之中,荒野成为被开垦后的土地,人类的伊甸园被现代文明冲击之后,留下的是死寂的荒地,坑坑洼洼的面孔,杂乱的树木和草丛。这与卢卡斯世界中的荒野没什么区别,"当他站在空旷无人的铁道上朝左右张望,神情活像一只单独逃出来的动物,不想得到同类动物的帮助,当他停下换气时,他憎恨出现在面前的每棵树、每片叶子,仿佛它们都是站在面前的敌人,甚至憎恨脚下的大地,憎恨自己新陈代谢所必不可少的空气"④。卢卡斯内心浮躁,利欲熏心,荒野也治疗不了他的人性之恶,成为一个被工业文明彻底毁掉的人类缩影。作者对荒野的描绘与人物内心形

---

① [美]威廉·福克纳:《八月之光》,蓝仁哲译,上海译文出版社2008年版,第223页。
② [美]威廉·福克纳:《八月之光》,蓝仁哲译,上海译文出版社2008年版,第226—227页。
③ [美]威廉·福克纳:《八月之光》,蓝仁哲译,上海译文出版社2008年版,第286页。
④ [美]威廉·福克纳:《八月之光》,蓝仁哲译,上海译文出版社2008年版,第291页。

成对照，产生强烈的"对应"效果，这在福克纳对小说整体的构思中也能呈现出来，福克纳曾说：

> 在密西西比州，八月中旬会有几天突然出现秋天即至的迹象：天气凉爽，天空里弥漫着柔和透明的光线，仿佛它不是来自当天而是从古老的往昔降临，甚至可能有从希腊、从奥林匹克山某处来的农牧神、森林神和其他神祇。这种天气只持续一两天便消失了。但在我生长的县内每年八月都会出现。这就是那标题的涵义。对我说来，它是一个令人怡悦和唤起遐想的标题，因为它使我回忆起那段时间，领略到那比我们的基督教文明更古老的透明光泽。①

小说标题"八月之光"，在福克纳那里既有家乡的自然景象，也包含了更为古老深远的神话底蕴。它是莉娜身上的超越道德准则的哲学观的投射，是自然纯洁、超然物外品性的象征，是人世间、人生中的神奇时光，同时也是人性的救赎之光，小说中几个主要人物届时都从中得到了启迪或拯救，象征着人类赖以"永垂不朽"的古今延绵的"人类昔日的荣耀"。② 福克纳以希伯来圣经、基督教、上帝、道德和弥赛亚时间言论充实了犹太人的情感。希伯来圣经本身就是帝国和民族建设的写照，福克纳想通过文学，在古代以色列与现代美国之间达成希伯来圣经式的对话，并对现代美国在道德层面提出要求。

二 我是谁？——乔和莉娜的伦理困境与身份追寻

耶和华神说："那人已经与我们相似，能知道善恶。现在恐怕他

---

① F. L. Gwynn and J. L. Blotner (eds.), *Faulkner in the University: Class Conferences at the University of Virginia, 1957–1958*, Charlottesville: University of Virginia Press, 1959: 199.

② 《在接受诺贝尔文学奖时的演说》，载李文俊编选《福克纳评论集》，张子清译，中国社会科学出版社1980年版，第255页。

第一章 诞生：原始神话重构与文化身份构想

伸手又摘生命树的果子吃"，"神便打发他出伊甸园去，耕种他所自出之土"。《圣经·创世记》（3：22－23）中亚当和夏娃被逐出伊甸园。小说《八月之光》中的乔·克里斯默斯和莉娜·格罗夫，在某种程度上，是被形变后的现代"亚当"和"夏娃"。克里斯默斯一生都陷入伦理困境和身份追寻，莉娜怀孕一直走在寻找孩子父亲的路上，这两者在某种程度上，再现了最为古老的关于文化身份的哲学追问——"我是谁？""我有什么不同？"

乔·克里斯默斯的伦理困惑源于他既不知道自己是谁，又不能与周围的人和谐共处，他的痛苦与成长历程成为该时期美国社会的缩影。文化身份与行为准则是社会所强加的，必须遵守，无论白人还是黑人。克里斯默斯终其一生的追寻，企图找到一个属于自己的类属，而其他人也在为自己归类，这俨然成为了一种社会常态。他身份的模糊性使自己感到困惑和深深的焦虑，也引起周围人们的愤怒，许多人按照自己的意愿给他一个身份。还在襁褓中的他，在圣诞之夜就被抛弃在孤儿院门外，在他的记忆里，孤儿院四周被烟囱包围，楼房被熏得污黑暗淡，户外空地铺满炉渣、寸草不生。那幢"房屋困在煤烟直冒的工厂中间，还被一道十英尺高的铁丝网包围起来，活像一座监狱或一个动物园，这儿偶尔也会腾起孩子们雀噪的声浪，在回忆里，那些身穿清一色粗棉布蓝制服的孤儿会不时浮现脑际，这些孤儿同阴冷的墙壁、同那些无遮无蔽的窗户一样总是历历在目"[①]，他在那里待了五年，个子瘦小，活得像一个影子。在这之后，他被过继给麦克依琴夫妇，在这个充满浓郁清教思想氛围的家庭中，养父想把他变成上帝的信徒，接受严格清教徒戒律约束；养母对其心生怜爱，想把他变得像她自己一样懦弱；情人博比同样拥有安置他的欲望，想让他成为"介乎隐士与黑人的传教士之间的那样一个角色"[②]，导致他在夜里爬窗偷偷去约会，却砸死了养父，成为了罪犯。

---

① ［美］威廉·福克纳：《八月之光》，蓝仁哲译，上海译文出版社2008年版，第79页。
② Faulkner, *Light in August*, New York: The Modern Library, 1959: 257.

乔·克里斯默斯对社会中白人与黑人的分类有着刻骨铭心的体验，他想打破这样的束缚，想创造出一个完全的自我，可是周围的环境中没有可供参考的对象，他成为了一个孤独的探索者。于是他内心的自我与社会对他的期望处于一种对抗冲突之中，因自己对自己身份的无知导致了自我认知的模糊性。身份，是一种社会的属性。身份感牵涉社会性的决定因素，会被社会不断地重新定义，这种定义在与他人的对比或比较中产生。他被外祖母送到白人孤儿院，之后让他相信自己是个黑人。这种成长经历给他带来强烈的负罪感和自卑感，甚至对自己充满敌意和仇恨。他内心的自我矛盾，致使他不能选择做一个白人或者一个黑人，这种矛盾进而被投射到他周围的环境之中。为了寻找自己的伦理身份，他逃避社会，在与周围人的交往之中，每次都意识到自己与别人有所不同。他甚至没有自己的名字，"克里斯默斯"（Christmas）成为了一种莫名的讽刺，这样的名字也预示着他的身份是一张白纸，任何人都可以为他的身份涂抹上两笔。在他看来，名字不仅具有一个人的称呼那样简单的内涵，而且还可以预示他的所作所为。人们"一旦听见他的名字，仿佛那名儿的声音里有样东西在暗示人们该期待什么；而且他自身还带着一种无可回避的警告意味，就像一朵花带着香气，一条响尾蛇尾巴会发出声响"①。人们嘲笑他，称他为"黑鬼"。可以说，福克纳所要表达的是，在乔·克里斯默斯的意识当中，"黑色"是人为强加上去的，是受人诱导，才将自己是"黑杂种"作为自己身份的一部分，同时成为一种"自我"和"他者"相区别的特征。

乔·克里斯默斯对自己身份的不可确定性极其不满，因而时常怀疑自己在世界上的存在性和可能性，于是他通过暴力和性行为来确认自己的存在。他也想通过着装来确定自己的身份，有时星期六晚上，"克里斯默斯一身整洁端庄的哗叽西装，白衬衫，草编礼帽"②。即使

---

① ［美］威廉·福克纳：《八月之光》，蓝仁哲译，上海译文出版社2008年版，第22页。
② ［美］威廉·福克纳：《八月之光》，蓝仁哲译，上海译文出版社2008年版，第26页。

第一章 诞生：原始神话重构与文化身份构想

在逃亡过程中，他也会注意自己的形象，会带上剃刀、牙刷和香皂，同时不忘打好领结。① 他始终想把自己划归为某一类属，哪怕是黑人也行，这样就可以保持一种确定性和绝对性，而不是始终处于一种游离状态。很多时候，他显得孤苦伶仃，比荒野上的电杆更孤凄，他像一个幽灵、一个幻影，从自己的天地游离出来，不知到了何处。②

摩兹镇和杰弗生镇一样，成为一个公众积极参与展现自己的舞台。传统的道德观念和宗教教义的清规戒律成为了小镇人的精神支柱，任何偏离准则的行为或言论都会被推到公众面前，遭受公众的议论或谴责。克里斯默斯被捕，他的名字一下子就在摩兹镇传开了，"孩子和大人——商人，店员，懒汉，看热闹的，尤以身穿工装的乡下人最多"③。"城里到处都在议论纷纷，此起彼伏，像一阵风吹拂，像一场火蔓延，直到日斜影长天色暗淡，乡下人才开始赶着马车或开着沾满尘土的汽车离开。城里人才开始回家吃晚饭。然后谈论又热烈起来，……在偏僻山村的点着煤油灯的小屋里，那话题到了晚餐桌上，人们对妻子和家里人再讲述一遍。……在悠缓闲适的乡下，……妇女们在厨房备餐，于是她们又说开了：他并不比我更像黑人，准是他身上的黑人血液在作怪。看来他是有意让人抓住的，那劲头跟男人执意要讨老婆一样。整整一个星期他完全无踪无影。要是他没放火烧房子，人们也许在一个月之后才会发现他杀了人。要不是那个叫布朗的家伙，人们也不会怀疑到他头上。那黑鬼冒充白人的时候贩卖过威士忌，人们把威士忌和杀人的事儿一齐推在布朗头上，布朗才把真相给抖了出来。"④ 然而，在那一大堆人中唯有被捉获的凶手（克里斯默斯）沉着镇静。⑤ "我跌倒了，"拜伦说，"今晚城里可有什么兴奋的事儿？""我猜你也许还不知道。大约一小时之前，那个黑鬼。克里斯默斯，

---

① [美] 威廉·福克纳：《八月之光》，蓝仁哲译，上海译文出版社2008年版，第73页。
② [美] 威廉·福克纳：《八月之光》，蓝仁哲译，上海译文出版社2008年版，第75页。
③ [美] 威廉·福克纳：《八月之光》，蓝仁哲译，上海译文出版社2008年版，第231页。
④ [美] 威廉·福克纳：《八月之光》，蓝仁哲译，上海译文出版社2008年版，第235页。
⑤ [美] 威廉·福克纳：《八月之光》，蓝仁哲译，上海译文出版社2008年版，第232页。

人们把他干掉了。"① 他成为了人们舆论的焦点，一群乡镇的看客，在封闭保守、对外排斥的环境中，成为了种族歧视者和产生社会偏见的帮凶，小镇成为封闭落后的美国南方的缩影。

克里斯默斯的逃亡，其实也是在逃离自己内心的某种潜在的具有威胁性的因素，他具有加尔文教徒的宁折不屈的性格、潜在的同性恋气质（与其交往的女性都在一定程度上具有男性特征），等等。他的悲剧意义实际上并不在于是否拥有黑人的血统，而是他追寻一生也得不到答案，他"不知道自己是什么人并且知道自己永远也得不到答案"。② 身份的不确定性直接影响了他自己的行为方式，也影响到了他看待世界和认知世界的视角。于是，"他大白天走进摩兹镇，恰好是星期六，镇上挤满了人。他像白人那样走进一家白人开的理发店，因为他那模样儿像白人，谁也没怀疑他。……理发、修面、付钱，随后进入另一家商店，买了新衣，并配上领带，外加一顶宽边草帽。然后他大白天逛街，好像这个镇是他的。他大摇大摆的、走来走去，人们打他身边经过十多次都没认出他，最后还是哈利迪看出他，跑上前抓住他问道：'你不是叫克里斯默斯吗？'克里斯默斯答道是的。他厌倦了逃亡，他都没有抵赖一句，规规矩矩。'他的举动既不像个黑鬼也不像个白人'"③。就这样，他被抓住了。在人们的印象中，杀人犯是不可能穿着讲究且大摇大摆在街上逛的，而是躲躲藏藏、钻树林子、爬沼泽地、浑身是泥，东奔西跑。"他像是压根儿不知道自己是个杀人犯，更不明白自己是个黑鬼。"④ 他做出了令乡邻难以相信的行为举动，激怒了乡邻，公众舆论成为了滋生种族歧视、三K党等的土壤。他的悲剧命运，像极了古希腊的俄狄浦斯，四处流浪，去寻找自己是

---

① ［美］威廉·福克纳：《八月之光》，蓝仁哲译，上海译文出版社2008年版，第297页。
② F. L. Gwynn and J. L. Blotner（eds.），*Faulkner in the University: Class Conferences at the University of Virginia, 1957-1958*, Charlottesville: University of Virginia Press, 1959: 72.
③ ［美］威廉·福克纳：《八月之光》，蓝仁哲译，上海译文出版社2008年版，第236页。
④ ［美］威廉·福克纳：《八月之光》，蓝仁哲译，上海译文出版社2008年版，第235—236页。

"谁",最后敢于正视现实,在杀害伯顿之后从容来到镇上,走向死亡。

在20世纪20年代,美国南部奴隶制度和种族制度成为一大社会问题,黑人文化和印第安文化被剥夺甚至毁灭,而他们自己在日常社会生活中,也常常受到种族歧视的困扰。美国南北战争,尽管已经签署了废奴法案,但是种族思想还如幽灵般游荡在当时的南方地区。种族的不确定性,在克里斯默斯企图认清自己的身份时,就注定走向毁灭。追求自己的伦理身份成为他一生无法摆脱的宿命,也是这种宿命带来了悲剧的结果。他的身世成为了一个永远也解不开的谜团。其实,在福克纳的笔下类似这样的人物还有很多,他们不但面临失去外在物质形体的危险,还常常处在失去内心自我的边缘。

"白面黑鬼"的面具,伴随着克里斯默斯走过短暂痛苦的一生。这种身份的"不确定性",也正是作家的"神来之笔","种族主义纯粹是一种毫无客观基础的主观偏见"①。对种族制度的批判不仅仅是作家文本世界中的问题,它所反映的身份焦虑问题也是20世纪整个人类世界面临的重大议题。与克里斯默斯相对应的是小说的另一个中心人物——莉娜,小说《八月之光》以莉娜开头,以莉娜结尾。尽管篇幅不多,她却像"八月之光"一样,展现出人性的光辉。莉娜·格罗夫(Lena Grove),其中 Grove 有小树林和树丛之意,与森林、生命紧密联系,她还具有十字架的象征意义——生命、宁静、包容、天然秩序。她对自己伦理身份的追寻,与克里斯默斯可谓截然相反:克里斯默斯的伦理身份追寻之路最后走向了毁灭,而莉娜则通向生命的永恒之路。

莉娜从亚拉巴马州来到杰弗生镇寻找伯奇,克里斯默斯杀死了乔安娜逃离了杰弗生镇,伯奇帮助警察抓捕克里斯默斯,最后克里斯默斯主动现身摩兹镇。莉娜虽没有找到伯奇,却遇到邦奇,莉娜临产住进了伯奇和克里斯默斯以前住过的小屋。婴儿出生当天,克里斯默斯

---

① 肖明翰:《威廉·福克纳研究》,外语教学与研究出版社1997年版,第335页。

却被处死，正是这一天，伯奇也去了小木屋，他和莉娜见了面，可是没待几分钟，伯奇又称有事借故逃离了，莉娜再次踏上了寻夫之路。克里斯默斯不断抗争，想冲破社会强加给他的混乱的身份，结果却只能在死亡之中寻找宁静，而莉娜很快融入现实，接受现实。莉娜始终坚信"他会捎信给我的，他说了要来接我的"①，她绵羊似的等待着卢卡斯·伯奇的出现。一天晚上，她又一次从窗户爬了出来，开始寻找伯奇。"在她身后伸延的通道，漫长单调，平静而又一成不变，她总是在行进，从早到晚，从晚到早，日复一日；她坐过一辆又一辆一模一样的、没有个性特色的、慢吞吞的马车，车轮都吱嘎作响，马耳朵都软耷耷的，像是化身为神的无穷无尽的马车行列，仿佛是英国诗人济慈那古瓮上的绘画，'老在前进却没有移动'。"② 她欣然接受了现实，"我命该如此"③，在寻找的路途中，她"仿佛把自己置身于时光之外，无所谓时间的流逝，无所谓行色匆匆"④。两个人都对自己的姓名十分重视，"我不姓麦克依琴，克里斯默斯才是我的姓"⑤。另一个则是："你现在已经姓伯奇了吗?"阿姆斯特德太太问，"我现在还没姓伯奇呢，我叫莉娜·格罗夫。"⑥ 尽管两者潜意识中都想实现自己的独立身份，但两者都还没有从传统思想的禁锢之中解放出来。克里斯默斯具有和耶稣基督相似的经历，但他却选择了与传统道德截然不同的道德取向，自己走向了毁灭，却没能拯救众生。那些围观的民众，大多都遭遇如莉娜的哥哥麦金利那样的命运，尽管他才四十岁，但是"汗水早已冲掉了他身上的温柔、豁达和青春气质，只剩下了在绝望中苦苦挣扎的毅力和固执"⑦。

---

① [美] 威廉·福克纳：《八月之光》，蓝仁哲译，上海译文出版社2008年版，第3页。
② [美] 威廉·福克纳：《八月之光》，蓝仁哲译，上海译文出版社2008年版，第4页。
③ [美] 威廉·福克纳：《八月之光》，蓝仁哲译，上海译文出版社2008年版，第3页。
④ [美] 威廉·福克纳：《八月之光》，蓝仁哲译，上海译文出版社2008年版，第18页。
⑤ [美] 威廉·福克纳：《八月之光》，蓝仁哲译，上海译文出版社2008年版，第97页。
⑥ [美] 威廉·福克纳：《八月之光》，蓝仁哲译，上海译文出版社2008年版，第11页。
⑦ [美] 威廉·福克纳：《八月之光》，蓝仁哲译，上海译文出版社2008年版，第3页。

克里斯默斯与莉娜两者不同的伦理身份追寻之路，不同的应对生活和周围环境的态度，走出了两种不同的人生。如福克纳自己所说："克里斯默斯故事的悲剧结局最好以其对立面的悲剧来反衬。"① 两者的内心活动与冲突，同时也是现代人的普遍生存状态的写照，两者不断追寻自我的伦理身份，最终都成为了乡村与城市之间的过"客"。在小说文本之中，两者却始终没有相遇，这种对位式的人物形象塑造及巧妙的结构布局，让小说具有巨大的文本张力，成为作家笔下现代版"夏娃与亚当"的故事。同时，也从侧面反映出福克纳对美国南方现实社会民众生存状况的深刻反思，以及对边界与永恒的孜孜追求。

三 机器神话："火车头"意象与现代"道路"书写

在整个人类历史上，19世纪可算作是最为重要的拐点或者断裂点。文明史中的物质与精神和谐共存的局面，在几个世纪的剧烈变动下，荡然无存。这些巨变包括进化论、人类起源论及以物质第一性为特征的唯物辩证法等等。这些合力最终颠覆了近三千年乃至更为久远的宗教文明赖以存在的人类观和宇宙观。不仅终结了神创论，也开启了科学技术创造新人类文明的现代文明。回望过去，是完整概念世界和人类观念的断裂，技术与艺术的断裂；前瞻未来，则出现社会重组、科技发展、道德沦丧、环境破坏、人性抽空及现代战争等等。在文学领域，则出现了一系列表现现代科技发展的文学意象。

"火车头"是现代文学中的新兴意象，是现代"机器神话"②的典型意象。火车是第二次工业革命的产物，早期以蒸汽机为动力，它的出现极大地推动了社会生产力的发展，亦如马克思对蒸汽机的描述的

---

① F. L. Gwynn and J. L. Blotner (eds.), *Faulkner in the University: Class Conferences at the University of Virginia, 1957–1958*, Charlottesville: University of Virginia Press, 1959: 45.
② [美]刘易斯·芒福德：《机器神话：技术发展与人文进步》（上、下卷），宋俊岭译，上海三联书店2017年版。

那样,它的发明改变了世界的面貌。作为现代工业文明的标志性器物,火车凝聚着人类对于现代文明的期待,伴随着那一缕缕白烟跑在通往前方的铁轨上,它进一步延展了人类对未来美好世界的想象,同时,随着现代文明对传统田园乡野文化的入侵,"火车头"意象又成为了权力的象征,空间的完整性被切割,铁路所及,权力所及也,它负载了知识分子的文化失落,并纠缠着底层人民对于异己力量的恐惧与抗拒,这时候它又成为了空间政治的想象物。检视现代文明进入人类文化肌体所产生的排异反应,作家的文学书写,亦成为反思现代性的一个端口。

在《八月之光》里,镇上有一家采伐厂,专门采伐松木,村里的男人,不是在这家工厂做工,便是为它服务。它快把周围的木材都采光了,到处是树桩、野草、掏空的锅炉、不再冒烟的烟囱,呈现一片荒凉的景象,整个村子似乎已经被人遗忘。"莉娜到来的时候,村里大约住着五户人家。这儿有条铁路,有个车站,每天有一趟客货混合的列车,发出尖厉刺耳的声音飞驶而过。人们可以挥动红旗叫列车停下来,但它通常总是像个幽灵似的突然从满目荒凉的丛山中钻出来,像个预报噩耗的女巫尖声哭喊着,从这个小得不像村庄的村子、这个像颗断线的项链里被人遗忘的珠子似的小村庄横穿而过。"① "这个城镇是火车的大站。即使在周内的日子,街头也到处是男人。这地方带着男人世界匆匆过往的气氛……"② 在福克纳眼中,火车带给人们的不是便捷,而是对环境的破坏,是对人类匆忙生活节奏的反思。

拜伦与卢卡斯搏斗后,汽笛声躁着他,眼前呈现出先前的世界和时间。……该是起身的时候了,火车离得越来越近,越来越近了。"随着火车就要开上斜坡地段,车头引擎发出的撞击声变得更加短促,更为沉重:很快他就看见了火车冒出的烟气。他伸手去衣兜掏手绢,兜里没有,于是他撕下衬衣衣襟,战战兢兢地轻轻擦拭面孔,同时听见火车头发出的短促猛烈的哐啷哐啷巨响,开足马力驶上斜坡。他移

---

① [美]威廉·福克纳:《八月之光》,蓝仁哲译,上海译文出版社2008年版,第2页。
② [美]威廉·福克纳:《八月之光》,蓝仁哲译,上海译文出版社2008年版,第115页。

动到能看见轨道的草丛边沿,现在可以望见火车头在一股股喷射的墨黑浓烟下轰隆隆地朝他驶来,惊天动地,却给人走不动的印象。然而它的确在动,慢吞吞地往上爬,爬向斜坡的顶端。他站在草丛边,带着他在乡村养成的孩子般的专注精神(也许还有期待),注视着火车头逼近然后又从眼前费劲地爬过去。火车头过去了,他的眼睛跟着移动,看着一节节车厢依次爬坡,翻越坡顶……"①

深受物质利益至上观念影响的卢卡斯爬火车,他出卖朋友克里斯默斯,渴望已久的一千元赏金,似乎也没有拿到,急急地奔向了下一个不知名的目的地。"他站在那儿眼睁睁地看着布朗跑向火车,纵身一跃,抓住一节车厢末端的铁梯,往上一翻便没了踪影,像被吸进了真空。火车开始加快。他看着布朗隐没的车厢开过来,布朗抓住车厢后部,站在两节车厢之间伸出头来探望草丛。这时他们的目光恰好相遇:一张脸温和模糊,满是血迹,另一张消瘦绝望,扭曲成高声喊叫的模样,声音却被列车的轰鸣淹没了;两张脸像是各在一条轨道上对面晃过,仿佛是幽灵鬼影。……暗黑的车厢形成的活动墙壁像一道堤坝,坝那边的世界、时间、难以置信的希望和不容置疑的事实都在等待着他,会给他多一点儿安宁。然而,当最后一节车厢一晃而过,眼前的世界疾速地朝他冲过来,像洪水浪潮一般。"②道德沦丧、利益至上的劣根性,在他那里得到突出体现;同时内心浮躁,心怀憎恨,成为了被现代文明异化了的典型。让我们看到福克纳所传达的"通过异化和人性化感受相互交错的思想。他对于已经取代了旧日风尚的庸俗化的、机械化的、工业化的生活表示了他的反感"③。火车作为工业文明的代表,成为破坏大森林和荒野的帮凶,也成为扭曲人类灵魂的参与者,在卢卡斯身上人性的光辉荡然无存,只剩人性的罪恶。

以"火车"为代表的现代工业文明改变了森林的原有面貌,也打

---

① [美]威廉·福克纳:《八月之光》,蓝仁哲译,上海译文出版社2008年版,第296页。
② [美]威廉·福克纳:《八月之光》,蓝仁哲译,上海译文出版社2008年版,第296—297页。
③ 李文俊编选:《福克纳评论集》,中国社会科学出版社1980年版,第127页。

破了生态链之间的平衡，人类在征服自然的过程中，慢慢迷失了自我，人与自然之间的问题，也成为了世界性的问题。作家对"火车"和"荒野"这两种意象的建构，在字里行间透露出对"火车"的批判与对"荒野"的肯定，荒野成为了人类心灵的栖息之所，带给人类的是和谐、宁静。

  福克纳的"道路叙事"成为了解并追踪南北内战以后美国南方工业文化在地理和文化层面上的一个索引。在整个时代流行的铁路文化故事中，不仅能追踪美国人如何利用火车，而且能追踪南北战争及第一次世界大战后，美国人在文学、电影和音乐中的"财富"精神，如何影响并塑造人们的内心世界。铁路和公路之所以成为作家批判的对象，是因为它们既是商业的运输网络，又是独特的、浪漫的民族神话的生产者，这种"道路神话"直接影响着美国文学的文本性及文学以外的内容。作者关注福克纳文学呈现出来的环境问题和物质文化，但重点并不是去关注物质本身，而是在文本之中的道路文化与机器神话（小说、电影、歌曲、口传神话、口述史）在我们日常生活中的美学存在——自由、平等、种族、性别、性观念、个人主义、流动性等。以铁路为代表的工业文化塑造并再塑造了人类内在性的方式，人类在某种意义上正是以铁路作为心理甚至是精神存在而被制造出来。道路叙事的重心尽管在 20 世纪后期转向了石油文化，但是在 20 世纪前半期，特别是在初期，则呈现为以木材、煤炭等物质资源的开采与输出为主。福克纳以前瞻性的眼光，对美国南方机器神话下的道路文化进行书写，表明以木材、煤炭、石油等原料为代表的物质文化，对环境和社会的意识形态的塑造产生至关重要的影响。

  林肯在告国民书中讲到，要实现美国的天命，不仅需要保持领土的完整性，同时还需要基于种族平等层面的道德完备。也即表明这个时代的美国，是用鲜血和钢铁建造起来的。美国内战促进了美国的"市场革命"（market revolution）的发展，并从一个地方性的、农村的、主要由农业支撑的社会逐步转型为一个城市的、相对集中的工业支撑的社会。这种转型可以通过工业杂志、铁路系统呈现出来。如1857年圣路易斯的《钢铁时代》、1863年的《钢铁》（原名为《芝加哥商业杂志》）等，报纸和铁路削弱了地域之间的阻隔，强化了美国独特的民族性仪式，使美国"想象的共同体"（imagined community）[①]概念进一步强化。如果说报纸、杂志是一种国家与自我的对话的话，那么铁路系统则激活了这些对话。

美国铁路开始于1827年，这一年7月4日，《独立宣言》的最后一位在世签署者查尔斯·卡罗尔（Charles Chrroll）在巴尔的摩亲自为巴尔的摩—俄亥俄铁路破土动工。在接下来的几十年间，还出现了一些私人铁路公司。"铁路成为美国的野心和扩展、平等和机遇的一个最重要象征。"[②] 爱默生（Ralph Waldo Emerson）说，轮船和铁路"就像巨大的巴士一样，每天穿梭在形形色色、各行各业的人之间，将他们牢牢绑在一张网上……铁路就像是一根魔术棒，唤醒了土地和沉睡河流的能量"，"我们栖居的这片大陆为我们的身心提供了药物与食品。它抚慰我们的心灵、治愈我们的疾病，并以此弥补学术研究和传统教育的错误，将我们引入到与人与事的合理关系之中"[③]。爱默生理想主义地把这一祈祷注入西部发展的神话之中，这种源自欧洲中世纪以来的对神秘西部土地的信仰，成为美国最有力、最持久的一个象征。

这片土地曾经被乔治·伯克利（Berkeley）主教认为是一个"由

[①] [美]本尼迪克特·安德森：《想象的共同体：民族主义的起源与散布》，吴叡人译，上海人民出版社2003年版。《想象的共同体》是一本在世纪末探讨"民族主义"的经典著作。"民族主义"究竟是什么？为什么有人愿意为民族主义而献身，甚至为了所谓的民族大义而滥行杀戮，它确实是一股奇异而强大的力量，触及人类灵魂深处对归属感的渴望。民族主义的问题构成了政治史和思想史上一个困惑难解却又挥之不去的谜。安德森以"哥白尼精神"独辟蹊径，从民族情感与文化根源来探讨不同民族属性的、全球各地的"想象的共同体"。安德森认为这些"想象的共同体"的崛起主要取决于以下因素：宗教信仰的领土化、古典王朝家族的衰微、时间观念的改变、资本主义与印刷术之间的交互作用、国家方言的发展等。

[②] [英]苏珊-玛丽·格兰特：《剑桥美国史》，董晨宇、成恩译，新星出版社2017年版，第215页。

[③] Ralph Waldo Emerson, "The Young American", Joel Porte (ed.), *Essays and Lectures by Ralph Waldo Emerson*, New York: Library of America, 1983: 211, 213-214.

自然引导、用道德治理"的地方,是"又一个黄金年代/帝国与艺术的崛起"之地,它"不是源于老朽的欧洲/而是源自青春的欧洲/当神圣的火焰赋予她生命/将为未来的诗人所传颂"的地方。① 这一切在福克纳的笔下却呈现出了更加现代的表征手法,已经从"黄金时代"向"环境正义时代"转向,对铁路通向梦想的时代展开了批判性反思。作为政治动物的人,一方面,喜欢在某个地方"扎根"并"归属"那里,这个时候"道路"成为了一种威胁,一种对安土重迁情感的抵抗物;另一方面,作为不安于现状的人,其身上的那种政治特性又怂恿我们外出,去寻找自由、幸福或进行布道。诚如希腊人信仰的那样,"诸神在人间徘徊时,创造了第一条街道,循着他们的脚步前行当是虔诚之举"②,但是,故事中火车通向的地方似乎并非是通向光明的社会目标之路。

第二节 《喧哗与骚动》:物质喧嚣中的神话表征与身份认同

> 人生如痴人说梦,充满着喧哗与骚动,却没有任何意义。
> ——莎士比亚《麦克白》③

---

① George Berkeley, Verses on the Prospect of Planting Arts and Learning in America, written in 1726, published 1752, Rexmond C. Cochrane, *Bishop Berkeley and the Progress of Arts and Learning: Notes on a Literary Convention*, The Huntington Library Quarterly, 17: 3 (May, 1954): 229-249, 230.

② [美] 约翰·布林克霍夫·杰克逊:《发现乡土景观》,俞孔坚、陈义勇等译,商务印书馆2015年版,第39页。

③ 莎士比亚悲剧《麦克白》第五幕第五场麦克白的有名台词:"人生如痴人说梦,充满着喧哗与骚动,却没有任何意义。"原文为"It is a tale told by an idiot, full of sound and fury, signifying nothing","sound and fury"。如直译,应为"声音与狂怒"。李文俊先生沿用了朱生豪、袁可嘉先生的译法。杨周翰先生则主张宜适用直译。书名与沙翁原文不同之处是在 sound 与 fury 之前加上了定冠词"the"。

第一章 诞生:原始神话重构与文化身份构想

神话调整着我们对外部现实世界的感觉,创世后的世界变化,似乎是一种退步。因为,在传统文化中,我们给予《圣经》以史诗性的地位,英雄成为上帝的代名词。以"性"的创世神话为例,自然的中心是大地—母亲的形象。但是,这种创世神话,在传统观念中被人为的创世神话所取代,在后者的世界中,是"天父"创造了世界。人们的思想总是从简单到复杂,起初上帝创造万物,但"创世"的观念也伴随着社会的"进化",变得越来越让人满意,尽管其中存在着一些知识层面的鸿沟,最终人为的"创世"神话获得了这次比赛的奖杯。然而,我们还需注意到,在上帝的神话世界中,他仅仅给我们提供了一个"样板"的世界,我们实际生活的世界与他提供的样板世界却相差甚远,其中的原因需要依靠一个"堕落"的神话来解释,如此作家(或人们)便按需创造,终于完成了关于创世的故事。毫无疑问,福克纳是其中的杰出代表。在《喧哗与骚动》这部作品中,作者以南方的沙多里斯贵族和北方的斯诺普斯新兴资产阶级之间的矛盾冲突为蓝本,对美国南方社会的兴衰史进行高度浓缩,并在作品中有意识地嵌入对位式神话结构模式,从而建构起象征美国南方的现代神话世界。在作家的文学表征之下,对物质消费主义、社会达尔文主义、优生学思想及当时社会伦理道德进行深刻反思与批判,以期为迷失的现代人类寻找出路。

继《士兵的报酬》《蚊群》《沙多里斯》之后,福克纳推出了第四部长篇小说《喧哗与骚动》(*The Sound and the Fury*, 1929),这部小说成为福克纳职业生涯真正意义上的起点,也是福克纳小说发生质变的一个界碑。此时,作者已经具备了如艾略特、乔伊斯和普鲁斯特等现代派大师的叙事技巧。与库柏和莫泊桑一样,他想打破南方和南方人长久以来处于"自身经历的失语状态"[①],着手建构能够呈现本土性的美国文化传统。

---

① Robert Penn Warren, "Faulkner: Past and Future", Robert Penn Warren, *Faulkner: A Collection of Critical Essays*, Englewood Cliffs, N. J.: Prentice-Hall, 1966: 1.

该小说所讲述的故事涉及的时间跨度长达30多年,作者将其高度压缩在4天之内进行集中叙述,并且打破传统线性叙事模式,采用多视角、意识流、蒙太奇、电影式、时空穿插等别开生面的实验性写作方法,在传递故事人物本质上的无条理、无理性和自我毁灭的同时,为"现代主义"小说叙事艺术打开新境界。具体来说,《喧哗与骚动》共分四个部分:第一部分,叙述者是班吉,描绘他在1928年4月7日,即班吉三十三岁生日那天的心理独白过程;第二部分,对昆丁在自1910年6月2日,即自杀那天的意识活动和遭遇进行再现;第三部分,叙述者是杰森,再现了他在1928年4月6日的经历和心路历程;第四部分,叙述者是黑人女佣迪尔西,以全能视角讲述了1928年4月8日复活节那天,康普生家族发生的事情。福克纳在小说中以家乡牛津镇为原型,虚构了杰弗生镇,康普生家族作为镇上的名门望族,祖上曾经出现过将军和州长。但是,到了杰森·康普生这一代已经没落,家族差不多走向了终结。杰森·康普生和卡罗琳·巴斯康夫妇有三儿一女,即凯蒂、昆丁、杰森、班吉,故事即围绕这个家族展开。巴赫金曾在《陀思妥耶夫斯基诗学问题》中指出:"在一部作品中能够并行不悖地使用各种不同类型的语言,各自都得到鲜明的表现而绝不划一,这一点是小说散文最为重要的特点之一。小说体与诗体的一个深刻区别,就在这里。"① 从福克纳为《喧哗与骚动》写的序言可以看出,这"一切就像魔术师的魔杖触碰拼图玩具一样"②,他试图让词语穿过小说的神秘意识之网,构建一个超越时光的神话世界。

一 神话原型与诗意世界

神话—原型批评(Archetypical Criticism)是20世纪最为重要的文

---

① [苏]米哈伊尔·巴赫金:《陀思妥耶夫斯基诗学问题》,白春仁等译,生活·读书·新知三联书店1988年版,第274页。
② Malcolm Cowley, *The Faulkner-Cowley File: Letter and Memories, 1944–1962*, New York: Viking Press, 1966: 36.

学批评理论流派之一,它试图发掘文学作品中反复出现的象征意象、人物类型及叙事结构,找出背后的原型,并把各种原型应用于作品分析和理论建构之中,以探讨文学艺术与人性之间的关系。但是在国内外学界并未达成一个统一名称。最初,它作为一种文学批评方法或研究路径,源于20世纪初的英国,被称为"神话批评"(Myth-Criticism),泛指从早期宗教现象入手,去研究文学的起源、发展和趋势,并对这一现象进行阐释,以弗雷泽的《金枝》为代表。此后,荣格则在弗雷泽的理论基础上,进一步向前推进,强调了神话在艺术家的经验表达过程中的重要作用。1957年,加拿大的诺斯罗普·弗莱在《批评的解剖》中,系统阐发了该理论,正式确立了以原型为核心概念的文艺批评观。国内学者叶舒宪综合了这两种概念的实质特征,将神话批评和原型批评这两个概念统称为"神话—原型批评",简称"原型批评"。① 弗莱认为:"文学作品中的神话和原型象征有三种组成方式。一种是未经移位的神话,通常涉及神祇或魔鬼,……称作神谕式的和魔怪式的。第二种是传奇,指某个与人类经验关系更接近的世界中那些隐约的神话模式。最后一种是'现实主义'倾向,即强调一个故事的内容和表现,而不是其形式。"② 在文学创作过程中,福克纳有意识地将人物类型、基本故事结构、情节场景等元素和人们熟知的神话故事相对应、相平行又或截然相反地进行设置,使得创作出的故事具有"神话"的意味。由于寻找圣杯的故事模型出现在艾略特的《荒原》之中,"尤利西斯"便具有了"奥德修纪"的影子,"南方艺术作品若要引人注目,就必须成为一种仪式、一种景观;这有点类似介于吉卜赛宿营和教会主持的义卖之间的形式,由几个外乡的哑剧演员牺牲自己来表演抗议和积极的正当防卫,直到无需用言语进行任何表达",自己好像在"一系列延时的回应中",学会了阅读"福楼拜、陀思妥

---

① 叶舒宪编选:《神话-原型批评》,陕西师范大学出版社2011年版,第2页。
② [加]诺斯罗普·弗莱:《批评的解剖》,陈慧等译,吴持哲校译,百花文艺出版社2006年版,第197—198页。

耶夫斯基和康拉德一类的文学大师的作品"①。

　　借助神话元素，福克纳在小说中对圣经原型做了吸收和置换变位，以实现对人性的探索，为处于价值失衡状态中的人们寻找出路。作者在结构安排、人物设计、意象建构、语言运用、情节处理等方面，都隐含圣经式叙事的影子，使得圣经原型模式在作品中，形成一种巨大的张力，这样作者在获得超越时空的审美体验的同时，也展现出了他对南方堕落的哲思——缺乏"爱"。圣经的结构为福克纳提供了一个神话的，或者想象宇宙的轮廓。在结构上，《喧哗与骚动》与《圣经·新约》的章法结构相平行，以基督受难故事为原型，以基督受难星期为叙事的时间背景。这种对应关系，使得作品中的康普生家族经历与耶稣受难的传说形成对照，从而揭示出南方贵族社会伦理秩序混乱的根源。

　　《喧哗与骚动》全书由四章构成，前三章由康普生三兄弟分别叙述，第四章作者以全能视角的身份来叙述。书中第三章标题为"1928年4月6日"，第一章标题为"1928年4月7日"，第四章的标题为"1928年4月8日"，这几日恰好都在复活节的一周里：基督受难日、复活节前夕和复活节，而第二章的标题为"1910年6月2日"，这一天恰为庆祝基督复活周的洗足沐曜日最愉快的一天。而小说中康普生家族每一个日子所发生的事，又与基督历史和祷告书里同一天发生的事情具有相关性。第一章主要写班吉童年时期的回忆和见闻；第二章主要写昆丁青年时期的事情；第三章主要写杰生成年时期的事情；第四章由黑人女仆迪尔西叙述，对前三章故事进行补充并有新发展。全书四章各自独立，又相互补充，构成多声部的对话性叙述，使得康普生家族故事成为一个丰满的宏大整体。这种技法与《圣经·四福音书》的技法神似。四福音书由马可、马太、路加、约翰分别从不同的视角、不同的故事侧面讲述耶稣的故事，这几个部分共同构成了完整

---

① William Faulkner, "An Introduction to The Sound and the Fury", NewYork: Vintage Books Press, 1956: 411; William Faulkner, "An Introduction for The Sound and the Fury", NewYork: Vintage Books Press, 1956: 708.

的耶稣故事版本。四福音书的前三卷与《喧哗与骚动》的前三章也神似,四福音书前三卷因观点类似而被称为"同观福音",而《喧哗与骚动》前三章由三兄弟的叙述组成。第四章迪尔西对班吉和昆丁的关爱恰好与第四卷《约翰福音》的主旨形成互文,即基督临死时告诫他的门徒的第十一条戒律——"你们要彼此相爱",康普生家族因缺"爱"而衰败的结局,也正好印证了这句告诫。康拉德对《喧哗与骚动》进行了高度评价:"这本小说有结实的四个乐章的交响乐结构,也许是整个体系中制作最精美的一本,是一本詹姆士喜欢称作'创作艺术'的毋庸置疑的杰作。错综复杂的结构衔接得天衣无缝,这是小说家奉为圭臬的小说。"① 关于作品中为何只有三兄弟的独白,姐姐凯蒂却没有自己的一章?对此,福克纳曾说:"对我来说,凯蒂太美,太动人,我不能把她简化(reduce)来讲述那些正在发生的事情,而从别人眼里来看她会更加激动人心。"②

《喧哗与骚动》的故事构境与《圣经·创世记》故事发生情景极为神似,可以说《喧哗与骚动》是对《圣经·创世记》中"伊甸园"情景的再现。康普生家里有一个花园,花园中有一条小溪流过,叛逆的小姑娘凯蒂不顾父亲的警告,抵挡不住"诱惑",爬上了花园中的梨树,好奇地向屋内偷看,这时候,有一条蛇从屋子下面爬了出来,这个情景简直就是上帝的"伊甸园"情景的翻版。《圣经·创世记》记述,上帝造就了亚当和夏娃,他们生活的伊甸园之中,有蛇、有小河、有知识(智慧)树,树上结有果子,但属禁果。在蛇的引诱之下,夏娃吃了禁果,后被上帝逐出伊甸园。夏娃偷食禁果与康普生家园里凯蒂违反家规、爬上树去偷窥形成互文。凯蒂的堕落与夏娃的犯罪,分别导致了小说中康普生家族的没落与基督教中世人的堕落。福

---

① [美]康拉德·艾肯:《论威廉·福克纳的小说的形式》,见李文俊编选《福克纳评论集》,中国社会科学出版社1980年版,第78页。
② Frederick L. Gwynn and Joseph Leo Blotner (eds.), *Faulkner in the University*, Charlottesville: University Press of Virginia, 1995: 1.

克纳独具匠心地运用伊甸园意象暗示了凯蒂的悲剧命运，作家有意识地将亚当和夏娃的故事与昆丁和凯蒂之间的故事形成置换对应关系，更深层次地揭示了人类社会的堕落。

福克纳在作品中塑造了一系列类似于《圣经》中各类人物的形象。在《喧哗与骚动》中，凯蒂成为了变形后的"夏娃"。凯蒂的堕落成为导火索，导致昆丁自杀，杰生认为是凯蒂毁约，使其失去工作的好机会，小昆汀也步其后尘，班吉也失去了关爱他的人，当班吉让凯蒂用水净化其罪恶时，她胆怯了、退缩了，她想，再圣洁的神水，也失去了其效用，也不能净化她造成的伤害。她的堕落成为康普生家族堕落的象征，乃至整个南方的象征。

儿童的纯真，体现了最基本的人性，因不受世俗影响而成为人类道德的最好呈现者，它犹如一面道德的镜子，在一定意义上具有监护人类道德的作用。福克纳所塑造的班吉，具有纯真基督形象的影子。作者让班吉成为监督凯蒂道德行为的随行者，防止她道德沦落。凯蒂逐渐性成熟，并走向了沦落，其每一步，班吉的反应都极为强烈，凯蒂没有了"树的香味"，为此班吉哭闹不休。班吉的努力，最大限度地阻止了人性的堕落，也体现了他作为耶稣化身为挽救众生的隐喻形象。沃尔普（Volpe）在《威廉·福克纳作品指南》（*A Reader's Guide to William Faulkner*）中对班吉的意识流进行了统计分析，"时间从1898年班吉3岁时起到1928年4月7日，共30年。其中除了关于现在的片段外，班吉的思想回闪到外祖母逝世时（3岁）和他被改名（4岁）那两天发生的事情的次数最多，分别达17次和19次，加在一起超过总数的1/3。另外，尽管关于现在的片段有32个，但除了几个外，它们都很短，主要是用来引发他的回忆"①。这些意识流片段，都成为记录凯蒂乃至整个人类人性的"映像"，在他33岁生日这天，他的意识流程中充满了死亡。他这种意识片段的空间性并置（Juxtaposition），以"死亡"这一隐喻关系

---

① 肖明翰：《威廉·福克纳研究》，外语教学与研究出版社1997年版，第239页。

第一章 诞生：原始神话重构与文化身份构想

为其对等性原则，也在时空跳跃转换之中成功地展现了康普生家族逐渐走向没落的过程，以及人性走向堕落的过程。

除了上述故事结构、人物设置等层面具有强烈的"神话诗学"意义外，圣经式的象征意象，如水、火、十字架、诺亚方舟等，也成为福克纳作品中高频次出现的意象。"象征在西方现代主义文学中不是一般修辞学中的象征，而是一种观念和创作方法。"① 按照弗莱的划分，可以把这些意象归为神谕、魔怪和类比。此三类分别从不同侧面对康普生家族人物命运进行比照，体现了作家深刻非凡的社会洞察力。康普生家的孩子在河边玩的时候，从树上掉下来，短裤沾上了污泥，水成为"逆转性"② 象征形式，是凯蒂道德沦落的标志；班吉为不能闻到凯蒂身上的"树的香味"而哭闹，让她洗澡，水成为了圣洁和净化之物，生命之树与净化仪式在这里凸显出来，水让灵魂变得圣洁；在昆丁自杀前，他使劲儿清洗浴室，后来身上绑上两个熨斗，跳入河中自杀。"水"成为贯穿始终的主题，作家以此图解了关于道德和死亡的形式。这一形式很可能是作家从《青年艺术家的肖像》之中或是从乔伊斯那里得到了灵感。他把它变成了自己小说主题的一个部分，把未必可信的水的意象变为一种暗喻、一种象征、一种符号。这也使得作品主题具有多重指涉，极大地丰富了小说的文化内涵，让原型模式形成一种巨大的张力，并使《喧哗与骚动》获得更为深层的哲理性。福克纳"展示给我们的是进入了意识的经验，而不是一种静止的经验，不是在内心中已得到逻辑性的安排而是最后在标准的句法中得到呈现的经验"③。

---

① 徐曙玉、边国恩：《20世纪西方现代主义文学》，百花文艺出版社2002年版，第14页。
② 鲍昌：《文学艺术新术语词典》，百花文艺出版社1987年版，第220页。逆转式象征是象征的一种形式，指作品的内容与象征的含义刚好相反。其表现形式有两种：一是象征的内容是积极的、向上的，而作品的内容却是消极的、失望的；二是作品的内容是积极的、向上的，而象征的内容却是消极的、失望的。
③ May Cameron Brown, "The Language of Chaos: Quentin Comparison in *The Sound and the Fury*", *American Literature*, Vol. 51, No. 4, 1980: 551.

《喧哗与骚动》作为 20 世纪最为杰出的意识流小说之一，其文本世界的多声部、神话元素、圣经因子、无时空性等特质在震撼读者心灵的同时，也拓展了作品的现实意义，创造了文学界的现代神话。作者对小说情节进行精心安排，故事融入如莎士比亚的《麦克白》、詹姆斯·弗雷泽的《金枝》、弗洛伊德对人格的探讨等内容，对小说中的人物与圣经人物进行置换形变。在悲剧意义上，福克纳将传统的神话故事模式进行现代转换，作品除了极具时代反讽色彩之外，还突破了地方小镇日常的家庭琐碎叙事模式，笔触延伸至整个美国南方，乃至成为探讨整个人类命运问题的寓言。

二 与"物"同游：消费主义与文化身份

在杰生的一部分中，杰生的故事与十字架上的基督呈现相反对比。杰生参与棉花投机买卖的时间与基督上十字架的时间、杰生被犹太掮客卖掉的时间和耶稣基督受难的时间，在叙述结构上构成互文。基督的精神从十字架走向永恒，而杰生则在商场的"十字架"匆忙奔出，说要去追侄女，他说要使她在游乐场做情人的红领带成为地狱的栓锁带。对于杰生，他试图去解救侄女的行为，其实质是消费主义时代精致的利己主义者的行为表征。杰生的文化身份（或身份原型）成为福克纳赋予现代主义"物的文学生命"的缩影。①

杰生是凯蒂的弟弟，在北方工业资本对南方种植园经济进行快速渗透的同时，金钱势力在南方也随之上升，他在这股浪潮中成为了一个实利主义者。在凯蒂走后，杰生感觉自己心里面痛快多了，他自己既无资本，也无才干，在独白过程中，他却认为：

> 以后再丢掉我的工作之前需要考虑点东西了吧。那时候我还

---

① 韩启群：《"物的文学生命"：重读福克纳笔下的生意人弗莱姆·斯诺普斯》，《外国语文》2019 年第 1 期。

是个孩子，才会轻易相信别人的话，但是在那之后我就已经学乖了。另外，就和我说的一样，我看起来也不需要任何人的帮助和提携。我可以自己立足，像我一直做的那样。但是我突然想到了迪尔西和毛莱舅舅。我想到了她会如何说服迪尔西，而至于毛莱舅舅，只要给他十块钱，他是什么都会答应下来的。而我呢，却只能在这店铺里，不能跑回家保护我的母亲。就像她说的那样，如果你们之中有谁会被带走，那么感谢上帝留下来的人是你，让我能够有所依靠。我说，那么好吧，既然我命中注定跑不远，最多只是跑到杂货铺来，免得您要找我的时候找不到。那么我也知道虽然家产所剩无几，但是也总得有人来守护着，对吧？①

杰生对凯蒂的感情，与昆丁对凯蒂的感情截然不同，如果说昆丁的感情中除了占有外还带有一层爱意的话，那么杰生则是完全利益为先，对凯蒂充满仇恨。杰生把自己丢掉银行的工作归咎于凯蒂，凯蒂谈恋爱失败，男朋友给杰生承诺的工作也随之泡汤。杰生不但不考虑凯蒂的感受，还埋怨凯蒂，让她考虑一下他的利益和感受。他在成长的过程中学乖了，他自己觉得自己可以立足，自力更生，不需要别人的帮助和提携，但是自己只能待在杂货铺里做小伙计。他不切实际，对自我缺乏理性的认知，绝望与仇恨在很多时候让他丧失理性。按照心理学家马斯洛的需求层次的划分，杰生的无能和对资本的缺乏安全感、也得不到社会人的尊重，更实现不了自我的需要，最后，他逐渐成为一个复仇狂与虐待狂。他对凯蒂的恨，一直延续到了迪尔西和小昆丁的身上。因此，杰生一回家，就盯紧了迪尔西。当迪尔西生病的时候，他"告诉迪尔西，她得了麻风病。我又拿来了《圣经》，把一个人身上的肉一块一块地腐烂掉下来的那一段读给她听。然后我告诉她，只要让她看一眼她或者是班吉或者是小昆丁，他们也会染上麻风病"②。杰生以

---

① [美]威廉·福克纳：《喧哗与骚动》，金凌心译，海峡文艺出版社2017年版，第240页。
② [美]威廉·福克纳：《喧哗与骚动》，金凌心译，海峡文艺出版社2017年版，第240页。

《圣经》中的布道思想，对迪尔西进行思想恐吓和威胁，这样他觉得自己把一切都安排妥当了，迪尔西与凯蒂母女的关系就不再那么亲密了，然而，班吉的行为打破了这一计划：

> 我这样我就觉得我已经把一切都安排好了，殊不知有一天我回家的时候看到班吉又在那里喊叫。他就像是要把整个地狱都弄翻了一样，谁也不能让他安静下来。母亲就说，好吧，把拖鞋给他拿来。迪尔西装作没有听见的样子。母亲又说了一遍，我就说我去拿吧，我可忍受不了这样的叫喊声。像我曾经说过的，虽然我很有耐性，要求也不高，但是如果我在一家该死的店里面工作了一天，回家的时候也不能安安静静地吃一顿饭，那么就该死了。因此我说我去拿拖鞋，迪尔西却急急忙忙地说："杰生！"①
>
> 我的心里立刻好像被闪电照亮了，知道发生了什么事情。但是只是为了确认一下，我去拿来了拖鞋。果然和我想的一样，他看到拖鞋之后，叫声更大了，好像我们要杀死他一样。因此我迫使迪尔西说出了真相，然后汇报给了母亲。之后，我们又需要将她抱到床上了。等到事情稍微安定下来，我就告诉迪尔西，她应该保持对上帝的敬畏。但是我只能像对任何黑人所做的那样，不能有过高的期许。这个就是有黑人佣人所带来的麻烦。他们长时间和你生活在一起之后，就会觉得自己很了不起，甚至让你没有办法指使他们。他们自以为是自己在管理着这个家庭。②

自柯伦顿的祖辈以来，康普生家族还没有出现一个"头脑清醒"的人，若非要找一个出来的话，杰生算一个，但是他没有子嗣，可谓家族中的最后一个了。在他的逻辑里，暗含了古老的斯多葛派的哲学

---

① ［美］威廉·福克纳：《喧哗与骚动》，金凌心译，海峡文艺出版社2017年版，第240页。
② ［美］威廉·福克纳：《喧哗与骚动》，金凌心译，海峡文艺出版社2017年版，第240—241页。

第一章 诞生：原始神话重构与文化身份构想

苦修与敬畏气味。但如果说敬畏的话，在他眼里只有警察，而内心深处令他敬畏的却是家里的黑人女仆迪尔西。他认为，自他出生以来，迪尔西就是他的天敌，而自从小昆丁出生后，她又从天敌变成了死敌。杰生认为，迪尔西仅仅凭借着敏锐的直觉，就能意识到他自己在利用小昆丁私生女的身份要挟凯蒂，对其进行敲诈勒索，搜刮钱财，把她历年寄给小昆丁的赡养费据为己有，认为这是凯蒂让自己丢掉工作的补偿，并从中感受复仇的喜悦，这种置换心理，正是"倒退性的心理补偿反映"。

在杰生的世界里，钱是最重要的。为了守住已有的钱财和希望得到更多，他处处占人便宜，处处戒备，担心自己的钱被人偷掉，与此同时在世人面前又处处装出一副受害者的穷酸相。最能体现他"守财奴"形象的片段，如当他起身上楼，发现昆丁房里的灯还亮着。他"看到了那个已经没有了钥匙的锁孔，但是听不到房间里有任何声音"。昆丁正在安静地读书，在他对母亲说晚安后，这才独自回到房间，"把那只箱子取了出来，把钱又数了一遍"。每天睡觉前，他都得数一数，业已成为一种习惯，数过后心里踏实多了，也可以安心地睡个好觉了。这一细节的描写，把杰生的"守财奴"形象刻画得淋漓尽致。

他视班吉为"美国头号大太监"，其睡觉时发出的鼾声，就像是木工厂里面的一台刨床发出的咆哮。班吉说话时带娘娘腔，"但是对班吉来说，也许他根本就不知道别人给他做过手术。我想他根本就不知道自己在做什么，也不知道伯吉斯先生为什么会用栅栏桩子把自己打晕。如果哪一天在手术的麻药还没有过劲的时候就把他送到杰克逊去，他也根本就不会发现有什么不同。只是对于康普生家族来说，这种简单得不能再简单的事一向是不会加以考虑的，甚至是再复杂一倍的事，都不会看在眼里。直到她从大门里冲出来，当着一个小女孩的父亲的面，去追赶那个小女孩"。并且由班吉的鼾声，又想起了小昆丁和迪尔西，感觉这两人处处和自己作对。小昆丁偷走了他所有的钱，迪尔西还对他指手画脚，认为"一个人一旦是贱种，就永远是贱种。我只想能给我二十四个能够自由行动的时间，而不要让那些该死的犹太人对我指手画脚。我不会孤注一掷、赶尽杀绝的，那只有绝望的赌徒才会做出来。我只是想得到一个公平的机会，能够把我自己的钱拿回来。而一旦我拿回了自己的钱，他们就算是把整个比尔街和疯人院都搬到我家里来都可以，让其中的两个人（昆丁和凯蒂）在我的床上睡觉，让另外一个（班吉）坐在我的椅子上大吃大嚼"①。杰生压抑的怒火宣泄他对康普生家族的极度不满，阴险狡猾、道德败坏，成为了人们眼中"彻头彻尾的恶棍"。杰生的行为传达出康普生家族给读者的感受："我说，给州长们和将军们放放血吧，真他妈幸运，我们从不曾有过国王和总统，否则我们就全都沦落在杰克逊捉蝴蝶了。"②

杰生的意识过程，暗示出他的反感心理。杰生在与家族成员作斗争的同时，还要和镇上的斯诺普斯家族进行斗争，可谓面临多重困境。杰生最后的胜利：他便把班吉送到州政府，小昆丁已不见了，他从大宅子搬出来，将宅子分割成公寓，然后卖给一个乡下人。在他看来，周围的人都是康普生家族的人，就连银行也带有康普生家族的影子，都不可信。他把钱锁在卧室的抽屉里，自己更换床单铺床，外出不忘锁上门窗，但一次疏漏，小昆丁的闯入，使这一切都化为泡影。1933年，随着母亲的去世，他彻底摆脱了班吉、迪尔西以及那所大宅子，搬进堆放棉花账本和样品工具的顶楼。每当周末，一位胖大、相貌平常、脾气和善的女人——"杰生的孟菲斯朋友"就会出现在这里。周日，她回到孟菲斯。最后，他获得解放，"自由了"，"1865年，"他总会说，"林肯从康普生家族那里解放了黑鬼；1933年，杰生·康普生从黑鬼那里解放了康普生家族。"③ 在小说中，福克纳对杰生形象的塑

---

① [美]威廉·福克纳：《喧哗与骚动》，金凌心译，海峡文艺出版社2017年版，第301—302页。
② William Faulkner, *The Sound and the Fury*, New York: Vintage Books Press, 1956: 286.
③ [美]威廉·福克纳：《喧哗与骚动》，金凌心译，海峡文艺出版社2017年版，第379—381页。

造是通过杰生的自我独白来完成的,从人物的心理活动出发,完成其价值观的塑造。杰生和福克纳笔下的弗莱姆·斯诺普斯一样,都是新生代工业资本冲击下的产物,成为新南方的新兴阶层。

作家对康普生家族历史镜像式的回望,表达了他对旧南方混乱秩序的批判和失望。对杰生漫画式的勾勒,表明作者对南方"去种植园"化的"新制度、新秩序"的极度愤慨和厌恶。福克纳说:"杰生纯粹是恶的代表。依我看,从我的想象里产生出来的形象里,他是最最邪恶的一个。"① 他将杰生嵌入以消费变革为主导、物质产品日渐丰裕为表征的南方社会转型期变革语境中,展示了一个在追逐物质利益过程中,被商品占据灵魂,而沦为"赚钱机器"的物化形象,诠释了南方社会转型期工商业文明主导的现代变革与个体命运的复杂交织。作为《喧哗与骚动》中的"守财奴"形象,杰生与世界文学中的泼留希金、阿巴公、夏洛克、葛朗台、严监生等形象相比,亦不逊色。总之,"从他嘴里吐出来的每一个字仿佛都含有酸液,使人听了感到发作并不值得,强忍下去又半天不舒服"②。这也直接反映了福克纳逆反式的厌恶情绪以及对幽闭的叙事形式的反感。杰生对资本财富的追逐,成为了20世纪上半叶美国文化精神的一种隐喻,他费尽心思积攒起来的财富,也伴随着小昆丁的出走消失,"财富梦"也随之破灭。因此,杰生形象的塑造,也成为美国文学破灭主题中的一个典型案例。商品化的社会语境同与杰生相关的物件书写一道,体现了商品对个体生命的控制,也在"主客"之间的互动机制中塑造了杰生的"复合自我"的文化身份。

三 班吉:"白痴"形象与优生学思想

白痴,在东欧被看作是活着的圣殿,是神圣之灵的隐身之处。正

---

① [美]威廉·福克纳:《喧哗与骚动》,李文俊译,漓江出版社2013年版,第3页。
② [美]威廉·福克纳:《喧哗与骚动》,李文俊译,漓江出版社2013年版,第2页。

因为要在此居住，所以神圣之灵毁掉了他的智力。这些白痴，也即异于常态的人被移到了已建构的社会秩序以外，被当作社会简单统一体的代表。① 小说中，班吉的独白时间被设定在1928年4月7日，这一天正好是这一年的复活节前夕。这一天，基督拯救了特赦前死去的可敬之人。故事中，班吉的事件都与这些时间有关系，但是在小说中，作者将这种关系前后倒置，极具嘲讽意味。基督在这一天控制了地狱和撒旦，地狱都充满爱和希望；而这一天在人间的班吉却孤苦无依，完全被仆人拉斯特引导，带给班吉的只有痛苦，拉斯特甚至用火烫他，最后等待他的只能是死亡。

"白痴"形象的"文化身份"建构，在文学中成为一种普遍存在，这类形象也是一种"身份认同"的"排他性"和"优胜劣汰"式社会心理的折射。"残疾"或"白痴"是一个不稳定的概念，福克纳通过对精神障碍的表征重新构造感官知觉和叙事模式本身，建构起一种美学模型，其背后是深层的社会达尔文思想，作者将优生学思想置于小说文本之中，也凸显了作家对社会的深刻批判。

班吉的独白，虽然跳跃在他30多年来十几个家庭的插话式事件之间，除了似乎杂乱的回忆表征出来的关于感情丧失的主题之外，深层的则是社会达尔文主义下的人类优生学思想。随着他的成长，他与凯蒂之间的感情渐行渐远，凯蒂最后永远离开了家，家中唯一关心他的，只有黑人女佣迪尔西了。从美学的观点看，这一切都受到作者的支配。凯蒂成为班吉、杰生、昆丁这三人独白的中心主题，不同的独白巧妙地反映出三个独白者的处境和态度。这种内心独白，也赋予小说一种独特的文体形式和功能。作家对班吉"白痴"式的形象构建，暗示着他无法给自己的生命带来希望。

班吉33岁了，但是智力水平还停留在三岁。他的脑子里只有影响和感觉，过去与现在30年的事情同时涌现在脑海里，形成巨大的意识

---

① ［英］维克多·特纳：《仪式过程：结构与反结构》，黄建波、柳博赟译，中国人民大学出版社2006年版，第48页。

流堰塞湖。这一章以"一个白痴讲故事"的形式，呈现出康普生家庭日渐颓败的环境氛围，人物"日渐萎缩"，到班吉、杰生这一代基本就走向"终结"了。克林斯·布鲁克斯认为，班吉这一章是"一种赋格曲式的排列与组合，由所见所闻所嗅到的与行动组成，它们有许多本身没有意义，但是拼在一起就成了某种十字花刺绣般的图形"。①

回到故事的现实背景，在20世纪20年代中期，"美国已经在种族上和文化上变得非常多样，这种多样性深深植根于一种强调人人平等的民主公民理想，并且为实现这一理想而专心致力于共和政治，因而不再那么容易受到格兰特或劳克林等人观点的影响，也不再会轻易为他们逻辑论证得出的优生学议程买账。这并不是说有些州没有沿着先前的路一直走下去，他们的确一直走着原先的路"②。在美国其他几个州里已经出现相关法律，允许对精神失常的人进行非自愿绝育手术（但对精神失常的诊断在当时也是成问题的，女性精神失常的同义词常常就是存在着活跃的婚外性行为）。在1927年检验弗吉尼亚州《优生绝育法》（1924）的巴克诉贝尔案中，最高法院确立了这项立法是符合宪法的。最高法院法官小奥利弗·温德尔·霍姆斯评论："如果社会不是等着处死那些犯罪堕落的子孙后代，或是让他们因为自己的低能而活活饿死，而是阻止那些注定不适宜延续香火的人繁衍后代，对整个世界来说都会更好。"因而，他赞成这项法案并且得出结论称："低能者延续三代就足够了。"③ 小说中，班吉"解开衣服，看看自己，开始哭了起来"。回到当前。班吉脱掉衣服之后，看到了自己被阉割的下身。

"别出声，"勒斯特说，"你找它们有什么用呢？它们已经没

---

① 转引自［美］威廉·福克纳《喧哗与骚动》，李文俊译，漓江出版社2013年版，第3页。
② ［英］苏珊－玛丽·格兰特：《剑桥美国史》，董晨宇、成恩译，新星出版社2017年版，第340页。
③ Buck vs. Bell（1927），available at：http://caselaw.lp.findlaw.com/cgi-bin/getcase.pl? court-us&v01=274&inv01=200（July 18, 2010）.

有了。你再这样做,我们就不为你庆祝生日了。"他替我穿上睡衣。我安静了下来。勒斯特突然停下,把头扭向窗户。接着他走到窗户旁边,向外看出去,他又走回来,抓起我的手臂。"她出来了,"他说,"现在别出声。"我们走到窗户旁边,向外看出去。那个黑影从昆丁房间的窗户爬出来,爬过去,爬进树里。然后我们看到树木在动摇,一直动摇下去,接着那个黑影从树木当中走出来,穿越过草地,然后就不见了。"好了。"勒斯特说,"你听,他们开始吹号角了。你赶紧上床睡觉,我要飞了。"①

班吉在他十五岁那年,在傻等凯蒂时闯出院,追逐邻家女孩,事后惨遭阉割。对此,杰生认为他是家族耻辱,早就想把他关进精神病院。

威廉·福克纳的小说是向内看和向后看的,这涉及美洲南部具有内向型的区域历史,由此可以追溯到古代人们对身体暴力、男性权利的渴望。人类的优生思想自古以来一直存在。在生产力极低的原始社会,会对生下来有严重残疾、畸形的婴儿予以处死或遗弃。直到现在比较原始的人群中,仍然有这种风俗。

我国《千金翼方·养性》中说:"老子曰,命不长者是大醉之子",指出饮酒对后代的影响,会使后代死亡率提高。《后汉书·冯勤传》中,阐述身材的高矮与遗传相关联,可以选择配偶来控制这种遗传特征。在国外,古希腊柏拉图曾提出对婚姻加以控制和调节,以生育优秀的后代。主张把低能及残疾的儿童处死,倡言"父50岁母40岁以上所生之子女应杀"。3世纪罗马皇帝狄奥多西一世曾颁布法令,严禁近亲结婚,违者判罪或处死。这些主张,反映了古代社会的优生愿望和思想。

优生学一词,首先是由英国科学家高尔顿于1883年在《对人类才能及其发展的调查研究》一书中提出来的。他给优生学的定义是:

---

① [美]威廉·福克纳:《喧哗与骚动》,金凌心译,海峡文艺出版社2017年版,第88页。

"对于在社会控制下的能从体力方面和智力方面改善或损害后代的种族素质的各种动因的研究。"作为达尔文的表弟,他深受《物种起源》(1859)思想影响,综合了当时人类学、遗传学及统计学的知识,开创了优生学研究,其宗旨着眼于研究人类的未来,使人类社会的成员逐步成为体质健壮、智力发达的优秀个体,全民族的人口素质不断提高,减少或防止不良素质人口的出生。1910年,达文波特在伦敦举办了第一届国际优生会议,成立了"国际永久优生委员会",使这一研究逐渐走向成熟。

20世纪初,出现了国际性的优生运动,这一浪潮从欧洲迅速传播到美国。受这一思潮影响,在美国南方现代文学中,各种形式的智障人出现在作家的作品中,并且呈现激增现象,代表作家如:J. M. 库切、艾米丽·狄金森、兰斯顿·休斯、艾米·洛厄尔、埃兹拉·庞德和威廉·福克纳、托尼·莫里森等。其中,在兰斯顿·休斯(Langston Hughes)的诗歌《犹太人的精美服装》中,作者倾向于采用托宾·西伯(Tobin Sieber)的残疾化装舞会的表现手法,与当时强加于黑人的智力残疾者的身份作斗争,而不是试图使自己远离这个身份"标签"。谢尔曼·阿列克谢(Sherman Alexie)的小说《兼职印度人的绝对真实日记》(*An Absolutely True Diary of a Part-Time Indian*),则利用幽默的笔法,为严肃的主题解围,与罗斯玛丽·加兰·汤姆森(Rosemarie Garland-Thomson)所说的"好凝视"相呼应,欢迎人们对凝视与被凝视之间的认同。这类人物形象一直得到众多作家的青睐。而这其中又以福克纳《喧哗与骚动》中的班吉最为著名,他已成为学界讨论最多的"白痴"之一。尽管这一形象在学界备受青睐,却少有人能发掘背后的深层次原因,特别是将其与当时流行的优生学思想联系起来。此外,为什么"弱智形象"对于南方作家们来说显得格外重要,又为什么这类人物在他们的作品中如此频繁地出现?

上述作家作为学者、公共知识分子以及小说作家,对"残障"的描述与勾勒进一步凸显了现代主义议题的包容性,在加深对"残障"

形象了解的同时，也改变了历史的定义和对"残障"的美学理解，这一概念也变得更加复杂和趋于合理。笔者认为，这是一个从根本上来说不稳定的概念，即是一个动态的概念。

《喧哗与骚动》作为福克纳第一部成熟的小说作品，以南方的文化历史为语境，首次塑造了"班吉"这一"白痴"形象，在作品的表述中融入作家的优生学思想，尝试建立起自己关于人类学美学的思想体系，并赋予《圣经》神话色彩，其背后是作家对"智力障碍的当代思想"给予关注，对南方混乱的伦理秩序及道德沦落展开批判。

作品第一章的叙述者是班吉，他是一位"深度智障"的人。福克纳在审视自己的作品后，回答了一个重要问题："为什么要从第一人称视角出发，从残疾的角度出发。"通过这个问题，福克纳揭示了班吉、作者本人和读者之间情感的连续性，这种连续性构成了神经科学理论，是对"喧哗与骚动"叙事的隐喻扩展。这一形象内涵的丰富性和不确定性，给小说本身带来极大的艺术张力，极大地拓展了作品的思想空间。

威廉·福克纳是一位研究智障人物思想的作家，也是一位在不突出和强调智障的情况下，制作智障中心虚构人物的作家。取而代之的是，福克纳通过运用智障人士来粉碎关于文学和生活本质的自我假设，从而改变了白痴状态的刻板印象。这些角色出现在代表福克纳整个职业生涯的众多作品之中，这些事实进一步作证并阐明了作者一贯的反讽眼光，削弱了文学、文化和道德的绝对观念。智障人士作为违反常态和理性界限的"局外人"，暗示了存在的不可预测性和不完善性，并挑战了那些拒绝承认或服从不断经历的不确定性的人物的严格标准。反对者认为，智障人物们"无意识"，他们为摆脱束缚、对自由的追逐及对生存行动的承诺，使个人神话复杂化，而在福克纳的"约克纳帕塔法"世界中的许多角色，正是通过这种神话来应对意识的诅咒和控制威胁性混乱。

智力障碍和优生学思想是南方作家表述南方地区文化不可或缺的

部分，不仅可以解决区域和国家对南方情报的焦虑，而且还可以作为这些作家检视南方边缘环境与现代关系之间的重要工具。人们对智力障碍和优生运动的文化意义有了越来越多的了解，南方现代主义者对智力障碍的描述是如何与智力、传承、残疾、家庭、社区和现代性相关联的。福克纳对智障人士的一贯刻画，这是他最大胆的文学实验。这也为研究有关艺术、真理、现代主义伦理困境以及探索人权、需求和价值的永恒问题，提供了独特的虚构视角。

在优生主义者坚持优等人类主导社会思想的时代，美国现代主义作家们却对"残障"给予极大关注，"残障"书写在他们的作品中，成为作家美学思想的重要内容，同时这些著作也使"残障"这一概括性的结论，变得进一步复杂化。如果对广泛的现代主义文学文本加以关注，对"残障"人物形象的塑造，在现代主义文学中呈现出泛滥倾向。

威廉·福克纳的"约克纳帕塔法"系列小说，并没有采取连续性的叙述立场，而是选择零散式、家谱式的叙事模式，设法通过多重叙述者去质疑或补充一个人的想法，从而对家族历史（康普森或萨彭斯）和社会历史（杰斐逊）连贯的道德立场进行反思和批判。在《喧哗与骚动》中，他并非是对"残疾"进行规范，而是通过暗示和调查与当时重要事件及思想观念相关的事件去质疑隐含稳定身份的规范观念。他对20世纪出现的"身份危机"问题进行艺术处理，在处理历史视野与当代生活的相关性时，字里行间透露出艾略特美学思想与伯格森的二分法思想。小说中所有主要人物都与自由疏远，其疏离在小说内容中，得到了戏剧化。然而，作品的叙事结构，概述了作者自由意志的运动，使其走向了两个具有社会性质的艺术目标：第一是参与重塑人类形象的"现代主义计划"；第二是"做点什么"，以改变种族问题上的南方人的观念。福克纳对精神障碍形象塑造的书写表征，以及通过重新构造感官知觉和对叙事模式本身的不断超越，来传达"做点什么"这一创作理念。在作者的诺贝尔奖演讲中，他通过描述衰老的残疾过程，以及残疾在隐喻中的作用，来描述身体和文学上的迟到。文学如何帮助我们更好地理解20世纪文学和21世纪社会中关于残疾的经历以及与之有关的问题的核心——一个健壮的作者或读者如何对残障人士产生同情。

福克纳作品中的"白痴"源于可识别的文学传统，但他（她）们的身份是独特的，是经过精确渲染的人物。这些"智障"形象体现了作家的现代主义视野的精神内核——尽管人类的奋斗存在脆弱性和徒劳性，但人类仍在被"神"抛弃的世界中持续努力奋斗着，忍受苦难并在与神的搏斗中占上风。在传统的文学观念中，智力低下的问题往往被作家忽略、消除或过度简化，而福克纳对此类"与自我斗争的人"给予了极大的关注，并赋予其人格上的超越性。

小　结

由上所述，我们可以得出一个相对开放性的结论，在某种意义上，福克纳在《八月之光》和《喧哗与骚动》这两部作品中，通过重塑古老神话，内容涉及世界和人类的起源，处理了世界自身、诸神和人类最初的形成问题。

一般认为，福克纳早期的诗歌创造成就不大，特别是在初版《沙多里斯》后，开始从一个"失败的诗人"向"成功的小说家"转型。笔者在此处暂且不讨论他早期的诗歌成就表现如何，单就小说创作而言，福克纳在20世纪20年代后期，开启了"神话构境"南方的新模式。从整体上看，福克纳的小说创作围绕着南方社会存在的问题展开，特别是种族问题、南北战争、第一次世界大战、南北经济文化冲突等。

从时间上看，福克纳的创作并非是以线性序列按部就班完成的。尽管《八月之光》不是作家创作的第一部小说，但是从主题、形式上看，可以认为它是福克纳关于"约克纳帕塔法"神话世界意义上的开端。《圣经·创世记》载，神说："要有光"，就有了光。这里的"光"

与小说标题中的"光"形成某种意义上的象征意蕴,尽管福克纳本人曾经否认过此事,但这并不妨碍读者对于小说主题的理解和阐释。我们可以从他整个小说体系中发掘出这一象征内涵,这一点在后文亦有体现。《八月之光》对原始创世神话进行了重塑,而《喧哗与骚动》则进一步对其进行升华。当然,也有很多论者认为,《喧哗与骚动》呈现的是美国社会的"末世论",这一观点也有其合理性,尽管其中有充斥着一些衰落的元素,但笔者在本书中则更加强调它的"诞生"意义。

在《八月之光》中,作家笔下的杰弗生镇是一个典型的镜像化的南方社会。从荒原与伊甸园意象的构境,到对历史的回溯,再到对种族、战争的反思。南北战争的灾难性给民众造成难以愈合的创伤,不仅物质上遭到极大破坏,而且精神上也带来极大的创伤,这种阴影直至20世纪二三十年代仍然笼罩在杰弗生镇的上空。南方战败,使得南方民众对传统的伦理道德产生怀疑,种族问题仍然困扰着南方。"该死的,那些低贱的黑鬼,他们之所以低贱是由于承受不了上帝愤怒的重量,他们浑身油黑是因为人性固有的罪恶沾染了他们的血和肉","我们现在给他们自由,白人黑人都一样了。他们将会脱去黑色。一百年后他们又会成为白人。那时我们也许会让他们重新进入美国"[①]。在内战之后,北方基本上以一种非常相似的方式殖民了南方:对南方进行思想输出,在被征服的领土上,强加一套价值观,并将南方人视为自己土地上的二等公民。历史的创伤,尤其是种族歧视,成为永远摆脱不了的命运。乔·克里斯默斯的悲剧可能以不同的形式、在不同程度上重新上演。与此同时,福克纳还将以"火车头"为意象的现代"道路书写"融入其中,在创世的伊甸园中对人类的出路进行了另类言说。其中的主人公乔·克里斯默斯和莉娜·格罗夫,其文化身份是变形后的亚当和夏娃,他们的身体实践为现代"伊甸园"提供了另一

---

① [美]威廉·福克纳:《八月之光》,蓝仁哲译,上海译文出版社2008年版,第166页。

种声音，同时提供了一个消解中心的蓝本。

  《喧哗与骚动》提出了南方伊甸园的另一个问题：消费主义和社会达尔文主义（特别是其中的优生学思想），这也是作者对这一时期的社会现实的投射。福克纳以魔术师玩魔术拼图的方式，借萨德本家族的兴衰，展现一幅创世后的南方伊甸园的"混乱"景象。杰生和班吉的文化身份，是南方人中的某种类型的写照，他们的"在场"或"失语"，成为表现这一时期南方人精神状态的窗口。作家的文学创作构成了对这一现象的一种回应，他们试图重建伦理秩序并重塑伦理身份。通过在文本中植入神话颂扬过去，通过苦难获得救赎以及对未来的希望。以福克纳为首的"南方复兴"作家有意识地进行了类似的尝试，并在自己的著作中使用许多相同的主题。同时，在福克纳的作品中，我们可能会看到他的小说如何表达帝国主义和后殖民的创作倾向，并反映出他作为南方的白人男性身份的双重性。

第二章　成长：神话叙事、文化记忆与身份追寻

成长，既是时间意义上的，也是空间意义上的。其中，既涉及历史，也关乎记忆，关乎人物在此过程中对自我身份的认知；对文学创作者的创作而言，还关乎作者的叙事策略。

时间与空间是西方哲学中的最核心最重要的概念范畴，叶秀山在论述西方哲学观念时，首先论述的就是时间和空间。① 从康德（《纯粹理性批判》）到黑格尔（《自然哲学》）、从胡塞尔（《内时间意识现象学》）到海德格尔（《存在与时间》）等，他们都从不同侧面，对这两个主题（严格意义上讲，时间与空间并非作为一组概念存在，康德在《纯粹理性批判》中做过特别提示）进行相关思辨和论述。时间和空间不仅仅是一个形而上的哲学问题，也是文学界的一个重要议题，还是涉及形而下的、人的生死和生存的问题，人的身份的问题。爱莲心认为，"时间与空间乃是有着部分、比例、分配、附加或诸如此类的事物的框架。因此，它们在任何意义上都不可能是它们本身的部分、比例、分配或延伸。……人们无论何时将无限可分与无限延展的属性应用于时间与空间，人们其实是在应用众多的形式"②。爱莲心从伦理学视角对其进行演绎，这也为弗洛伊德范式提供了更为优化的结构模型，也为如何去

---

① 叶秀山、王树人：《西方哲学史》第一卷，江苏人民出版社2003年版，第42—55页。
② [美]爱莲心：《时间、空间与伦理学基础》，高永旺、李孟国译，江苏人民出版社2015年版，第40页。

认知文学中的时间、空间及其游弋在时空中的身体提供了一种视角。

阿莱达·阿斯曼指出:"人类无法放弃回忆,凭借回忆他们超越各自当下的时间维度延伸至那些不在场的事件","比回忆的真实性更重要的是那些被回忆的事件的意义……通过回忆,人类不仅拓宽了事件的跨度,也获得一个非常重要的反省自己的维度。过去是一面镜子……它超越了个人和集体的掌控,它无法被专权操控,无法被最终评价,无法被永久否定,并且最重要的:它绝对不会被完全摧毁"。① 回忆作为一种过程,"它的力量取代了记忆所具备的记录和储藏的技巧,它以很大的自由度对现存的记忆材料进行加工"②。"回忆的存量总是部分性地提供使用。这就造成了人本质上的局限性,但也造就了人的转变能力和学习能力。"③ 正因为如此,包括福克纳在内的作家群体,试图从美国的历史中、人类的记忆中提取素材,将这种静态的和动态的记忆进行再编码。尽管这种回忆带有某种价值取向,但是在大范围的话语框架内得以实现,通过小说的形式展现在读者面前。从某种程度上讲,也论证了汉斯·布鲁门贝格在《世界的可读性》中的话:传统不是由残留物,而是由证明物(Testaten)和遗留物(Legaten)组成的。④ 传统是一个不断变化的和不断被塑造的过程,记忆、身份和文化共同参与了这一过程。

在20世纪,"先后出现了多种不同的重新强调卡农的理论模式:在政治上确立卡农,其表现形式有民族主义和法西斯主义,强调同一性的马克思列宁主义,反共产主义,"二战"后诞生的西欧理念,即建设超越民族的欧洲;因为宗教(基督教、犹太教、伊斯兰教等)原

---

① [德]阿莱达·阿斯曼:《记忆中的历史:从个人经历到公共演示》,袁斯乔译,南京大学出版社2017年版,第1—2页。
② [德]阿莱达·阿斯曼:《回忆空间:文化记忆的形式和变迁》,潘璐译,北京大学出版社2016年版,第99页。
③ [德]阿莱达·阿斯曼:《回忆空间:文化记忆的形式和变迁》,潘璐译,北京大学出版社2016年版,第64页。
④ Hans Blumenberg, *Die Lesbarkeit der Welt*, Frankfurt am Main: Suhr Kamp Verlag, 1981: 375.

因和世俗的习惯而产生的极端主义等等。当然还出现了反卡农的运动，参与者坚决抵制身份认同，同时也抵制历史，这些人受到了女权主义、黑人文化研究以及相关思潮的影响"①。从福克纳的作品中，我们可以看到其中暗合了某些卡农思想所强调的东西，这些具有价值取向的语境，包括作家在内，也是无法摆脱的，作家的任务不再是消除卡农的界限，而是尝试弄清它们规范性和定型性的结构，并对其进行反思。另外值得注意的是，在反思历史和对现实进行考量的基础上，福克纳的文学创作还呈现出"文学的人类学"创作取向，暗合了20世纪中后期的文化人类学研究，这也显示出作为天才作家的前瞻性和预见性。

在社会"成长"过程中，无论是人们对自我身份的追寻，还是对家园的诉求，抑或是对世界的"人类学想象"以及现代性议题中作家的历史观的勾勒，以神话组织叙事都将是一种可以获取历史和个人意图的有效策略。同时，我们所面临的不仅仅是："时间的伤口需要治疗：回忆、连续性和身份认同成了一项紧迫的任务。"② 而且，随着上帝的伊甸园打开之后，还需面对接踵而至的关于"成长"的系列神话，社会整体秩序建设中的各种议题。

第一节 《去吧，摩西》：契约叙事与原乡文化寻踪

去吧，摩西，
在遥远的地方埃及，
告诉年迈的法老，
让我的人民离去。

---

① ［德］扬·阿斯曼：《文化记忆：早期高级文化中的文字、回忆和政治身份》，金寿福、黄晓晨译，北京大学出版社2015年版，第131—132页。
② ［德］阿莱达·阿斯曼：《回忆空间：文化记忆的形式和变迁》，潘璐译，北京大学出版社2016年版，第102页。

那时候以色列归埃及管辖，
让我的人民离去，
压迫太厉害，他们无法忍受，
让我的人民离去。

"这是上帝的旨意。"勇敢的摩西说，
让我的人民离去，
不然我要杀死你的长矛，
让我的人民离去。

——黑人灵歌《去吧，摩西》源自《旧约·出埃及记》

  《去吧，摩西》（*Go Down, Moses*）是威廉·福克纳的第十三部长篇小说，被评论界认为是其创作巅峰时期继《喧哗与骚动》之后的最后一部作品。这部小说由《话说当年》《灶火与炉床》《大黑傻子》《古老的部族》《熊》《三角洲之秋》《去吧，摩西》这七个相互独立的短篇故事构成，书名取自最后一个同名故事。

  1942年该书初版时，兰登书屋为其命名为《〈去吧，摩西〉及其他故事》，从这一书名来看，我们可以把它定位为短篇小说故事集。福克纳本人也认为这部作品非常棒，它可以与《喧哗与骚动》《我弥留之际》相媲美。1949年，这部作品再版时，在征求福克纳的意见后，书名中去掉了"及其他故事"字样，正式以长篇小说形式出现。

  这部由两个中篇和五个短篇组合成的长篇小说，各篇之间相互独立，又相互关联，实际上是一个系列小说，围绕一个统一的主题展开，也可以说是"一个问题的七个方面"。[①] 作品主要描写了麦卡斯林家族两个支系几代人的命运，探讨了白人和黑人之间的关系。但如果把

[①] M. Thomas Inge, *Conversations with William Faulkner*, University Press of Mississippi, 1999: 66.

《去吧,摩西》的书写关系仅仅定位于种族关系层面上,这样又很难将其中三个打猎的故事涵盖在其中,尤其是将《熊》囊括进来。学界一般将《去吧,摩西》中《熊》的部分和自然生态思想联系起来,认为它是"为荒野所做的最雄辩的声明"①,反映了人与自然之间的相互关系问题。本书则认为,《去吧,摩西》并非简单地言说某一种关系,而是以"还乡"为中心,对古老"还乡"神话进行现代转换,再现了神、人、自然界三者之间的整体关系。整部小说构成一个"还乡"的叙事链条,前三个故事《话说当年》《灶火与炉床》《大黑傻子》对美国历史文化语境中混乱而紧张的种族关系进行言说,构成了现代"神话"的前境;中间三篇《古老的部族》《熊》《三角洲之秋》亦被称为"大森林三部曲",是通过"打猎"仪式,完成维克多·特纳意义上的"通过仪式",呈现人与土地、人与自然之间的彼此寓居与融通的关系,"大森林"成为伊甸园的象征,"身"归原乡;最后一个故事《去吧,摩西》则是象征意义上的人类回归。"仪式"既形成了作品的关系主题,也成为小说内在的隐蔽秩序和结构动力。用福克纳自己的话说,这些故事是"整片南方土地的缩影,也是整个南方地区的缩影",凸显出福克纳文学写作的"人类学想象"范式。

一 再现《圣经》:契约叙事与历史记忆

历史记忆作为人类文化记忆的核心组成部分,特别是具有典型意义的历史事件或历史故事,往往成为作家创作的灵感来源。小说《去吧,摩西》对《圣经》作了别样的文学表述,作品标题、人物姓名、故事情节、意象设置中都隐含了大量圣经元素。② 玛丽·穆巴赫(Ma-

---

① Leonard Lutwack, *The Role of Place in Literature*, Syracuse: Syracuse University Press, 1984: 169.
② 杰西·科菲在他的《福克纳非基督教徒式的教徒——小说中的典故》一书中,总结了福克纳在作品中直接或者间接地引用了《圣经》有379次之多,其中对《旧约》和《新约》的引用分别为183次和196次,而小说《去吧,摩西》直接引用的《圣经》经文就有39处。

ry Mumbach）明确指出，要深入理解这部关系松散、没有中心人物或情节的小说，《圣经》就是最好的范例。①

我们可以在《圣经》中追溯到契约叙事的原型，"契约"喻指神与人或人与人之间建立的一种特殊关系。②《圣经》记载的历史可以归纳为：当人铭记、信守约定时，就会得到福祉；当人忘记、违背或毁约时，就会遭受灾难。按照弗莱的话讲，《圣经》呈现为一种"U形结构"的叙事模式，"背叛之后，落入灾难与奴役，随之是悔悟，然后通过解救，又上升到差不多相当于上一次开始下降时的高度"③。下降或上升都是围绕上帝与人之间的契约事件展开的，契约签订前，是混乱、奴役、放逐的状态；立约后，是有序、自由与回归的状态。因此，这也是一种契约叙事模式或原乡叙事模式。福克纳沿用了这一模式，《灶火与炉床》《古老的部族》《熊》构成《去吧，摩西》的核心事件，立约仪式成为事件的动力源泉，在此之后，是一种回归神话，是象征意义上的理想聚合与回归，契约叙事中的人物在变迁的伦理环境中寻找自我的伦理身份，这一环节推动了整个故事情节的发展。当然，立约之前的混乱秩序，并非是由单一的"违约"事件所带来的，而是"美国神话"对《圣经》"上帝选民"传统的承继。

在《圣经·旧约》中，上帝耶和华与希伯来人签订契约，以色列人因其先祖亚伯拉罕签约，由此成为上帝的选民，以色列民族也从世俗民族上升为神圣的民族，成为上帝的使者。而在《新约》中，"上帝选民"的观念得以重新定义，"旧约"是耶和华与摩西和以希伯来人立约，他给予个体成圣的可能性，但基督教会的规约设定了只有基督徒才能成为真正意义上的立约对象，这一规定使得上帝与人之间的

---

① Mary Mumbach, "The Figural Action of Sacrifice in *Go Down, Moses*", Larry Allums, *The Epic Cosmos*, Dallas: Dallas Institute Publications, 1992: 247.

② Francis Brown, *A Hebrew and English Lexicon of the Old Testament*, Oxford: Clarendon Press, 1974: 136.

③ ［加］诺斯洛普·弗莱：《伟大的代码——圣经与文学》，郝振益、樊振帼、何成洲译，北京大学出版社1998年版，第220页。

普世新约多了一道门槛。"上帝选民"观念到了加尔文教那里，逐步发展为预选论，并在英国的清教徒那里立足。而现代美国历史的帷幕，正是由清教徒拉开的。17世纪，英国宗教改革运动失败，清教徒们决定开辟新世界，离开英国这个"腐败的旧世界"，向美洲进发，温斯诺普关于《基督教仁爱之经典》的著名演说成为这次远行的"咒语"，他将他们的行动描述成与当年以色列人出埃及一样神圣，现在上帝与他们有约，如同迦南许给希伯来人一样，会将新大陆赐予他们。在他们的想象之中，美洲是未经污染的新迦南，他们是上帝的选民；美国是新的伊甸园、美国人是新亚当，美国时代将成为千年国度的"美国神话"。①

"上帝选民"观念，赋予了清教徒们掠夺占有土地的神圣性和合法性。以色列人认为迦南是上帝的应许之地，而清教徒以此认为美洲是新的迦南。在《熊》中，麦卡斯林认为，"从人被逐出伊甸园算起，……从由亚伯拉罕身上跳出来的选民以及他们的子孙的编年史看"，从罗马帝国五百年的历史看，从罗马帝国灭亡到哥伦布发现美洲的一千年看，"伊甸园被剥夺了，迦南福地也被剥夺了，那些剥夺了别人的人剥夺了别人的同时自己也被剥夺了"，以他的名义做出了亵渎神灵的行为，直到哥伦布让他们知道了美洲这个新世界，在那里，可以建立怜悯、谦卑、宽容和彼此感到骄傲的国家。人类对土地的拥有权，成为了一种传统。②将美洲神圣化，看成是上帝的应许之地，随后的"西进运动"对印第安人土地的掠夺，亦被合理化为"自明的使命"。③就美洲原来的文化而言，在清教徒拥有这片土地之前，它是"受到诅咒"的，早在白人带到这片新世界来的东西到手之前，它是被玷污过的，只要是在印第安人的后代手里不断传下去，这片土地就

---

① Sacvan Bercovitch, "The Image of America: From Hermeneutics to Symbolism", Michael Gilmore, *Early American Literature*, New Jersey: Prentice Hall, 1980.
② [美]威廉·福克纳：《去吧，摩西》，李文俊译，北京燕山出版社2016年版，第215—216页。
③ [德]莫尔特曼：《来临中的上帝——基督教的终末论》，曾念粤译，上海三联书店2006年版，第165页。

是没有希望的。也许只有白人的血统出现,才会出现转机。白人、盎格鲁－撒克逊人以上帝的选民自居,而印第安人、黑人及其他有色移民则是"未开化的野蛮人"。《圣经·创世记》(9:18-28)载,黑人是遭诅咒的含的后代,在《去吧,摩西》中,麦卡斯林也称他们是"含的子孙"。① 在白人的世界中,黑人是财产、是工具,白人对他们根本不需要负任何法律责任或受任何道德谴责。在《话说当年》中,老卡洛瑟斯·麦卡斯林·爱德蒙兹占有了黑人女奴尤妮丝,尤妮丝生下女儿托玛西娜后,他又占有托玛西娜,与她生下儿子托梅的图尔。老卡洛瑟斯·麦卡斯林的孪生子布克和布蒂每次去抓托梅的图尔就像狩猎一样,毫不考虑他们之间在血缘上的关系,并用赌牌的方式决定托梅的图尔的命运。在《大黑傻子》中,白人警察称赖德为"臭黑鬼"。在白人看来,黑人只是一个物件,是不配拥有人类情感的。上帝的选民观念,在赋予白人神圣色彩的同时,还给予了他们种族优越感。由此,白人/黑人、文明人/野蛮人、上帝的选民/遭抛弃的人、我们/他们的二元对立关系最终形成。在这种殖民逻辑中,形成一种占有和宰制关系,在卡洛瑟斯·麦卡斯林家族之中,形成了以肤色而论的黑白两个单元,而不是以血缘关系构成一个统一的系统。

小说《去吧,摩西》题名源自《旧约·出埃及记》。当时,埃及新王压迫以色列人,摩西出生后,在耶和华神的召唤下,神赐摩西西行神迹的全能,他从米甸返回埃及,将以色列人从埃及的困苦中领出来,带往流奶与蜜的迦南福地去。在《出埃及记》中,耶和华说,"下去吧,因为你的百姓,就是你从埃及地领出来的,已经败坏了。他们快快偏离了我所吩咐的道,为自己铸了一只牛犊,向它下拜献祭"《出埃及记》(5:1),这是耶和华对以色列人拜祭其他神灵提出警告及呼唤他们离开罪恶重新回归到与上帝的关系之中来。因此,相对于埃及的"离开",即是对上帝的"回归",放弃他神崇拜回归对耶

---

① [美]威廉·福克纳:《去吧,摩西》,李文俊译,北京燕山出版社2016年版,第217页。

第二章 成长:神话叙事、文化记忆与身份追寻

和华神的拜祭,离开混乱,回归到秩序和意义中来,这里便包含双重的"离开"与"回归"的内涵。剥开历史叙事的面纱,《出埃及记》讲述的是人类从被奴役走向自由,由无序走向有序的故事;同时,这一故事也成为西方文化意识形态的重要内容。老卡洛瑟斯的白人儿子扎克认为,占有索取土地是一种古老的诅咒,接着有一天,他父辈的古老的诅咒(《圣经·民数记》第十四章第十八节:"耶和华……必追讨他的罪,自父及子,直到三四代。")降临到他头上来了,这古老的、居高临下的祖传的傲慢,它并不产生自任何价值,而是一个地理方面的偶然事件(指扎克生活在密西西比这个蓄奴州,而这并非出于他的选择)的结果。洛斯和亨利当时只有七岁,对"种族"还没什么概念,这也是人类童年期的人性呈现,纯真而质朴。有一天,两兄弟一起在亨利家吃晚饭,莫莉正安排他们去休息,突然之间,洛斯却说:"我要回家了。"① 本来,两兄弟一直生活在一起,吃饭睡觉也在一块。此时,洛斯种族优越意识觉醒,这个白人小孩便离弃了黑人兄弟,与其划清界限,种族关系而非亲属关系,成为了当时社会的缩影。另外,布克和布蒂把土地上的大宅看作是巨大的囚笼,艾克放弃了对土地的继承权,这都是对传统伦理秩序的一种反叛。在《灶火与炉床》中,莫莉认为路喀斯用金属探测器寻宝,是做了上帝不愿做的事情,"因为主说了:'入我土者必归于我直至我允其复生。勿论男女凡触及者务须注意。'所以我害怕。我必须走。我必须要摆脱开他"②。在《大黑傻子》中,赖德亲手埋掉了妻子,白人警察最后抓到了赖德,克特钱动手把上面的黑鬼一层层扒开,见到他躺在最底层,还在笑,还说:"你们弄得我都没法动脑子了。我都没法动脑子了。"③ 从表层上看,赖德形象被边缘化

---

① [美]威廉·福克纳:《去吧,摩西》,李文俊译,北京燕山出版社2016年版,第92页。
② 此处所引似非《圣经》原文。类似的意思见《创世记》第三章第十九节:"你本是尘土,仍要归于尘土。"以及第三章第十八节:"你必汗流满面才得糊口。"莫莉的意思是不应将非劳动所得的不义之财据为己有。参见[美]威廉·福克纳《去吧,摩西》,李文俊译,北京燕山出版社2016年版,第84页。
③ [美]威廉·福克纳:《去吧,摩西》,李文俊译,北京燕山出版社2016年版,第132页。

成为对抗白人的话语权力的一次尝试。为摆脱强加在其身上的不平等，其最后的臣服完成了话语权力对疯癫形象的塑造。本质上，这些人都是对"压迫或被压迫/罪恶与救赎"的二元对立关系的反思，对自由平等的渴望。在美国的历史文化语境里，上帝选民与新的迦南之地，都只不过是作家的想象与修辞而已，或许，《去吧，摩西》的"中心主题是自由，小说的每一部分，在某一方面发展这个思想——自由对人类意味着什么，他怎样能达到和保持自由，也许最重要的是，他是怎样失去它"①。这样，福克纳将现实社会嵌入神话之中，赋予现实一层神秘的色彩，在"文本的历史性"与"历史的文本性"的互动之中，表现了多元化的主题。

二 伦理环境的变迁与伦理身份的追寻

"上帝选民"观念是历史语境的产物，它凸显了人的伦理身份。随着时代伦理环境的变迁，自"亚当与夏娃"被逐出伊甸园始，人便开始了自我伦理身份的追寻。

小说《去吧，摩西》发表于1942年，正值第二次世界大战时期，当时希特勒对犹太人实行种族灭绝政策，对外进行领土扩张，这一国际环境也为福克纳借助小说作品来反思人类行为提供了一个契机，这也隐形地对作家的文学创作提出了新要求，在"创作时负有更多的道德与社会责任，并由此建立起人类高洁的精神空间"②。这部小说涵盖的叙事时间，从1859年（追述的部分不算）至1941年，如果算上麦卡斯林家族记事簿上所记载的事件，则可追溯到更早的1807年，其中还不包括小说讲述的、在那以前的关于印第安部落的故事。关于这部

---

① Weldon Thornton, "Structure and Theme in Faulkner's *Go Down, Moses*", Leland H. Cox, *William Faulkner: Critical Collection*, Detroit: Gale Research Company, 1982: 332.
② 武月明：《爱与欲的南方：福克纳小说的文学伦理学批评》，南京大学出版社2013年版，第47页。

小说的主题，我们可以从1941年福克纳给出版商罗伯特·哈斯的信件中略知一二，他指出"这部短篇小说集总的主题是关于南方白人与黑人种族之间的关系"，书名为《去吧，摩西》。但是，评论界对于这部作品的内在统一性一直众说纷纭，有论者称其为"南方种族关系史"[①]，但小说涵盖的远远不止种族关系这一个主题，在某种程度上，卡洛瑟斯·麦卡斯林家族的史诗已经成为整个美国南方历史的镜像。国内学者聂珍钊指出："在文学文本中，所有伦理问题的产生往往都与伦理身份相关"[②]；同时，"伦理身份是道德行为及道德规范的前提，并对道德行为主体产生约束"[③]。对白人与黑人之间的种族关系的探讨，也是人类追逐伦理身份认同的过程。

(一) 伊甸园之"蛇"：布克的领带与索凤西芭的红缎带

男士的领带、女士的红缎带，是一种社会伦理身份的象征，同时也是一种文化的隐喻，是上帝伊甸园之"蛇"。在《话说当年》中，当布克大叔发现托梅的图尔又跑了，"每回他逃跑都穿那件白衬衫，正如布克大叔每回去抓他都要系上领带一样"，又去跟休伯特先生的女奴谭尼约会，布蒂大叔气得又是吼叫又是诅咒，像条汽艇在拉汽笛，布克大叔急忙跑回房间去抽屉里取领带。

> 他们匆忙吃完早餐，布克大叔趁大伙朝空地去牵马的空当赶紧把领带打上。抓托梅的图尔是他唯一需要打领带的时候……布蒂大叔则是连一根领带都没有的；布蒂大叔根本不愿费这份心，即使在他们这样的地区，感谢上帝这儿女士是如此稀少，一个男人可以骑马沿着一根直线走上好几天，也无须因见到一位而躲躲闪闪。[④]

[①] 黄运亭：《在喧哗与骚动中沉思：福克纳及其作品》，海南出版社1993年版，第47页。
[②] 聂珍钊：《文学伦理学批评导论》，北京大学出版社2014年版，第263页。
[③] 聂珍钊：《文学伦理学批评导论》，北京大学出版社2014年版，第264页。
[④] [美] 威廉·福克纳：《去吧，摩西》，李文俊译，北京燕山出版社2016年版，第4—5页。

福克纳在这里对布克大叔打领带的细节描绘,在某种程度上是对上帝伊甸园之蛇的一种铺排,写出了布克大叔所处的伦理环境及他所遇到的伦理困境。布克大叔有一条领带,而布蒂大叔则一条也没有,也为后文的布克有一个儿子(艾萨克)及布蒂大叔的光棍身份埋下伏笔。布克大叔打领带,是想给还未出嫁的光棍休伯特先生的妹妹索凤西芭小姐看的,他也很在乎自己在索凤西芭心中的形象。

布克大叔和布蒂大叔已经有很多黑奴,无法从休伯特先生手里买下谭尼,又不能把托梅的图尔卖给休伯特,白送不要,即使布克大叔和布蒂大叔肯倒贴房饭钱也不要。休伯特先生在押送托梅的图尔到布克大叔那里时,还带上他的老妹索凤西芭小姐,他们会待一个星期甚或更久。在此期间,索凤西芭占领了布蒂大叔的房间。休伯特先生心里一直想着索凤西芭小姐出嫁时,自己得陪嫁多少口黑奴和多少英亩土地,这也成为了他的口头禅。不仅如此,休伯特还故意把索凤西芭小姐留在了布蒂家,自己偷偷赶着马车回家,他暗想,如果自己不在布克家,自己未婚的妹妹如果名誉受到损害,布克便不得不与之结婚,这样他就可以不损失土地和黑奴了。休伯特对布克大叔说:"你是自觉自愿进入大熊出没的地区。……因此要说你能从熊洞里逃出来连爪痕都没留下一处,我信了才怪哩……她可逮着你了,菲留斯……"①《话说当年》中的这一段也是休伯特先生物质利益至上伦理价值观的直接体现,他甚至不惜想方设法摆脱索凤西芭,亲情在他那里不值一提。

随着伦理环境的变迁,"索凤西芭小姐至今还想让大家称那地方为'沃维克',这是英国一个府邸的名称,她说休伯特没准是真传的伯爵,只不过他从来没有那份傲气,更没有足够的精力,去争取恢复他的正当权利。"② 尽管已经身在美国南方,在索凤西芭的思想里仍然残留着英国古老贵族的一些气息,她还想从祖先那里找到一丝证明自

---

① [美]威廉·福克纳:《去吧,摩西》,李文俊译,北京燕山出版社2016年版,第18页。
② [美]威廉·福克纳:《去吧,摩西》,李文俊译,北京燕山出版社2016年版,第3页。

己高贵伦理身份的元素。但是，对于爱情来讲，她也是十分主动的，它让休伯特先生的黑奴给布克大叔送去自己的红缎带：

  ……大约半小时后那黑小子回来了，带来一只一丁点儿大的短尾巴小黑狗以及又一瓶威士忌。接着黑小子驱动坐骑来到布克大叔跟前，递给他一样包在纸里的东西。"那是什么？"布克大叔说。
  "是给您的。"那黑鬼说。布克大叔便把它接过来打开。原来是方才系在索凤西芭小姐脖子上的那根红缎带，布克大叔骑在"黑约翰"背上，捏着缎带，仿佛那是条水蝮蛇，只不过他不打算让任何人看出他害怕这东西，他对着黑小子急捷地眨动眼睛。接着就停止了眨眼。①

在索凤西芭的眼里，布克大叔像只从一朵又一朵花里吮吸蜜汁的蜜蜂，从不在一处久留，积贮的蜜都虚掷在布蒂大叔的荒凉的空气里了②，布蒂大叔却完全不懂情调；而对于托梅的图尔而言，布克大叔则是一只雄赳赳的大黄蜂。并且，她以戏谑的语调，把布蒂大叔叫作阿摩蒂乌斯先生，就像把布克大叔叫作梯奥菲留斯先生一样，要不，说不定这蜜汁是留待一位女王莅临时享用的吧，那么这位幸运的女王又是谁，将于何时莅临呢？她给布克大叔以强烈的暗示。同时，当布克来到她家抓托梅的图尔时，已是晚上休息时，却也不锁上房门。布克大叔摸黑进入房间，撩起蚊帐，抬起双脚，就翻身上床。这时，索凤西芭小姐在床的另一边坐了起来，发出了第一下尖叫声。③福克纳对索凤西芭性格的刻画，仅寥寥几笔，就表现出在新的"美国伊甸园"中，新一代美国南方女性的个体意识开始觉醒，思想得到极大的解放，

---

① ［美］威廉·福克纳：《去吧，摩西》，李文俊译，北京燕山出版社2016年版，第12页。
② 见英国诗人托马斯·格雷（1716—1771）的《墓园挽歌》中的诗句："世界上多少花吐艳而无人知晓，／把芳香白白地散发给荒凉的空气。"
③ ［美］威廉·福克纳：《去吧，摩西》，李文俊译，北京燕山出版社2016年版，第16页。

主动而非被动地去追逐自己的爱情，勇敢地去追逐自己的伦理身份。

（二）"格式塔"中布克与布蒂的双胞胎困境

双胞胎是生理学事实的社会性存在。在《话说当年》中，卡洛瑟斯·麦卡斯林·爱德蒙兹的奶奶说："布克大叔和布蒂大叔两人合用一根领带，无非是堵别人的口的一种办法，不让别人说两人像双胞胎，因为即使年届六十，他们仍然一听人说分不出他俩谁是谁就要跟人打架；这时麦卡斯林的父亲就说了，任何人只要跟布蒂大叔打过一次扑克，就再也不会把他当作布克大叔或是任何人了。"① 孪生双胞胎的身份成为主人公的一种负担，双胞胎的双重性与单一性，在自然性与社会性的过程中，是一种独特的存在。

在《熊》的第四节中，老卡洛瑟斯·麦卡斯林一入土，这两兄弟就设法从很庞大的、还没有建造完成的谷仓似的大宅里搬了出来，搬进了他俩自己盖的只有一间房间的小木屋。翻出他们的编年体式的记事簿，"这两个孪生兄弟连笔迹都是一模一样的，只有当你把两种样本并放在一起比较时才能分辨出来，而甚至在两人的笔迹出现在同一页纸张上的时候，笔迹也是一模一样的"②。事实上他俩的笔迹经常出现在同一张纸上，仿佛早就停止了口头交流，这两种笔迹仿佛出自同一个极为普通的十岁男孩之手，连拼法也一模一样，多少年来也毫无进步。布克大叔与布蒂大叔构成了紧张状态下的一个形式上的统一体，或者叫作"格式塔"。这两种力量现实地相互对立，且无法和解，亦如"谁若是分不出他俩谁是谁，他们会跟人打架"，但他们与黑格尔或马克思所提出的"辩证统一的对立双方"并不一样。在马克思的辩证法视野下，矛盾双方却在一定条件下，会出现相互转化的情况，而布克大叔和布蒂大叔在这一条件下，紧张状态中的双方在同一矛盾中并存，并在对立的情况下，为统一体提供框架和相应的成分。他俩不是相互摧毁，而是在某种程度上彼此催化。在"打扑克"的仪式上，

---

① ［美］威廉·福克纳：《去吧，摩西》，李文俊译，北京燕山出版社2016年版，第5页。
② ［美］威廉·福克纳：《去吧，摩西》，李文俊译，北京燕山出版社2016年版，第220页。

只要和布蒂大叔对阵几轮，就不会再认错了，这其实就构成了象征的一种催化形式。而只有在新的"伊甸园"中，经过社会变革，才能废除这种社会的"格式塔"。

如果我们暂时把"一"抛在一边，把注意力集中在"二"，我们或许会把"二"视为组成"一对相似事物或相似事件"中的一个单元，而这"一对相似事物或相似事件"或许是双子式的，就像布克大叔和布蒂大叔。如果我们将"二元组合中的成分统一起来"看这一过程的时候，实际上这一过程就表现为立体式的偶然性结合，而不是相似性的叠合。性别象征也被用来描述这一过程，也时常被用来对社会现象进行讨论，表现为体量相当、在本质上相似或相互对立的各种社会力量之间的和谐共存。

对于布克大叔和布蒂大叔来说，双胞胎的身份给他俩的生活带来困惑，带来了负担，别人分不清他俩是谁，就急着跟人打架。他们的双胞胎身份构成了我们称之为矛盾的问题，或者说，一种情况的发生与事先所认为合理或可能的情况之间产生了冲突。这一矛盾，在社会亲属关系层面，特别是在社会地位和关系的整合框架体系内，具有结构意义。布克和布蒂在亲属关系体系下只能占有一个"社会位置"，却出现了两个人。他们的矛盾在于："在数量上是两个，在结构上却是一个；在神秘意象中是一个，在经验所见中却是两个。"[1] 他们在社会中解决这一矛盾的办法是"合用一根领带"，或是"跟布蒂大叔打一次扑克"。这样，就可以把他们单一的人格与神圣的秩序相联系起来，把他们相异的体格与世俗的秩序相联系了。每一方面都分属于独立的文化层次，布克大叔和布蒂大叔的双胞胎困境就可以在不同的层次之间进行调和了。福克纳所建构的孪生双胞胎人物形象，在美国南方的历史语境之中，赋予了丰富的象征意义。在人体生理学之外，两兄弟被置于新的社会秩序之中，并赋予社会秩序一个外借的神圣的活

---

[1] ［英］维克多·特纳：《仪式过程：结构与反结构》，黄建波、柳博赟译，中国人民大学出版社2006年版，第45页。

力,也暗合了涂尔干所言的"社会强制"在情感上的接受。

(三) 黑白混血儿:路喀斯·布钱普的身体实践

福克纳一改《押沙龙,押沙龙!》《八月之光》中对黑人堕落沉沦的形象塑造,在《去吧,摩西》中,作者刻画了一个具备自强、自立、自尊的混血儿形象——路喀斯·布钱普,他在极其艰苦的条件下,凭借自己的不屈不挠和聪明才智生存着,并最终获得自由。路喀斯·布钱普是福克纳塑造的最为复杂的黑人形象代表,他具有多重性格,且具有自我的认知和价值,书名的典故也透露了这层意思。

作为佃农,路喀斯·布钱普为了应对买卖危机,单枪匹马地把自己的酿酒的烧锅藏起来,以图风波过后再做酿酒生意。通过奋斗,他还在银行存上一笔数目不少的钱。① 路喀斯·布钱普作为那片土地上麦卡斯林的后裔,在某种意义上,成了他姓氏与家世的背叛者,他放弃了可以继承的土地。②

当他的妻子莫莉被扎卡里·爱德蒙兹强行要求给自己儿子当几个月奶娘时,路喀斯手持剃刀与扎卡里·爱德蒙兹对峙道:"我是个黑鬼,不过我也是一个人。我还不仅仅是个人。……我要把她带回去。"③路喀斯并没有用麦卡斯林家族的白人血统来作为自己的资本,恰恰相反,他最想放弃的也就是白人血统。

> 你知道我是不怕的,因为你知道我也是麦卡斯林家的子孙而且是父裔方面的。你从来没有想到吧,因为我也是个麦卡斯林,所以我不愿意。你连想都没有想到吧,你以为我也是个黑鬼,所以我不敢。不。你以为因为我是黑鬼所以我根本不会在乎。我倒是从来没想过要用剃刀。可是我给过你平等的机会。也许你走进我家的门时我不知道自己会怎么做,可是我知道我要做的是什么,

---

① [美] 威廉·福克纳:《去吧,摩西》,李文俊译,北京燕山出版社2016年版,第26页。
② [美] 威廉·福克纳:《去吧,摩西》,李文俊译,北京燕山出版社2016年版,第32页。
③ [美] 威廉·福克纳:《去吧,摩西》,李文俊译,北京燕山出版社2016年版,第38页。

知道我相信我会怎样做,知道卡洛瑟斯·麦卡斯林会要我怎样做。可是你没有来。你甚至都没有给我机会来做老卡洛瑟斯会叫我做的事。你想让我服输。这你永远也做不到,即使明日此时我被吊死在树枝上,浇的煤油还在燃烧,你也永远没法让我认输。①

他还对扎克说:"你唯一要压垮的就是我。我要战胜的则是老卡洛瑟斯。"②"要我放弃的并不是土地。我也根本没有麦卡斯林家的大片良田可以放弃。我唯一必须放弃的就是麦卡斯林的血统,从法律上说那玩意儿与我根本无关,至少是没有什么价值,因为那天晚上老卡洛瑟斯给了托梅使我爸得以出世的东西,这对他来说本来就不是什么损失。而且如果这就是麦卡斯林的血统带给我的东西,我也不想要。"③他认为自己的双种族综合物的混合身份,不应去充当这两种张力的战场兼牺牲品;相反,自己应该成为一个很结实的容器,可以容纳社会中的各种元素。他有一个哥哥詹姆士(谭尼的吉姆),21岁时失踪;姐姐索凤西芭,后来嫁给了一个黑人,后一同去了阿肯色州;他们的父亲是托梅所生的图尔,母亲是谭尼·布钱普,图尔的父亲则是老卡洛瑟斯·麦卡斯林。对于这样的血统,他勇于正视自己,"《圣经》所说的'永远地把自己脚下得自原先那片土地的尘土跺下去'"④,他并非那样做,他却留了下来。"其实他不是非得留下不可的。在三个孩子里,他不仅没有物质上的羁绊(也没有良心上的束缚,如卡洛瑟斯·麦卡斯林后来开始理解的那样)使他难以脱身,而且他是哥仨中唯一事先就在经济上独立、满二十一岁后任何时候都可以永远离开的人。"⑤他没有利用

---

① [美]威廉·福克纳:《去吧,摩西》,李文俊译,北京燕山出版社2016年版,第43页。
② [美]威廉·福克纳:《去吧,摩西》,李文俊译,北京燕山出版社2016年版,第44页。
③ [美]威廉·福克纳:《去吧,摩西》,李文俊译,北京燕山出版社2016年版,第46页。
④ 《圣经·路加福音》第九章第五节:"凡不接待你们的,你们离开那城的时候要把脚下的尘土跺下去,见证他们的不是。"参见[美]威廉·福克纳《去吧,摩西》,李文俊译,北京燕山出版社2016年版,第86—87页。
⑤ [美]威廉·福克纳:《去吧,摩西》,李文俊译,北京燕山出版社2016年版,第87页。

自己是老卡洛瑟斯·麦卡斯林后代的身份,去寻求法律上获得自由人的机会,而麦卡斯林·爱德蒙兹却继承了地产和农庄。在密西西比州的黑暗岁月里,一个人只有冷酷无情,才能获得祖产,只有冷酷无情,才能保住产业,直到传给别人。① 老卡洛瑟斯·麦卡斯林进入了路喀斯·布钱普的传统,而路喀斯·布钱普则咽下了它带来的苦果。

路喀斯"继承并又以无比惊人的忠实性复制了老祖宗整整一代人的面貌与思想,路喀斯比我们所有人加在一起,包括老卡洛瑟斯在内,都更像老卡洛瑟斯。他既是传人,同时又是原型,是产生了卡洛瑟斯和我们这个族类的所有的地理、气候与生物因素的传人与原型……"② 通过复杂的刻画,具有多重伦理身份的路喀斯这一人物形象,在自己的自由之路上坚持了合理的伦理选择,并解开了自己的伦理困惑。由此作家福克纳向我们展示了在种族歧视下,黑人所遭受的身体与精神上的双重创伤;同时,也对黑人的坚强、善良、自尊、自立、自强的优秀品质给予肯定,并对人类自由充满希冀。

三 "通过"仪式:狩猎行动与原乡回归

《古老的部族》开篇"起初什么也没有。只有淅沥沥的、不紧不慢地下着的冷雨和十一月末灰蒙蒙、持续不变的那种晨曦,还有在微光中某处集结并向他们逼近的狗群的吠声。这以后,山姆·法泽斯站在了孩子指艾萨克·麦卡斯林的紧后面……接着,那只公鹿在那儿了。他并不是走进他们的视界的;他就是在那儿,看上去不像幽灵而是似乎所有的光线都凝集在他身上,他就是光源,不仅在光中移动而且是在传播光……"③ 此处,作者运用《圣经·创世记》开篇的叙事语调与文学修辞,建构起一种神灵世界的原乡环境。《创世记》(1:1-3):

---

① [美] 威廉·福克纳:《去吧,摩西》,李文俊译,北京燕山出版社2016年版,第87页。
② [美] 威廉·福克纳:《去吧,摩西》,李文俊译,北京燕山出版社2016年版,第98页。
③ [美] 威廉·福克纳:《去吧,摩西》,李文俊译,北京燕山出版社2016年版,第133页。

第二章 成长：神话叙事、文化记忆与身份追寻

"起初，神创造天地。地是空虚混沌，渊面黑暗；神的灵运行在水面上。神说：'要有光'，就有了光。"作者有意识地营造出这样的伦理环境，万物皆因"神的灵"而存在，神灵用话语创造世界，成为维系万物的纽带。大森林与荒野成为圣灵的居所，也充满了伊甸园的气息。灵的具象可以是那只凝聚光晕的公鹿，也可以是森林中的大熊老班，或是森林中的其他，灵是有形的，也是无形的。森林和荒野成为了圣灵的居所，文明世界里的人要进入这个居所，也是一次"通过仪式"的具体呈现。

艾萨克·麦卡斯林的故事，可以说是一部成长小说，呈现出福克纳的人类学创作倾向。法国人类学家阿诺尔德·范热内普认为："通过仪式"是伴随着每一次地点、状况、社会地位，以及年龄的改变而举行的仪式，尽管这种礼仪模式是一种仪式进程模式，但它具有多层次性。这种通过仪式或"转换仪式"分三个阶段：分离阶段、边缘阶段或叫阈限阶段，以及重新聚合阶段。① 维克多·特纳为了明确"状况"与"转换"之间的对比，在范热内普基础上，用"状况"一词去囊括范·杰内普提出的其他所有词汇。② 当然，"通过仪式的举行并不仅限于文化规定的生命转折，它还可以伴随从一种状态转向另一种状态时所发生的任何变化"，"通过仪式也不局限于既得地位之间的变动。它还关注进入一个新取得的地位"，"大体上说，入会仪式，无论是表明一个人的社会成熟度还是表明他的宗教成员身份，都是说明过渡的最好例子，因为这种仪式具有明确而持久的边缘或阈限阶段。"③ 小说中的艾萨克成为典型意义上的"通过仪式"中的主人公。

印第安酋长与黑女奴所生的混血儿山姆·法泽斯④是艾萨克精神

---

① ［法］阿诺尔德·范热内普：《过渡礼仪》，张举文译，商务印书馆2012年版，第3—17、55—118页。

② ［英］维克多·特纳：《仪式过程：结构与反结构》，黄建波、柳博赟译，中国人民大学出版社2006年版，第94—95页。

③ ［英］维克多·特纳：《象征之林：恩登布人仪式散论》，赵玉燕、欧阳敏、徐洪峰译，商务印书馆2006年版，第94—95页。

④ 山姆·法泽斯是契卡索族酋长伊凯摩塔勃与一个具有四分之一黑人血统的女奴所生。布恩·霍根贝克则具有四分之一的印第安血统，他的祖母是一个普通的印第安妇女，所以说他是平民。

上的父亲。当艾萨克还是个小孩时，当他还需要三年，然后是两年，最后是一年，才能成为正式猎手时，他只能远远地瞧着大车装载着猎狗、被褥、食物、猎枪和他表外甥麦卡斯林、谭尼的吉姆，还有山姆·法泽斯，出发到大森林去做一年一度的拜访仪式。这一阶段，艾萨克被"分离了出去"。两星期后，他们回来，却没有带回任何战利品。艾萨克"相信只有当自己在森林里学艺期满、证明自己有资格当猎人时，才能获准去辨认扭曲的趾印，而即使到了那时，在每年十一月的那两个星期里，他也只能作为又一个第二流的猎人，和他的表外甥、德·斯班少校、康普生将军、华尔特·艾威尔、布恩一起，和那些不敢对着大熊吠叫的猎狗与无法使大熊流血的步枪一起，去参加一年一度的、向这顽强的、不死的老熊表示敬意的庄严仪式"①（《熊》）。

艾萨克期盼已久的那一天终于到来。这天，伴随着接近冰点的蒙蒙细雨，他来到了荒野，看着那些高大的树木组成了一道密密的林墙，阴森森的简直无法穿越。马车最后在一片开阔的棉花和玉米的残梗之间移动，再穿过一片泊地，最后进入了大森林。山姆正等在那儿，他就这样进入了真正的荒野生活的见习阶段。在山姆的指点下，艾萨克在自己十二岁这一天，杀死了第一只鹿。"把鹿头往后扳，让脖子绷直，然后用山姆·法泽斯的刀子在脖子上一抹，这时山姆弯下身子，把双手浸在冒着热气的鲜血里，然后在孩子的脸上来回涂抹。接着山姆的号角在潮滋滋、灰蒙蒙的林子里一遍遍地吹响；于是猎狗潮水般挤涌在他们的身边，在每一条都尝到血的滋味后"②，艾萨克全身都颤抖地从其父亲契卡索族酋长的身份中独立了出来，尽管自己全身都在颤抖，他从本族文化中的这个领域内走过了。

　　他们，一个是那被永远抹上标志的白孩子，另一个则是肤色黝黑的老人，他父母双方都是蛮族国王之后，是他，给孩子抹上

---

① ［美］威廉·福克纳：《去吧，摩西》，李文俊译，北京燕山出版社2016年版，第158页。
② ［美］威廉·福克纳：《去吧，摩西》，李文俊译，北京燕山出版社2016年版，第134页。

了标志，他那双血淋淋的手仅仅是在形式上使孩子圣化而已，其实在他的调教之下孩子早就谦卑与愉快地，既自我抑制又感到自豪地接受了这种地位；那双手、那样的抚触、那头一股有价值的鲜血——别人终于发现他是值得使这血流出的——把他和那个老人永远联结在一起，而老人也因此会在孩子过了七十岁再过了八十岁之后还能存在于人世，即使他自己和那些酋长、国王一样很早以前就已经入了土——这孩子当时还未成长为大人，他的祖父曾在这同一片土地上生活而且生活方式与孩子本人后来进入的那种几乎一模一样，孩子长大后也会像乃祖一样在这片土地上留下自己的后裔，再说这年逾七十的老人，他的祖辈早在白人的眼睛没见到之前就拥有这片土地，如今已和自己的全部族类从这里消失，他们留下的那点血脉如今正在另一个种族的身上流动，有一阵子甚至还是奴隶的血液，现在也快走完他的异族的、无法更改的人生历程，而且还是不育的，因为山姆·法泽斯并无子女。①

艾萨克作为被社会标记的白人，在印第安人的后裔山姆主持的"仪式"下，迈向了成为猎人的第一步。"你等着。你会成为一个猎人的。你会成为一个男子汉的"②，山姆说。艾萨克进入森林的这两星期，这里的一切都深深地留在他心底，特别是这里的荒野所独有的精神给他留下永久的烙印。艾萨克认为，"山姆·法泽斯与他本人还有山姆用来给他作标志的血，使他永远与荒野结成一体"③，荒野接受了他。"事实上山姆·法泽斯给他做上标志的也不仅仅是一个普通猎人的身份，而是用如今轮到山姆来拥有的他那已消失、被遗忘的部族的某种东西。"④ "他站住了一会儿——一个外来的孩子，迷失在这片毫

---

① ［美］威廉·福克纳：《去吧，摩西》，李文俊译，北京燕山出版社2016年版，第135页。
② ［美］威廉·福克纳：《去吧，摩西》，李文俊译，北京燕山出版社2016年版，第135页。
③ ［美］威廉·福克纳：《去吧，摩西》，李文俊译，北京燕山出版社2016年版，第145页。
④ ［美］威廉·福克纳：《去吧，摩西》，李文俊译，北京燕山出版社2016年版，第150页。

无标志的荒野的绿幽幽的、高达穹苍的晦暗中。接着他把自己的一切都舍弃给这荒野。还有那只表和那只指南针呢。他身上仍然有文明的污染。他把表链和系指南针的皮带从工装上解下,把它们挂在一丛灌木上,还把棍子斜靠在旁边,然后走进树林。"①(《熊》)

这么说他是应该憎恨、畏惧这"狮子"的了。这一年他十三岁。他已经杀死过一只公鹿,山姆·法泽斯还用热腾腾的血在他脸上画了纹记,接着,在十一月里,他又杀死了一头熊。不过在得到这荣誉之前,他就已经和许多具有同样经验的成年人一样,是个能力高强的林中猎手了。现在,他已经比许多具有更多经验的大人更加优秀。营地方圆二十五英里之内,没有一个地方是他不熟悉的——小河、山脊、可以充当标志的树木和小路;在这个范围内,他甚至可以把任何人径直带到任何地方去再带回来。他认得的某些野兽出没的小径连山姆·法泽斯都没有见到过;第三年的秋天,他独自发现了一处公鹿睡觉的窝,他瞒过表外甥偷偷地借了华尔特·曼葳尔的步枪,破晓时候埋伏在半路上,等公鹿饮完水回窝时一枪把它杀了,山姆·法泽斯曾告诉他,契卡索人的老祖宗就是这样打公鹿的。②(《熊》)

艾萨克通过猎人们的口传故事,知道了荒野、大森林的故事,这些口传故事记录了关于土地所有权的历史,关于人、猎人的坚韧、吃苦狩猎的故事,关于荒野的古老规则的故事。猎人们杀死了大熊"老班","大熊只倒下来一次。一瞬间,他们几乎像一组雕塑的群像:那只趴紧不放的狗、那只熊,还有那个骑在它背上把插进去的刀子继续往深里捅的人。接着它们一起倒了下去,被布恩的重量拉得向后倒,布恩被压在底下。最先抬起来的是大熊的背,但布恩马上又骑了上去。

---

① [美] 威廉·福克纳:《去吧,摩西》,李文俊译,北京燕山出版社2016年版,第171页。
② [美] 威廉·福克纳:《去吧,摩西》,李文俊译,北京燕山出版社2016年版,第172页。

他始终没有放开刀子,孩子看见他胳膊和肩部把刀子往里探时那轻微得几乎察觉不出的动作;接着大熊把身子挺直了,把人和狗也一起带了起来,它转了个身,像人那样用后腿朝树林那边走了两三步路,人和狗仍然趴在它的身上,这以后,它才倒了下去。它不是软疲疲地瘫下去的。它是像一棵树似的作为一个整体直挺挺地倒下去的,因此,这三者、人、狗和熊,还似乎从地上反弹起来了一下"。①(《熊》)后来,名叫"狮子"的猎狗与山姆·法泽斯也都先后死去。

这里,"伊甸园被剥夺了。迦南福地也被剥夺了"②(《熊》),艾萨克也成为了《圣经》里"含的子孙"。但是,他勇于面对家族的乱伦。为了救赎,艾萨克去阿肯色州,设法将一千元给已出嫁的路喀斯的姐姐索凤西芭。在 21 岁时,艾萨克决定放弃祖上留下来的产业。认为"这整片土地,整个南方,都是受到诅咒的,我们所有这些从它那里孳生出来的人,所有被它哺育过的人,不管是白人还是黑人,都被这重诅咒笼罩着"③。他拒绝了妻子收回庄园的要求,并认为"二十年来,他一直是个鳏夫,他一生中所拥有的东西里,无法一下子塞进衣袋并抱在手里拿走的就是那张窄窄的铁床和那条沾有锈迹的薄褥子,那是他进森林野营时用的,他去那里打鹿、猎熊、钓鱼,有时也不为什么,仅仅是因为他喜欢森林;他没有任何财产,也从来不想拥有,因为土地并不属于个人而是属于所有的人,就跟阳光、空气和气候一样"④(《话说当年》)。他并不认为"白人带给这片土地的诅咒已经被解除了。它已经失效、祛除了。我们目前看见的是一个新时代,这个时代像我们国家的建立者所设计的那样,是奉献给自由、解放、人与人的平等的,使这个国家将成为新的迦南"⑤(《三角洲之秋》),荒野和大森林成为人们的圣殿和避难所。

---

① [美]威廉·福克纳:《去吧,摩西》,李文俊译,北京燕山出版社 2016 年版,第 201 页。
② [美]威廉·福克纳:《去吧,摩西》,李文俊译,北京燕山出版社 2016 年版,第 216 页。
③ [美]威廉·福克纳:《去吧,摩西》,李文俊译,北京燕山出版社 2016 年版,第 238 页。
④ [美]威廉·福克纳:《去吧,摩西》,李文俊译,北京燕山出版社 2016 年版,第 1—2 页。
⑤ [美]威廉·福克纳:《去吧,摩西》,李文俊译,北京燕山出版社 2016 年版,第 238 页。

在木材公司进入大森林开始砍伐树木之前,艾萨克十八岁那年,他回过营地一次。在山姆·法泽斯和"狮子"死去的那最后一次打猎后的第一个冬天,康普生将军和华尔特·艾威尔想出了一个点子:把他们这些过去一起打猎的老伙伴组织成一个俱乐部,把营地出租并出让进森林打猎的特权,这个点子显然出自老将军那多少有点幼稚的头脑,不过倘若说这实际上是布恩·霍根贝克本人的发明倒也不好算委屈他。就连那孩子听说了也能识别出它不过是一种花招:"既然无法改变豹子,那就想办法改变豹皮上的斑点。"①(《三角洲之秋》)

这片土地,在两代人的时间里,人们把沼泽排干,使土地裸露出来,使河流减少,这样,白人就能拥有种植园,每天晚上去孟菲斯,黑人也能拥有种植园,坐种族隔离的火车去芝加哥,住在湖滨大道百万富翁的公馆里,在这片土地上,白人租种来的农场,日子过得像黑鬼,而黑鬼则当佃农,过着牛马一般的日子,这里种的是棉花,竟能就在人行道的裂缝里长得一人高,而高利贷、抵押、破产和无穷无尽的财富,中国人、非洲人、雅利安人和犹太人,这一切都在一起生长、繁殖,直到后来,都没有人有时间去说哪一个是谁的,也并不在乎……他想:那些毁掉森林的人会帮助大森林来完成复仇大业的。②(《三角洲之秋》)

在《去吧,摩西》的最后一个短篇中,莫莉的外孙赛缪尔·沃瑟姆·布钱普因杀害芝加哥警察而被判处死刑,莫莉要把事情"在报上全登出来,一点也不漏"。尽管她不识字,但是她对编辑史蒂文斯说:"贝尔小姐会指给我看登在哪儿,我可以瞧的。你在报上全都登出来。""因为事情必须这样发展她也阻止不了,而现在一切都过去了,结束了,……她仅仅是要他回家乡,不过得要他风风光光地回来。她

---

① [美]威廉·福克纳:《去吧,摩西》,李文俊译,北京燕山出版社2016年版,第274—275页。

② [美]威廉·福克纳:《去吧,摩西》,李文俊译,北京燕山出版社2016年版,第315—316页。

要有那口棺材,要有鲜花,还要有灵车,她还要坐小轿车跟在灵车后面穿过市镇。"① 如果说艾萨克的形象代表了白人的良知,那么在布恩的身上则是毁灭,人类具有毁灭自我与拯救自我的双重属性。布钱普的还乡,在对圣经神话形成呼应的同时,也对人类共同的问题、责任及希望作出回应,所有人都应该有一个"家",所有人都能够凝聚在一起,形成一种生态共同体。在《去吧,摩西》最后一个同名故事里,杰弗生镇所有的人:白人、黑人……不计身份,不分种族,捐钱将"含"的子孙——赛缪尔的尸体隆重地送回故乡。这也体现了福克纳普世聚合的伦理共同体思想。

通过艾萨克的成长过程,我们可以发掘出艾萨克的"通过仪式"中的三重象征内涵,一是从不会狩猎小孩到成长为猎人、猎杀"老班",再到重新回归为普通人;二是从没有土地到拥有土地、放弃祖产,再到镇上以做木工为生(耶稣的隐喻);三是人从生到死的过程。同时,我们应该注意到,福克纳并不认为放弃祖先的产业就是问题的终结,这种问题可能还在其他地方以不同的形式出现。

第二节 《押沙龙,押沙龙!》:神话叙事与"实验人类学想象"图景

我们必须明白,我们将成为一座山巅之城。所有人的眼睛都在注视我们。因此,如果我们所行之事违背了上帝的差遣,使他收回了赐予我们的帮助,我们就会成为整个世界的传说与笑柄。

——约翰·温斯罗普《基督慈善之典范》,1630

---

① [美]威廉·福克纳:《去吧,摩西》,李文俊译,北京燕山出版社2016年版,第331页。

《押沙龙，押沙龙!》成书于1936年，是福克纳的第9部小说。该部作品在新千年（2009年）被评选为"美国南方有史以来的最佳小说"。美国文学评论家埃尔斯·杜斯瓦·林德认为："《押沙龙，押沙龙!》是小说方面独一无二的一种实验。说它独一无二，既是相对于福克纳的其他小说而言，也是相对整个现代小说而言。可以一点也不过分地说，就技巧论，这部作品是乔伊斯之后小说写作技法方面终极性的根本创新。这是一部'难读的'作品，其难点并不在于用词晦涩，也不是因为观察力太过细腻，而是在于读者在理解作品宏伟的构思时，注意力和感情都不得不处于紧张状态之中。"① 的确，作者极尽小说表现手法之能事，创造了一幅宏大的具有历史画面感的悲剧景象。正如《圣经·旧约》和古代悲剧中的神话故事一样，该小说反映了时代风气中关乎人类道德的重大议题。

　　福克纳借鉴希腊悲剧中的表演和对话形式上的交互性与双重性特性，讲述了美国南北战争前后，杰弗生镇的穷小子白人托马斯·萨德本白手起家，建立起种植园的故事。他与有黑人血统的前妻育有一子——查尔斯，与现任妻子育有儿子亨利、女儿朱迪思。朱迪思与同父异母的哥哥查尔斯产生了恋情。为杜绝乱伦悲剧，亨利杀死了查尔斯。最后，托马斯·萨德本也死在白种女人的镰刀之下。萨德本"他想要一个能够体现他理想的儿子，而且他有太多的儿子了——他的儿子们相互毁灭，最终又毁灭了他自己。他最后只剩下一个儿子，这个儿子却是个黑鬼"。② 福克纳后来自己评论说，正是古希腊的埃斯库罗斯、欧里庇得斯和萨福克里斯笔下的悲剧的概念，毁掉了萨德本。萨德本的沦落，在于他缺乏基本的道德观念；他的错误，同时也是社会的错误，人性的弱点注定成为整个精神文明衰落的根本原因。虽然小

---

① ［美］埃尔斯·杜斯瓦·林德：《〈押沙龙，押沙龙!〉的构思及意义》，陆谷孙译，原载《美国现代语育学会集刊》1955年第12号，现据《福克纳：三十年间评论集》译出。本书转引自李文俊编选《福克纳评论集》，中国社会科学出版社1980年版，第168页。

② Frederick L. Gwynn and Joseph L. Blotner (eds.), *Faulkner in the University: Class Conferences at the University of Virginia, 1957-1958*, New York: Vintage Books Press, 1965: 35.

说反映了美国南方19世纪下半叶至20世纪初的社会面貌,却并非简单地叙述托马斯·萨德本所遭遇的"现世报",萨德本的所作所为、亲子之间的爱恨及兄妹之间的暧昧,涉及罪与罚、作孽与赎罪等主题,整体呈现了人类难以摆脱的境遇和命运,具有《圣经·旧约》故事色彩。在艺术上,是"一部纯属解释性的小说。几个人物——罗沙小姐、康普生先生、昆丁和施里夫——试图解释过去"。福克纳将现代历史事件视为悲剧来处理,在这一过程之中,福克纳消解了单数历史而转向复数历史,用多种艺术手法对南方历史进行解构,以揭露南方衰败的真正原因,这使得故事上升到神话的高度,并且充满人类学意蕴。

一 神话原型与道德救赎

20世纪初期,神话在现代文学中复苏,"在现代原始主义思潮的推波助澜下,许多作家都意识到了圣经神话传说对主题的深化以及文本和读者之间交流与共鸣存在潜在的作用,因而在创作中开始自觉地运用各种神话原型"。[①] 南北战争以后,道德困境与伦理沦陷成为这一时期的社会学家、文学批评家们关注的焦点。与此同时,内战前后,美国南方特殊的文化及社会背景,即农业社会、种族主义和清教传统,其文化基础是以加尔文主义为核心的清教,被视为"圣经地带"。弗莱认为:"美国革命本身在很大程度上是以新英格兰的清教徒观念为其思想基础的,试图在殖民地建立一个新社会而宁可置魔鬼于不顾,结果却招致了魔鬼更大的怨恨。"[②] 福克纳的创作根植于美国南方文化背景之中,深受传统文学思想影响,延续了美国文学对清教的批判思想,同时也受到外来思潮,特别是欧洲元素的影响。

小说中,故事在广阔的画面中展现出来,其中的人物超越了时代

[①] 洪增流:《英美文学中上帝形象的演变》,中国社会科学出版社2009年版,第178页。
[②] [加]诺思洛普·弗莱:《伟大的代码——圣经与文学》,郝振益、樊振帼、何成洲译,北京大学出版社1998年版,第157页。

的特点,亦如古希腊的合唱队,在舞台上挥舞着脑袋唱出:萨德本……萨德本。作者在《押沙龙,押沙龙!》中巧妙借用了《圣经》中"押沙龙"的故事原型,并且渗透了希腊神话故事中关于忒拜家族的故事,使得这部小说同时具有圣经元素与希腊神话的悲剧色彩。福克纳延续了《喧哗与骚动》的神话叙事模式,但又有所不同。在《喧哗与骚动》中,主要体现为圣经人物与小说中人物之间的对应关系;而在《押沙龙,押沙龙!》中,在前者基础上,更加强调了圣经故事与小说情节之间的对应关系。与其说萨德本是形变的阿伽门农,不如说他是衰老的匹拉莫斯、绝望的浮士德、年老的亚伯拉罕。萨德本痛苦地认识到自己没有合法的继承人去实现自己的伟大计划,福克纳巧妙地戏剧性地置换了故事的情节,讽刺性地与书名对应,萨德本成了耶路撒冷中的大卫王,后者得到上帝保证,帮他建立心中的万世王朝。萨德本及其后代,在单调、公式化地完成自己的行动,他们的行动完全受主题变化的影响。萨德本故事所具有的史诗般的景象,其故事情节本身唤起了对古老神话悲剧的记忆。如下笔者以图表形式直观呈现《押沙龙,押沙龙!》与《圣经·撒母耳记》①之间的关联以及具体情节梗概与救赎对比概况:

表2 《押沙龙,押沙龙!》与《圣经·撒母耳记》情节梗概对比

《押沙龙,押沙龙!》	《圣经·撒母耳记》
萨德本原来是山区穷白人,后来建成了显赫的萨德本庄园。种植园门前被拒绝的遭遇是他一生的转折点,由此产生了建立萨德本万世王朝的梦想。	大卫是牧羊的男孩,后来成为以色列国王。杀死巨人歌利亚是其一生的转折点,从那以后他再也没回到羊群中。
以萨德本为代表的种植园主的罪恶导致了南方的战败,也让各自苦心经营的家族走向毁灭。	大卫的罪使以色列战败,也使自己丧失了儿子。
亨利是萨德本的宠儿,因为妹妹的缘故杀害了同父异母的兄弟查尔斯·邦,最终导致萨德本王朝的坍塌。	押沙龙是大卫的宠儿,是不遵守法度、反叛父亲的逆子,为了妹妹的名誉设计杀死兄长暗嫩,因而被放逐。

---

① 《圣经》,中国基督教三自爱运动委员会、中国基督教协会2011年版,第258—317页。

续表

《押沙龙，押沙龙!》	《圣经·撒母耳记》
从整体框架看，萨德本的故事与大卫的故事相似，而亨利对邦的态度与押沙龙对暗嫩、约拿单对大卫的态度相似。	
两个家族都上演了兄妹三角恋与兄弟相残的剧情。两个故事系统中人物与事件不是一一对应的，有时是反讽的（如大卫的充满人性对比萨德本的残酷冷漠），而罪与罚的重演使得萨德本家族故事获得了永恒的悲剧意义。	

表3　《押沙龙，押沙龙!》与《圣经·撒母耳记》的"救赎"对比

《押沙龙，押沙龙!》	《圣经·撒母耳记》
萨德本的道德问题导致了家庭的悲剧。萨德本因骄傲和占有欲而犯罪，并为传统观念所驱使，盲目而不顾一切地追求体面的社会地位，拒绝承担道德责任，像出卖了灵魂的浮士德。他所犯的罪导致亲子残杀，最后走向自我毁灭，把身边的世界也一起拖向灭亡。福克纳的故事是"讲一个人出于骄傲想要个儿子，但儿子太多了，他们把他毁了。"	最初，大卫勇敢、信德、善举，按照良心行事，被上帝选为领导人。上帝助其脱离险境，成为以色列国王。耶和华向大卫应许："你的子孙若谨慎自己的行为，尽心尽意、诚诚实实行在我面前，就不断有人坐以色列的国位。"后来，权力使大卫骄纵无度，道德败坏，做了卑劣之事——贪恋乌利亚的妻子拔示巴，并因此犯下了杀人、奸淫、陷害等罪孽。大卫藐视上帝诫命，行奸邪之事，最终获罪。他的罪行成为王朝后来经历的乱伦、凶杀、内乱和衰败的祸根。大卫的卑鄙残忍影响了儿子。押沙龙因为妹妹遭同父异母的兄长暗嫩侮辱而心生恨恶，索性杀了暗嫩为妹报仇，后来因叛乱之举而被杀。
萨德本则显得冷酷无情，因为所谓的蓝图失去了想象力与感受力。	大卫是充满人情味的统治者，经受着所有人都会有的那些压力和诱惑。
萨德本至死不明白自己的错误在哪里，也始终没有悔罪。	大卫在苦难中顺服管教，祈祷悔罪，上帝宽恕其恶行。
寻求体面的社会地位是萨德本离开穷苦生活的原动力。	
萨德本的罪是人的欲望之罪。	
为了实现梦想，萨德本把人当作工具。	

上述"情节梗概"和"救赎"对比，以圣经故事为参照，我们不难看出，福克纳所建构的萨德本形象与南方悲剧，一方面与希伯来神话中大卫的战争故事形成互文关系，另一方面福克纳将希腊悲剧中阿伽门农的故事作为支线情节进行处理。《押沙龙，押沙龙!》的故事结

构与《圣经·旧约》中的故事不尽吻合，仅有某些隐约相似之处，但小说中亲子之间的爱与恨，兄妹之间的暧昧感情，的确具有《旧约》的原始色彩与悲剧格局。①萨德本建立家庭和大卫建立王朝的经历相似，两者都因为道德问题而引发了家庭悲剧。福克纳把南北战争时期的社会历史事件，视为古典悲剧进行叙事处理，使得萨德本家族的故事具有诗性的神话色彩，揭示人类命运过程中的道德困境与伦理危机。萨德本的一生，作为南方文化的缩影，是善与恶、美与丑的集合体。在种族主义与宗教清教主义思想的映照下，人性的弱点与社会的罪恶交织在一起，古典悲剧的现代演绎，在这部作品中拉开序幕。对于福克纳来说，这是一个他"必须从阁楼里弄出来讲述萨德本故事的人"②。

从社会和心理的层面上看，以萨德本家族为代表的南方人所承受的惩罚是真实的，这种惩罚延续到了第三代或第四代或所有人。福克纳借助班吉这一生理退化的人物来描绘南方的"原罪"及其所遭受的伦理困境。班吉那看似杂乱无章的意识流表述将小说中的多个声音统一了起来，他的声音吞没了其他讲述者试图拯救萨德本帝国的所有努力。正如书的最后一页所讲，萨德本还有"一个黑鬼留了下来。当然，你抓不到他，你甚至常常看不见他，而且永远也不能指使他。但他仍在那里"③。

莱斯利·费德勒说，《押沙龙，押沙龙！》在美国哥特式小说这个类别里是一部了不起的作品，"它第一次将乱伦这个美国小说中的基

---

① 关于"押沙龙"的故事，据《圣经·旧约》记载，押沙龙是古代以色列国大卫王的儿子，事见《撒母耳记下》第十三到十八章，说："大卫的儿子押沙龙有一个美貌的妹子，名叫他玛，大卫的儿子暗嫩（押沙龙和暗嫩同父异母，但《圣经》中并未交代）爱她。暗嫩为他妹子他玛忧急成病。他玛还是处女，暗嫩以为难向她行事。设法玷污了他玛，押沙龙知道后替他玛复仇。两年后，在借口剪羊毛之际，杀死暗嫩。……后来押沙龙与大卫王发动战争，兵败被杀。当大卫王得知押沙龙死讯时，他心里伤恸，上城门楼去哀哭。一面走，一面说：'我儿押沙龙啊，我儿，我儿押沙龙啊，我恨不得替你死。押沙龙啊，我儿，我儿。'""押沙龙故事"参见《圣经》，中国基督教三自爱国运动委员会、中国基督教协会联合2011年版，第301页。

② Frederick L. Gwynn and Joseph L. Blotner (eds.), *Faulkner in the University: Class Conferences at the University of Virginia, 1957–1958*, New York: Vintage Book Press, 1965: 73.

③ William Faulkner, *Absalom, Absalom!*, New York: Vintage Books Press, 1972: 378.

本色欲主题同奴隶制和黑人复仇这个美国恐怖小说的基本社会学主题相结合了起来"。① 萨德本由于深受种族制度和社会物质财富观念的伦理环境影响，产生了"错误"的伦理标尺，他的兽性因子控制了人性因子，在追逐家庭伦理身份和社会伦理身份的过程中，都以失败告终，错误的伦理选择最终导致了萨德本的家族悲剧。亨利对其妹妹朱迪斯的特殊"爱情"，对同父异母的哥哥埃蒂尼·邦的"同性恋"情感，导致他在伦理两难的情况下，最终杀死了哥哥邦。伦理禁忌的破坏，造成了兄妹三人的悲剧。埃蒂尼·邦对自己的混血儿的伦理身份产生困惑，并抛妻弃子，且将亨利和朱迪斯的关系作为逼迫萨德本承认自己的儿子身份的工具，更甚者在内战中为捍卫种族制度而斗争，其混乱不清的伦理身份，亦成为酿成悲剧的重要原因。萨德本的毁灭及朱迪斯对种族制度的蔑视，在某种程度上，象征着南方新旧伦理秩序的更迭。萨德本家族的毁灭，除了特殊的社会因素之外，还来源于小说人物错误的伦理意识。萨德本的雄心伴随着最后一个"傻儿子"的出现而终结，最后化为泡影，这也显示因果报应在人间的戏剧性作用，而美国南方的堕落正是这种作用拓展到现实社会的反映。

在《押沙龙，押沙龙！》中，萨德本悲剧的存在，由故事的四个叙述者共同完成。萨德本悲剧也构成全书戏剧内容的核心，四位叙述者构成小说的中心。两者共同构成二元的焦点，推动故事的展开。而最后一章体现了南方联盟的"痛苦解体"。萨德本故事从当地人们的口头传统中，被福克纳以四位叙述者讲故事的形式呈现到小说文本之中。该故事以圣经故事为底本，作者对其中的神话原型进行了四个方面的变形处理，即乱伦的动机、对待乱伦的态度、弑兄的动机及弑兄的后果。文本所隐含的神话原型置换与形变，以及伦理道德的言说，突出了种族主义及旧南方家族毁灭的主题，并以期唤起读者对道德救赎和社会伦理的重新审视。当然，还传递着某种信号——通过救赎，南方将重获新生。

---

① Leslie Fiedler, *Love and Death in the American Novel*, (rev. Ed.) New York: Dell, 1966: 414.

福克纳曾在给马尔科姆·考利的信中写道："战争中唯一干净的东西就是输掉战争。因为从物质方面来说，南方是幸运的一方。"① 从某些层面看来，这可能是对的，但战争所付出的惨痛代价和因战争而废除的奴隶制度一样，都非同寻常。在福克纳的小说中，战争的代价和人们追求的财富这两者之间的比值，成为读者内心迫切想解开的心结，这也构成南方人们的一种强有力的乡愁，一种令人担忧的当代相关性。福克纳对小说的设想，同林肯对国家及奴隶制的设想一样，一直都被其中的"缺陷"困扰，这种"缺陷"长时间得不到解决，时刻存在且总带有弑兄弑父的威胁。两者都以一种漫长的回溯方式，一再被推迟、一再延宕，最终也只是间接地触及了奴隶制这个关键性问题。小说人物所呈现出来的——"对爱的忽略"、对"绝望的延伸"，最终使得福克纳的小说人物成为美国南方的镜像。

二 年表、人物谱系及约克纳帕塔法县地图：想象世界的"田野化"

自人类学诞生以来，对"异文化"和"田野"概念的理解，也随着时代的发展而演变，由对历史文献的关注，到将小说等文学文本也被视为"田野"而予以人类学、社会学层面的关注。是否可以用福克纳的作品来分析美国社会？能否将《押沙龙，押沙龙!》视为一个"田野"对象而进行文学人类学分析？

人们寻求对人的行为的理解，并从各个层面去了解人类行为的诸多因素。在宗教层面，人们将信仰与仪式置于社会历史的背景之中，探讨其内在的运行逻辑关系以及自然界其他层面之间的关联。在对特定民族与社会实践之间，寻求一般解释与相关理论之间的关联，并对实践和解释保持一种有益的张力。

---

① Malcolm Cowley, *The Faulkner-Cowley File: Letters and Memories, 1944-1962*, New York: Viking Press, 1966: 79.

第二章 成长：神话叙事、文化记忆与身份追寻

  福克纳的文学叙事，注重将故事与人类学的视野相结合，可以说是从讲故事的角度去揭示人类学，也可以说是从人类学的视角讲述故事。这里所言的人类学具有双重意义，即哲学意义上的和作为特殊社会文化意义上的。在哲学意义上，从普遍的哲学视角，讲述关于人或人的世界的独有特性（存在及其命运等）的故事，这与社会文化意义上的对人的讲述具有相似之处，只是在哲学意义层面，更加强调普遍意义色彩。福克纳的文学创作，并不强调田野调查，亦不过分偏重特殊的社会文化视角。福克纳在文学创作过程中，注重人类对故事的多重依赖，发掘故事叙事与人类的多层次多维度之间的关联，着重于故事中的人类学内涵。作为讲故事的小说家，福克纳与人类学家有着同一双关注的眼睛。因此，笔者在此提出"实验人类学"的概念，以此对福克纳的《押沙龙，押沙龙!》进行人类学层面的考察。

  人类学对"田野"的强调，对地理空间的关注、对人口谱系的青睐、对人物事件的细节记录，也成为福克纳小说文本关注的"对象"，他有意识地把人类学的关注对象引入文学领域，并通过小说叙事呈现出来。从文学疗伤的层面上来讲，麦克斯韦·盖斯玛（Maxwell Geismar）称该小说发出的声音出自"最远处的发源地"，它"从过去的记忆深谷中唤起了人们被遗忘的回忆"[①]；大卫·敏特（David Minter）则认为，福克纳在"涉足禁忌场景，言说禁忌语言，从事危险活动策略"中[②]，小说确实是他的核心出发点。或许，只有在看过《押沙龙，押沙龙!》中康普生先生对昆丁的讲话后，才明白它的确切含义，"多年以前，我们在南方将我们的女人变成淑女，然后战争爆发了，把这些淑女变成了幽灵"[③]。

  文字表述一直是作家传递思想与知识的最主要的方式，最大多数的文学作品都以文字为主或者只有文字。在某种程度上，文字表达也

[①] Maxwell Geismar, *Writers in Crisis: The American Novel, 1925 - 1940*, New York: E. P. Dutton, 1971: 159.
[②] David Minter, *William Faulkner: His Life and Work*, Baltimore: Johns Hopkins University Press, 1980: 103.
[③] William Faulkner, *Absalom, Absalom!*, New York: Vintage Books Press, 1972: 12.

存在很大的缺陷。正如地理学家阿尔夫雷德·赫特纳所言，"文字很难表达复杂的空间关系，文字先后衔接缓慢，割裂了并存的情况，人们很难把文字转变为感官的直觉，而后者对于理解空间情况是必不可少的"。① 历史地理学家 B. H. 塔基谢夫也指出："对于历史上各种各样的事件和事件发生的时间，尽管历史学家们从字面上给我们作了明确的介绍，但是事件在什么地方、什么情况下或者什么条件下发生，这些问题只有地理学和已编绘的地图能给我们说得一清二楚。"② 小说中呈现出来的文学形式和父权关系两者之间的深远意义，已经远远超过了作者小说写作的目的。

土地是人类关系共同体的载体，人们对土地的情感表征为人类社会伦理关系的延伸。对于《押沙龙，押沙龙!》，福克纳为了让书中的情节能够更加直观地呈现，为弥补文字表达带来的缺陷，他还专门为此书编了一份大事年表、一份家谱表，并绘制了一幅约克纳帕塔法县地图，且进行标注："密西西比州约克纳帕塔法县杰弗生镇，面积：二千四百平方英里；人口：白人，6298，黑人，9313。威廉·福克纳，唯一的业主与产业所有者。"③ 显然，福克纳想传递给读者——这是"约克纳帕塔法县宝鉴录"的压卷之作——的印象，这部小说使得作者超越传统小说家的刻板身份，成为具有人类学意义上的小说经典，该部小说遂成为福克纳作品中最重要，也是最复杂、深奥，最具史诗色彩的一部。对福克纳来讲，从《沙多里斯》开始，他便开始构建心中的"约克纳帕塔法帝国"，到了《押沙龙，押沙龙!》，该部作品构成这一帝国的雏形。从这个意义上讲，福克纳为再现"约克纳帕塔法帝国"所做的努力，同小说中萨德本面临的挑战具有相似之处。同时，常常被我们忽略的一个事实是：作为政治动物的人——福克纳在

---

① ［德］阿尔夫雷德·赫特纳：《地理学：它的历史、性质和方法》，王兰生译，商务印书馆1983年版，第465页。
② 转引自张步天《历史地理学概论》，河南大学出版社1993年版，第158页。
③ William Faulkner, *Absalom, Absalom!*, New York: Vintage Books Press, 1972.

地图上，亦暗藏了他关于政治的想象。本尼迪克特·安德森曾在《想象的共同体——民族主义的起源与散布》中指出："人口调查、地图和博物馆这三者一起深刻地形塑了殖民地政府想象其领地的方式——在其统治下人类的性质、领地的地理、殖民地政府的家世（ancestry）的正当性。"① 在这个意义上讲，地图成为作家除了人类学想象以外的关于政治想象的重要内容。

在故事中，人口调查的虚构性在于："每个人都在里面，而且每个人都占据了一个——而且只有一个——极端清楚的位置"，福克纳对自己"领地"上的人口进行调查和描述，并在文本内被聚集、解散、重组、混合及重新排序，其中夹杂着种族、宗教认同等元素。大事年表、人物谱系、约克纳帕塔法县城地图，这三者成为《押沙龙，押沙龙！》的重要组成部分，以下对此三者的重要作用进行详细分析：

1.《押沙龙，押沙龙！》的人物年表

在《押沙龙，押沙龙！》中，作者对人物谱系的梳理，在历时层面上，建构起故事的时间线索。故事时间跨度长达百年之久，在纵深的历史叙述中，福克纳深入地挖掘了美国的历史，笔触在广阔的历史背景中纵横捭阖。

表4　　　　　　　　《押沙龙，押沙龙！》的人物年表①

时间	相关人物/事件
1807年	托马斯·萨德本出生于西弗吉尼亚山区。 出自苏格兰-英格兰血统穷白人家庭。家中人口众多。
1817年	萨德本一家迁至弗吉尼亚州泰特沃德，萨德本十岁。埃伦·科德菲尔德在田纳西州出生。
1820年	萨德本自家中出走。十四岁。
1827年	萨德本在海地娶第一个妻子。

---

① ［美］本尼迪克特·安德森：《想象的共同体——民族主义的起源与散布》，吴叡人译，上海人民出版社2003年版，第187页。
② ［美］威廉·福克纳：《押沙龙，押沙龙！》，李文俊译，现代出版社2017年版，第284—285页。

续表

时间	相关人物/事件
1828年	古德休·科德菲尔德迁至密西西比州约克纳帕塔法县（县府杰弗生）；偕母亲、妹妹、妻子与女儿埃伦。
1831年	查尔斯·邦出生于海地。萨德本得知其妻有黑人血液，休弃妻与子。
1833年	萨德本在密西西比州约克纳帕塔法县出现，获得土地，建起其房子。
1834年	克吕泰涅斯特拉（克莱蒂）由一女奴产下。
1838年	萨德本娶埃伦·科德菲尔德为妻。
1839年	亨利·萨德本诞生于萨德本百里地庄园。
1841年	朱迪思·萨德本诞生。
1845年	罗沙·科德菲尔德诞生。
1850年	沃许·琼斯偕其女住进萨德本庄园一废弃鱼棚。
1853年	沃许·琼斯之女生下米利·琼斯。
1859年	亨利·萨德本与查尔斯·邦相遇于密西西比大学。是年圣诞节朱迪思与查尔斯见面。查尔斯·埃蒂尼，圣瓦勒里·邦出生于新奥尔良。
1860年	圣诞节，萨德本阻止朱迪思与邦联姻。亨利放弃家庭继承权，与邦一起离开。
1861年	萨德本、亨利与邦奔赴战场。
1863年	埃伦·科德菲尔德逝世。
1864年	古德休·科德菲尔德逝世。
1865年	亨利于大门口杀死邦。罗沙·科德菲尔德迁去萨德本百里地居住。
1866年	萨德本与罗沙·科德菲尔德订婚，对之不敬。她迁回杰弗生镇。
1867年	萨德本开始与米利·琼斯亲密往来。
1869年	米利产一婴。沃许·琼斯杀死萨德本。
1870年	查尔斯·埃·圣瓦·邦来萨德本百里地作客。
1871年	克莱蒂将查尔斯·埃·圣瓦·邦接至萨德本百里地居住。
1881年	查尔斯·埃。圣瓦·邦偕其黑人妻子归来。
1882年	吉姆·邦德出生。
1884年	朱迪思与查尔斯·埃。圣瓦·邦罹黄热病去世。
1909年9月	罗沙·科德菲尔德与昆丁发现亨利藏匿于大宅中。
1909年12月	罗沙·科德菲尔德下乡欲将亨利带至镇上，克莱蒂纵火焚毁大宅。

2.《押沙龙，押沙龙！》的人物谱系

福克纳对故事人物谱系的系统介绍，使得该书具有了突出的历史学、社会学及人类学层面的意义。作者对萨德本家族的兴衰，人与人、

人与社会等关系的描绘，呈现出社会的种种冲突。特别是萨德本作为穷小子白手起家的曲折过程，与其他世家书写相比具有了特殊性，种族因素对萨德本家族由盛转衰起到决定性作用。在福克纳的所有作品中，乃至与同时代的其他作家的许多作品相比，《押沙龙，押沙龙!》更深入地触及被其他作品所忽视的美国南方历史罪责与无辜者所遭受到的痛苦问题。它归结到人与人之间应平等相待，不然的话，受到报应的仍是有罪者自身及其有关后代。这是美国南方的问题，也是与人类境遇有关的、具有普遍性的问题。

表5　　　　　　　　《押沙龙，押沙龙!》的人物谱系①

姓名	生平简介
托马斯·萨德本	一八〇七年出生于西弗吉尼亚山区。苏格兰—英格兰血统穷白人家庭众多孩子中的一个。一八三三年在密西西比州约克纳帕塔法县建立萨德本百里地庄园。结婚：①与尤拉莉亚·邦，一八二七年，于海地。②与埃伦·科德菲尔德，1838年于密西西比州杰弗生。美邦联军密西西比第×步兵团少校，后为上校。一八六九年逝世于萨德本百里地。
尤拉莉亚·邦	出生于海地。法国裔海地蔗糖种植园主之独生女。一八二七年与托马斯·萨德本结婚，一八三一年离婚。于新奥尔良去世，日期不详。
查尔斯·邦	托马斯与尤拉莉亚·邦·萨德本之子。独裔。入密西西比大学，在该处遇见亨利·萨德本并与朱迪思订有婚约。美邦联军第×步兵团第×连（大学灰衣连）列兵，后为中尉。一八六五年逝世于萨德本百里地。
古德休·科德菲尔德	出生于田纳西州。一八二八年迁至密西西比州杰弗生，经营小杂货商业。一八六四年逝世于杰弗生。
埃伦·科德菲尔德	古德休·科德菲尔德之女。一八一七年出生于田纳西州。一八三八年于密州杰弗生与托马斯·萨德本结婚。一八六三年逝世于萨德本百里地。
罗沙·科德菲尔德	古德休·科德菲尔德之女。一八四五年出生于杰弗生。一九一〇年逝世于杰弗生。
亨利·萨德本	一八三九年出生于萨德本百里地，托马斯与埃伦·科德菲尔德·萨德本之子。入密西西比大学。美邦联军密西西比第×步兵团×连（大学灰衣连）列兵。一九〇九年逝世于萨德本百里地。
朱迪思·萨德本	托马斯与埃伦·科德菲尔德·萨德本之女。一八四一年出生于萨德本百里地。一八六〇年与查尔斯·邦订婚。一八八四年逝世于萨德本百里地。

---

① ［美］威廉·福克纳：《押沙龙，押沙龙!》，李文俊译，现代出版社2017年版，第286—288页。

续表

姓名	生平简介
克吕泰涅斯特拉·萨德本	托马斯·萨德本与黑女奴之女。一八三四年出生于萨德本百里地。一九〇九年逝世于萨德本百里地。
沃许·琼斯	出生日期、地点不详。为擅自进入者，占据属托马斯·萨德本所有一废弃鱼棚，为萨德本之"扈从"，一八六一——一八六五年萨德本离家参战时充当萨德本庄园帮工。一八六九年逝世于萨德本百里地。
梅利森德·琼斯	沃许·琼斯之女。出生日期不详。据传逝世于孟菲斯一妓院。
米利·琼斯	梅利森德·琼斯之女。一八五三年出生。一八六九年逝世于萨德本百里地。
无名婴儿	托马斯·萨德本与米利·琼斯之女。出生与逝世于一八六九年同一日，于萨德本百里地。
查尔斯·埃蒂尼·德·圣瓦勒里·邦	查尔斯·邦与其八分之一黑人血液情妇（名字未见于记录）之独裔。一八五九年出生于新奥尔良。一八七九年与一纯黑人血统女子（姓名不详）结婚。一八八四年逝世于萨德本百里地。
吉姆·邦德（邦）	查尔斯·埃蒂尼·德·圣瓦勒里·邦之子。一八八二年出生于萨德本百里地。一九一〇年自萨德本百里地消失。去处不详。
昆丁·康普生	托马斯·萨德本子约克纳帕塔法县结交之第一位朋友之孙。一八九一年出生于杰弗生。一九〇九——一九一〇年就读于哈佛大学。一九一〇年逝世于马州坎布里奇。
施里夫·麦坎农	一八八〇年出生于加拿大艾伯特省埃德蒙顿。一九〇九——一九一四年就读于哈佛。一九一四——九一八年于法国为加拿大远征军皇家陆军军医团上尉。现为艾省埃德蒙顿一执业外科医生。

3. 福克纳绘制的约克纳帕塔法县地图

所谓地图，是指"将地球表面的自然和社会现象根据一定的数学法则、应用符号和注记，经过选择和概括缩绘于平面上的图像。"① 所谓底图，是指表示地球表面地理景观外貌的地图。底图中所展示的内容，如陆地、山川等，不会因人类活动而在短时间内发生剧烈变化。本质上，这两者在具象上，都成为了一种功能性的符号表达。

在人口谱系的基础上，福克纳亲手绘制了一幅"约克纳帕塔法县城地图"（见图2），以地图的形式，开始了自己的想象——它不再是宗教地理中的两个位置，这些不问神圣与世俗的点之间的平面关系，

---

① 黄国寿、季明月编：《地图编制》，测绘出版社1984年版，第10页。

并非纯粹由数学意义上的计算所得出的直线距离而决定。福克纳的地图——在某种意义上讲——有中心，却没有边界，实质上建构了神圣的与世俗的空间。在当代景观中，这些符号，随处可见——道路与边界，以及散居其间的各种场所，这些都成为我们生活中的阅读符号。美国著名文化地理学家及作家约翰·杰克逊指出："'组织空间，分隔空间，组合空间'是普遍的需求和能力，是人类存在某种共同而恒久的天性的确凿证据。然而，每个时代、每个社会都会演绎出它独特的空间秩序。"① 福克纳的"地图"，是故事人物的活动场所，同时也是作者对"应许之地"的想象。

图 2

---

① [美]约翰·杰克逊：《发现乡土景观》，俞孔坚、陈义勇等译，商务印书馆2015年版，第39页。

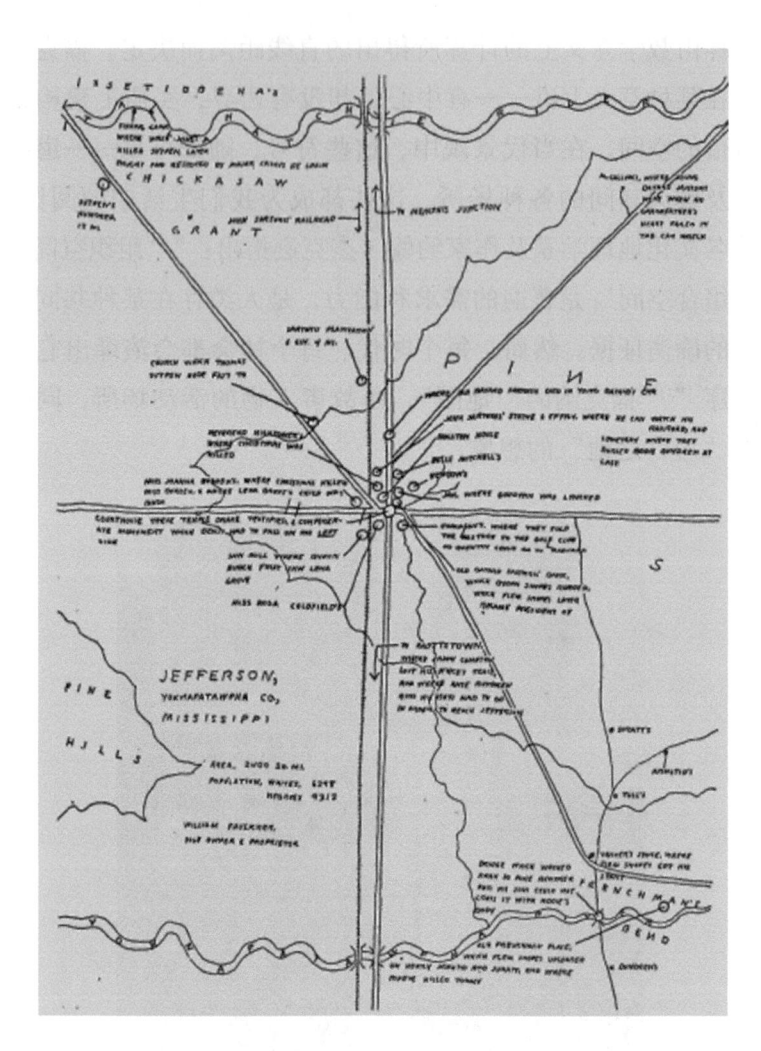

图3　约克纳帕塔法县地图（福克纳绘）

从表面看，或许是源于文学的学科特点，作家在创作作品时，很少将自己的写作与某地图相配合，历史地理学家们亦然。结果，大部分的文学作品只有文字或是附有较少的插图。这就对读者，特别是非文学专业读者造成了不便，读者们常常会发现，读完整部作品，总感觉缺少点什么。但在另一方面，若仅提供地图，也会存在表达上的缺陷，因为地图很难表达历史事件的背景、细节、结果、影响及其在历史长河中的地位,更不可能承载抽象的思想或理论。而这些内容对于了解历史事件,又是非常必要的。通常来讲,只有文字才能将它们充分地表述出来。从理论上来说,读者只要通过作家的文字表达,就可以比较全面地了解该故事的梗概。但由于福克纳的语言表达的丰富性和晦涩性,也给阅读者带来极大的困难。在《押沙龙,押沙龙!》中,福克纳把美国南方的书写内容,从现实空间向虚拟想象空间延伸,通过小说叙事,实现小说文本叙事空间与地理空间之间的映射关系,揭示小说文本空间与现实地理空间之间的内在逻辑与运行机制。作为小说叙事的实验,同时也是小说家在小说创作过程中的"人类学实验",通过小说发生的时间、地理空间,人物之间的关系,事件的起因、过程及结果等元素,实现小说家的"文本田野化",具有了人类学、宗教学意义上的内涵。诚如"[轴线体系]考虑了疆域界限和天堂的关系。天堂就像一个圆周,被两条轴线切分成四份。城市规划中的东西向干道和南北向干道乃是天堂模式在大地上的呈现"①。在布局范式上,整幅地图构成一个巨大的"十字架",被赋予了极其重要的宗教内涵,它成为仲裁和惩戒的场所,成为"约克纳帕塔法帝国"的基督"十字架"隐喻。

三 现代性议题与作家的历史观

19世纪末20世纪初,种族主义小说成为反映社会历史的一面镜子,并与社会学、文学一起反映了时下流行的科学自然主义潮流。福克纳将种族悲剧融入加尔文主义式的诅咒话语之中,将种族仇恨的暴力和乱伦行为置于内战的创伤语境之中,将社会现实置于神话历史之中,以小说的形式,将这些主题带入美国文学传统。这种结合本身具有矛盾性,但是从本源上讲,它依存于美国的历史和文学中无处不在

---

① Ferdinando Castagnoli, *Orthogonal Town Plarming in Antiquity*, Cambridge, 1971:73.

的社会心理。

从表层意义上看，《押沙龙，押沙龙!》反映了美国南方19世纪下半叶至20世纪初的历史、社会面貌，但这还不是福克纳创作的全部用意。用福克纳自己的话说，他要写的毋宁是"人的心灵与他自己相冲突的问题"，"只有这一点才能制造出优秀的作品，因为只有这个才值得写，值得为之痛苦与流汗"。（见其《诺贝尔奖受奖演说》）因此，我们应当领会福克纳所写的并不是关于美国南方的一部历史小说，更不是热闹的历史背景映衬下的一出"情节剧"。

南北战争在某种程度上撕裂了南方的过去与现在，导致许多南方人建立的传统南方价值观念体系的崩塌，南方不但战败了，还得在道德上承担战败的后果，许多南方人及其后代在精神上沦为了孤魂野鬼。正如昆丁·康普生所说："多年前我们南方人使自己的女眷变成淑女。然后那场战争来临，使淑女变成鬼魂。我们这些当爷们儿的除了听她们讲如何做鬼魂的故事，又有什么别的办法呢？"①尽管康普生他"还太年轻不应成为一个鬼魂，但他却不得不如此，因为他是在南方深处出生和被哺育长大，那个从1865年起就已死亡的南方深处"，从小就聆听着"拒绝安静躺下的鬼魂们……给他讲述过去那鬼怪年代"。②这种强烈的怀旧感情，使得昆丁滋生了一种幻觉：旧的南方作为一种神话般的存在，并没有死去，更没有成为过去，甚至到现在依然充满活力。昆丁在学校给施里夫讲述萨德本家族的传奇故事，这个具有哥特式色彩的悲惨故事，具有南方的象征或隐喻意蕴：萨德本最初定下的建造百里庄园的宏伟蓝图，最终因兄弟相残，家族分崩离析，象征家族势力的大厦最终也轰然倒塌，成为了南方历史寓言故事。在昆丁看来，"我二十岁时就比许多死去的人都老了"，在施里夫眼里，"更多的人还没到二十一岁就已经死去了"③。最后施里夫大惑不解地问昆

---

① ［美］威廉·福克纳：《押沙龙，押沙龙!》，李文俊译，现代出版社2017年版，第5页。
② William Faulkner, *Absalom, Absalom!*, New York: Vintage Books Press, 1972: 9.
③ ［美］威廉·福克纳：《押沙龙，押沙龙!》，李文俊译，现代出版社2017年版，第281页。

丁:"现在我只需要你告诉我一件事情。你为什么恨南方?"昆丁脱口而出急忙纠正道:"不,不!我不恨它!我不恨它!"① 事实上,福克纳对萨德本的人生经历和创业史作了饱含感情的描述,表达了作家对可以凭借个人奋斗而发迹的年代的向往,对白手起家、凭借坚强意志实现梦想的先人的尊敬和仰慕之心,对往昔的历史和充满传奇的人生的无限追忆之情。

《押沙龙,押沙龙!》在某种意义上讲,是一部解释(演绎或阐释)性小说,通过罗沙小姐、康普生先生、昆丁和施里夫对美国过去的历史进行回忆版的表述。在他们繁复式的表述中,有一股隐藏的张力在其中流动,或冗长、繁缛、抽象,或故作高深,或是横切面,或是剖面(facet),宛如一首巴赫的多声部"康塔塔"(Cantata)。面对历史,不同的人、不同的情感、不同的认知视角,彼此各不相同,福克纳如擅长多层象牙透雕的中国艺人,将其有机组合到一起,构成一部史诗级别的悲剧故事。故事中,托马斯·萨德本、查尔斯·邦、朱迪思、埃蒂尼·邦等人物形象栩栩如生,个性鲜明;克莱蒂纵火、罗沙小姐下乡等场景,一如我国的"风雪山神庙",都是文学中耳熟能详的段落。以福克纳为代表的南方文艺复兴时期的艺术家们,凭着对故土特有的感情和理解,通过笔下富有地方色彩的环境和人物,从不同的角度和立场,对困扰南方的诸多问题,阐述自己的观点和看法。正如美国学者路易斯·鲁宾(Louisn Rubin)所指出的:"南方文学复兴时期的作家们的作品之所以仍然是南方文学,是因为它们仍然根植于(南方)地域性生活,尽管在技巧上、在态度上是完全现代的。"②福克纳希望文学艺术创作可以向南方的父老乡亲传递这样的正能量:

人其实是很坚强的,没有任何别的,再没有其他别的东西——

---

① William Faulkner, *Absalom, Absalom!*, New York: Vintage Books Press, 1972: 412.
② Louisn Rubin, *The History of Southern Literature*, Baton Rouge: Louisiana State University Press, 1985: 250.

战败、忧伤、痛苦、失望——能跟人自身一样持久；人自是能挺得过他所有那些痛苦的，只要他是作了努力——作了努力相信人，相信世上总有希望去寻求，不是寻求一根仅能勉强支撑的拐棍，而是设法依靠自己的双脚站直，怀着相信总会有出路的信念，相信自身的坚强与忍受能力的信念。①

战争给人们带来毁灭性灾难的同时，也为南方的文艺复兴带来契机，因为它"使南方有机会同过去一直沉浸其中的恶性循环一刀两断。南方的年轻人过去要么就读于本地的不入流的大学，要么北上求学……而"一战"及其战后形势促使他们去海外留学……经过此番游历，这些旅行者很自然地在回到家乡后决定重新审视南方的遗产……他们用新现实主义的视角重新诠释南方的过去"②。战争前后，很多南方年轻人来到欧洲，或学习，或游历，或直接、间接地参加第一次世界大战，接触到了新思想，开阔了眼界。这一时期，如海明威、福克纳、泰特、戴维森、沃伦、沃尔夫、兰瑟姆等成为南方文艺复兴的中坚力量。艾伦·泰特亦认为："南方在第一次世界大战中重新进入了世界，它回顾来时路，自1830年以来，第一次发现北方佬不应该对所有的事负责。这一回顾给了我们对南方文艺复兴一种现在对过去的文化审视。"③ 对南方的爱恨情仇，成为一批年轻人书写南方的情结，或许福克纳的回答最具代表性："我既爱它又恨它。"而内战对于作家的影响，福克纳是这样说的：

我相信，主要是战争与灾难在提醒人类，他需要为自己的耐力与坚强留下一份记录。我认为，正因如此，在我们自己的那场灾难

---

① [美] 威廉·福克纳：《福克纳随笔》，[美] 詹姆斯·B. 梅里韦瑟编，李文俊译，上海译文出版社2008年版，第84页。

② C. Vann Woodword, "Why the Southern Renaissance?" *Virginia Quarterly Review*, Spring 1975, Vol. 51, No. 2: 237.

③ Allen Tate, *Essays of Four Decades*, Athens: The Swallow Press, 1968: 592.

之后，在我自己的家乡，也就是南方，才会涌现出优秀的文学创作，那样的文学创作质量确实不错，使得别的国家的人都开始谈到出现了一种南方"地区性"的文学，也因而竟然使我——一个乡下人——也成为美国文学中日本人尽早想谈论与倾听的一个名字。①

这一时期的南方作家经历了一种普遍性的矛盾和痛苦，出于对家乡的热爱和作家的责任，对南方的社会、历史及文化传统进行批判。当然，它带来的后果是不同程度地遭到人们的误解、冷眼、嘲讽乃至敌对仇视。即便如福克纳这样的作家，都遭到家乡人的冷眼，同一时期的小说家《飘》（Gone with the Wind）的作者玛格丽特·米切尔（Margaret Mitchell）甚至认为福克纳是"为了北方佬的臭钱背叛了南方，为北方提供它所需要的南方腐败的情报"②。就《飘》这部小说来讲，可能并未对福克纳创作《押沙龙，押沙龙！》起到作用，但巧合的是，这两部书同时出版于1936年。尽管福克纳在1937年声称未读过《飘》，说它"对于任何一个故事来说，都显得过于冗长"，但《飘》仍然为福克纳的创作提供了一个有趣的情感语境，因为它代表了福克纳从"那些从未投降北方、也从未嫁人的老处女姑妈和姨妈那里"所听到的对内战的描述。福克纳曾在1958年回忆道：其中一个姑妈去观看了《飘》的电影，但"一看到电影里谢尔曼将军出场，她立即站起身来，离开了影院"③。比较有意思的是，《飘》与《押沙龙，押沙龙！》这两部同时取材于美国南北战争的历史小说，却以"同根异果"的面貌呈现在读者眼前：玛格丽特·米切尔回避了战争的阴暗面，如奴隶制、种族和非正义，她把历史变为一种景致，一种浪漫的象征；而威廉·

---

① ［美］威廉·福克纳：《福克纳随笔》，李文俊译，上海译文出版社2008年版，第84页。
② Louis D. Rubin, *The History of Southern Literature*, Baton Rouge: Louisiana State University Press, 1985: 363.
③ James B. Meriwether and Michael Millgate (eds.), *Lion in the Garden: Interviews with William Faulkner, 1926–1962*, Lincoln: University of Nebraska Press, 1980: 34; Gwynn and Blotner (eds.), *Faulkner in the University*, 249.

福克纳则直击社会现实，对其中的关键问题——种族、历史和道德的堕落，进行深刻反思和彻底批判。透过作家的"记忆、创伤与想象"的文学修辞，可见其不但以人类学想象的方式呈现出一幅南北战争语境下的"美国南方"文化景观图，而且勾勒出事关美国历史的诠释路径和文学艺术的审美原则。两者以不同的视角，通过对郝思嘉和托马斯·萨德本及其两大家族的历史变迁进行书写，透视美国南方社会在社会转型时期，人的精神困境与伦理道德危机，并借此唤起人们对战争和现代性问题进行重新审视。

《押沙龙，押沙龙！》可以看作是福克纳对美国"南方问题"源头的一次探索，也可以看作是作家联通过去、现在和未来，用小说表述现实的一次大胆尝试。小说既是在书写萨德本，同时也是在书写福克纳自己：两人都是"唯一的所有者和经营人"，都是崩溃边缘的一大片领地上的"父亲"。福克纳从萨德本的视角重新阅读南方、阅读自己，也阅读自己的作品、阅读自己作品中的悲剧以及阅读带来南方悲剧的原罪。正如罗莎所言，福克纳自己很清楚"它没有全部，也没有结束；让我们痛苦的不是它带来的打击，而是它冗长的、反复回荡的结尾突降，它那毫无价值的、想要清除绝望的起点的那个后果"。①

福克纳对奴隶制的原罪几乎不做直接的评判，而是围绕一个缺陷的故事展开。萨德本的形象和他天真的"百里地"宏伟蓝图构想，并未因其儿子们所减损，正如大卫的功绩也不会被押沙龙所遮蔽。圣经故事中，大卫王那句"我儿，押沙龙"的呼喊，也很可能是来自林肯的呼喊，同时也是福克纳的呼喊。南方的垮掉，如同大卫王的宫殿、如同萨德本的庄园，不论是从神话还是现实的视角看，都极像一个原罪的持续诅咒。福克纳通过小说来书写南方的历史，从设计到垮掉，到重建，最终实现自我的超越，他不仅仅是小说的书写者，同时也参与建构了南方的历史。

---

① Faulkner, *An Introduction for The Sound and the Fury*, NewYork：Vintage Books Press, 1956：709.

小 结

从神话学视角看,《去吧,摩西》和《押沙龙,押沙龙!》是关于"成长"的神话,是关于故事主人公艾萨克·麦卡斯林和萨德本家族的"成长史",同时也是美国的阶段性成长史,乃至人类社会成长史的一个部分。如果说"什么是美的、善的生活?"是起源叙事背后的唯一问题,那么"如何追寻这样的生活?"则是成长叙事背后最有意义的问题。人类如何将自身置于诸神的世界之中?神的世俗化和人的神圣化,成为沟通"神"和"人"的两条途径;同时,神的世俗化被回应于人的神圣化,"天上的神与地上的人相似,人能够像神明一样崇高尊贵"①。

作家对神话的起源的记述或重建,并非抽象或是理论化的阐述,现在看来,依然是"天真"且"原始的"。神话绝非人的幼年状态,也并非现代科学的试演,它是深刻性的和理智层面上的。神话视野并不是科学的原始先行者,它关切的不是客观性,甚至不是现实本身的知识,它的真正焦点在于其他且在他处。通过讲故事的形式,神话为我们提供了解世界的方法和一种别样的视野,人的生存必须在其中找到正确的位置,即去寻找自我的文化身份。

在《去吧,摩西》中,福克纳不再对南方的传统、历史、神话传说等浪漫化,而是多侧面地表现了南方必须放弃它的神秘价值。如果说他在《喧哗与骚动》中对"人生如戏,世界是荒漠"的南方进行了刻画的话,那么,在《去吧,摩西》这部作品中,作者一改先前对南方书写的悲凉基调,不再强调南方淑女的堕落、南方骑士的沉沦及家族的冷漠,而是呈现出了另一番景象:具有独立人格的黑人,追求自由和爱情的女士,敢于与命运进行抗争的南方继承人,充满了善良、

---

① [美] 伊迪丝·汉密尔顿:《希腊方式——通向西方文明的源流》,徐齐平译,浙江人民出版社1988年版,第252页。

果敢、忠诚等美好品质的人性。

在现代伦理环境的变迁之中，福克纳对人与荒野、人与土地、人与森林、人与人之间的关系进行梳理，并对人与自然之间的疏离的深层社会原因进行深刻的反思与批判，也体现出作家所具有的超越时代的伦理观。对于艾萨克来讲，"二十年来他一直是个鳏夫，他一生中所拥有的东西里，无法一下子塞进衣袋并抱在手里拿走的就是那张窄窄的铁床和那条沾有锈迹的薄褥子，那是他进森林野营时用的，他去那里打鹿、猎熊、钓鱼，有时也不为什么，仅仅是因为他喜欢森林；他没有任何财产，也从来不想拥有，因为土地并不属于个人而是属于所有的人，就跟阳光、空气和气候一样；他仍然住在杰弗生镇一所质量低劣的木结构平房里，那是他和他女人结婚时老丈人送的，他女人临死时把房子传给了他，他装作接受了，默许了，为的是讨她喜欢，让她走的时候心里轻松些……"① 这种价值观也成为作家反思的对象，为重塑伦理关系，提供一个对话的空间。福克纳对种族冲突、战争危害、伦理秩序等进行了深度的挖掘，并对意识形态层面上的阶级对抗与融合关系进行审美观照，使得压抑的乌托邦欲望得以有效宣泄，这也进一步拓展并升华了种族主题，想象性地为人类道德追求寻求出路。如果说乔伊斯的作品旨在"铸就种族之良知"的话，那么福克纳则"直面种族问题社会现实"，以善恶交融的形式再现历史，渴求种族的融合与人性的解放。

土地作为一个关系共同体的载体，应该被尊重和热爱，这一过程也是人类社会伦理观念的延伸。作家通过对土地所有权的批判，揭示出人与自然之间关系的疏离、人性的异化的根源源于人类社会内部。人与自然之间的对立关系，森林的消退与现代工业之间不可调和的矛盾，加剧了人们对土地进一步的控制，这也是社会人之间伦理关系沦落的表现。小说文本中白人的自我中心主义，则是人对自然的占有与

---

① [美]威廉·福克纳：《去吧，摩西》，李文俊译，北京燕山出版社2016年版，第1—2页。

支配观念的延续。艾萨克·麦卡斯林在山姆·法泽斯的指导下,通过在大森林中的打猎活动,从荒野、山姆及老班那里获得了经验,也学到了勇气、怜悯、谦逊等美德,认识到了荒野的内在价值,在精神上也获得新生。

福克纳曾说,《押沙龙,押沙龙!》就是"南方整个奴隶制的缩影"。① 他对这部作品非常自信,他给它加上了年表、家谱和地图,给它一个总和的外观,让它成为规模最为宏大,同时也是最伟大的小说。小说内容涉及历史、地理、人文,并且追溯到约克纳帕塔法的史前时期,其中人物包含受压迫歧视的黑人、被逐出家园的印第安人以及从其他地方来的受压迫的白人的异种。故事时间跨度一百多年,回溯到了19世纪初,当时的约克纳帕塔法是相当"寂静的边陲"。小说通过法国建筑师追溯欧洲的历史文化风土人情;通过萨德本家族和其他家族,揭示弗吉尼亚的历史、阿巴拉契亚山的印第安原始部落,南北方的城乡风貌,地方风物;通过萨德本的奴隶,揭示奴隶贸易,并追溯非洲和西印度群岛的历史文化。因此,小说提供的不仅仅是美国南方的历史,它远远超出了这一范畴,不仅提供美国人民和历史意识,而且还对历史的源头进行追溯。如果说《八月之光》回溯了《圣经》的传统和欧洲的历史,那么《押沙龙,押沙龙!》最主要的力量来源于美国南方本土传统。从萨德本的百里庄园构想可以看出,这部小说从征服荒原和修建大宅切入,经过南北战争、美西战争等,人们的生活节奏被打乱,遭受创伤的人们坐了下来,对历史进行回望,留下创伤的记忆。随着时间的流逝,这种集体记忆也将受到巨大的冲击,逐渐走向尽头,"活生生的记忆面临消失的危险,原有的文化记忆形式受到了挑战"②。书写南方,同时体现了作为作家的福克纳的历史责任感,他

---

① Frederick L. Gwynn and Joseph L. Blotner (eds.), *Faulkner in the University: Class Conferences at the University of Virginia, 1957-1958*, New York: Vintage Books Press, 1965: 94.

② [德]扬·阿斯曼:《文化记忆:早期高级文化中的文字、回忆和政治身份》,金寿福、黄晓晨译,北京大学出版社2015年版,前言,第1页。

尝试采用小说的形式，把这些记忆存储且固定下来，而对自己却希望从历史上销消。他在给马尔科姆·考莱的一封信中说，他只希望"作一个民间的个人，从历史上勾销或取消"，他的目的是使他的一些书成为他一生所留下的唯一记号。[①] 对于人性的拷问，是福克纳思想的核心。一方面，他反对美国北方所代表的资本主义工商文明对于南方传统农业社会和生活方式的冲击，以及对自然环境的破坏；另一方面，他也反对罪恶的蓄奴制对黑人的奴役和摧残，反对白人对黑人实施的种族隔离政策。他热情讴歌的是忠诚、善良、坚忍不拔的古老美德，是人与自然和谐共存的美好家园。由于受到南方特殊的历史与文化传统影响，福克纳的伦理观不可避免地表现出一定的矛盾性与局限性。这也正是现代性问题凸显在作家层面的具体表征，这种"成长"式写作同时也是作家文化寻根情怀的隐性表达。

---

① ［美］达维德·敏特：《圣殿中的情网——小说家威廉·福克纳传》，赵扬译，生活·读书·新知三联书店1991年版，第172页。

第三章 毁灭：古老神话映照下的
现代悲剧与乡愁困境

一切都四散了，再也保不住中心，
世界上到处弥漫着一片混乱，
血色迷糊的潮流奔腾汹涌，
到处把纯真的礼仪淹没其中，①
……

——叶芝

  悲剧处于两种价值标准体系之间，一是神话世界的价值标准体系，二是新世界的价值标准体系。这两种价值标准参照系成为悲剧行为的内在驱动动力，同时也是悲剧艺术的主要特色之一。除了口传文学外，悲剧更多地出现在书面作品之中，成为一种在时间层面和空间层面均被个体化的存在。对相关作品的分析，既涉及文学社会学，也牵涉历史人类学和思想史的范畴。伴随社会的发展，现代性（modernity）的断裂催生了现代主义（原始主义与先锋精神的）②，并且现代主义逐渐

---

  ① 袁可嘉主编：《外国现代派作品选》第一册，上海文艺出版社1980年版，第64页。
  ② 关于"现代性"（modernity）的讨论，目前已经有了太多的理论话语、文献资料和文本积累。比较典型的如夏尔·波德莱尔的"过渡、短暂、偶然"论，格奥尔格-西美尔的大都市与精神生活论，丹尼尔·贝尔的后工业社会与资本主义文化矛盾论，安东尼·吉登斯的体制与社会转型论，马克斯·韦伯的"新教与资本主义的兴起"论，米歇尔·福柯的治理术与（转下页）

成长为欧美国家 20 世纪上半叶文学艺术发展的整体趋势。这其中，"现代主义作为一种发展是与危机观念和终极观念联系在一起的"[①]。文明的发展也呈现出一定的规律性来，斯宾格勒曾经在《西方的没落》中指出，我们可以"把世界历史看成一幅无止境地形成、无止境地变化的图景，看成一幅有机形式惊人地盈亏相继的图景"，伴随着人类学对"逻各斯中心主义"的突破，同时也给西方人提供了"一群伟大文化组成的戏剧，其中每一种文化都以原始的力量同它的土生土壤联系着；每一种文化都把自己的影像印在它的材料，即它的人类身上；每一种文化各有自己的观念，自己的情欲，自己的生活、愿望和感情，自己的死亡。这里是丰富多彩，闪耀着光辉，充盈着运动的"[②]。在某种意义上讲，现代化的过程，也是世俗化的过程，同时也是把"神"搬下神坛的过程。自启蒙时代以来，科学与神话、理性与非理性、事实与想象、逻辑与幻想等这种二元对立的场面，似乎走向了极端，人的地位上升，成为了圣化的神，而原来神的地位逐渐被挤掉了，最终导致了人们宗教情感的淡化和神话意识的丧失。在这一信仰出现真空的时代，包括福克纳在内的作家们自觉扮演了古代祭司的

（接上页）权力话语论，齐格蒙特·鲍曼的"流动的现代性"论，于尔根·哈贝马斯的"未完成的工程"论，霍克海姆和阿多诺的"启蒙的辩证法"论，以赛亚·伯林的"反启蒙运动"论，戴维·哈维的现代性与现代主义论，瓦尔特·本雅明的"大都会"和"巴黎拱廊街"论，马泰·卡林内斯库的"现代性的五副面孔"论，伊曼纽尔·沃勒斯坦的"世界体系论"……现代性，无论作为一种社会体制、一种世界体系，还是作为一项似乎永无完工之日的宏大工程，其启动伊始必须做的一件大事，就是对人本身进行建构、再造或重塑，使之成为符合这个工程规划的"主体"。

对于"现代主义"，一般包含两方面的意思，一是"原始主义"（primitivism），一种回归原始的冲动；二是指前卫的或先锋的倾向，表现为与传统的决裂，追求全新的价值观念与美学风格，在空间形式、表达技巧、语言组织等层面标新立异，以期突破语言的牢笼。原始主义与先锋精神是现代主义的一体两面，前者是后者发展的基础。恰是一个双面的雅奴斯神，由原始与先锋、过去与现代、荒原与城市、野蛮与文明、东方与西方、血性与机械、非理性与理性等十分明显的对立因素组成一个矛盾的、充满张力的复合体。在原始与先锋之间的张力状态中反思人的个体自由与价值及人类生存的终极价值。

① [英] 马·布雷德伯里、[英] 詹·麦克法兰编：《现代主义》，胡易峦等译，上海外语教育出版社 1992 年版，第 21 页。

② [德] 奥斯瓦尔德·斯宾格勒：《西方的没落》上册，齐世荣等译，商务印书馆 1995 年版，第 39 页。

角色，承担起他们的职责，试图通过神话为日常的社会生活蒙上一层象征性，在解放被理性主义禁锢想象力的同时，给享乐主义者们提供意义和价值旨归。当然，人类本性的悲剧源于自我开始了对命运的反抗，在悲剧理论的神话阶段，这种反抗的激情成为"神之嫉妒"（Divine Jealousy）的使者。福克纳在《圣殿》中也谈到了这种语境下的现代悲剧形式，在小说中，他以哥特式的笔法，讲述一部美国的"俄狄浦斯悲剧"。对处在伦理失落、乡愁困境中的美国人来说，《我弥留之际》则是一部家庭悲剧、一部伦理悲剧。圣殿已不再，家园亦已去，乡愁何时解？美国这座上帝再选的"伊甸园"被彻底毁掉了。

第一节 《圣殿》：希腊俄狄浦斯神话 视野下的现代美国悲剧

> 若无这古老的、普遍存在的真理——爱情、荣誉、怜悯、尊严、同情与献身精神，任何小说都必将昙花一现，难逃转瞬即逝的命运。如若做不到这样，作者的辛勤劳作终将徒劳无益。
>
> ——威廉·福克纳

1931年，福克纳的第6部长篇小说《圣殿》（Sanctuary）面世，刚一出版，就成为畅销书，出版三周的发行量就相当于《喧哗与骚动》和《我弥留之际》销量的总和，这也是作者唯一一部刚出版就畅销的作品。据福克纳自己说，有意将它写成"所能想到的最为恐怖的故事"，创作这部小说的动机，纯粹是出自"庸俗的想法"——赚钱。的确，在那段时间，福克纳面临结婚和养家糊口的现实问题，小说的销路，也是重点考虑的因素。但是，现在看来，福克纳的自我贬损，其实是针对当时评论界批评此书暴力色彩太浓的一种回击。这部书带来的经济效益，远不能解决福克纳经济上的缺口，他只好到好莱坞去谋职，开始自己的编剧生涯。1932年，好莱坞派拉蒙公司花6000美元购买了《圣殿》的拍摄权。次年5月12日，根据《圣殿》改编的电影《谭波尔·德雷克的故事》上映。1961年，20世纪福克斯电影公司再次将《圣殿》搬上银幕。许多读者对这部小说的喜爱，并非因为福克纳对社会的批判和道德层面的探索，而是因为小说的刺激性和惊险的情节描写。

小说《圣殿》通过对杰弗生小镇的一桩案子的描写，透视整个美国人与人之间的隔膜、美国社会的冷漠、人们信仰集体式的堕落及人性的丑恶，整体上具有"毁灭式"的悲剧意味。小说讲述了一个发生在20世纪20年代美国禁酒期间的一个故事：在南方小镇，有一群贩卖私酒的贩子，其中以金鱼眼为核心力量。在校女大学生谭波儿偷溜出学校，和男友高温等一行人去"酒吧"鬼混，后被金鱼眼盯上，高温抛弃谭波儿离开。谭波儿混迹在私酒贩子中间，后惨遭金鱼眼用"玉米棒子芯"强奸，又被他送进了孟菲斯的一家妓院里。金鱼眼枪杀了帮谭波儿看门的汤米，后嫁祸于戈德温。最终，律师说服谭波儿出庭作证，但是她临场却做了伪证，导致戈德温被判刑，被一群麻木的群众劫出，用私刑烧死。最具讽刺意味的是，金鱼眼最后却被卷入自己并未参与的谋杀案之中，被判了死刑。这部作品寓批判于轻松揶揄的调侃之中，成为一份关于人类命运的宣告书。

关于《圣殿》的评论，向来褒贬不一，一直也是学界所探讨的热点，例如，1972年，杰拉德·朗福德在对福克纳这部小说前后两个版本进行对比剖析后，指出：福克纳"在修改稿里把故事更多地集中到谭波儿和金鱼眼身上，似乎是想把一个进展很慢的心理研究精简提炼成一个可以马上由好莱坞拍成电影的故事"[①]。福克纳传记作者弗雷里克·J.霍夫曼曾评价，《圣殿》在福克纳的整个作品中具有重要的作用，它是福克纳对现代社会最透辟的抨击之一，作者采用了类似《荒

---

① Gerald Langford, *Faulkner's Revision of Sanctuary*, University of Texas Press, 1972: 3-33.

原》式的评论。有人将他和陀思妥耶夫斯基及欧里庇德斯相比,并称他为了不起的天才。就连海明威读完《圣殿》后,也禁不住说:福克纳"不错的时候还真他妈的不错"①。1981年,诺尔·波尔克编辑出版了《圣殿:原始文本》,至此,读者对两个版本的甄别,有了自己的价值判断。关于《圣殿》的版本问题,陶洁在《话说福克纳的〈圣殿〉》一文中,亦做了比较详细的介绍,福克纳在修改《圣殿》过程中,下了很大的功夫,该文认为,1931年出版的修订版,应该说是福克纳最后认可的权威版本,陶洁的中文译本《圣殿》也参照此版本。②福克纳采用传统的叙事方式,修改后的《圣殿》删去了如《喧哗与骚动》《我弥留之际》中的大量意识流描写,但作者熟练地运用隐喻、象征、互文、反讽等后现代的美学手段,构造了这个美国悲剧。本书试图把文化纳入考察中心,借助希腊神话与小说之间的关联,重点探讨《圣殿》中人的信仰失落及人性的善恶问题。

一 哥特小说中的俄狄浦斯悲剧

悲剧这一艺术样式,在公元6世纪末才出现,神话语言不再与城邦政治的现实紧密相联。悲剧世界处于两种世界之间:其一是神话世界,其二是新的价值标准体系,这双重世界的参照系,构成了悲剧艺术的特色之一,同时也是悲剧行为的推动力。"在所有古希腊传下来的文学体裁中,悲剧无疑最能体现马克思在《〈政治经济学批判〉导言》中关于希腊艺术整体和史诗这一特定文学体裁所指出的悖论。"③马克思的这段话经常被引用:"但是难点不在于理解希腊艺术和史诗

---

① Joel Williamson, *William Faulkner and Southern History*, Oxford University Press, 1993: 231.
② [美]威廉·福克纳:《圣殿》,陶洁译,北京燕山出版社2015年版,第5—13页。本节引用所选中译本引文均出自陶洁译《圣殿》(北京燕山出版社2015年版),后文引用均只在文中标出页码。
③ [法]让-皮埃尔·韦尔南、[法]皮埃尔·维达尔-纳凯:《古希腊神话与悲剧》,张苗、杨淑岚译,华东师范大学出版社2016年版,第254页。

同某些社会发展的形态相关联。难就难在：它们仍然给我们带来艺术的愉悦，而且从某种程度上说，它们于我们是一种标准，是一直不可企及的典范。"① 在福克纳笔下，希腊神话被植入美国的新的价值标准体系之中，成为了作家表现美国社会现状的——美国版"俄狄浦斯"悲剧。

神话一直是文学创作者所喜爱的对象，古老神话元素的当代运用，不仅增添了作品的历史深度，还给作品笼罩上一层神秘的色彩。福克纳成长在有着深厚哥特小说传统的美国南方，福克纳从小就被这种文化所熏陶，加之后天广泛的大量的文学阅读，还接触了大量的侦探小说及犯罪小说，如爱伦·坡的《黑猫》《莫格街谋杀案》等，把这些侦探推理故事与哥特故事相结合，情节惊险刺激，以戏剧性的人物冲突表现善与恶的斗争，受到包括福克纳在内的很多人的模仿。哥特式小说对善与恶之间戏剧性的表现效果和侦探小说对犯罪心理学、罪恶的揭示效果及表现手法，深深地影响了福克纳的创作思想。最终，这些手法被福克纳运用在自己的小说创作之中，通过善与恶之间的斗争，来阐释社会的罪恶与对人性的探索。当然，包括爱伦坡在内的作家群体，其文学渊源可直接追溯到希腊神话的源头那里，福克纳的文学创作，直接或间接地受到了希腊神话的影响。福克纳吸收其他作家的创作技法于自己的作品之中，有意识地嵌入大量古代神话元素，特别是将希腊神话、希腊悲剧内化于作品之中。在创作技法层面，福克纳成为运用这些手法的代表性作家，对南方文学、美国黑人文学、拉美文学及世界文学都产生深远影响。

小说《圣殿》以 20 世纪 20 年代美国禁酒令时期为背景，作者通过对社会各阶层人物进行深入刻画，充满了侦探和哥特色彩②，在故事背

---

① 转引自［法］让-皮埃尔·韦尔南、［法］皮埃尔·维达尔-纳凯《古希腊神话与悲剧》，张苗、杨淑岚译，华东师范大学出版社 2016 年版，第 254 页。
② 《圣殿》里充满了暴力、凶杀、强奸这样的事件和令人恐怖的气氛。其中特别突出的是暴力引起的死亡。小说中共有 7 人非正常死亡：两人被烧死，两人被枪杀，两人被绞死，还有一个带着已被割断但还冒着血泡的喉管和吊在背后"越吊越下去的头"跑了一段路才倒下。

第三章 毁灭：古老神话映照下的现代悲剧与乡愁困境

后，还潜隐着希腊俄狄浦斯式的悲剧①。《圣殿》的故事原型，源于一次福克纳在新奥尔良夜总会，听一个女人所讲述的被一个绑匪劫持的经历。

关于《圣殿》的成因，一直是一个谜。与之前较为晦涩难懂的《喧哗与骚动》相比，《圣殿》的笔法则较为传统，文中没有出现大量的意识流描写，比较符合大众的阅读习惯和审美期待。对于其中的人物设置，在修改后的版本中，福克纳删除了关于霍拉斯的大量的意识流描写，并且在全篇行文结构上做出了调整，把他和金鱼眼作为场面开头，两者处于同等重要的位置，进一步拓展了小说的主题。很多评论者常把福克纳的删减稿的原因与作者的创作动机联系起来进行分析，如弗雷德里克·卡尔认为，作者是为了抨击社会；还有人把他的人生经历结合起来分析，认为是他对周围的某些人构成影射，如借无能律师霍拉斯挖苦艾斯塔尔的父亲，后者因瞧不起福克纳的写作人生，有根深蒂固的世俗观念。② 当然，这一切只是出于后人的一些猜想。对于福克纳究竟为何写这部作品，仍然是一个争论不休的话题。

互文性一直是福克纳作品的一大亮色。小说《圣殿》与同一时期的其他作品——《坟墓里的旗帜》《喧哗与骚动》《我弥留之际》，它们之间具有某种互文关系。安德烈·马尔洛评价它"这部小说没有侦探但是充满侦探故事成分的小说，福克纳把希腊悲剧融入侦探故事里"③。《圣殿：原始文本》里，则呈现出比较明显的乱伦思想，"他没有勇气面对任何形式的男女关系"④，这种"情结"散落在文本之中，也相应地

---

① 叶舒宪：《文学人类学教程》，中国社会科学出版社2010年版，第298—312页。叶舒宪指出，由人的罪恶污染导致瘟疫灾害，由寻找和惩罚罪魁来净化污染，消解灾害的一整套神话灾祸观念，最为鲜明清晰地呈现在古希腊戏剧演出中首屈一指的经典作品《俄狄浦斯王》的构成上。他从文学人类学的文学禳灾观指出，该剧是一部希腊禳灾仪式剧，将禳灾仪式和神话人物提升为不朽的表演艺术经典。

② Jay Watson, "The Failure of Forensic Storytelling in Sanctuary", *The Faulkner Journal*, Vol. 1, fall 1990: 49 – 66.

③ Eric J., Sundquist, Faulkner: The House Divided, Baltimore: Johns Hopkins University, 1983: 47 & 59. 法语版《圣殿》译自 Yale French Studies, No. 10, French-American Literary Relationships (1952).

④ Frederick R. Karl, "The Depths of Yoknapatawpha", *William Faulkner, American Writer: A Biography*, New York: Weidenfeld & Nicholson, 1989: 359.

增加了文本的理解难度。在最初的版本中，霍拉斯占了很大篇幅，他与母亲有着过于亲近的关系，并且沉迷自我。在修改后的版本中，福克纳对霍拉斯的童年、他的性幻想、他同他母亲的关系的描写稍微淡化，但是，还保留了这一思想。如霍拉斯对妹妹娜西莎和养女小贝勒有乱伦的企图，在他眼里，娜西莎"的作用就像股电流，通过一根挂着一些一模一样灯泡的电线"。"……到底是什么使男人认为他娶的女人或他生下的女儿也许会行为不轨，而所有不是他老婆女儿的女人却一定会干坏事的呢？""是啊，"霍拉斯说，"感谢上帝，她不是我的亲骨肉。她偶尔会不得不遇上个坏蛋，这我想得通，不过想到她随时都可能跟一个傻瓜纠缠在一起，那才叫人受不了。"①

> ……他现在只使用一张床、一把椅子和一个五斗橱，他在橱上铺了块毛巾，放上他的发刷、表、烟斗和烟丝袋，还把他继女小蓓儿的照片靠在一本书上。一道强烈的光线正好射在照片上了光的表面上。他移动照片，使她的脸变得清晰起来。他站在照片前面，凝望着那张可爱而又难以捉摸的脸庞，而那张脸呢，正从毫无生气的硬纸板上望着就在他肩膀后面的某样东西。他想起了金斯敦的葡萄棚、夏日的暮色和低声细语，他走近时，这低语声便消失了，溶入了一片黑暗之中……那暮色和低语声变黑消失，成为她白色衫裙的淡淡的微光，成为她那神奇瘦小的哺乳动物肉体的轻巧而又急切的细语，这肉体并不是由于他而诞生的，但里面却仿佛跟开满鲜花的葡萄树一样充满着某种纤弱而又热气腾腾的活力。……一张模糊得不再可爱甜蜜的面孔，望着那充满隐秘而不太柔和的眼睛。他伸手去拿照片，把它碰倒了平躺在五斗橱上，于是那张脸又一次在死板而滑稽的涂了口红的嘴唇后面温柔地沉思冥想……②

---

① [美] 威廉·福克纳：《圣殿》，陶洁译，北京燕山出版社2015年版，第129页。
② [美] 威廉·福克纳：《圣殿》，陶洁译，北京燕山出版社2015年版，第130页。

第三章 毁灭：古老神话映照下的现代悲剧与乡愁困境

在他出门时，还不忘走进蓓儿的房间，把那块化妆用的带胭脂痕迹的布放进衣物袋，再拿上自己的帽子。在这里，乱伦思想表现得比较含蓄隐蔽，延续了《坟墓里的旗帜》中霍拉斯·本波与其妹妹娜西莎的乱伦思想。

1900 年，弗洛伊德在《梦的解析》中，第一次提到了希腊神话中的"俄狄浦斯"的故事。他认为，孩子对父母的爱与恨是心理冲动的症结所在，会引发神经症。这种现象不仅体现在病人身上，也体现在正常人身上。这一发现可以在流传至今的希腊神话中得到验证，即俄狄浦斯之谜。索福克勒斯以此为主题，还写出了著名悲剧——《俄狄浦斯王》。① 这部公元前 5 世纪雅典文化时期的作品，用自由的方式传达了一个更为久远的忒拜神话传说。本书不讨论弗洛伊德关于从病人身上观察后提炼出来的问题的真实性到底能否验证，也不对其推理逻辑的严密性是否合理进行论证。但至少，他为我们提供了一种认识文本结构的方法，对于作品的时代含义，它隐含于结构之中，研究者需要通过层层分析，努力重建这一含义——信息可由神话或悲剧故事传达出来。在某种意义上说，霍拉斯的情结是"俄狄浦斯情结"的一种变形，福克纳将故事俄狄浦斯化，这样就可以理解为变相地与父亲乱伦。

如果说霍拉斯对母亲、妹妹及养女的"情结"较为含蓄，那么，在金鱼眼与谭波儿之间，他们把这种"情结"推向了前台，更为直接。在谭波儿被金鱼眼强奸以后，慢慢习惯了金鱼眼的节奏。谭波儿还称呼金鱼眼为"爹爹"（Daddy）② 并且嘲笑金鱼眼不男人：

"还自称是个男人，胆大包天的坏男人，可跟个姑娘跳跳舞就把腿跳断了。"接着她的脸失去了血色，变得瘦小而憔悴，她

---

① 希腊悲剧《俄狄浦斯王》，在弗洛伊德看来，悲剧效果与索福克勒斯运用的题材的特殊性存在关联，即最终与弑父娶母的梦想有关。在这个古希腊神话中，瘸拐、弑父和乱伦之间存在着复杂关系。关于"国王俄狄浦斯"故事的具体内容，国内译本，参见郑振铎编《希腊神话与英雄传说·国王俄狄浦斯》，上海书店出版社 2006 年版，第 193—228 页。

② ［美］威廉·福克纳：《圣殿》，陶洁译，北京燕山出版社 2015 年版，第 182 页。

像个孩子似的说话，口气平静，充满绝望。"金鱼眼。"他坐着，双手搁在桌上，正玩弄着一支香烟，面前是第二杯酒，里面的冰块已在融化。她把手搁在他肩头。"爹爹。"她说。她侧过身子挡住别人的视线，偷偷地把手伸向他的腋下……"给我吧，"她悄声说，"爹爹，爹爹。"她把身子一侧贴在他肩上，用大腿去磨蹭他的胳臂。"给我吧，爹爹。"她悄声说。她突然把手迅速而又隐蔽地向他下身偷偷摸去，马上又反感地缩回来。"我忘了，"她喃喃地说，"我不是有意的……我不是……"①

金鱼眼与谭波儿的结构关系，从原来的"情欲关系"逐渐转变为象征性的"家庭情谊"。而在悲剧结构中，"家庭情谊"与"情欲之爱"之间的对立占据重要的位置。金鱼眼的"家庭情谊"在其成长过程中，是有所变化的，小时候对母亲的"爱"，在后期则质变为对谭波儿的畸形"家庭情谊"。金鱼眼的出生，似乎就暗示了这一类似于希腊悲剧的结局。

金鱼眼出生那天，正好是圣诞节。大家开始以为他是个瞎子，后来发现他并不瞎，但他一直到快四岁时，才会走路说话。在此期间，她母亲又嫁了人，第二个丈夫个子矮小，脾气暴躁，八字须柔软而茂密，他慢条斯理地在家里干些琐碎的零活：把所有破损的楼梯台阶、漏水的管道等等都修理好。有一天下午，他拿了一张签了名的空白支票走出家门，去付十二元的肉账。他从银行里提取了妻子的 1400 元存款，从此消失得无影无踪。② 金鱼眼一直到五岁，才长出头发，他身材矮小，体质虚弱，并且脾胃太弱，可谓"先天不足"，他只能严格按照医生规定的食谱进食，若是吃上哪怕一点点食谱外的东西，就会抽筋至昏厥。"酒会像士的宁一样致他于死命，"医生说，"而且严格说来。他永远不可能成为真正的男人。如果受到精心照料，他也许能

---

① ［美］威廉·福克纳：《圣殿》，陶洁译，北京燕山出版社 2015 年版，第 186 页。
② ［美］威廉·福克纳：《圣殿》，陶洁译，北京燕山出版社 2015 年版，第 242 页。

第三章　毁灭：古老神话映照下的现代悲剧与乡愁困境

多活些日子。可他永远不会比现在长大多少。"……金鱼眼出走前，他用剪刀活活杀死了以前养着的"一个柳条编的笼子里面的一对情侣鹦鹉"①。最后，"在去彭萨科拉探望母亲的途中，金鱼眼在伯明翰被捕，罪名是在当年六月十七日，在亚拉巴马州一小镇上杀死了一名警察。他是在八月里被捕的。正是在六月十七日晚上，谭波儿曾走过他停在一家郊区夜总会门口的汽车，而他正坐在汽车里，就在那天晚上，雷德被杀害了"②。从金鱼眼的出生到成长再到死亡，他在"回乡探望母亲的过程中被捕"，这一切都似乎受到"神谕"的暗示。在悲剧《俄狄浦斯王》中，弗洛伊德曾指出，有一段伊俄卡斯忒的话经常被引用以支持精神分析学的分析。伊俄卡斯忒对正在担忧神谕的俄狄浦斯说："很多人都有过与母亲同床共枕的梦境。"③ 这里，他们俩的讨论涉及对神谕的理解方向和信任度。在古希腊人看来，与母亲（此处母亲指孕育一切，也指大地）的结合——有时意味着获得权力、获得土地，有时意味着死亡。金鱼眼在回乡探望母亲的路上，以另一桩谋杀案被抓，面对陪审团，"他纹丝不动，没有改变坐着的姿态，慢慢地在一片寂静中，迎着他们的目光，对他们望了一会儿"④。显示出他如"那斯索斯式"⑤（Narcissus）谜一般的傲慢。面对孟菲斯来帮他申诉的律师，他却说"我没请你来，别管闲事"⑥，而后就接受了法院对他的审判。在他走向绞架的时候，对着治安官说："老兄，帮我把头

---

① ［美］威廉·福克纳：《圣殿》，陶洁译，北京燕山出版社2015年版，第246页。
② ［美］威廉·福克纳：《圣殿》，陶洁译，北京燕山出版社2015年版，第241页。
③ ［法］让-皮埃尔·韦尔南、［法］皮埃尔·维达尔-纳凯：《古希腊神话与悲剧》，张苗、杨淑岚译，华东师范大学出版社2016年版，第93页。
④ ［美］威廉·福克纳：《圣殿》，陶洁译，北京燕山出版社2015年版，第249页。
⑤ 那斯索斯（Narcissus）是希腊神话里自恋的美少年，自恋（narcissism）一词就源于此神话。在《圣殿》中，金鱼眼对自己也有着那斯索斯式的迷恋，同时也是对当时社会人们心态的影射。福克纳不止一次地将神话模式融入自己的作品创作，《熊》《押沙龙，押沙龙!》等作品中蕴藏着多元的、复杂的神话元素，《圣殿》则是以古希腊神话为主，把俄狄浦斯情结蕴于其中的同时将古希腊神话中的那喀索斯形象打碎，将"自恋"抛洒至社会的每个角落。经过历代文人的解读，那喀索斯的故事不仅是对过于沉迷外貌者的危险警告，也成为了一种原型，不仅投射出人类的自恋与欲望，还书写了不完全人格必将导致的悲惨结局。
⑥ ［美］威廉·福克纳：《圣殿》，陶洁译，北京燕山出版社2015年版，第251页。

发抒抒平。"① 尽管金鱼眼的这一象征含义中，没有严格意义上的俄狄浦斯式的焦虑和负罪感。在凸显社会秩序混乱的同时，也包含或赋予了金鱼眼"俄狄浦斯式"的悲剧结局，在寻找母亲的过程中，走向死亡。霍拉斯的故事、金鱼眼与谭波儿的悲剧，在一定意义上讲，也是俄狄浦斯化的美国悲剧。

二 老法国人庄园：信仰崩塌后的美国荒原

在以前的基督教世界中，圣殿是得到上帝庇护的地方，人们在这里可以逃避追捕。但是，小说《圣殿》却是一个极大的讽刺，在这部作品中，美德和正义遭到排斥打压，四处是黑暗，却不见上帝的圣明及上帝的圣殿的踪影。克里夫顿·费迪曼评论说《圣殿》展示了"冰冷的艺术气息，其目的是在读者中产生精神恐惧而非审美享受"②。

如果说在前期的作品《沙多里斯》《喧哗与骚动》和《我弥留之际》中，福克纳主要围绕家庭来探讨伦理秩序的混乱、传统价值观念的解体及人性堕落的话，那么此时的《圣殿》的笔触，已经由家庭伸向整个南方社会，故事人物涉及上层的律师、法官、政治家及下层的妓女、犯罪分子、私酒贩子、强奸犯，等等，极大地拓展了小说的叙事空间，也升华了小说的主题。作者从社会、法律、政治、文化、经济等不同层面对传统价值观念解体后的美国社会现实进行揭露，在黑暗与光明、阴谋与诚实、邪恶与美德、罪恶与正义的斗争中，全方位地揭示了20世纪20年代美国南方的社会现状。

《圣殿》故事开始在"老法国人庄园"，"在黑魆魆的、参差不齐的树丛上方，在日渐暗淡的天穹的衬托下，浮现出一座光秃秃的四四方方的大房子。这座房子是片废墟，内部破败不堪，兀立在一片未经

---

① [美] 威廉·福克纳：《圣殿》，陶洁译，北京燕山出版社2015年版，第252页。
② Clifton Fadiman, *Party of One*, New York：World Publishing Co., 1955：106.

修剪的柏树丛里,光秃秃的,荒凉无比"①。这栋院子是在内战前修建的,坐落在一片土地中心,曾经是这儿的一座种植园宅院,以前的棉花地、花园和草坪早已被荒草杂树替代,庄园的木料被邻近的老百姓拆下来当柴火,他们"还每隔一阵子暗暗怀着信心去挖掘金子,因为据说格兰特发动维克斯堡战役经过该县时,宅主人曾经把一批金子藏在地下的某个地方"②。这里从过去一个充满神奇传说的地方,变成了一个制造和贩卖私酒的场所、犯罪分子的聚集地。这是一个无人敢涉足的地方,不受法律管辖和道德约束的真空场所。正是在这里,误入其中的谭波儿被男朋友高温抛弃、大白天亲眼看见汤米被金鱼眼枪杀,自己在晚上又被金鱼眼用"玉米棒子芯"强奸。对于任何一个外来者来说,不慎闯入这里,都将带来一场不可预测的噩梦。"法律、公道和文明"③,对闯入者而言,只是头脑中的幻想。

故事开篇,主人公从着装外貌上,就给读者留下了深刻的印象。两人在泉水边相遇了,这泉水"从一棵山毛榉树的根部边涌出来,在带漩涡和波纹的沙地上向四周流去。泉水周围有一片茂密的芦苇和黑刺莓藤以及柏树和胶树,阳光投射其中,显得散乱而又无根无源。在丛林里某个地方,某个隐蔽秘密而又很近的地方,有只鸟叫了三声就停下了"④。两人隔着溪水面对面蹲着,淡淡的香烟烟雾缭绕着金鱼眼的面孔,面孔一边的眼睛眯起来对付烟雾,好像一个面具上同时雕刻出两个不同的表情。

表6　　　　　霍拉斯·班鲍与"金鱼眼"着装表情对比

霍拉斯·班鲍	又瘦又高,没戴帽子,穿着一条灰色法兰绒的旧裤子,胳臂上搭着一件粗呢上衣;上衣的一个口袋里撅出着一顶压扁的呢帽,另一个口袋里插了本书。从小路走过来,在泉水边跪下,喝起了泉水,由于他掬水喝,脸俯向水中的倒影被弄得支离破碎、不计其数。

---

① William Faulkner, *Sanctuary*, The New American Library, 1968: 19.
② [美] 威廉·福克纳:《圣殿》,陶洁译,北京燕山出版社2015年版,第5页。
③ [美] 威廉·福克纳:《圣殿》,陶洁译,北京燕山出版社2015年版,第101页。
④ [美] 威廉·福克纳:《圣殿》,陶洁译,北京燕山出版社2015年版,第1页。

续表

金鱼眼	身材矮小，歪戴草帽，身穿紧绷的黑色西服，上衣高腰紧身，裤腿卷起了一截，上面黏结着泥土，下面一双也黏结着泥土的鞋子，两手插在上衣口袋里，嘴角斜叼着一支香烟，裤兜里还装着一把枪。他的西装背心上横挂着一根白金链条，像蜘蛛网似的。他的皮肤白里透青，带着死灰色，鼻子有点像鹰钩鼻，下巴则完全没有，脸一下子就到头了，跟放得离热火太近而又给忘掉的蜡做的洋娃娃的脸差不多，略显弯曲的胳膊使他像是从铁板上冲压出来的，既歹毒又深不可测。……一双洋娃娃似的小手把香烟不断地又拧又掐，还不时向泉水里啐唾沫。……从裤兜里摸出一块廉价的怀表，看了一眼后又随随便便地放回口袋，好像当它是个镏子儿似的。……绷紧的西服和硬邦邦的草帽使他有棱有角，轮廓分明，像个现代派的灯座。

　　后面得知，这两人一个是律师霍拉斯，一个是杀人犯"金鱼眼"，两者成为象征"公正"与"邪恶"意义上的对立双方。他们的个子象征着高尚与卑微；光着的头与歪戴的草帽象征着光明与黑暗；着装及其所携带的书与枪象征着文明与野蛮。文本之中，还散落着许多对立单元：城市与乡村、广场与郊区、家庭与社区、法官与罪犯，凶手与侦探、世俗与道德、冷漠与同情、贪婪与无私、上层与下层、表面道貌岸然与本质堕落腐败等等。正是在这些对立与冲突之中，小说情节得以推动，结构得到完善，主题得到升华。这两人在五月的一个下午四点左右，面对泉水蹲着，在差不多两个多小时的时间里，很少对话。这种对峙似乎象征着善与恶之间的永恒的不可调和的冲突与对立。只不过，在这部小说中，福克纳颠覆了传统侦探小说和哥特小说中的那种正义战胜邪恶的固定模式，相反却是邪恶战胜了正义。这种充满悲剧意味的结局，或者说小说的主题，其实，在故事的开始，在貌似平静，其实暗藏杀机的对立氛围中，就已经暗示出来，最后是金鱼眼用手枪把霍拉斯押送到老法国人庄园，这就是象征利益至上、法律被践踏、正义被嘲弄、信仰堕落下的美国南方社会现状。

　　在《圣殿》中，老法国人庄园被塑造成一个"藏垢纳污"[①]的地方。法官、律师、淑女、妓女、杀人犯、强奸犯、3K 党、性变态、凶

[①] 肖明翰：《威廉·福克纳：骚动的灵魂》，四川人民出版社 1999 年版，第 180 页。

杀、黑社会、私酒贩子、道德堕落等都跟这里联系起来，这里成为了一个多元复杂的文化空间。对金鱼眼来讲，这里是他的"天堂"；对于霍拉斯而言，这里是检视他懦弱性格之地、公正无用之地；对于谭波儿，这里是她的噩梦开始的地方；对于高温·史蒂文斯而言，这是他人性堕落之地……这里是"善"与"恶"的对抗交汇之地。它与莉芭小姐的妓院遥相呼应，一个在乡村，一个在城镇，两者共同建构起了20世纪20年代美国南方社会的大背景及人们的思想状况，成为美国南方社会的缩影。

三 "镜"与"影"中的身体

如果说福克纳的作品大多建基于本土化的文学传统之上的话，《圣殿》却是个例外，它更多地直接刻画了当代生活的残酷现实。作者把故事背景设置在从喧嚣的20年代向萧条的30年代过渡的平衡支点上。他对社会的细致观察，并不只是简单地对生活的模仿和再现，而是如加缪所言的，它发展了"最随意的风格模仿形式"。当"身体生活沦为一种基本需要，就会荒谬地制造出一个抽象、毫无根据的世界"[①]。在《圣殿》中，作者有意消解人物的内心生活，在一定程度上让情感和心理从属于纯粹身体，使该小说具有病理哲学（philosophy of pathology）的取向。文中出现大量的"镜子"和"影子"意象，使得成为隐喻的"身体"的内涵充满多维性且更加复杂化，其中以"谭波儿""小蓓儿"为代表的女性身体，以金鱼眼、霍拉斯、高温为代表的男性身体构成了整个文本的"身体叙事"框架。对社会身份的追寻，成为故事主题内容的一部分。"这条街通向一条更为开阔的大街。沿着大街向左走可以来到广场，那里两栋大楼之间有一群黑压压的、不断缓慢移动着的行人，像两行蚂蚁……由于穿戴跟平时不一样而显

---

① Albert Camus, *The Rebel*, (trans.) Anthony Bower, New York: Vintage Books Press, 1956: 265–266.

得不自在，走路的样子也挺别扭，凭这两点，人们一眼就看出她们是乡下人，但她们自以为城里人会把她们看成是城里人，其实她们连自己人都骗不了。"① 在这里，小说中的"影子"成为了男权思想的客观对应物②，镜子和影子这两个意象成为故事主人翁一生摆脱不掉的文化隐喻。因为，"人对自我的经验"（Selbst-Erfahrung）是经由他人才获得的，而人直接获得的只可能是对他人的经验。正如若不借助镜子，我们就几乎无法观察自己的脸颊一样，若要观察藏于内部的自我，我们同样需要这样的镜子。这种反射和重新投射（re-flexio）中包含着意识和反思的结构，所以，这并不是一个简单的文字游戏，与他人的交往同时就是与自身的交往。自我（Selbst）的形成，即个体的认同的形成，若不经过与他人的交往和互动，是不可能完成的。个体的认同是关于自己本身的意识，但同时也是关于他人的意识：他人对自己的期望及在此基础上产生的社会责任和法律责任"③。

《圣殿》的魅力，源于作者对问题的表述或独具特色的"心理"策略，并没有运用特定的人物主题化，该故事的实质就是一个神话，其内容既涉及文学社会学，也涉及历史人类学的相关范畴。我们不是把身体浓缩为某些社会条件去解释它，而是要把它看作一种与社会、审美和精神不可分割的现象，尽量从所有与之相关的层面去解读它。

南方历代的黑人血统与白人血统之间的冲突，为浪漫主义作家们

---

① ［美］威廉·福克纳：《圣殿》，陶洁译，北京燕山出版社2015年版，第85页。
② 吴笛：《英国玄学派诗歌研究》，中国社会科学出版社2013年版，第113页。吴笛在分析本·琼森的诗《影子》时指出，该诗表现了男权主义思想。他从诗歌的视角进行阐释，这也给本书的论证提供了一种思路。本·琼森在《影子》（The Shadow）一诗中写道：紧追影子，它却逃避你；/假装逃避它，它却将你追赶。/同样：追求女人，她却拒绝你；/不去理睬她，她却向你求欢。/这么说，女人是否真的就是/我们男人的程式化的影子？/在早晨和傍晚，影子最长；/正午时分，影子最短甚至消失。/同样：男人最弱时，女人便最为强悍；/如果我们强盛，她们便默无声息。/这么说，女人是否真的就是/我们男人的程式化的影子？（吴笛译）原诗见 Arthur Quiller-Couch（ed.），*The Oxford Book of English Verse*, Oxford：Clareroon Press, 1919：187。
③ ［德］扬·阿斯曼：《文化记忆：早期高级文化中的文字、回忆和政治身份》，金寿福、黄晓晨译，北京大学出版社2015年版，第139页。

提供了各种遐想。种族之间通婚的臆病,也为南方哥特式的个性化的传统奠定了基础。在《圣殿》中,福克纳以各种方式,将此呈现在读者面前。自启蒙运动后,将信奉神的旨意转变为剥夺进化中的人的权利的方式,成为了美国南方社会发展的内驱力。在这种背景下,福克纳赋予《圣殿》以自然主义文学中的浪漫传奇形式,当然,它远非一种伤感主义的文学变体的具象,而是透过身体之外的衣物和组织形式,去揭示"未被探究的人类心灵的深度,以及性的神秘……还有人类灵魂中黑暗的、不可触及的奥秘"①。在福克纳的笔下,南方人的"黑暗灵魂"成为生物学意义上和神学意义上的复合体。在残酷、对抗的表象之下,是对粗野无形的时代暴力的控诉,像金鱼眼之流充满暴力的人生,同时也激活了南方历史垒层中的心理梦魇。

考利声称,金鱼眼是"机械文明已经侵占了南方"的代表,而且似乎"是福克纳眼中关于金融资本主义的所有可恶特质的一个缩影"②。当然,金鱼眼不仅仅是一个象征,他的生活经历充满了多面性,他是一个有着生活经历的活生生的人。正如福克纳所言:他"是在写人,不是在表达思想,不是在写象征"③。金鱼眼生理上的阳痿,在一定程度上,象征了男性权力被"阉割",最后导致他毁灭的却不是他自己的罪行,而是一桩与他不相干的凶杀案。金鱼眼看透了警察和司法部门的无能及社会秩序的混乱,尽管自己也参与了这一切。在被捕后,他放弃了申诉,有罪或无罪、杀或被杀,生活对他来说已经毫无意义,他成为了一个彻底的虚无主义者。偌大一个世界,却没有他的容身之处,亦如黑人灵歌说唱:"还有一天了!天堂里没有你的席位!地狱里没有你容身之处!白人的监狱里也没有你容身之处!黑鬼啊,你

---

① Frank Norris, *The Literary Criticism of Frank Norris*, Austin: University of Texas Press, 1964: 75 – 78; Frank Norris, *The American Novel and Its Tradition*, Baltimore: Johns Hopkins University Press, 1980: 185 – 241, passim.
② Malcolm Cowley (ed.), *The Portable Faulkner*, rev. Ed, New York: Viking, 1967: xxii.
③ Frederick Gwynn and Joseph Blotner (eds.), *Faulkner in the University*, The University Of Virginia Press, 1959: 74.

上哪儿去？你上哪儿去啊，黑鬼？"① 他的死刑，是对象征光明、正义的法律的绝妙讽刺，同时表达出福克纳对基督教"圣殿"精神嗤之以鼻。

在修订版的《圣殿》中，福克纳削减了霍拉斯的角色比重，使得谭波儿和金鱼眼的特点更加突出。在审美效果上，这也与当时流行的犯罪文学形成呼应，从侧面强调了人物的"硬汉"精神。在"身体"的表述中，呈现为人物的面容、身材、着装、话语、行为及他人的评价等层面。谭波儿的"好身材"为其最后的悲剧性结局埋下伏笔，大胆温顺的矛盾性格以及夹杂在理智与不理智之间的模糊的话语表达，成为了悲剧发生的催化剂。

透过纵情吹奏的乐声，"小伙子们隔着窗户望着她从一双黑袖子的怀抱迅速地转到下一双，在迅速旋转的过程中，她的素腰显得纤细而急迫，她的双脚随着音乐节拍填补那节奏中的间断。他们弯下身子对着酒瓶喝上一口酒，点上一支香烟，然后站得笔直，一动不动，在灯光的衬托下，他们那往上翻的衣领、戴着帽子的脑袋，就像一排用黑铁皮做的、钉在窗台上的、戴了帽子和蒙着布的胸像"②。当她遇到危险时候，手足无措，只剩下做祷告了，以为这样就能化解险情，"但她想不起来应该如何称呼天上的父亲，于是一遍遍地念叨着'我父亲是位法官，我父亲是位法官'"③。在其懦弱的性格中，还表现出爱慕虚荣。"因为我夜里擅自离校。因为只有城里的小伙子才有汽车，你要是跟城里的小伙子在星期五、星期六或星期天有约会的话，学校里的小伙子就不肯来邀你出去玩了，因为他们不可以有汽车。所以我只好在平时夜里溜出去。有个不喜欢我的姑娘去报告了教务长，因为我跟她喜欢的一个小伙子出去玩了一次，他从此不再找她玩了。所以我只好溜出去。"④ 作为她男朋友的"高温不是城里的小伙子。他是杰

---

① [美] 威廉·福克纳：《圣殿》，陶洁译，北京燕山出版社2015年版，第97页。
② [美] 威廉·福克纳：《圣殿》，陶洁译，北京燕山出版社2015年版，第22页。
③ [美] 威廉·福克纳：《圣殿》，陶洁译，北京燕山出版社2015年版，第40页。
④ [美] 威廉·福克纳：《圣殿》，陶洁译，北京燕山出版社2015年版，第44页。

第三章 毁灭：古老神话映照下的现代悲剧与乡愁困境

弗生人。他去弗吉尼亚上的大学。他没完没了地说那儿的人怎么教他像绅士那样喝酒，而我一直求他让我随便在什么地方下车，借我点钱去买张车票，因为我只有两块钱了，可他——"① 对乡下人和城里人的社会身份的区分，牢牢根植于当时人们思想观念之中，城镇人成为一种社会地位的象征、财富的象征。不仅如此，对女性的贞洁观的认知，也是人们道德观念下的一种行为表征。"你们是好人家的纯洁的女人。好得不能跟普通人有任何来往。你可以在夜里溜出校园跟小伙子们玩，可只要冒出个真正的大男人……"她把肉翻了个身。"你们能捞就捞，可从来不给别人一点东西。'我是个贞洁的姑娘，我不做那种事的。'你可以跟小伙子们溜出校园，消耗他们的汽油，吃他们的东西。可要是有个大男人看你一眼，你就会昏厥过去，因为你爸是法官，你那四个兄弟也许会不高兴的。可是只要你惹了麻烦，那时候你会对谁来哭诉呢？对我们，我们这些连给法官尊贵的鞋子结鞋带都不配的人。"② 谭波儿与霍拉斯一样，也来自法官家庭。德莱克法官及其几个儿子作为南方清教徒文化的代表，在他们的价值体系中，女性的贞洁和家庭的荣誉远高于一切。法律、道德在家庭荣誉面前不值一提。为了护佑家族荣誉，不惜要阴谋，作伪证，致道德于不顾。谭波儿（Temple），从这个名字就可以看出来，她被视为"神圣的殿堂"，她被完全按照清教徒的道德观念受到约束，禁止其和男孩子交往。但处于"爵士乐"时代的谭波儿已经不再是旧时南方的淑女。在压抑的环境中，她产生了逆反心理，专门和男孩子鬼混，去寻求刺激，不管约会的对象是谁，致使她在与毫无责任心的男朋友高温一起鬼混的途中，因在老法国人庄园附近翻车，落入了金鱼眼的手中。

谭波儿落入金鱼眼之手后，高温的选择只是逃避，他"蹲在水边，用凉水洗脸，努力察看自己在破碎的水面上的倒影，口中多少绝

---

① ［美］威廉·福克纳：《圣殿》，陶洁译，北京燕山出版社2015年版，第44页。
② ［美］威廉·福克纳：《圣殿》，陶洁译，北京燕山出版社2015年版，第44页。

望地悄声说耶稣基督啊……"①。在他逃回城的路上,"由于空气新鲜,也由于走动,他的头脑开始清醒起来,然而随着他开始感到身子不太难受了,他的前途却变得更加黑暗了。家乡小镇、整个世界都开始显得像是绝境末路;是一个他必须永远在其中不断走动的地方,在他走过时,那些窃窃私语和探究的眼睛会使他整个身子躲躲闪闪,畏缩不前,等到十点左右,他走到他要找的那栋房子,却无法忍受再次面对谭波儿的情景"②。高温的逃避,也暗示了弱势群体无能为力的现状及社会暴力环境下的个人价值观的式微。

谭波儿向霍拉斯讲述她幻想金鱼眼在强奸她时的反抗,意思模糊,却极具潜在的启发力量。她"遐想十点半钟的景象。……她们中间最丑的那个说,小伙子们认为姑娘们都很丑,只有穿了衣服才漂亮。她说那蛇早就看见夏娃了,但要等到几天后亚当让夏娃挂上一片无花果树叶时才注意到她。你怎么知道的?她们说,她就说因为蛇早就在伊甸园里,比亚当还早,因为它是第一个被赶出天国的,它一直就在那儿啊"③。对基督教原罪的描述,凸显了作家对南方悲剧根源的发掘。

"她解开雨衣,不知从哪里掏出一个粉盒,对着粉盒里的小镜子又照又看,用手指摊开抖松头发,往脸上扑粉,然后放回粉盒,又看看表,才把雨衣系好。……寂静中,汤米能听见谭波儿身下床垫里的玉米壳轻微而持续地沙沙作响。谭波儿笔直地躺着,两手在胸前交叉,两腿并拢,显得端庄稳重,像古时坟墓碑石上镌刻的死者像。"④ 金鱼眼"走动着,却没有半点声响;那扇打开的门张着大口,反弹回来和门框相撞,但也没有发出任何响声;仿佛声音与寂静完全颠倒了。当他穿过强烈的窸窣声向她走来,当他推开窸窣声时,她听见了寂静,

---

① [美] 威廉·福克纳:《圣殿》,陶洁译,北京燕山出版社2015年版,第66页。
② [美] 威廉·福克纳:《圣殿》,陶洁译,北京燕山出版社2015年版,第66页。
③ [美] 威廉·福克纳:《圣殿》,陶洁译,北京燕山出版社2015年版,第118页。
④ [美] 威廉·福克纳:《圣殿》,陶洁译,北京燕山出版社2015年版,第55页。

第三章 毁灭:古老神话映照下的现代悲剧与乡愁困境

于是开口说我就要出事了……'我出事了!'"①"正是黄昏时分,一面暗淡无光的镜子,像一片竖着的长方形的暮色,她从中瞥见了自己,犹如一个瘦削的幽灵,在深不可测的阴影中移动着的一个苍白的幽灵。"②

最后一抹金黄色的阳光照在天花板和墙壁的上半部上,已被高耸在西边天际的大马路上的楼群那锯齿形的阴影染上一层紫色。她望着这光亮随着遮阳罩的连连鼓张松弛而渐渐消失。她望着这最后一抹光线浓缩进了钟面,使它从黑暗中的一个圆孔变成悬挂在虚无之中、在原始混沌中的一个圆盘,又变成一个水晶球,它那寂静神秘的深处保留着错综复杂的阴暗世界里的有秩序的混沌,而在这世界伤痕斑斑的边缘,旧的创痛飞速旋转着冲进隐藏着新的灾难的黑暗之中。③"她注视着钟面,但尽管在这几何图形的小钟面上看得见若明若暗、糊里糊涂的一团亮光,但看不见自己的影子。"④

谭波儿以"游戏人生"的人生观来对待生活、爱情及人际交往,在还保留世俗观念和规则约束的学校里,她选择了逃离。可是,到了老法国人庄园,她的那套法则就不灵了,她在理智面前退缩了,下意识不想离开那个地方。尽管在福克纳后来的作品《修女安魂曲》中,她承认自己"有两条腿",完全可以自己离开的。所以,尽量帮助她的戈德温的妻子鲁碧·马拉尔对她说,"我知道你这种人,我见过。总是在逃跑,但不太快","你是在玩","当你回去之后,你就有向别人吹嘘的东西了"。⑤到后来,她还作伪证,对曾经帮助她的鲁碧无动于衷,最终鲁碧的丈夫戈德温被民众活活烧死。如果说在之前还有一丝单纯与天真,但是在亲眼看见汤米被金鱼眼枪杀和自己被强奸后,谭波儿在精神上和道德上便彻底地堕落了。

---

① [美]威廉·福克纳:《圣殿》,陶洁译,北京燕山出版社2015年版,第78页。
② [美]威廉·福克纳:《圣殿》,陶洁译,北京燕山出版社2015年版,第116页。
③ [美]威廉·福克纳:《圣殿》,陶洁译,北京燕山出版社2015年版,第118页。
④ [美]威廉·福克纳:《圣殿》,陶洁译,北京燕山出版社2015年版,第119页。
⑤ [美]威廉·福克纳:《圣殿》,陶洁译,北京燕山出版社2015年版,第45页。

霍拉斯的身份来自南方的上层社会,有勇气却又懦弱,聒噪且不切实际,从事的却是律师职业。在为戈德温申诉的过程中,被妹妹娜西莎出卖,导致了谭波儿作伪证,自己败诉,戈德温被烧死。他第一次知道了社会的险恶,却没有过多地反抗,变得消极。对南方淑女尊崇的同时,隐含其对养女小蓓儿的乱伦思想。在他眼中,"大自然是个女性,因为女性的肉体和女性的季节是串通一气的。……这绿色织成的陷阱里孕育着骚动。那就是葡萄树的似锦繁花。……到了五月下旬,在暮色里,她——小蓓儿——的嗓音跟野葡萄本身的嗡嗡声差不多了……在暮色中她穿了件小小的白色衫裙,两个人羞怯庄重,颇有戒备,还有点不耐烦。即便她是我的亲生骨肉,我都没法不觉得自己是个外人"①。"我闻到了被摧毁的鲜花的香味,那纤弱败死的花朵和泪水,接着我在镜子里看到了她的脸。她身后有一面镜子,我身后也有一面,她正注视着我身后那面镜子里她自己的模样,忘掉还有一面我可以看见她面孔的镜子,看见她装模作样地望着我的后脑勺。大自然是女性的'她',而进步是男性的'他',原因就在这里:大自然创造了葡萄棚而进步发明了镜子。"② 在故事开始之时,他设法把鲁碧留在家中,但他那以"纯洁女人"自命的妹妹娜西莎坚决反对,他只好把鲁碧安排到旅店。可镇上那些基督徒听说鲁碧和戈德温没结婚便生下了孩子,不能让她玷污了镇子,最后把鲁碧赶出了旅店,让她带病流落街头。而娜西莎最后又与霍拉斯的妻子联系,设法把霍拉斯"送回"到妻子身边,在他强悍的妻子管束之下,最后他彻底地放弃了他那小小的"反抗"精神。如同故事中的谭波儿,开始从家庭、学校逃离,最后和其父亲一起出现在巴黎卢森堡公园,从逃离到回归;霍拉斯也一样,一切又回到了原点。两者都具有人类学意义上的"通过仪式"意义,两者的命运如济慈在《希腊古瓮颂》中表现的那种永恒的静态,也暗示作者回归到"南方"的理想主义。

---

① [美]威廉·福克纳:《圣殿》,陶洁译,北京燕山出版社2015年版,第9—10页。
② [美]威廉·福克纳:《圣殿》,陶洁译,北京燕山出版社2015年版,第11页。

第三章 毁灭:古老神话映照下的现代悲剧与乡愁困境

人类因为处于社会文化之中,并且通过自我反思(人类学意义上的反思性)形成个体的认同与发展。这是一种"交互式反射"反思过程,即个体在形成自我认同与"重要他者"相认同,同时与基于这些他者的反馈而形成自我形象的建构。这也反映了谭波儿和金鱼眼为何总是很在乎自我形象。小说中大量的镜子和影子意象,成为作品人物形成认同的一种象征物、一种共同社会文化范式的投射。

第二节 《我弥留之际》:伊甸园神话与乡愁伦理困境

噢,伟大的神,夜之君王!
明亮的神,基比尔火神,伊拉
阴间的战神……
在我占卜时与我同在
我供上这只羔羊
求真理显现!

——美索不达米亚之祷词①

那么为自己建造一只灵船吧,
因为你必须走完最漫长的旅程,抵达湮灭。
死亡吧,这漫长而又痛苦的死亡,
摆脱旧的自我,创造新的自我……

哦,造起你的灵船,造起你的避难方舟,
装上食物,装上蛋糕和甜酒,

---

① N. K. Sandars (trans.), "A Prayer to the Gods at Night", *Poems of Heaven and Hell from Ancient Mesopotamia*, London: Penguin, 1971: 175.

为了通往湮灭的黑暗的航行。

——D. H. 劳伦斯，《灵船》①

没有一个人愿意相信，痛苦都是由自己造成的。我们都认为是这个世界亏欠了我们，使自己没能得到幸福；在我们得不到幸福时，就把责任怪在最靠近我们的那个人身上。

——威廉·福克纳

《我弥留之际》（*As I Lay Dying*，1930）是福克纳的第五部长篇小说，也是将传统的南方社会生活和先锋派文学的主题与表现方法完美结合而成的典范。1929年，威廉·福克纳发誓："我将要写的这本书，要么让我成名，要么我再也不碰墨水瓶。"这部由作者在六周内一气呵成，堪称"妙笔神品"的小说，书名取自《奥德赛》中阿伽门农被妻子杀害，灵魂到达地府时的台词。

作品主要围绕本德仑一家在十天之内的活动情节展开：小说故事开始的前三天，艾迪·本德仑躺在病榻上处于弥留之际，这个小学教员出身的农妇在几十年熬煎后，将撒手归天，全家人准备为她入殓，窗外大儿子卡什为她赶制棺材。艾迪曾取得丈夫安斯的口头承诺，答应在她死后，将其遗体运到她娘家人的墓地去安葬。三天后，一家人运着装有艾迪尸体的棺材，开始了一场艰难的"返乡"之旅，最终把艾迪运往四十多公里之外的杰弗生镇，安葬了艾迪。在这个过程中，"棺材差点被水冲走、遗体几乎被火化、尸臭招来大批秃鹫，拉车的骡子被淹死，卡什失去了一条腿，老二达尔进了疯人院，三儿子朱厄尔失去了他心爱的马，女儿杜威·德尔没有打成胎，小儿子瓦达曼没有得到他向往的小火车，而作为一家之主的安斯·本德仑却配上了假牙，娶回了一位新的太太……"②，

---

① D. H. Lawrence, "The Ship of Death", Richard Ellmann and Robert O'Clair (ed.), *The Norton Anthology of Modern Poetry* (second edition), New York: Norton, 1988: 372-373.

② [美]威廉·福克纳：《我弥留之际》，李文俊译，重庆大学出版社2015年版，第2页。

整部作品充满浓厚的宗教元素和哥特风格。这次送葬之行可以说是一次"受难"之旅,它与同为"返乡"题材的《奥德修斯》具有互文关系,两者在同一母题下却表现出截然不同的主题思想。《奥德修斯》写英雄荣归故里,而《我弥留之际》则是英雄消遁的故事,后者充满了现世荒诞色彩。深受西方文艺思想浸润的福克纳并非"为艺术而艺术"的唯美主义者,他从弗吉尼亚·伍尔夫和詹姆斯·乔伊斯那里借鉴了意识流等现代主义的一些写作手法,娴熟地使用互文、象征、隐喻、原型、复调、多视角等后现代小说的美学手法构造了这个现代神话,去表现现代人的精神困境。本节重点探讨《我弥留之际》中的神话元素与美国南方白人群体无法摆脱的精神困境,以及对文化身份认同和伦理反思之间的深刻关联。

一 "送葬"仪式与"还乡"神话

对于文学文本中的神话,哈里·斯洛科认为:"现代的神话复兴始于19世纪,那正是技术对古老的民俗方式形成致命威胁之际。在我们这个时代,同样的主题再度激发了艺术家的想象,从毕加索到超现实主义者,从普鲁斯特、乔伊斯和托马斯·曼到卡夫卡、萨特、科克托和福克纳……神话向它自身提出了认同的问题:'我是谁?'它试图考察三个具有有机联系的疑问:'我从哪儿来?''我到哪儿去?''我现在必须怎样才能到达那里?'用神话的语汇说,这些问题乃是创造、命运和探求。"[①]

《欧美文学术语词典》在"神话"(myth)词条中如是说道:"我们可以这样认为:神话是我们不再相信的一种宗教。尽管诗人们早就不相信神话,可他们仍然在用朱比特、维纳斯、普罗米修斯、亚当、

---

① 转引自魏菁浩《20世纪世界文学神话回归现象论纲·江苏省外国文学学会专题资料汇编》,1999年版,第16—27页。其中有关于哈里·斯洛科的《神话诗艺:文学经典著作中的神话模式》的相关论述。

夏娃、约拿等神话故事作为他们诗歌的情节、插曲和典喻。正如柯勒律治所说:'根深蒂固的本能依然使古老的名字复现'。"① 从这种意义上说,现代作家在作品中使用神话模型是延续了人类对自然和命运的思考。在20世纪,整个现代派作家群具有普遍的神话化创作取向,美国南方特殊的历史文化语境和福克纳对南方的特殊情结,促使福克纳在作品中有意识地设置大量具有神话原型意义的意象,构成复杂的隐喻和象征群。

《我弥留之际》与《奥德赛》《神曲》《天路历程》《堂吉诃德》等作品有着相似的行文结构,其基本模式都是主人公经历艰难历程,最终达到自己的目的,都极具传奇色彩。按照弗莱的观点,他根据亚里士多德所提出的书中人物与普通人物的水平比较标准,把虚构型文学作品分为五种基本模式,即"神话""传奇""高模仿""低模仿""反讽"。这五种模式是顺序而下进行演变的,神话是一级,最后演变到反讽模式时,则又向神话回流,形成循环。弗莱认为:"若现实主义艺术是含蓄的明喻,那么神话便是一门通过含蓄隐喻来体现同一性的艺术。"② 同时,他把作品中涉及的神话结构的技巧性问题的法则称为"置换变形",这样可使读者更为信服。

弗莱关于文学形态的分类,强调了作品主人公在类属上与故事中其他人物及环境之间的关系和行为能力的高低。在文学形式中,传奇是最接近梦幻的。也正是基于此,历朝各代的统治阶级或知识分子阶层总是用传奇的形式来言说自己的理想。传奇情节的主要成分就是冒险或历险,传奇一旦获得文学形式后,便往往描写一系列冒险事件,直到最后收场,这一过程可称为"历险探求"(quest)。《我弥留之际》便是传奇文学的一种形变样式,或是对传统文学模式的讽刺性

---

① [美] M. H. 艾布拉姆斯:《欧美文学术语词典》,朱金鹏、朱荔译,北京大学出版社1900年版,第200页。

② [加] 诺斯罗普·弗莱:《批评的解剖》,陈慧等译,吴持哲校译,百花文艺出版社2006年版,第193页。

第三章 毁灭:古老神话映照下的现代悲剧与乡愁困境

摹拟。

它与《奥德修记》① 和《旧约·出埃及记》有着相似的情节结构,本德仑一家的送葬过程与奥德赛在海上漂泊十来年及西伯来人在荒野中流浪的四十年形成参照。在《我弥留之际》中,关于艾迪·本德仑的送葬过程,和摩西的《出埃及记》、约旦河的跨越、灵魂涉渡史梯河的艰辛,或向麦加或向西藏的圣地那漫长而神圣的跋涉形成互文,具有神圣的仪式性和史诗色彩。在故事结构框架上,它类似于约翰·班扬的《天路历程》。② 在风格上,它更像塞万提斯的《堂吉诃德》,充满荒诞色彩,是让人笑的时候带着泪的一本书(福克纳说《堂吉诃德》他"年年都要看,就像有些人读《圣经》那样")。在这些作品中,都隐含了人类的坚强意志和忍耐力,在社会行动中,信仰的力量推动社会向前发展。在写作技法上,《我弥留之际》继续了《喧哗与骚动》中的多视角的叙事实验,由《喧哗与骚动》中的四个叙述者分四部分来讲述"四个南方孩子的成长历程和意义",到《我弥留之际》中的十五个叙述者的五十九个部分的内心独白。福克纳"在同样的意识流风格下,描写贵族和农民",如果说《喧哗与骚动》中萨德本家族的没落,可以被看作是"南方贵族悲剧性没落的象征",那么,《我弥留之际》则可以视为"南方乡野的没落"。

安德鲁·尼古拉曾说:"一部文学作品是在什么地方或者题名时

---

① 据出版福克纳作品的"兰登书屋"的编辑萨克斯·康敏斯说,《我弥留之际》这个题目引自威廉·马礼斯 1925 年出版的《奥德赛》的英译本。在《奥德赛》里,躺着等死的"我"是阿伽门农,他是被妻子及其情夫杀害的。就妻子与人私通这一点来说,阿伽门农的故事与《我弥留之际》有共通之处(见[美]麦克斯·普泽尔《地域的天才》,路易斯安那大学出版社 1985 年版,第 198—199、207 页)。另一方面,小说的题名中的"我"也指向奥德修斯,故而小说也与奥德修斯的故事相关。在小说中,艾迪是小说中 19 个叙述者之一,而史诗中的阿伽门农则是向游历冥府的奥德修斯讲述自己人生故事的叙述者之一,可以说,福克纳在小说中套用了奥德修斯游历冥府的故事模式,小说主人公本德仑一家的送葬之路也意味着一场冥府之旅。

② 英国批评家迈克尔·米尔盖特特别强调这一点,他甚至认为"本德仑"(Bundren)的个性与《天路历程》中基督徒身上的负担(burden)有一定的关系,这一家人进行的是一次具有冷嘲意味的朝圣者的历程。杰弗生镇可以比拟为"天堂",安斯得到了他的"报酬":假牙、新妻与留声机。达尔却在天堂的门前走上了一条通向地狱的路(见[美]迈克尔·米尔盖特《威廉·福克纳的成就》,内布拉斯加大学出版社 1978 年版,第 110 页)。

候开始的？这个问题引发了文学理论与文学批评中一系列根本性的问题。……开端像预言一样预示将要发生的事情。"① 从题名《我弥留之际》(As I Lay Dying)和艾迪所说的"长久的死亡"(stay dead a long time)来看，死亡带给本德仑一家的是艰难的送葬之路。福克纳有意识地把送葬之路置于《圣经》的冥府之路的语境之中，本德仑一家的艰苦历程，同时也是一场人类的命运历程。在汤普森的《世界民间故事分类学》中，"死亡"被列为 E 类母题，具体分为：复活、鬼与亡灵、化身、灵魂。在 F 类母题中，F0－F199 是"另一世界的旅行"，即死后世界的历程。② 在小说中，送葬过程成为艾迪·本德仑一家的重要仪式，也是人类学家维克多·特纳所谓的"通过"仪式。福克纳在小说中省略了艾迪的下葬过程，如瓦达曼·本德仑所言"我妈是一条鱼"③ 的状态预表了下葬，"在尘土中"(in the dust)的鱼与《坟墓的闯入者》中坟墓描写形成关联，坟墓是通向冥界的通道。

在小说《我弥留之际》中，本德仑一家的送葬之路，就是艾迪的"还乡"之路，她返回自己的家乡，也是本德仑们的返乡之路。这与史诗中奥德修斯的归乡之路相对应，福克纳试图为笔下的人物，都能寻找到一条"还乡"道路，不管是已经去世的，或是还活着的。"还乡"的实质，是建立生命与死亡之间的联结。小说中的船、桥、水、鱼等都成为这一联结过程的象征，它们同时承载着生命与死亡的双重内涵，这其中还包含着酒神狄奥尼索斯所具有的重生力量。对于小说文本的创作者和接受者来讲，作为叙述者的福克纳与奥德修斯具有类似的身份，奥德修斯的归乡之路，也是福克纳的一次归乡之路；对于接受者而言，也是读者们的一次精神归乡。

小说充满棺材、桥、鱼、马、水、火、秃鹰、雨等以《圣经》话

---

① ［英］安德鲁·尼古拉：《关键词：文学、批评与理论导论》，汪正龙、李永新译，广西师范大学出版社 2007 年版，第 1、4 页。
② ［美］斯蒂·汤普森：《世界民间故事分类学》，郑海、郑凡等译，上海文艺出版社 1991 年版，第 584—588 页。
③ ［美］威廉·福克纳：《我弥留之际》，李文俊译，重庆大学出版社 2015 年版，第 84 页。

语为原型的意象性词语，这些词语具有多重叙述和对话功能，也为"还乡"叙事增添复调色彩和神话意蕴。

棺材，这一具有象征意象的词语，在小说中，具有"元故事"的功能。小说通过塔尔的意识流话语展示了棺材的形状，卡什把棺材做成钟形的，其平面图形如一具"十字架"的变体，具有了基督耶稣故事的叙述功能，成为宗教神话与现实生活故事的载体。艾迪的棺材是大儿子卡什赶制的，小说开篇就通过达尔的意识流讲述："真是个好木匠，卡什这小伙子。他把两块木板靠在锯架上，把它们边对边拼成挺讲究的木盒的一个角。他跪下来眯起眼睛瞄瞄木板的边，然后把它们放下，拿起锛子。真是个好木匠。艾迪·本德仑不可能找到一个更好的木匠和一副更称心的寿材了。这可以给她带来自信，带来安逸。""我绕到房后去。卡什正在把孩子在棺盖上钻的洞眼补起来。他在削填塞窟窿的木塞子，一个一个地削，木头很湿，不大好弄。他原本可以铰开一只铁皮罐头把洞眼盖上，别人根本不会注意两者的差别的。不会在乎的，至少是。我看见他花了一个小时削一只木塞子，仿佛他在干的是刻花玻璃活儿，其实他满可以随便捡一些木棍把它们敲到窟窿里，这样也满行了。"① 卡什对于棺材的十三条设想是：

我把它做成斜面交接的。这样一来：
一、钉子吃住的面积比较大。
二、每一个接合的边面积是原来的两倍。
三、雨水只能斜斜地渗入棺材。要知道雨水顺垂直、水平方向渗流起来是最容易不过的了。
四、在屋子里人有三分之二的时间是垂直生活的。因此房屋的接合面与榫头都是垂直方向的。因为力量是朝垂直方向作用的。
五、在床上人总是躺着的，因此床的接合面与榫头都是水平

---

① ［美］威廉·福克纳：《我弥留之际》，李文俊译，浙江教育出版社2018年版，第3、78页。

方向的,因为力量是朝水平方向作用的。

六、但是。

七、人的遗体并不像一根枕木那样方正。

八、还有动物性磁力的问题。

九、尸体的动物性磁力使得力量朝斜向起作用,因此棺材的接合面与榫头也应当做成斜向的。

十、人们可以看到旧坟的泥土往往是斜向塌陷的。

十一、可是在一个自然形成的洞里,塌陷处总是在正中,因为力量是垂直作用的。

十二、因此,我把棺木做成斜面交接的。

十三、这样一来,活儿就做得漂亮多了。①

在福克纳的笔下,卡什的设想尽管有些夸张和荒诞,但也刻画出他把手艺看得高于一切的灵魂。在小说手稿中,达尔说:"不是所有人生来都是木匠,像基督那样的好木匠。基督给母亲造了条船,他父亲却弄翻了它。"卡什在这次送葬过程中,弄折了一条腿,基督也是木匠出身,卡什的身上,也有了基督的影子。棺材具有了船的意向,在达尔的意识中,"棺材抵抗了一会儿,好像它是有意识的,好像在里面的她那瘦竹竿似的身体虽然没有了生命,却仍然在拼命挣扎,好使自己多少显得庄重些,仿佛在努力掩藏一件自己的身体不得已弄脏了的外衣。接着棺材松动了,它突然上升,仿佛她躯体的抽缩使木板增加了浮力,又好像眼看那件外衣快要给抢走了,她赶紧又朝前一冲去争夺,全然不顾棺木本身的意志和要求"②。此时,棺材与艾迪已经成为一体了,具有了人的意识,棺材普度亡灵,运载艾迪去往"彼岸世界"。

---

① [美]威廉·福克纳:《我弥留之际》,李文俊译,浙江教育出版社2018年版,第73—74页。

② [美]威廉·福克纳:《我弥留之际》,李文俊译,浙江教育出版社2018年版,第88页。

第三章 毁灭:古老神话映照下的现代悲剧与乡愁困境

如果我们从本德仑一家运载亡灵这一历程的动因上去审视棺材这一意象,不难发现,这与《旧约·出埃及记》里面的情节极其类似,即棺材与"约柜"类似。约柜里装着上帝与以色列人的签约——"十诫";小说中棺材里的艾迪的尸体,是本德仑一家与艾迪的誓约,体现了本德仑们的伦理道德。所以,在小说中,棺材这一象征意象具有了多层面的"元故事"性,具有复调和神话色彩,也为小说的解读增添了多维解读的可能性。

利比·凯金斯(Libby Catchings)在《挽歌,肖像:〈我弥留之际〉中的炼金术和哀悼移情》①中指出,卡什小心打造艾迪的棺材以防她的尸体腐烂,并用留声机来录下她的说话声,可以看作是一种跨越生死的仪式,他的这两种行为构成了一种炼金术的实践,从而替代了以肖像为对象的哀悼,而这种不朽化的哀悼移情实质上象征着母亲功能的物质化。

小说"送葬仪式"过程中的"水"与"火"两个意象,也为"还乡"增添了重要的象征意义。火象征神圣、光明、温暖、净化,同时也预示着毁灭、灾难、惩罚。在《我弥留之际》中,洪水与大火成为本德仑一家送葬过程中,所遇到的最重要的两种险情。这两种意象又都是净化的象征,是对艾迪灵魂的净化,也是对本德仑们心灵和精神的净化。艾迪一生是一次苦难的旅程,"我(艾迪)只能依稀记得我的父亲怎样经常说活在世上的理由仅仅是为长久的死亡做准备。"②她是一个被生活挫败的人,在父亲悲观主义的影响下,也变得自私、冷漠,不爱自己的学生,莫名其妙地嫁给安斯,婚后待达尔出生后,发现安斯在她的心目中已经死去。尔后,她与牧师惠特菲尔德私通,很快又对情人的怯懦感到失望。她如康普生夫人,对学生、对孩子、对家庭、对丈夫都没有真正地爱过。私生子朱厄尔成为了艾迪

---

① Libby Catchings, "Elegy, Effigy: Alchemy and the Displacement of Lament in *As I Lay Dying*", *The Faulkner Journal*, fall 2014: 25–38.
② [美]威廉·福克纳:《我弥留之际》,李文俊译,浙江教育出版社2018年版,第155页。

的十字架,在送葬过程中,也正是他从洪水和大火中救出了艾迪的棺材。本德仑们的送葬旅程,在某种程度上讲,是一次灵魂的救赎过程,既是艾迪的灵魂救赎之旅,也是本德仑们的救赎之旅,最具反讽意味的是朱厄尔成为艾迪的犯罪证明,同时又是拯救她灵魂的关键人物。

伴随着本德仑们的送葬旅程并给他们带来巨大麻烦的"雨",也具有多重象征意义。在基督教文化里,对于本德仑们而言,"雨"既象征着惩罚,也象征着重生,因为雨可以洗涤罪恶,让人获得新生。因此,可以说雨是人们获得"新生"的中介。与雨水相对的是"火",在《圣经》中象征着焚烧和献祭,从而获得重生。水与火这一组象征意象词语,构成了小说文本的叙述结构框架,并把它们凝聚成诗的具体形象,体现了福克纳的伟大艺术构思。

福克纳在小说中对神话原型的运用和对圣经元素的无缝连接,使得作品笼罩着一种神秘的宗教色彩,但并非要以宗教的清规戒律去规范人们的行为,神话元素与《圣经》话语更多的是作为一种小说的文化语境而存在,在小说中呈现出一种狂欢的多层级的对话性的话语世界。在他建构的话语世界中,一次"送葬仪式"与"还乡"神话,充分体现作家利用神话检验过去,利用过去审视现在,最后在纯粹的探究过程中形成的伦理道德检验了神话,从而形成独特的价值观念。

二 伦理困境与伦理身份的追寻

在小说中,福克纳如神灵附体,把他的"子民"驱逐到荒野之中,让他们在受难过程中,去追寻世界的真谛。在苍凉悲惨的环境之中,隐含着对人类迷途心灵的召唤,对归宿的告白——这是对通常生活的反拨,在那里人们处在疯狂、荒诞、挣扎、愚蠢的反常之中。福克纳也正是采用这样的特殊视角,把理智与创作联系起来。他说:"人类和他的愚蠢行为会继续存在下去和蓬勃发展。"他又说:"我也很想写一本乔治·奥威尔的《1984》那样的书,它可以证明我一直在鼓吹的思想：人是不可摧毁的，因为他有争取自由的单纯思想。"①将文学创作与地狱、人间、天堂紧密联系在一起，将经验、想象、现实统一于作品之中。

《我弥留之际》再现了霍桑作品的梦幻意味与道德寓言特征。小说通过人物自身碎片式的内心独白，表现了人际关系冷漠、理性精神趋于解体、伦理道德趋于没落的现代社会。在作家笔下，间接呈现美国南方理性主义与清教道德观念崩溃后的病态人性、人与人之间的冷漠、隔膜与孤立。在某种程度上，《我弥留之际》中本德仑一家的荒诞悲剧，只是现代社会人们生存状态的一个缩影。在现代社会里，人虽身在社会，却不是社会的一部分，他们在心理上和交往上与社会隔绝起来，所以无法使自己和社会建立令人满意的伦理联系。

美国内战之后，在滞后的农耕经济背景下，南方穷白人生活的困境构成主要的伦理环境。本德仑一家错乱的伦理选择与道德缺失，成为同一时期南方人与人之间伦理关系的缩影，乡邻之间的善行给伦理失范的社会秩序增添了一层"求善"的伦理观念。小说中艾迪、惠特菲尔德等在与自我抗争的同时，个人违背社会伦理，逃避伦理责任，成为这一时期伦理关系的常态。个人违背社会伦理的错误的伦理选择，将导致伦理秩序的混乱，进而导致伦理悲剧的发生，也表现了作者启示读者要勇于重塑伦理身份及对于重建伦理秩序的关心。

在小说中，牧师惠特菲尔德赶去为艾迪做死后祷告，思想斗争一夜后才行动，"他们告诉我她快要不行的当天晚上，我和撒旦搏斗了整整一夜，最后我总算胜利了。我从我的深重的罪愆中惊醒；我终于见到了真正的光，于是我跪下来向上帝忏悔，乞求他的指导并且接受了指引"②。他内心经历激烈的思想斗争，打算进行忏悔，却是虚情假意的，听说塔尔的桥被冲走后，认为这是上帝对他的考验，上帝还没有抛弃他，"但愿在我求得我欺骗了的男人的原谅之前，不要让我毁

---

① ［美］威廉·福克纳：《我弥留之际》，李文俊译，浙江教育出版社2018年版，第5页。
② ［美］威廉·福克纳：《我弥留之际》，李文俊译，浙江教育出版社2018年版，第162页。

灭"。他祷告道:"别让我太晚了;不要让我和她的越轨行为由她的嘴巴说出,而是由我。她当时发过誓她永远也不说出来,可是面对永劫是件可怕的事:我自己不也是和撒旦抵着身子苦苦扭打了一场吗?别让我的灵魂再加上使她破坏誓言这一层罪过。先让我在我伤害过的人们的面前清洗灵魂,然后再让你圣洁的怒火包围我吧。"他害怕艾迪在临死前忏悔说出与他私通的事,害怕自己最终得不到上帝的原谅,想赶在艾迪忏悔前,亲自把这件事告诉安斯,其内心这一复杂的斗争过程,极尽虚伪之能事。在路上,遇到洪水、马受惊的时候,"于是我提高声音使它盖过洪水的喧哗:'赞美您,哦,全能的主和圣王。有了这个证明我将洗涤干净我的灵魂,重新进入您无限的圣爱的围栏。'"在遇到困难险情的时候,想起了"主",对"主"是一种实用主义的功能性需求,希望"主"能为他排除险情。但在洪水、危险过去之后,他重新骑上马,他的"客西马尼"场面出现的时候,他开始在内心打腹稿思考怎样措辞,"我要在她(艾迪)说话前阻止她",害怕自己的灵魂得不到平静,总是希望"无论朝哪边看都能瞧见上帝的手",希望上帝"与我同在"。当惠特菲尔德来到塔尔的家宅,听说艾迪已经故去了,急忙道:"哦,主啊,我是有罪的。您知道我后悔的程度也知道我心灵的意愿,可是上帝是仁慈的;他愿接受我在这件事情上的心意,他知道在我构思我的认罪词语时我是把安斯作为对象的,虽然他当时不在场。是他以他无边的智慧阻止她临终时把事情说出来,当时围在她病床旁边的都是信任她的亲人,而我,正倚仗他拥有大力的手在对付水的磨难。赞美您,赞美您无边全能的圣爱;哦,赞美您。"① 当他到达丧家,面对艾迪的尸体,"让上帝的神恩降临这个家庭"。最终,他也没有说出口。当艾迪的灵魂正面临着严峻得无法回避的审判时,反而为艾迪没有说出他们的私情而倍感庆幸。惠特菲尔德自己身为牧师,作为上帝的代言人,却与人私通,其后却没有真诚的忏悔之意,这也是

---

① [美]威廉·福克纳:《我弥留之际》,李文俊译,浙江教育出版社2018年版,第163—164页。

第三章 毁灭：古老神话映照下的现代悲剧与乡愁困境

南方人普遍的伦理困境。错误的伦理选择，导致了伦理秩序的混乱，却不愿意承担错误伦理选择的后果，这也是现代人所面临的内心矛盾、信仰失落以及社会伦理失范等现状的写照，建立新的伦理秩序，树立正确的信仰观念，勇敢地面对现实伦理环境，才是不被异化的良方。

艾迪与牧师惠特菲尔德通奸，源于伦理环境中的错误的伦理选择。当初她嫁给安斯，一部分也源于艾迪内心的"物质"欲望："你家里难道一个妇女也没有？可是你有房子的吧。他们说你有一栋房子，还有一个挺好的农场。那么说你一个人住在那里，自己管自己，是吗？""一栋新房子，"艾迪说，"你打算结婚吗？"① 对房子、农场这样象征身份地位的物质财富的追逐，是艾迪最初能产生结婚冲动的最重要因素。安斯是这样做的自我介绍："我稍稍有点产业。我日子还算宽裕；我的名声还可以。我了解城里人，不过也许他们说起我来就……"② 当安斯讲："我一个亲人也没有。所以你不必为这件事担心。"这最终打消了艾迪怕安斯有其他亲戚来瓜分安斯财产的疑虑，决定嫁给安斯，而安斯听见艾迪讲："不一样。我有亲人。在杰弗生。"安斯脸色顿时阴沉了一些，这也为艾迪不幸的婚姻埋下伏笔。在某种程度上，安斯与艾迪都是"物质"主义下的产物，婚后，安斯不惜对亲生女儿巧取豪夺，强行"借"走了女儿用来堕胎的钱，也拿走了大儿子卡什买留声机的钱，换掉了朱厄尔的马，并且在埋掉艾迪的第二天，就用强取女儿的钱向"鸭子模样"的女人求婚，还一副小人得志的模样，可谓卑鄙至极。而当艾迪怀上了安斯和卡什的时候，才发现生活的不易。婚姻简直就是一场骗局，到临死的时候，艾迪才明白"话语是最没有价值的，人正说话间，那意思就已经走样了。……生活是可怕的，不是因为我的孤独每天一次又一次地被侵扰，而是因为卡什生下来之前它从来没有受到侵扰，甚至夜里的安斯也未能侵扰我的孤独"③。"爱"

---

① ［美］威廉·福克纳：《我弥留之际》，李文俊译，浙江教育出版社2018年版，第156页。
② ［美］威廉·福克纳：《我弥留之际》，李文俊译，浙江教育出版社2018年版，第157页。
③ ［美］威廉·福克纳：《我弥留之际》，李文俊译，浙江教育出版社2018年版，第157页。

这个词，对于艾迪和安斯来讲，也都"仅仅是填补空白的影子"。当她怀上达尔的时候，她"相信自己会把安斯杀了"，后来她明白，"古老的言辞把她和安斯都骗了"，而她的报复"将是安斯永远也不知道她在对他采取报复行为。达尔出生后他要安斯答应她等她死后一定要把她运回杰弗生去安葬，因为她那时才知道父亲的意见是对的，虽然他早先不可能知道他是对的，同样，她早先也不可能知道她是错了"。受到父亲"活着的理由就是为永久的死亡做好准备"思想的影响，爱、家庭、性和生活都成为了一个虚无的"形象"，没有尽到作为人的责任是其最大的"罪"。与牧师惠特菲尔德的私通，对于她来讲"好像根本没有发生过这种事情"。她相信"对于罪愆仅仅是言辞问题的人来说，得救在他们看来也是只消用言语便可以获取的"。

戴安娜·约克·布莱恩（Diana York Blaine）曾在《〈我弥留之际〉中艾迪的沦落及其他母性神话》①一文中指出，从艾迪（Addie）及其与其他人物之间的关系中可以看出，在女性人物和她们的孩子之间表现出一种前恋母关系（pre-Oedipal relations），而艾迪本人又被塑造为一个非常典型的非正面女性角色，因而是一个招致谴责的隐喻女性，她在小说中的功能，是作为夏娃的直系后代，是混乱的主体与死亡的代表。从某种程度上说，福克纳是从女性的角度来叙说的，使艾迪居于小说的中心地位，从而将传统上一直被排除在外的物质—母性—死亡（material-maternal-mortal）这一矩阵凸显了出来。

艾迪的一生，都在寻找自己的伦理身份，在清教曾经横行的南方社会，宗教失去了至高无上的权威性，上帝成了人们挂在嘴上、为自己行为开脱的借口。道德上的虚无主义与伦理秩序的混乱为行为主体错误的伦理选择提供环境，人们对于未来缺乏信心。美国作家辛克莱·刘易斯说，福克纳将"南方从女人的石榴裙下解放了出来"②。福

---

① Diana York Blaine, "The Abjection of Addie and Other Myth of the Maternal in 'As I Lay Dying'", *The Mississippi Quarterly*, 47, 3, 1994: 419–427.

② 潘小松：《福克纳——美国南方文学巨匠》，长春出版社1995年版，第77页。

克纳摒弃了世俗的安慰，进入到一种高度理智的精神冒险之中，作家创造出自己的语言世界，对传统进行反思与批判。小说的语言的孤独与人物的命运紧密联系在一起，在某种程度上，宣告了现实世界中人物命运的终结，他们已经与语言世界融为一体了。

福克纳将送葬仪式与还乡神话进行移位和形变，将人与社会、人与家庭、人与上帝之间的关系结合起来，本德仑们的送葬行为可以视为当时社会的缩影。送葬行为本身由一个社会日常行为上升到伦理悖论层次，其存在源于人的异化。这种异化归因于当时社会经济层面上的贫富差距与精神层面的社会虚无主义、人性的自私懒惰。在伦理环境变迁过程中，人们信仰缺失，对上帝不信任，传统的价值观念逐渐被解构，特别是南北战争给南方带来创伤性的结果——伦理秩序混乱，错误的伦理价值观念导致人们错误的伦理选择，最终导致灾难性后果。在《我弥留之际》中，作家像艾迪一样，都是其中一员。他们一方面怀念辉煌的过去，另一方面又消极面对未来。然而，南方曾经的穷白人，以本德仑以及他的儿子为代表，凭借其强大的自我牺牲和忍耐精神克服困难，来迎接属于他们的明天。福克纳通过这部小说展现了美国南北战争后社会的剧变及其对南方造成的影响，表达出自己的人道主义立场：他相信只要凭借爱、荣誉、怜悯、自尊、同情与牺牲，人类最终就一定能够活下去。

福克纳是一位极具社会责任感的小说家，他的作品深深扎根于美国南方社会，追溯美国南方的变迁史以及给人们带来的心理变化，蕴含着丰富的伦理道德思想。《我弥留之际》作为众多家庭小说中的一部，作者凭借娴熟的"意识流"手法和"多重叙事角度"的运用，讲述了南方穷苦白人本德仑一家的家族悲剧，并且透过一个个鲜活的人物形象折射出了南方种植园经济的衰败和北方资本主义的入侵等伦理环境的变化，对南方人伦理关系、南方伦理道德观念和价值观产生的影响。一方面，它们组成了一种自然的生命力，一种强大的力量，同充满了种种欲望、永远奔波不息的人们相对抗；另一方面，又以一种特殊的观照方式，对人类的历史进程和道德演化进行思考。

三 文化乡愁：家园困境与现代性想象

乡愁是人类普遍的共通的情感，它与时间意识和空间意识紧密相联。时空成为我们思考和行动的基本概念单元，不同的社会生产了不同的时空观念。我们在时空中尝试给自己一个坐标，以确定自己和时间之间的关系，这也成为我们理解世界的一种思维方式。随着时代的变迁，乡愁成为我们思考家园和反思现代性的一种情感折射。

玛丽贝斯·索瑟德（Marybeth Southard）在《"没有人是纯粹的疯狂"：〈我弥留之际〉中的怪异疯狂》[①]一文中指出，多数评论家都会去诊断达尔·本德仑（Darl Bundren）这个角色的疯狂，但是很少有人通过关注周围环境等外在因素去考察对于疯狂的诊断这一问题本身，也就忽视了达尔疯狂的背后所暗含的经济、政治、道德等方面的社会状况，而这些对于理解社会是如何利用疯狂来规诫人们的行为来说至关重要。达尔被迫送进疯人院，标志着在意识形态的层面被达尔模糊化了的清醒与疯狂的边界被重新清晰化，更重要的是，它是达尔致其家族于危机之中的直接后果，反过来，他的边界模糊化也直接反映了整个南方社会的"困境"。

20世纪20年代，美国文化还没有从欧洲中心主义的价值观里面摆脱出来。在20世纪二三十年代的美国文坛，尤其是"垮掉的一代"作家群，成为这一代人思想历程的缩影。这一代人认为欧洲文化是先进的，美国文化则是属于乡土的。于是，欧洲文化成为这一时期的文学爱好者的美学评判旨趣与价值追求。以文学为表征的社会文化，也难逃"欧洲中心主义"思想的侵袭，这一思想亦成为影响美国主流文化价值观塑形的重要原型。

---

① Marybeth Southard, "'Aint None of Us Pure Crazy': Queering Madness in *As I Lay Dying*", *The Faulkner Journal*, Spring 2013: 47–63.

第三章 毁灭:古老神话映照下的现代悲剧与乡愁困境

福克纳在作品中从叙事手法、人物心理刻画和环境描写等方面,表现出南方的一种"荒原"色调。山洪、贫瘠的土地衬托出人物荒凉绝望的内心世界——一片精神荒原。从比利大叔的话语中,可以看出"这二十五年来,都没听谁去修过一下桥",最后在艾迪"还乡"期间,被水冲走了。本德仑一家人成为这片荒凉土地人们的缩影。现实的外部世界与人物精神世界一样,是荒凉的。小说中的每个人都是一个孤独的个体,个体之间自我封闭,极度缺乏安全感,如同南北战争及1929年华尔街的经济危机给人们带来的创伤。艾迪的死亡,既是个体肉体的死亡,又是"精神荒原"的具体呈现形式;既是家庭的沦落,也是以福音派新教为特征的传统文化的没落。作家把人物形象塑造融入神话故事之中,对传统南方文化进行反思。人物内心的困惑、冲突、欲望和绝望成为人类所共有的体验。在突出"荒原"主题的同时,作家也对笔下的人物给予人道主义的关怀。

《我弥留之际》的故事,发生在1913年某月的其中十天时间内,牧师赶来参加艾迪的葬礼。因为桥已经被洪水冲走了,他是沿着浅滩,骑马蹚水过来的。

"它在那儿已经有很久了,这座桥。"奎克说。

"是上帝让它待在那儿的,你得说。"比利大叔说,"二十五年以来,我从没听说有谁用锤子维修过一下。"

"它造好有多久啦,比利大叔?"奎克说。

"它是在……让我想想看……一八八八年造的。"比利大叔说,"我之所以记得是因为皮保迪是第一个过桥的人,那天他到我家里来给乔迪接生。"[1]

其实,《我弥留之际》更像是一出荒诞剧,因为它具有50年代荒

---

[1] [美]威廉·福克纳:《我弥留之际》,李文俊译,浙江教育出版社2018年版,第79页。

诞剧的一切特色，虽然在它出版的1930年，世界文坛上还没有荒诞剧这个名称。《圣殿》（Sanctuary，1931）出版在《我弥留之际》之后，而其写成，却在《我弥留之际》之前。在《圣殿》里，福克纳写出了社会的冷漠、人与人之间的隔膜以及人心的丑恶，写出了"恶"的普遍存在。而在《我弥留之际》里，福克纳写出了一群活生生的"丑陋的美国人"。[①] 他们尽管是一家人，但是彼此之间，缺乏基本的关爱、沟通和理解，自私自利成为家庭成员的人生基本信条，人性之美好和希望，对他们来讲，是一个比较奢侈的词汇。

处在弥留之际的艾迪回顾了自己的一生，自己的爱情、婚姻、家庭，在她丰富的意识画面的表征之中，人们似乎难以发现她的一丝悔过（忏悔）之意。从这一点看来，即使处在生命的最后时刻，她又一次大胆且从容地违抗了"上帝"，违抗了上帝的旨意，延续了"夏娃"的精神。面对天堂和地狱之门，她却从容自愿地选择后者，走向"万劫不复"。她这种无视亡灵归所，叛逆地自我选择当下现在世界的精神，在宗教话语映照下，成为了罪恶之源，也是历史前进的动力。

美国批评家克林斯·布鲁克斯也在他的《威廉·福克纳浅介》一书里说："要考察福克纳如何利用有限的、乡土的材料来刻画有普遍意义的人类，更有用的方法也许是把《我弥留之际》当作一首牧歌来读。首先，我们必须把说到牧歌就必得有牧童们在美妙无比的世外桃源里唱歌跳舞这样的观念排除出去。所谓牧歌——我这里借用了威廉·燕卜荪的概念——是用一个简单得多的世界来映照一个远为复杂的世界，特别是深谙世故的读者的世界。这样的（有普遍意义的）人在世界上各个地方、历史上各个时期基本上都是相同的。因此，牧歌的模式便成为一个表现带普遍性问题的方法，这样的方法在表现时既可以有新鲜的洞察力，也可以与问题保持适当的美学距离。"布鲁克

[①] ［美］威廉·福克纳：《我弥留之际》，李文俊译，重庆大学出版社2015年版，第1页。

斯继续写道:"更具体地说,大车里所运载的本德仑一家其实是我们这个复杂得多的社会的有代表意义的缩影。这里存在着生活中一些有永恒意义的问题,例如:终止了受挫的一生的死亡、兄弟阋墙、驱使我们走向不同目标的五花八门的动机、庄严地承担下来的诺言的后果、家族的骄傲、家庭的忠诚与背叛、荣誉,以及英雄行为的实质。"① 米尔盖特和布鲁克斯认为,我们不应那么实、那么死地把本德仑一家视为美国南方穷苦农民的"现实主义形象",应该把《我弥留之际》作为寓言来读,应该赋予小说多重内涵。

在《我弥留之际》中,福克纳采用意识流表现手法,通过性格迥异、不同动机、不同身份、人生遭遇亦不相同的人物的意识流,来交错叙述同一件事情,把所有的目光聚焦到一个点上,这样使得故事内容更加集中、更加完整、更加全面,使得读者能够更大限度地了解同一事件在不同人的内心产生的不同影响。这种多视角叙事手法能够全方位解读故事人物的不同心态,在形式上表现出异化的同时,从每个自我封闭个体的状态中,呈现出精神上的异化状态。在艺术表现上,以"显现"替代"讲述"的手法,让主题和形式成为一个有机的统一体,叙事本身也成为叙事内容的一个部分,同样推动叙事主题的彰显。福克纳的语言充满着陀思妥耶夫斯基式的激情,像是被蜂蜇了一口,语言变得鼓动起来,滔滔不绝!如昆丁、艾迪的独白,达尔在雨中屋檐下的独白。② 他的小说,从语言到结构、从主题到艺术手法,都极具开拓性,这也将现代性的问题表达与作家的文化乡愁表达上升到一个新的高度。

本德仑一家荒诞且充满"水"与"火"的送葬过程,更是现代社会人们的生存状态的呈现。在充斥着背叛、通奸、冷漠,各怀鬼胎的

---

① [美]克林斯·布鲁克斯:《威廉·福克纳浅介》,耶鲁大学出版社1983年版,第88—89页,转引自[美]威廉·福克纳《我弥留之际》,李文俊译,重庆大学出版社2015年版,第4页。

② 潘小松:《福克纳——美国南方文学巨匠》,长春出版社1995年版,第67页。

家庭中，思想幻灭、精神疏离，亦是时代的群像。父母角色的"错位"和家庭伦理关系的"非正常"，其根源于人与上帝、人与自然、人与社会的平衡关系被打破，新的关系还没建立起来，上帝的光晕丢失了。人的异化和乡愁困境，并非只是作家笔下寂静的故事表达，这种现状，已经成为我们现实生活的一部分。

作为对传统文化和现实社会都保持高度敏锐洞察力的作家来讲，福克纳小说中的人物和事件，都被作者赋予了多重意义，除了故事本身的作用之外，他们又成为社会的隐喻和象征。小说人物的多重话语增添了文本的复杂性、不确定性及意义的多元性。小说一方面是对美国南方穷苦人民的社会生活进行记录；另一方面，又是一个宗教性和象征性的故事。尽管故事发生的地理背景在美国南方，但是，通过本德仑家的一次"送葬"仪式，他们在一定意义上，是全人类的象征，展现人类共同处境和命运。人格扭曲、伦理沦陷、信仰消失，已经成为了现代社会的常态。福克纳希望能回到"过去"，能从"古老的美德"中找到挽救现代社会的良药处方。在文本之中，是艾迪的"乡愁"，更是本德仑一家的"乡愁"；文本之外，是人类的"困境"，是作者的"乡愁"，是对南方故土的深深眷恋。拥有乡愁体验的永远都是离开家乡的人，在一定意义上，乡愁是对特定自然环境与风土人情的眷恋，是身体或精神的离乡的文化表达和情感共鸣。在乡土和现代性的纠葛之中，乡愁在"能指"与"所指"的链条上滑动，作为乡愁的生成物——文学作品，成为"离乡"的人们情感的填充物或替代品，成为记录社会发展过程中的一门技术、一次次的回忆，乡愁成为人类历史进程中最为深层的梦想。

小　结

出版于1930年的《我弥留之际》（*As I Lay Dying*）和1931年的《圣殿》（*Sanctuary*）在福克纳的所有作品中，不算是最突出的，但是，这两部小说从不同侧面表达了关于美国伊甸园走向"毁灭"的神话主题，是"在世界混乱面前，进行自卫的最后行动"①。至于中后期的作品如《坟墓的闯入者》(Intruder in the Dust, 1948)和集小说与戏剧于一体的《修女安魂曲》(Requiem for a Nun, 1951)，可以说是在前两部作品基础上的延续。

文学世界中的地域文化建构与古代神话的现代转型塑造，既是关涉历史性的问题，同时也是一个全球化、现代性问题。在全球性经济文化一体化的语境下，人类的流动性带来的不仅仅是时间上的延续和空间上的位移，同时带来了人类自我身份模糊性以及意义再生产问题。地域与身份的错位以及两者的重组结合，成为人类当前面临的一大困境。包括福克纳在内的作家群体，试图用文学故事的方式，尝试着为人类走出这一困境寻找出路。

在某种意义上讲，《圣殿》是作家创作生涯走向南方哥特式传统的一个界碑，这些元素散落在作家作品的各个角落。《圣殿》之后，作家对司法界和政界的相关内容鲜有涉猎，但他的目光仍然聚焦于现代社会中被消费文化异化、被折磨的人们。福克纳的视野并不是单单集中在对犯罪行为的探讨，他研究的罪犯亦非法律意义上的罪行和单一的个人神经官能症的检视，而是对美国南方和整个美国社会历史内核中的道德灾难进行反思和批判。南方的失落影射了一个未存在过的世界，或许它存在，也是对天真的揶揄。作家并非用一种神话来代替另一种神话，去挽救关于失去纯真的"南方神话"。谭波儿的情狂可以说是对战后南方"玉米棒子芯"式强奸情结的一次恰当表达，也是对失落的美国伊甸园的混杂叙述。在娓娓道来的故事情节中，作者给我们展示了一个具有希腊神话色彩的现代主义的美国迦南福地——一个疯狂的、衰落的乌托邦。

1929年10月，在经历战争的创伤后，美国社会的后遗症还没有

---

① 袁可嘉：《欧美现代派文学概论》，上海文艺出版社1993年版，第328页。

消除，接踵而至的是经济上的大恐慌（华尔街金融风暴），开始预示着美国经济新一轮的长期暴跌。像《圣殿》一样，福克纳准确地知道了他自己将要写作的是什么和他将要向何处去。"'在我开始写作之前，我说，我将要写一本书，假若我以后不再动笔的话，在紧要关头，我可以靠这本书站得住脚或者摔僻下去。'他用的书名是他首先给关于弗莱姆·斯诺普斯的故事取的名，他把他的小说叫做《当我弥留之际》。"① 书名来自《奥德赛》中阿伽门农被杀害后灵魂到达地府时的台词，增添了小说的史诗和神话色彩。福克纳采用了他最早的斯诺普斯的故事中的几个人物，集结成了一个新的故事和家庭。故事中心围绕本德仑家庭展开，艾迪·本德仑的逝世成为叙事重点，故事追溯了埋葬她的旅行。在某种程度上，这是一个关于"毁灭（或瓦解）"的故事。这部由十四个人物的五十九个内心独白片段组成的故事，其中人物的行动虽然是共同的，但是，对它的理解和感觉却不相同。不论是达尔的惶恐、科拉的伪善，或是瓦达曼的混乱的隐喻等等，都成为作者极具哲理意蕴的表达。小说中，本德仑们在"父亲软弱无能"和"失去母亲"的情境下，在试图找到或拥有"母亲的替代者"过程中，表现出他们的残忍或自我毁灭。本德仑的儿子们似乎比女儿更容易意识到失去母亲后，将要面对的世界。女性进入象征世界和男性进入象征世界，出现了截然不同的情景，似乎有更多的原因致使女儿不能像儿子那样全身心或是绝对地进入这个象征世界，女儿（艾迪）可以通过自身成为母亲（艾迪·本德仑）而重新建构那种失去的关系。可以说，福克纳在《我弥留之际》中写给艾迪的语言是"进攻性"的。表层上讲，该故事讲述了一个家庭的毁灭（瓦解），家庭失去了应该有的中心，特别是家庭中的达尔的故事，故事结尾，他快变成了疯子；在深层次上，故事传达了关于美国"伊甸园"走向毁灭（瓦解）的过程。送葬的旅程是通过

---

① ［美］达维德·敏特：《圣殿中的情网——小说家威廉·福克纳传》，赵扬译，生活·读书·新知三联书店1991年版，第195页。

火与血的斗争而到达杰弗生镇的,在这看似荒诞、滑稽、混杂的故事背后,实际上,它预示这个"家庭事件"上升为象征美国的"公共事件",是大家都将面临的问题——"伊甸园神话"走向了"衰落(或毁灭)"。

第四章 再生：全球化时代的现代神话与人类命运共同体

> 让我们用眼泪送走黑暗的过去，转身面向灿烂的未来，低垂眼帘，奋力向前吧。人类漫长的、令人厌倦的冬天已经结束，春天已经到来。人类已经破茧而出，天堂就在面前了。
> ——爱德华·贝拉米《回顾》，1888

神话作为一种人类早期的文化形态，为作家的文学想象提供丰富的创作资源。人作为生命存在的基本形式之一，恰如种子，总是和它的结果必然相联。人类再生型神话是神话中的一个重要类型，是人类进入文明时期的产物，一般是由洪水（或象征洪水的）故事和人类起源两个部分复合而成的，且具有较为稳定的叙事结构。不同地区、不同民族、不同文化的再生型神话，在表现出特有个性（具体情节不尽相同）的同时，也具有普遍的共性（隐含的宏观叙事结构基本相同），它们在叙事结构上具有"蜕变型"的统一范式，意味着由旧秩序向新秩序的蜕变，蕴含着丰富的社会文化内涵。

福克纳的《野棕榈》（*The Wild Palms*）和《寓言》（*A Fable*）将神话的"再生题旨"与时代转型语境进行现代性对接和生发，激活了在文学界往往被悬置和遮蔽的社会记忆（内容涵盖音乐、禁忌、自由、和平、战争、伦理、诉求等等）。其中，《野棕榈》以寓言式的笔调,再现了古老的洪水再生神话,在叙事模式上,暗合了弗莱的"U"形叙事结构理论,显示出作者精巧的构思和对小说形式的大胆创新。而对于《寓言》,其字里行间隐含了"基督受难和重生"的基本叙事结构,作者有意识地将《圣经》的叙事模式融入小说之中,并把现代民族国家想象成具有人格化的形象和会"发声"的主体性存在。爱德华·萨义德曾在《文化与帝国主义》中对帝国的意义进行阐释,认为帝国作为一种非正式的关系,控制着另一个政治社会的政治主权。在当代,这种控制通过间接方式来完成,即运用具体的政治、意识形态、经济和社会活动、文化活动等继续实施控制。① 在某种意义上讲,现代战争是文化输出的一种显性方式,与文化社会活动、经济活动这种隐性的文化输出相比,它显得更具进攻性和暴力性,具有更为直接的破坏力。从整体上看,《野棕榈》更加侧重强调了个体主体性的再生,而《寓言》则强调了集体性再生,即重建国家和社会秩序,重新规定人性和民族性,坚持以人为中心,反映人类的普遍的价值理念和伦理观念。两者从个体和集体层面,分别再现了"从生到死,死而复生"的古老"再生神话",从而对人类命运进行持续的关注。

第一节 《野棕榈》:自由之歌与再生神话

我们怎能在外邦唱耶和华的歌呢?

耶路撒冷啊,
我若忘记你,
情愿我的右手忘记技巧。

---

① [美]爱德华·W. 萨义德:《文化与帝国主义》,李琨译,生活·读书·新知三联书店2016年版,第9页。

> 我若不纪念你，
>
> 若不看耶路撒冷过于我所最喜乐的，
>
> 情愿我的舌头贴于上膛。
>
> ——《旧约·诗篇·以色列人被掳的哀歌》（137：4-6）①

> 人并不是自己要存在于世界的，一旦存在，他就是自由的；
>
> 然而，自从他被抛入这个世界，他就要对自己所做的一切负责。
>
> ——萨特《他人就是地狱：萨特自由选择论集》②

1939年，福克纳的第十一部长篇小说《野棕榈》（The Wild Palms）③问世。该作品由两个独立成篇的故事"野棕榈"和"老人河"构成，叙事背景设在密西西比州、田纳西州、阿肯色州和路易斯安那州境内。小说初名为《我若忘记你，耶路撒冷》（If I Forget Thee, Jerusalem），在出版过程中，编辑却将小说中的第一个故事《野棕榈》作为全书书名出版。后几经波折，于1990年，在福克纳版本学专家波尔克的努力下，恢复了作者最初拟的书名《我若忘记你，耶路撒冷》。④ 康拉德·

---

① 不论作家还是诗人，都从《圣经》里面去获取所需要的资源。除了福克纳，还有诗人海因里希·海涅在《希伯来旋律》中，收录了组诗《罗曼采罗》（1851）的一部分。这首诗是纪念西班牙犹太诗人和神秘主义者耶符达·哈勒维的，诗的开头是一句引言。引用的便是《圣经·诗篇》第137首的一段，描绘的是"忘却的灾难"这一古老的犹太教主题：耶路撒冷啊，我若有一朝/忘记了你，情愿我的舌头/枯萎地贴于上膛，/情愿我的右手凋残（第1—4行）。

《圣经·诗篇》中的回忆通过一个誓言得到巩固，这个誓言又是以一个自我诅咒为基础的。这种对耶路撒冷的回忆关系到切身利害。对那个虔诚的人来说是一个祈祷仪式中的义务。但是这些诗句里说话的人并不是虔诚的人自己，这马上会通过一个语气的转换表现出来。第一段中铁一样坚定的回忆的训诫在第二段中让位于一个模仿，让人只能十分模糊地想起传统中经典的那些声音。从对耶路撒冷的回忆中生成了对于犹太礼拜堂里的祈祷仪式的回忆。

② [法]萨特：《他人就是地狱：萨特自由选择论集》，周煦良等译，陕西师范大学出版社2003年版，第13页。

③ 这部小说的"野棕榈"部分所提及的棕榈，是指美国东南部和海湾地区，尤其是密西西比州生长的一种灌木棕榈，一般只长到八十厘米高，茎粗二厘米，多扇形复叶，根茎部约有七厘米带叶皮，年幼时还保留着旧叶交叉的鳞状外貌。这也是小说标题《野棕榈》之所指。

④ William Faulkner, If I Forget Thee, Jerusalem: The Wild Palms, New York: Vintage International Vintage Books, 1990.

艾肯称其为福克纳"最优秀的小说之一"①，小阿尔伯特·格拉德则认为它是"最引人入胜和最可读的小说之一"。②

小说采用传统第三人称叙事，并运用复调音乐对位形式，章节交织、穿插对位地讲述一对青年男女"夏洛特和威尔伯恩"的故事和两个男犯人与洪水的故事，即《野棕榈》讲述已婚女人夏洛特和实习医生哈里·威尔伯恩的故事，《老人河》则讲述犯人与大洪水的故事。这两个故事相互关联，共生互补，起到了和弦共鸣的效果。小说本身在行文上，并不算晦涩，但是这种互文性叙事模式，给读者的阅读习惯带来挑战。人们往往习惯于在单向线性时间的引导下对故事进行解读，而忽略了故事时间本身具有的多向性指向，亦如一个光源，这种线性时间轴式的阅读习惯，往往在短时间内很难得到扭转。读者倾向事件因果时序的历时性的思维而淡化了对事件的共识性的思考，对于两个文本彼此对应、相互纠缠的内在编码常常被忽略了，加之，语言文字符号与音乐符号两者之间的属性和功能差异，让人很难取得音乐上的直观感受，因此，很难在潜在对位、功能等关联层次进行理解。

一 音乐之韵、历史记忆与南方经验

从音乐理论中获得问题上的灵感，是 20 世纪初期文艺创作和文学理论的重大进步。巴赫金在分析陀思妥耶夫斯基作品的诗学问题时，提出了对话理论和复调艺术。他借用了欧洲古典主义以前被广泛运用于分析复调体音乐的专业术语——"复调"（poliphony）来概括陀思妥耶夫斯基小说的诗学特征，以区别于传统的独白型（单旋律）小说模式。文学形式或文体的演进，绝非只是在某一领域的突破，其背后蕴藏的是深刻的社会历史动因。笛卡尔以来的近代哲学确立了人的绝

---

① ［美］康拉德·艾肯：《论威廉·福克纳小说的形成》，《大西洋月刊》1939 年第 11 期。
② ［美］小阿尔伯特·格拉德：《福克纳的两件活合而为一，几年来的最佳作品》，《波士顿晚报快讯》1939 年 1 月 28 日。

对地位与权威，特别是在文艺复兴和思想启蒙运动后，人的个体价值得到全面凸显。复调小说成为这一思想潮流的文学表征形式，文本对个体人物的塑造，突破了传统典型人物形象的限制，更加强调每个人物的独立的行为逻辑和思想价值，在文本内外构成了包括主人公在内的多个人物组成的多声部合奏曲。

19世纪初期，美国通过战争、吞并、购买等方式不断进行领土扩张，从而为大幅度人口增长和社会发展提供了更为广阔的生存空间。与此同时，美国的交通、电网、贸易、科技的发展，特别是基础设施建设得到极大改善，也极大地推动了美国整体的工业化水平。在政治上，美国逐渐摆脱了欧洲在意识形态层面的控制，走向了相对独立的文化发展模式。在本土化进程中，美国人注重对本土精神的发掘，意图通过民族文化的内驱力实现与欧洲文化抗衡，进而逐步摆脱欧洲文化的阴影。这一时期，共和党人提出了关于美国的未来发展构想，伴随社会大众教育的普及，这种理性启蒙主义思想开始得到社会的普遍接受。强调个性解放和思想独立的欧洲浪漫主义思想被带到美国后，立刻成为本土美国人寻求思想精神解放的武器，作家、艺术家、文艺评论家等开始使用这一思想体系促进本土文化的发展，美国文化起步由此拉开序幕。总体看来，在政治上实现了独立后，人们在文化上也要求彻底摆脱欧洲传统的控制，寻求文化独立的精神已经觉醒，并且梦想可以获得与欧洲最伟大的文化成就相媲美的文艺生活。正如美国史学家艾伦·布林克利对这一浪潮的比喻："正如1772年流行的《美国辉煌崛起之歌》预言，美国人他们'幸福的国土'注定成为人类文明的'最佳舞台'，具有'别出心裁的辉煌作品和令人惊喜的伟大艺术'。"[①] 20世初至"二战"之间的这一时期，大量欧洲移民涌入美国，为美国文化中的多元化音乐结构注入新的移民文化因子，也为20世纪早期作家的文学创作提供了广泛的选材空间，增加了更多的表现

---

① ［美］艾伦·布林克利（Alan Brinkley）：《美国史（1492—1997）》，邵旭东译，海南出版社2009年版，第184页。

第四章 再生：全球化时代的现代神话与人类命运共同体

内容。

音乐伴随着人的出现而出现，在美国建国以前，美国音乐就差不多已经走过了四百多年的历程。作为一个移民国家，多民族的融合极大地推动了美国音乐的多元性化发展，特别是 19 世纪末 20 世纪初，美国音乐出现百家争鸣的局面，这一文化很快辐射到其他领域，也拓展到文学领域。一些作家和文艺评论家前瞻性地把音乐知识或相关音乐理论"拿来"融入自己的创作或批评实践之中，在丰富了自己的文学创作或理论批评的同时，也推动了相关领域的知识发展。当然，音乐在历史上对社会产生的影响不仅仅体现在音乐文化在世界范围内的传播与输出，推动社会的发展，它在一定程度上还具有真实反映社会现实的文化功能。音乐成为体现愿望、困难、语言、现代性议题的晴雨表。

音乐作为一种社会文化资源融入作家的文学创作视野。一部分把音乐作为民族的文化遗产加以传承、保护、研究和运用，特别是对少数民族裔文化、印第安文化、黑人文化的保护等。一些研究者逐渐意识到"民间流传下的这些音乐形式是社会现实的一个延伸部分，因此具有一种文学潜能"[1]。另一部分作家和研究者把音乐视为现代文化的一种表现方式，发掘其可能的表现意义和社会影响。其中，流行于 20 世纪二三十年代的爵士乐最为典型，它源于 19 世纪末 20 世纪初，最早的源头可以追溯到非洲黑人灵歌，在奴隶时代被带到美国，这种融合了当地印第安民间歌谣曲风、非洲音乐的节奏、民谣和欧洲古典音乐的和声及相关的乐理，经由集体创作、发展而形成的一种跨民族、跨文化、跨语言、跨国界的乐种，与比较文学研究强调的"四跨"有着相似的内涵。爵士乐在某种意义上来讲，是美国工业化和城市化带来的副产品，它的发展历程，从侧面也反映了美国社会历史的变迁，凸显美国黑人在个体意识和精神层面的觉醒。爵士乐从表现早期的城

---

[1] Bernard W. Bell, *The Afro-American Novel and Its Tradition*, Amherst: The University of Massachusetts Press, 1987: 27.

市文化和现代性主题，与后期作家关注的身份建构和文化包容形成呼应，代表有德国作家汉斯·杰诺维兹（Hans Janowitz）的小说《爵士乐》（1927），以及托尼·莫里森（Toni Morrison）的同名小说《爵士乐》（1992），两者的风格和结构基本相同，作家不直接对爵士乐进行书写，而是有意识地通过爱情故事，来表现爵士乐的风格和主题，以及其所传达的对"真实和永恒"追求的时代精神。

福克纳在小说《圣殿》（1931）中就融入了大量的音乐元素，或欧洲古典音乐，或宗教音乐，或流行音乐，等等，他率先将这种文学潜能转化为文学实践。在小说《野棕榈》中，他不满足于前期仅仅将音乐元素融入一些具体的文字表述之中，他尝试将音乐"对位法"运用到《野棕榈》的结构上，在形式上和内容上，做到近乎完美的统一。他在1939年回答新奥尔良《新闻报》记者采访时回答："我互相对比地表现它们，按对位法规则那样做。"① 1955年8月5日，福克纳在日本访问时，回答记者的相关提问时的答案更为直接。他说：

> 为的是叙述我要讲的故事，那个女的抛弃了自己的家庭与丈夫，跟着医生一起出走。为了那样讲述，我这样那样一来总算发现了它得有一个对应部分，因此我创造了另一个故事，它绝对的对立面，用来做对位部分。我当初并不是写好两个故事，然后把一个插到另一个里面去的。我是像你们读到的那样，一章一章写下来的。先是《野棕榈》的一章，接着是大河故事的一章，《野棕榈》的另一章，然后再用大河故事的又一章来做对应部分。我想要同一个音乐家那样做，音乐家创作一个乐曲，在曲子里他需要平衡，需要对位。②

---

① ［美］詹·B. 梅里韦瑟、［美］迈·米尔盖特：《园中之狮》，第54页，转引自李文俊《福克纳评传》，浙江文艺出版社1999年版，第290页。
② ［美］詹·B. 梅里韦瑟、［美］迈·米尔盖特：《园中之狮》，第54页，转引自李文俊《福克纳评传》，浙江文艺出版社1999年版，第290—291页。

第四章　再生：全球化时代的现代神话与人类命运共同体

福克纳将两个故事进行交叉对位书写，表面是两则故事实质却是围绕同一个主题，两者构成了一个有机的统一体。小说结构突破了读者传统的阅读习惯和思维方式，这种"充满裂痕与线索"①的节奏，正是音乐家创作曲子所需要的平衡和对位，福克纳希望他的创作能够"在叙事的展开中重现表演以音乐作为叙述的策略性与随意性"②，给人以全新的审美体验。

音乐"对位法"（counterpoint），即按照一定的规则，"将不同的曲调同时结合，从而使音乐在横向上保持各声部本身的独立与相互间的对比和联系，在纵向上又能构成和谐的效果"③。福克纳将这种方法融入小说的结构之中，不仅仅是形式上的新颖，而且还有着更深层次的文化内涵。

在地理空间上，"野棕榈"和"老人河"两个故事都发生在密西西比河流域，故事地点在形式上形成互补、交融与叠合关系，密西西比河好似音乐曲谱中的五线谱，故事中的几个城市好似线上的几个音符，加上故事人物的活动，一起构成了一曲正在演奏的乐谱。为了直观呈现这一效果，笔者对其进行如下勾勒：

（A）"野棕榈"叙事地点变迁：新奥尔良医院（密西西比河南端）→芝加哥（密西西比河东侧）→威斯康星州的湖边→芝加哥→犹他矿区（密西西比河西侧）→新奥尔良附近海滨小屋（密西西比河终点）→帕奇曼监狱

（B）"老人河"叙事地点变迁：密西西比河上游（帕奇曼监

---

① Jones, Carolyn M., "Traces and Cracks: Identity and Narrative in Toni Morrison's Ja", *African American Review*, 1997: 31 (3): 481-495.
② Toni Morrison, "Memory, Creation and Writing", *Thought*, 59, December 1984: 388.
③ 中国大百科全书编辑委员会：《中国大百科全书·音乐舞蹈卷》，中国大百科全书出版社1998年版，第147—148页。音乐对位法是一种复调音乐的谱写技法，可将不同的曲调同时结合，从而使音乐在横向上保持各声部本身的独立与相互间的对比和联系，在纵向上又能构成和谐的效果。

狱）→沿河到达孕妇所在的柏树→沿河到达无名小岛→两次经过维克斯堡→新奥尔良入海口难民营→再回到密西西比河流上游（帕奇曼监狱）

A、B叙事链条潜伏于整部小说的始末，随着故事章节内容的交错推进，最终构成了一幅相对完整的密西西比流域地形图，同时也是一幅人物命运的地形图，一幅演奏的乐谱图。

A链条中的威尔伯恩和B链条中的高个犯人都具有相似的运动路线，最后都在帕奇曼监狱。A链条中的情侣夏洛特和威尔伯特两人从新奥尔良出发，到达城市芝加哥，两人没找到自己想要的生活，接着威尔伯恩带着夏洛特来到犹他矿区应聘医生，仓促行动与犹他矿区的酷寒，加之夏洛特怀孕，使得他俩对生活有点猝不及防。堕胎失败后回到新奥尔良，后入住海滨小屋，四天后，夏洛特流血不止死去，威尔伯特因非法给人做手术致人死亡，被判五十年监禁，后被投入帕奇曼监狱。

B链条中的高个子囚犯因抢火车被投入帕奇曼监狱，后因下雨过多导致洪水决堤，受命进入洪水之中去营救一男一女，救孕妇上船后却在河汊迷失方向，他俩被倒灌的河水带入了密西西比河的主流河道，又被冲入西侧支流，后再次被冲击，所幸被冲上沿河的一个无名小岛，孕妇在岛上顺利分娩。在漂泊达将近七周后，高个犯人回到河流上游的帕奇曼监狱。

A、B链条中的人物活动路线，类似于音乐中的"旋律线"，在五线谱中上下行穿行高低跳跃前进，故事中的人物随着不同地方的不同情感变动，在上下求索之间展示了整个故事的全貌，使得两个故事文本在地理空间与情感空间上呈现出音乐的旋律。

从整体上看，《野棕榈》的对位表述，还可以从时间层面进行梳理。蓝仁哲先生在《〈野棕榈〉：音乐对位法的形式，自由与责任错位的主题》一文中，对该小说书名的公案进行了追溯，对对位法的结构形式进行了分析，对福克纳笔下的"新女性"夏洛特进行了论述，同时从自由与责任的角度，分析了夏洛特的爱情。但需要指出的是，作者并没有进一步更深层次地发掘"对位"后面的隐喻内涵。首先，作者从整体上对两个故事情节进行了概括；其次，从时间层面对两个故事进行了分析；最后，从局部上只是对两个故事相对比较简单的第一章进行了分析，没有更深层面的探讨。在对作品主人公形象进行分析的时候，作者也只对夏洛特进行了分析，认为她是福克纳笔下一位与过去许多人物不同的新女性，强调了夏洛特和哈里的爱情，并认为两者的爱情，其实只是夏洛特的故事，一个追求自由和理想爱情的故事，突出了夏洛特的女性主义者的身份。在此基础上，作者进一步探讨了夏洛特的爱情理想是什么？是如何产生的？对此，作者做出回答：夏洛特追求自由，反叛传统和世俗，但是，她没有责任感，哈里也缺乏责任感，指出两者的爱情，都只是追求自由，缺乏责任，因而酿成了悲剧。[①] 笔者在此基础上，对小说文本进一步发掘，对福克纳运用音乐对位法的历史背景进行深入剖析，并对小说中对位法相关的其他还没有被探讨的地方进行剖析，并尝试探讨福克纳的这种创作方法对文学创作的影响，以及对读者、评论者的影响。

在故事时间、故事情节、人物设置上，A 故事和 B 故事在外部和内部也形成对位。

A 链条：故事叙事时间，设定在 1938 年，是作家的现在时，1937 年 5 月 3 日中午，夏洛特和哈里乘火车由新奥尔良去芝加哥；B 故事中的犯人，在 1927 年 5 月 4 日半夜被叫起来，乘卡车离开密西西比的帕奇曼劳教场。

B 链条：故事叙事时间 1927 年，用过去时，通过对过去发生事件的追忆，来对应现在发生的事件。故事以"从前，在密西西比州，一

---

① 蓝仁哲：《〈野棕榈〉：音乐对位法的形式，自由与责任错位的主题》，《四川外语学院学报》2006 年第 3 期。

九二七年五月密西西比河发洪水的时候有两个罪犯。一个大约二十五岁,身高体瘦,肚子扁平,晒得黑乎乎的面膛,一头印第安人式的黑发,两双暗淡瓷土色的眼里含着怨恨的目光……他在密西西比州的帕奇曼劳教……他因抢劫火车未遂罪被判十五年徒刑……"另一个犯人又矮又胖,几乎掉光了头发,皮肤却白白的,看起来好像是翻转朽圆木或厚木板后暴露在阳光下的什么东西。他也带着一副强烈而又无能为力的愤恨神情……他既是被迫却又是心甘情愿选择到了这儿……谁也不知他犯的是什么罪,只知道他被判了一百九十九年徒刑……①B 故事人物设置与故事情节类似于《堂吉诃德》,这在 A 故事中,也能看出来,人们"会看见她(夏洛特)制作的各种人像,差不多有小孩的个头大小——堂吉诃德(Don Quixote,西班牙作家塞万提斯的讽刺小说《堂吉诃德》中的主人公)像,身板瘦削、面容恍惚,如梦如痴的神态。"② B 故事中的两个囚犯与《堂吉诃德》中的人物堂吉诃德和桑丘形成绝妙的对比,两人之间,一黑一白、一高一低、一胖一瘦、一幻一真、一愚一智、一热一冷、一虚一实,在现实主义与理想主义的对立关系之中,形成音乐对位,并且两个犯人的犯罪原因也与《堂吉诃德》中的极具讽刺意味的"骑士"故事形成暗合,嬉笑怒骂的幽默笔调之中,透露出讽刺,人物设置与情节构造中,透露出模仿塞万提斯的痕迹。

此外,两个故事的结尾,也是对位的,夏洛特死后,留给哈里的只有记忆——"他想,在悲痛的存在与不存在之间,我选择悲痛的存在。"③ 老人河故事结尾,高个犯人回去后意外"外加十年——""女人,呸!"④除了在结构上外,在意象设置、象征物或暗喻等修辞上,两个故事也有不少地方形成对位,具体如下:

---

① [美] 威廉·福克纳:《野棕榈》,蓝仁哲译,北京燕山出版社 2016 年版,第 16—19 页。
② [美] 威廉·福克纳:《野棕榈》,蓝仁哲译,北京燕山出版社 2016 年版,第 69 页。
③ [美] 威廉·福克纳:《野棕榈》,蓝仁哲译,北京燕山出版社 2016 年版,第 251 页。
④ [美] 威廉·福克纳:《野棕榈》,蓝仁哲译,北京燕山出版社 2016 年版,第 264 页。

表7　　　　　　　　　A 故事与 B 故事意象对比

A 故事中的意象	B 故事中的意象
夏洛特的欲望、海滩边租的屋子、抢救夏洛特的医院、审理哈里的法院以及哈里牢房的窗边，都有野棕榈的扇叶在黑风里"发出干燥的吱吱声响"，窗边那棵棕榈，扇状叶片碰撞个不停……棕榈叶片发出低微的声息，河岸边开始吹起淡淡的微风……	老人河的洪水，大河波涛起伏的激流上，周围到处"泛起巧克力色泽的泡沫"，到处是死牛、死马，冲翻的房舍、木屋和鸡舍；哈里用手术器械堕胎失败，高个子用罐头盒边沿接生成功；冰天雪地的矿场、采矿的矿井、与巴克纳夫妇的交往以及同住一室；无边水草的荒野、捕鳄鱼的水渠、与克京人的交往以及共住一屋……

在广阔的历史语境中，作家把源于欧洲的元素和非洲的元素及本土的资源都纳入文学的书写中来，让文学充满乐感。如果说"堂吉诃德"＋"桑丘"＝塞万提斯式的"人文主义"，那么，可以得出类似的结论："野棕榈"＋"老人河"＝福克纳式的"美国梦"。整体上看，福克纳对两个故事的处理，可谓打通了音乐与文学之间的精髓，从故事的主题、地点设置、情节结构、时间安排、意象选取、人物心理描写等层面，都暗合呼应，或平行或对位，形成整体上的统一。这既是福克纳把音乐元素融入南方经验的进一步尝试，也是对自身创作经验的不断突破。在小说出版后，因其新奇的结构形式和丰富的主题意蕴，获得持久的评论热潮，并登上《纽约时报》畅销书榜单。

二　"雌雄同体"：夏洛特烦恼与自由之路

自《野棕榈》问世以来，学界关于该作品的评论很多，多从伦理学、社会学、心理学、女权主义及比较文学等视角，对夏洛特·里顿迈耶展开讨论，也凸显了她的复杂性和意义的多重性。毫无疑问，在夏洛特身上，除了显示出女性的众多典型特征外，还具有某些男性化的特征，是一个"雌雄同体"的"时代混合物"。

夏洛特特立独行，从衣着看，就是一个十分前卫的、挑战传统和世俗的女人。她一出现，便给人留下深刻的印象，"穿的是宽松的便裤……男人的裤子"①,"那条应该大的部位,却偏偏小的便裤"②,"褪色的牛仔裤"③,"成天坐在那把新帆布椅上面注视棕榈树"④,"扇叶胡乱晃动,叶子拍击着发光的海面发出干涩的声响……"⑤ 她从来不穿着睡衣睡觉,只有在去见房东医生时,才穿上"那唯一的一件睡衣——棉布睡衣,垂到松弛的腿肚处,整个像是裹了一块兜尸布,全然没了体型"⑥。在今天看来,牛仔裤已经不是性别的隐喻,而是一个时代留下来的遗产。但是,在当时看来,她穿男人的牛仔裤,刻意在衣着上,以无声的语言,来打破性别之间的界限。她首次在新奥尔良遇见哈里,哈里穿着借来的衣装,便责问"你怎么穿这身服装",临别时特意叮嘱,下次"别穿这身衣服,穿你自己的"。

她在着装上呈现个性十足的同时,在其他方面也表现出了十足的男人味。她留给哈里的字条"笔迹粗放潦草,乍看上去像是男人的手笔,细看之下,却又十分女性化:中午回来,夏。在名字的缩写'夏'字下面又加了几个字:也许会更晚一些"⑦。在哈里看来"……这并非节俭、理家之类,而是某种更远更高超的品性:她们无论遇上什么气质的男伴,落在什么样的处境,都会本能地绝对无误地找到契合点;无论充当寓言中的乡村赤贫农妇,或是扮演豪华的百老汇歌剧圈内的妖艳女星,都会得心应手;她们绝不吝惜迄今积攒的钱财,绝不会考虑家里能不能摆上优雅的玩意,甚至典当手上佩戴的珠玉也在所不惜,为的是玩一场人生游戏;人生的安全保障也可以不顾,追求的只是当下境遇里必须维持的体面,甚至为了在玫瑰枝头筑起爱的小巢会去遵循一套规则,维系某种模式"⑧。她"抛弃丈夫和孩子,来到另一个男

---

① [美]威廉·福克纳:《野棕榈》,蓝仁哲译,北京燕山出版社2016年版,第3页。
② [美]威廉·福克纳:《野棕榈》,蓝仁哲译,北京燕山出版社2016年版,第4页。
③ [美]威廉·福克纳:《野棕榈》,蓝仁哲译,北京燕山出版社2016年版,第13页。
④ [美]威廉·福克纳:《野棕榈》,蓝仁哲译,北京燕山出版社2016年版,第5页。
⑤ [美]威廉·福克纳:《野棕榈》,蓝仁哲译,北京燕山出版社2016年版,第5页。
⑥ [美]威廉·福克纳:《野棕榈》,蓝仁哲译,北京燕山出版社2016年版,第6页。
⑦ [美]威廉·福克纳:《野棕榈》,蓝仁哲译,北京燕山出版社2016年版,第61页。
⑧ [美]威廉·福克纳:《野棕榈》,蓝仁哲译,北京燕山出版社2016年版,第61页。

人身边，跟着男人一起甘愿受苦"①，在生活中，她回避和哈里争吵，很多时候，让哈里觉得与她一起生活让自己喘不过气来，"她不仅比我更像个男人，更像个绅士，而且在任何事情上都比我强"②。她的行为给哈里带来的不仅仅是"烦恼"一词了。

直到她临死前，"该死的疼痛。我（夏洛特）怀孕容易，但分娩困难，该死的分娩。我经历过，我不在乎。我是说精神上太痛苦，简直痛苦极了"③。在绝望痛苦中，她依偎在哈里身上哭泣，"咱们在干什么？咱们，我们，我等！让我屏息静气，让我爆裂！一棍子把我敲死！"④哈里这时候才明白她的意思，她付出的比自己可能拥有的更多。让他记起那不可颠覆的《圣经》中古老的至理名言：我骨中的骨，我的血和肉，甚至有关我的血、我的肉和我的记忆的记忆。⑤它颠扑不破，他告诫自己。你不可能那样轻易地颠覆它。当他意识到这就是那至理名言，而且一点不假，他几乎要说："可这是我们共同的。"⑥在她昏迷的时候，她讲，"放开我，你这该死的大笨蛋"（用的是拉特），"你答应过的，拉特。那就是我要求的一切，而且你是答应了的。听着，拉特——"⑦他还想对前夫里顿迈说，别为难哈里：

> 是的。别为难他。我不是为他求你，也不是为我自己。我这样做是为——为——我真不知道自己想说什么。为了所有曾经生活过、犯过错误但用心良苦的男人和女人，以及所有将要出生、犯错误但用心良苦的人们。为你自己，因为你自己也痛苦——如果确实存在痛苦这种东西，如果我们之中有谁受过痛苦，我们之

---

① ［美］威廉·福克纳：《野棕榈》，蓝仁哲译，北京燕山出版社2016年版，第7页。
② ［美］威廉·福克纳：《野棕榈》，蓝仁哲译，北京燕山出版社2016年版，第157页。
③ ［美］威廉·福克纳：《野棕榈》，蓝仁哲译，北京燕山出版社2016年版，第165页。
④ ［美］威廉·福克纳：《野棕榈》，蓝仁哲译，北京燕山出版社2016年版，第166页。
⑤ 参见《旧约·创世记》第二章二十三节："那人说：'这是我骨中的骨，肉中的肉……'"这里，哈里并未照引原文，同时还增加了"甚至记忆……的记忆"等字句。
⑥ ［美］威廉·福克纳：《野棕榈》，蓝仁哲译，北京燕山出版社2016年版，第165页。
⑦ ［美］威廉·福克纳：《野棕榈》，蓝仁哲译，北京燕山出版社2016年版，第14页。

中有谁生来就够坚强，就配享有爱或遭受痛苦。也许，我想要说的是公正。①

"行吧，我挺住，可是，你绝不能扣留他。这便是我要求的一切。不是他干的。听我说，弗朗西斯——明白吗，我称呼你弗朗西斯。假若我在向你撒谎，你认为我会称呼你弗朗西斯而不叫你拉特？听我说，弗朗西斯。是另外一个人，不是威尔伯恩那浑蛋。你认为我会让那该死的连医学实习都没完成的蠢货，用刀在我身上乱戳吗——"话音停止了，尽管眼睛还睁着，眼里什么也见不着了——小鱼没有，一切都没了。②

她带着未尽的"烦恼"倒在了哈里的手术过程中，她"就像漂泊的木柴火"③渐渐地燃烧殆尽了。这里，笔者用"夏洛特烦恼"这一术语来概括夏洛特自己一生的烦恼，她带给他人的烦恼，以及作为时代之人的烦恼。"夏洛特烦恼"成为"时代烦恼"的代名词。她与哈里所寻求的自由之路，她的自由之路，成为当时美国"新自由主义"国家观念下的个体追求自由的具体呈现。评论家克林斯·布鲁克林讲："福克纳的女性观基本上是守旧的，甚至是类似中世纪的妇女立场。女人是美德的根源和支撑者，同时也是万恶之源。"④ 笔者认为，这一评论并不准确，福克纳的女性观并非是守旧的，女性亦并非是万恶之源，而是对新时代背景下，以女性为依托的人类自由之路的探索，是开放性而非封闭的答案。夏洛特形象的塑造是美国"新国家主义"与"新自由主义"时代背景下的产物。

20世纪初期，美国英雄主义盛行，斯特朗所倡导的盎格鲁-撒克逊典范，在罗斯福的哲学中被发扬光大，"一种新的秉性、一种新的

---

① ［美］威廉·福克纳：《野棕榈》，蓝仁哲译，北京燕山出版社2016年版，第172页。
② ［美］威廉·福克纳：《野棕榈》，蓝仁哲译，北京燕山出版社2016年版，第223页。
③ ［美］威廉·福克纳：《野棕榈》，蓝仁哲译，北京燕山出版社2016年版，第15页。
④ Welshimer Wagner, *William Faulkner*, *Four Decades of Criticism*, Michigan State University Press, 1981：121.

国家意识、一种新的对命运的理解"① 被赋予新生的美国和人民。这不仅仅是要求民众把"战争"融入个人命运的参照系,也成为对自由精神的一种文化修辞。美国主义成为了一个公共性命题,同时也是一个混合了多种线条的对立命题。正如罗斯福呼应林肯时所讲的那样,"是一个有关精神、信仰和目的的问题"。② 罗斯福于1911年在堪萨斯州勾画了"新国家主义"的概念(其历史联系可以追溯至激进的废奴主义者约翰·布朗),强调通过建立一个更强大的中央政府,来实现社会平等和经济平等,他将其称为"公道政治"(Square Deal)。而伍德罗·威尔逊在葛底斯堡50周年纪念仪式上讲话时强调,美国的征途"还远没有结束,我们全然肩负起这一重任",提出了"新自由主义"(New Freedom)概念,强调通过一种更加自由放任的方式,来解决私人权力和利润与公共和政治利益之间的平衡问题。③ 在文学作品中,这些思想被广泛地推广,如作家伊迪丝·华顿(Edith Wharton)在《屠场》里描绘了一个"新的"财富世界,"在这里,个人主义很快就会变成社会孤立。在经济层面,这个世界具有内在的不稳定性;在精神层面,它又面临着实际的破产"④。与第一次世界大战后的复杂的国际形势比,美国人的注意力在很大程度上转移到了自己国家的进步事业的建设之中,其一就是关于女性的选举权问题。罗斯福所强调的"奋斗不息的人生",让美国人充满了男性激情。不过,对于女性是否获得选举权,也成为这一时期的重点内容。"我有两个孩子,都是女孩,"夏洛特说,"我家里除了我,都是男孩子。我最喜欢大哥,可你不可能同你兄弟一起睡觉。他和拉特上中学时,同住一个寝室,于是

---

① Josiah Strong, *Expansion: Under New World-Conditions*, New York: Baker and Taylor Co., 1900: 18 – 19.
② Theodore Roosevelt, "True Americanism", *The Forum Magazine*, April 1894, http://www.theodore-roosevelt.com/trspeeches.html.
③ [英] 苏珊-玛丽·格兰特:《剑桥美国史》,董晨宇、成恩译,新星出版社2017年版,第304页。
④ [英] 苏珊-玛丽·格兰特:《剑桥美国史》,董晨宇、成恩译,新星出版社2017年版,第305页。

我嫁给了拉特，现在已有两个女孩。我七岁的时候，和我哥打架，跌到了壁炉里，因此有了脸上的疤痕，我肩膀、身侧和臀部上也有，我已经习惯不等别人问起就讲；在没什么要紧的场合，我仍然这样讲"①。夏洛特毫不避讳地将自己的私事讲给别人听，也就在另一层面表达了自由主义思想对女性思想解放的催化剂作用。福克纳笔下的夏洛特女性形象建构，就是这一时期女性对"自由精神"追求的隐喻表达，并且赋予女性以"男性激情"的"雌雄同体"形象，亦如哈里所言——很多时候夏洛特更像个男人。

20世纪20年代的十年间，美国经历了短暂的"柯立芝繁荣"，得到了前所未有的创新与发展。单从国内生产总值（GDP）来看，在1919—1929年的十年间，从724亿美元增长到了1040亿美元，美国经济快速发展，在一些大城市，出现了摩天大楼，亦成为迅速崛起的国家象征，"在人类对万有引力定律的反抗中，有一种史诗般的意义"②。当时，美国到处弥漫着乐观主义，他们可以穿上新的人造纤维衣服。但是，对于福克纳笔下的夏洛特们来讲，要穿上这种衣服，还只是一种奢望。夏洛特穿的是"褪色的牛仔裤"，哈里参加宴会，也只能从朋友那里借一套礼服套在自己身上。哈里到新奥尔良医院实习快两年了，他与"没有个人财产的人住在一起；他一个星期抽一包香烟，只在周末的时候，同时还在偿付签署给他姐姐的那张票据，而且他反过来还不时向他姐姐汇一两块钱；他那唯一的包仍然能够装下他所拥有的一切，包括他在医院穿的白大褂，还有过去二十六年的经历记载，两千元学费单，到新奥尔良的火车票据，剩下的一元又三角六分钱；这个包就摆放在配备有几张军用铁床的兵营式房间的角落里"③。27岁的时候，他除了一堆外债，还是一无所有。在当时的很多乡村年轻人

---

① [美] 威廉·福克纳：《野棕榈》，蓝仁哲译，北京燕山出版社2016年版，第30页。
② Robert Hughes, *American Visions: The Epic History of Art in America*, New York: Alfred A. Knopf, 1997: 405.
③ [美] 威廉·福克纳：《野棕榈》，蓝仁哲译，北京燕山出版社2016年版，第25页。

第四章 再生：全球化时代的现代神话与人类命运共同体

看来，他们的青春在空虚的岁月里，没有了踪迹。"放浪形骸的岁月，可以作为的日子，热情奔放又多愁善感的爱情，天真无邪的男女交往，难以抑制的火燎燎情欲，这些都与他无缘。"① 像是一个被阉割的人缺乏了生气，正在枯萎的、没有边棱的形体。对于没有财富的年轻人，他们的意识而非欲望里是："我既然抵制了金钱，也就没了爱情，不是公开放弃，而是对它抵制。我不需要它；过一年、两年或者五年之后，我才会明白我现在信以为真的东西的真实性：我甚至不需要考虑要它。"② 哈里成为了夏洛特眼中"你这该死的穷光蛋"，到旅店住房还得"交给店员第六次该寄却没寄给他姐姐的两元钱"③。两人还得做出一副镇静自若、坚忍不拔的气概，带给青年一代的不是某种尊严，"几乎可说是一种谦恭，最后要是遭到失败，还可用来掩饰卑躬屈膝、略显滑稽的窘相"④。对夏洛特而言，"因为我（夏洛特）已经知道答案，而且还知道我不能改变它，不能改变自己"⑤，尽管她真正相信过爱情，"爱情和受苦是一回事，爱情的价值就是你必须付出的总和，任何时候你廉价地得到了它，就是欺骗了自己。因此，我不需要为孩子着想，我很早以前就想好了。我在考虑钱"⑥。"钱"成为底层人生活的重心，"缺钱"成为了他们爱情中的"问题"。"每逢圣诞节，我（夏洛特）哥寄给我二十五元，我把过去五年的都积攒下来了。那天晚上，我告诉过你，我不知道为什么这样做。也许，就是为了这个，也许，这是一个天大的笑话：我积攒了五年，才不过一百二十五元，还不一定够两人去芝加哥。而你，身无分文。"⑦

20世纪20年代被称为"爵士乐时代"，其表面繁荣掩盖了美国人

---

① ［美］威廉·福克纳：《野棕榈》，蓝仁哲译，北京燕山出版社2016年版，第25页。
② ［美］威廉·福克纳：《野棕榈》，蓝仁哲译，北京燕山出版社2016年版，第25页。
③ ［美］威廉·福克纳：《野棕榈》，蓝仁哲译，北京燕山出版社2016年版，第34页。
④ ［美］威廉·福克纳：《野棕榈》，蓝仁哲译，北京燕山出版社2016年版，第34页。
⑤ ［美］威廉·福克纳：《野棕榈》，蓝仁哲译，北京燕山出版社2016年版，第36页。
⑥ ［美］威廉·福克纳：《野棕榈》，蓝仁哲译，北京燕山出版社2016年版，第36页。
⑦ ［美］威廉·福克纳：《野棕榈》，蓝仁哲译，北京燕山出版社2016年版，第36页。

所面临的压力。在很大程度上，多斯·帕索斯所言的"两个国家"即是对此现象的简单总结，分裂与共存，成为穷人与富人、黑人与白人、女性与男性、乡村与城市之间的明显特征。现代文学对此现象，也有回应，如 T. S. 艾略特的《荒原》、海明威的《永别了，武器》、菲茨杰拉德的《人间天堂》、托马斯·沃尔夫的《天使望故乡》等。美国文化的内驱力，仍然是阶级与种族辩证法，南方除了是地理上的，也是心理上的、道德上的。正如《野棕榈》里所言："你生活在有罪的意识里，但不能带着罪恶的意识活着。"① 从 1910 年开始一直到 20 世纪 30 年代，这期间大量的美国南方农村地区人口向北方"大迁徙"，芝加哥、底特律和纽约等城市成为重要的人口迁入区域，《野棕榈》中的主人公夏洛特和哈里"北漂"芝加哥，也成为其人口迁徙潮流中的一分子。

自由与爱情之间的"双向选择"模式，在现实社会中，往往呈现为一组"矛盾"。对处在关系性共同体中的"男女"来说，这种矛盾关系冲击着已经形固了的道德价值观念。在传统的道德价值观念体系中，"让他俩走到一起的是非法的爱情，他俩是命中注定非要违反世俗，违背上帝，做永不可救药的人；这样做不是为了让非法爱情获得浪漫性，不是为了他俩抱有什么炽烈的信念；相反，是为了要去接受非法相爱对他俩构成的挑战……"② 在夏洛特看来，他们的爱情"必须一直度蜜月，持续不断，长久永远，直到我们之中一人死去。……人总是要死的，但是，我宁愿死在海洋里而不被吐到一片死寂的海滩，被烈日晒干而留下一团莫名的污迹。就以此作为我的墓志铭吧"③。而在哈里那里，"想着更情愿死在芳香的气息里而不顾因离经叛道而失去的被拯救的机会"④。以及他脑子里面残留的叔本华的唯意志论，即

---

① [美] 威廉·福克纳：《野棕榈》，蓝仁哲译，北京燕山出版社 2016 年版，第 62 页。
② [美] 威廉·福克纳：《野棕榈》，蓝仁哲译，北京燕山出版社 2016 年版，第 62 页。
③ [美] 威廉·福克纳：《野棕榈》，蓝仁哲译，北京燕山出版社 2016 年版，第 63 页。
④ [美] 威廉·福克纳：《野棕榈》，蓝仁哲译，北京燕山出版社 2016 年版，第 64 页。

意志是人的生命基础，也是整个世界的内在本性。在他被判监禁时，情愿活在对夏洛特的记忆里，也不愿意服用自杀的药丸。他的自由与爱情最后只剩下"黑洞洞的门廊，站在仍然充满看不见的棕榈扇叶碰撞声响的风里"①。

在《野棕榈》中，哈里这个未毕业的医学实习生及夏洛特堕胎事件的表征后面，是美国20世纪20年代对"什么是美国人"的重新定义思想的延续，向前可以追溯到克雷夫科尔在1783年提出的著名问题："那么，什么是美国人，这个新人种呢？"这一思想在后期特别是在20世纪二三十年代被优生学、生物决定论思想所讨论，为盎格鲁-撒克逊种族优越论提供了借口，并传达出了这么一个信号——理想的美国人是天生的，而不是后天塑造的。

人类生活的处境是作家共同关注的主题之一，"夏洛特烦恼"是福克纳对社会生活与个人自由之间的内在关系的描绘，对个体主体性的觉醒与自由选择、超越性别的共同自由的探讨，对宗教信仰与艺术信仰的危机批判，以及现代工业化对城市和乡村人们社会生存处境的冲击的反思。福克纳对美国社会的持续关注，从南方到北方、从乡村到城市，笔触伸向了整个美国。

三 再生神话：老人河的洪水与囚徒的救赎

对夏洛特与哈里·威尔伯恩故事的深层次解码，我们可以从"老人河"②故事中获得灵感。"老人河"故事讲述了一个高个囚犯因抢劫火车在监狱服刑，在洪水袭来之际，他临危受命，驾一只小船去解救

---

① [美]威廉·福克纳：《野棕榈》，蓝仁哲译，北京燕山出版社2016年版，第216页。
② Old Man，或称"老人"，即指密西西比河，尤其美国南方的黑人通常都如此称呼。密西西比河当年发生历时约六周的水灾，洪水由密西西比州一侧的堤坝决口引起，淹没了整个密西西比河三角洲，包括格林维尔在内的不少城镇被淹，人员和财产损失惨重，约占小说《野棕榈》一半内容的这个故事即以此为背景，冠以"老人河"的标题，与"野棕榈"的故事以章节交织的形式出现。

被洪水围困在树杈上的孕妇和棉花仓顶上的男人，经过重重困难，他终于救出了那个女人，并且还帮她接生。用弗莱的话讲，这是一个现代版本的移位的"再生"神话：一个人，驾着诺亚方舟，救起了落水的夏娃，为人类迎来了新生命。

在"老人河"故事中，开篇以回忆的笔调介绍了从前在密西西比河发洪水时的两个犯人。福克纳以塞万提斯"堂吉诃德"式的讽刺幽默笔法，对这两个犯人的外在形象进行勾勒，与《堂吉诃德》中的人物遥相呼应，高个子犯人与堂吉诃德一样，具备了传统欧洲骑士精神的品质。小说中，"高个子犯人"作为代号，人们不知道他的姓名，这给予了这一人物形象无限的文化编码可能。《堂吉诃德》终结了欧洲的传统骑士小说，在某种意义上，福克纳再现了《堂吉诃德》，《野棕榈》成为了美国版的《堂吉诃德》。

高个子犯人黑且瘦，因抢火车被抓进监狱，"他恨的不是那些使他犯罪未遂的人，甚至不是送他到这儿的律师和法官，而是那些作家，把不存在的姓名署在故事和平装本小说上——什么戴芒德·狄克、杰西·詹姆斯以及诸如此类的作家，他相信是他们导致他落到了目前的困境"，因为他正是按照这些作家书中写的去实施抢劫的，却行不通，这无异于唆使他去犯罪。这让他陷入愤愤不平而又无能为力的沉思，感觉自己受到欺骗，"骗走的不是他本不特别在乎的愚而又蠢的钱财，而是自由权利、荣誉和自豪感"①。在他的内心，"……祖祖辈辈、世世代代都如此——他是山里娃，严肃审慎，敬畏的不是真理而是说谎的能力、本领——不是顾忌撒谎，而是看重它，一定要运用得当，甚至精心策划，来得既快又奏效，就像使用一柄致命的快刀。……"②没想到这一理念最终落在他自己头上，被判监禁，也构成绝妙的讽刺。另一个犯人与高个犯人形成鲜明对比，矮且胖、光头白肤，他也带着一副强烈而又无能为力的愤恨神情。"他怨恨的不是印刷文字，说来

---

① ［美］威廉·福克纳：《野棕榈》，蓝仁哲译，北京燕山出版社 2016 年版，第 16 页。
② ［美］威廉·福克纳：《野棕榈》，蓝仁哲译，北京燕山出版社 2016 年版，第 213 页。

第四章 再生：全球化时代的现代神话与人类命运共同体

费解，而是他既是被迫却又是心甘情愿选择到了这儿。……谁也不知他犯的是什么罪，只知道他被判了一百九十九年徒刑，——这完全不可思议的刑期或监管本身，就表明此事用心险恶，荒谬透顶。"①

从这两个犯人的情况来看，社会公平正义只是一种美好的想象而已，"所谓的公正的主持者、公理的卫道士，在审判时都变成了盲目的信徒，不仅忽视了公正而且不顾人间的一切体面，都变成了盲目的工具，不仅没主持公道反倒极尽人间暴虐凌辱之能事；他们所干的，包括法官、律师和陪审团，是在演奏一曲野蛮的侵犯人身权利的大合唱，这自然就没有什么公正可言，甚至法律也形同虚设"②。他们被征调去保护河堤，对抗不断升高的河水。干活的全是黑人，粗茶淡饭且没有任何报酬；相反，白人却总是肩扛猎枪，看着黑人背着沙袋如蚂蚁般爬行在护岸堤坡上。"他和他伙伴是如何有了这条船，受命去搭救一个男人和一个女人。"③ 美国版"老人河"故事成为变形后的《创世记》中的洪水神话。

耶和华对诺亚说："你和你的全家都要进入方舟，因为在你这世代中，你是个义人……""洪水泛滥在地上四十天，水往上涨，把方舟从地上飘起。……"最后，洪水消退，"神叫风吹地，水势渐落。……于是诺亚和他的妻子、儿子、儿媳都出来了。一切走兽、昆虫、飞鸟，和地上所有的动物，各从其类，也都出了方舟"（《圣经·创世记》7－8）。

在《野棕榈》中，高个犯人成为诺亚的化身，置换形变后的"义人"。他手里抓住一截可以算是桨的短木头，小船在洪水中旋转，像《以赛亚书》里说的从泛滥的河道"飞升"④ 那样。他载着那个从树杈

---

① ［美］威廉·福克纳：《野棕榈》，蓝仁哲译，北京燕山出版社2016年版，第18页。
② ［美］威廉·福克纳：《野棕榈》，蓝仁哲译，北京燕山出版社2016年版，第19页。
③ ［美］威廉·福克纳：《野棕榈》，蓝仁哲译，北京燕山出版社2016年版，第126页。
④ 参见《旧约·以赛亚书》第八章七至八节："因此，主必使大河翻腾的水猛然冲来，就是亚述王和他所有的威势，必漫过一切的水道，涨过两岸；必冲入犹大，涨溢泛滥，直到颈项。以马内利啊，他展开翅膀，遍满你的地。"

上救下来的孕妇，沉稳使劲而又从容不迫地朝下游可能有城镇的方向划去，也许这只是出于一种坚定的近乎盲目的信念。"此刻他在世间最迫切的需要是一块平地，可以安放同船的那个女人，然后再找一位警官、司法官什么的，去投案归队。"① 可以看出，高个犯人与哈里有所不同，哈里的出逃是没有目的地的，而高个犯人内心一路怀抱"回去"的坚定信念。尽管他想起了家乡，但最多的还是自己的责任心、荣誉感和自豪感。

他"现在知道从一开始，他就命中注定永远没法摆脱她，就像那些指派他一条小船出行的人知道他永远不会真正服输一样"②。在经过六周的漂泊后，他们到达了一个城镇，一个整齐、洁白、图画般的小镇，环抱在一片宽广的绿茵茵的树丛之中，虚无缥缈有如海市蜃楼，城镇的河岸边散见稀稀落落的船只，还有一列水淹到了车厢门口的货车，在他看来：

> 这块土地像是《创世记》里提到的诺亚方舟，这地方柏树拥挤，阴暗潮湿，既充满了生命又孤独荒凉，这地方在什么方向，离什么东西、什么地方有多远，他全然不知道，就同不清楚今天是这个月的哪一天一样，只知道这会儿随着日落，夜幕正在延伸，开始遍布整个水域。……大地，一会儿之前还是迷蒙的一片，现在呈现出许多静止不动的卷状或圈状的地貌；树枝，一会儿之前还是模糊的一团团，现在变成了一条条蛇形的不动的花彩；这时，犯人站起身来，想到吃的东西，在动身之前得吃点暖和的食物。……他顺着那根把他和船头缆索连在一起的藤蔓，回到被低沉的像棉花絮一般浓密的大雾笼罩的水边，回到那条小船，幸好雾障不算很高，小船尾部若隐若现，船头差不多还贴着土墩。③

---

① [美] 威廉·福克纳：《野棕榈》，蓝仁哲译，北京燕山出版社2016年版，第126页。
② [美] 威廉·福克纳：《野棕榈》，蓝仁哲译，北京燕山出版社2016年版，第128页。
③ [美] 威廉·福克纳：《野棕榈》，蓝仁哲译，北京燕山出版社2016年版，第178页。

第四章 再生：全球化时代的现代神话与人类命运共同体

……他已经记不清有多少个日日夜夜是在水上度过的了，他不惜一切代价，甚至不惜淹死，也要展现他愤愤不平、决心与那个拖累割断干系的意志，却又一直无端地不由他选择地注定了同她待在一起，帮助那个女人，后来那个孕妇生下一个婴儿。

起初，高个犯人感觉到自己在监狱以及这次在洪水中救人，已经受尽了磨难，自己快要脱离落难期限，但是，随着婴儿的出生，"他已抵达并越过了他一生的各各他（Golgotha，耶稣钉在十字架上的地方，即其殉难处）峰巅，现在可以信步走下山峰另一侧的斜坡，也许说不上是允许他，而是没有人理会他"①。

他能去的只有一个方向。当他又见到密西西比河时，他立即认出来了；这是理所当然的，现在这条河已经在他的生命里生了根，成了他的过去的一部分，这个部分要是有可能保存下来的话，将会成为他可以遗赠后代的珍品。② 老人河洪水消退后，一切恢复了常态，"回到了两岸之间……大家都停下来观望这条在午后水光灿烂的水面上出现的小船，看着它驶近又靠了岸，先是一个女人抱着孩子从船里走下来，接着一个男人，个儿高高的，走近之后，看得出穿的是一身劳教所的罪犯囚服，虽然已经褪色，却在新近洗过，十分干净……"③

福克纳企图在高个子与被营救的孕妇之间，建立起一种新型的和谐关系，这既是对前一个故事的补充，也是对新型个体自由的诠释，更是对新生美国人的生存处境的探索，同时暗含了对萨特倡导的共同自由理念的追寻。尽管老人河洪水神话关切的不是客观性，甚至不是关于现实本身的相关知识，它的焦点是其他且在他处。通过这种故事的形式，寻求为我们提供理解世界的方法，这种形式在时间的迷雾中无处不在。

从宇宙混沌初开到洪水灾难，再到高个子犯人解救孕妇，然后返

---

① [美]威廉·福克纳：《野棕榈》，蓝仁哲译，北京燕山出版社2016年版，第203页。
② [美]威廉·福克纳：《野棕榈》，蓝仁哲译，北京燕山出版社2016年版，第214页。
③ [美]威廉·福克纳：《野棕榈》，蓝仁哲译，北京燕山出版社2016年版，第214页。

回监狱,在《野棕榈》中,福克纳将神话故事元素嵌入到现实社会之中,内容涉及世界的诞生、洪水灾难、爱情与自由、宗教信仰与思想启蒙、公平正义与惩罚的意义、对社会的批判与人性的反思等。这一切不是人类生活中的畸变,而是正如福克纳所提出的那样,是生命过程中的一个决定性的方面。从神话到哲学,从哲学的宏愿中,分离出了人类的救赎问题,并且将其与众神和他们的威力分离开来,最后落到人的身上。老人河神话以哲学的名义,对人类良善、自由生活、人类再生、人在世界中的位置、万物秩序协调共存等问题进行了不同层面的解答。福克纳企图通过神话实现纷争与秩序、个人与宇宙之间的必要和解。

第二节 《寓言》:现代战争中的再生神话与人类命运共同体

> 这不是一本和平主义的书。恰恰相反,本书作者对和平主义与对战争一样,仅仅有过极其短暂的信仰,原因是它不起作用,根本对付不了制造战争的那些力量。事实上,如果说这本书有什么目的或寓意(其实它并没有,我是说,在整体观念上并没有刻意营造的目的与寓意,因为就我所知和所想做到的,它很简单,仅仅是企图表现人、人类的冲突,跟自己的心灵、冲动、信仰、艰苦持久而无生命的土地舞台的冲突,在这个舞台人类的忧虑与希望必定是让人感到痛苦的),它是想用富于诗意的类比和比喻来显示,和平主义是不起作用的。
>
> ——威廉·福克纳《关于〈寓言〉的一点说明》[1]

---

[1] [美]威廉·福克纳:《寓言》,王国平译,漓江出版社2018年版,扉页。

第四章　再生：全球化时代的现代神话与人类命运共同体

自哥伦布抵达美洲大陆始，世界各大洲之间联系变得越来越密切，特别是经济全球一体化的快速推进，人口在全球范围内自由流动，政治、经济、文化等各个层面的对话与交流加强，人类命运共同体已经是不争的事实。任何形式的风吹草动，都将掀起不小的波澜，人类命运也随着波澜共同起伏。现代战争成为最直接、最显性的"交流"方式，战争在摧毁原有秩序的同时，也预示着新的价值标准体系的生成。

如果说南北战争动摇了美国传统的价值观，那么两次世界大战则把它彻底摧毁了。在这期间，也造就了一批伟大的作家，他们对美国文学产生了巨大的促进作用，同时也推动了世界文学的发展。小说《寓言》的创作，从牛津1944年12月至纽约普林斯顿1953年11月，前后长达将近十年的时间，也是篇幅最长的一部小说。像《喧哗与骚动》那样手法新颖、结构复杂的小说，福克纳也只用了半年左右的时间，而《寓言》可以说是作者对重建美国价值观念所做的最重大、最为悲壮的努力。

哈洛德·奥根布罗姆说："福克纳凭《寓言》五年内再度斩获国家图书奖，这一首部同时斩获国家图书奖和普利策奖的小说耗费了他十年的心血。……你不妨细细地品味，因为其中的文字胜过故事。"[①] 1954年8月2日，《寓言》出版。次年5月，福克纳凭借此书获得美国全国图书奖；不久，又获普利策奖，凭一部小说同时斩获两项国内重大文学奖，这在福克纳的创作生涯中也仅此一回。

福克纳将小说《寓言》背景设定在"一战"时期的法国战场凡尔登，时间跨度被压缩至短短的一个星期。故事开始于法国军团中的一次兵变，法军的一个团违抗军令，拒绝进攻德军。在此时间内，德军也停止了进攻，弥漫了四年硝烟的战场暂时归于平静。英国、法国、美国三国联军统帅极为震怒，于是下令将该团的三千名士兵押解至联军总部所在地处死。

---

① 哈洛德·奥根布罗姆——美国国家图书奖基金会前执行主席对《寓言》的评价，见[美]威廉·福克纳《寓言》，王国平译，漓江出版社2018年版，扉页。

这部小说也引起了评论界的热议,各方褒贬不一。格兰维尔·希克斯认为,该小说的"描写有助于人类生存繁衍";马克斯韦尔·盖斯马认为,它是"福克纳过去十年中创作的一部最好的作品";然而,詹姆斯·阿斯维尔则认为,它是一个"令人费解、自命不凡的骗局,是一个文学圈内的江湖骗子或疯子的作品";更有甚者,罗伯特·佩恩·沃伦说《寓言》"是一大败笔,是一部啰唆乏味、令人生厌的作品"。凯瑟琳·拉姆宾·赫钦森(Kathryn Lambd Hutchinson)的论文《威廉·福克纳的〈寓言〉中的陪伴》[①] 中,作者认为,威廉·福克纳的《寓言》受到了太多的同情式批评而缺乏肯定评价,这表明其在福克纳经典中的重要性并未得到广泛认可。比起《喧哗与骚动》《押沙龙,押沙龙!》《八月之光》和《去吧,摩西》等作品而言,《寓言》的艺术价值未必是最出众的,但对于我们研究福克纳的思想,也许就没有任何一部小说能与之相比。

一 现代战争中的"基督"神话

小说《寓言》缘起于第二次世界大战正酣的 1943 年,好莱坞制片人加利福尼亚贝弗利山庄的威廉·贝彻和导演亨利·哈撒韦找到当时正在给华纳公司写电影脚本的福克纳,对他说,他们想到了一个可以拍摄成电影的故事,故事基本思路:第一次世界大战时,基督再次出现,并且第二次被钉上十字架,基督最后又成了葬在巴黎凯旋门底下的那个无名士兵,耶稣基督转世,旨在给人类最后一次救赎的机会。福克纳很快答应了此事,在写作过程中,他还受到"詹姆斯·斯特雷特的《左顾右盼》中刽子手和小鸟的故事和 LEVEE 出版社霍丁·卡特和本·沃森限量出版的《被盗的赛马》一书未删节版故事的启发"[②]。最后,

---

[①] Kathryn Lambd Hutchinson, Companionship in William Faulkner's *"A Fable"*, University of Florida, 1981.

[②] 福克纳的致谢词,见[美]威廉·福克纳《寓言》,王国平译,漓江出版社 2018 年版,扉页。

他写成的却是一部长篇小说,而不是电影脚本,尽管后来有人把它改编成更复杂的《光荣之路》。

在此期间,福克纳还去写了他熟悉的南方题材,这部"可能是我的史诗"的书稿一再被放下,但他的确想把它写成类似于《战争与和平》那样的巨作。福克纳这部"可能是我们时代最伟大的小说"①,除了他对耶稣故事情有独钟之外,更重要的是他想在其中系统地表达多年来他对现代人、对西方现代文明、对西方世界的精神危机及对当今世界所面临的重重危机的思考。

在《寓言》里,故事发生在"一战"后期西部战线的凡尔登,这里是"一战"期间最残酷的壕坑战所在地。在反复厮杀中,战事双方几十万士兵惨死于此,这里被称为"凡尔登绞肉机"。这时战争处于胶着状态,法军中一名无名下士,率领十二名追随者活动在前线两边的士兵中及下级军官中宣传和平反战思想——只要双方拒不执行上级的命令,拒绝开枪,战争就会结束。正如一个传令兵所说的,只要有人"带个头——把枪和手榴弹放下,留在战壕里:仅仅是赤手空拳地爬出掩体,爬过铁丝网然后赤手空拳地向前走,不是像投降那样把手举起来而是把手张开表明没有带任何会伤人的东西",那么战争就会停止,因为双方的士兵们都已厌倦了战争,"都想回家,穿上干净衣服,干工作,在晚上喝点啤酒,然后躺下睡觉而用不着担惊受怕。"②受到无名战士及其追随者宣传思想影响,在五月一个星期一上午,法军中一个团上千人拒绝执行师长下达的进攻命令,同时,德军方面也出现类似情况。于是,在战火硝烟的战场上,迎来了短暂的宁静。这一行为引起了上级的震惊,接着不惜勾结德军统领来调查此事。无名战士的十二名追随者中,有一人(类比耶稣门徒中的"犹大")出卖了他,于是他和团里的三千士兵一起被上级逮捕。不妨看一下福克纳

---

① David Minter, *William Faulkner: His Life and Work*, The Johns Hokins Vniversity Press, 1980: 198.

② William Faulkner, *A Fable*, Random House, 1954: 312.

对下士的十二名追随者的描写：

> 别的车满载士兵，但独独这一辆只带了十三个。……乍一看，他们不单像一群外国人，而且形同别的种族、另一种人类；尽管他们的领章上写着同一个团的番号，但在该团始终先他们一步，甚至避之唯恐不及的士兵眼中，他们是另类、怪物、异族。……仔细再看，这十三个人中，的确有四个是外国人，……这是四张山民的面孔，出自一个没有山的国度，这是四张农民的面孔，出自一个无人务农的国家；即便与另外九个戴着镣铐的兵相比，也属于异类，因为那九个人板着脸、小心翼翼，显得心事重重，那四个外国人中，有三个稍显迷茫，虽也赔着小心，但却显得彬彬有礼，好像在看稀奇，姑且这么说吧，他们好像第一次走进一座新奇的城市……这四个人当中有三个不是法国人，这么说吧，就凭他不服人家的辱骂、流露的恐惧和愤怒，人群早看出第四个反正与另外三个不是一类。人群攥紧拳头嚷嚷，或辱骂的是这个人，而他却仅仅瞥了一眼另外十二个同伴。他靠近前排，手轻轻地扶着车厢板的顶端，连着两只手腕的链环和袖口缀的下士条纹一览无余，他生着一张与另外十二个人迥异、与上述三个人一样的山民面孔，年纪在十三个人中略显年轻，他与另外十二个人一样盯着茫茫一片、从眼前飞逝的眼睛、如洞的嘴和拳头。但他既不失魂落魄，也不害怕，露出的不过是一副急切、聚精会神和坦然的态度，外带含蓄、心领神会、超然这种另外几个人没有的神色，仿佛他早料到紧迫着卡车不放的喧嚣，无须怪罪谁，也不必遗憾。①

福克纳以细触的笔调再现了"耶稣"（下士）的十二门徒，下士的不祥开端，对下士遭遇"犹大"背叛埋下伏笔。下士简直就是一个

---

① ［美］威廉·福克纳：《寓言》，王国平译，漓江出版社2018年版，第14—16页。

第四章 再生：全球化时代的现代神话与人类命运共同体

谜，没有过去、没有历史，是活跃在黑暗中的一束光。

法军统帅安排与德军首脑会面，一个主张枪毙士兵的师长当了"替罪羊"，被几个英美士兵枪决，在这里穿插了一个发生在美国南方"盗马贼"的故事，人们称为"dangling participle"（垂悬分词）。正如犹大出卖耶稣得到三十个银元，故事中的"犹大"把三十块硬币扔在地板上。无名士兵被带到盟军司令面前，原来他是司令在亚洲和当地一个女人的私生子，他于圣诞节那天出生在一间牲口棚。下士与老将军展开了辩论，老将军以自由、生命及对整个世界的统治权（至于老将军凭什么能把世界的统治权交给他的儿子，作者福克纳在小说中没有任何交代，或许是作家的一种理想和期待）等条件来说服他，但被无名士兵拒绝。最后，老将军下令将自己的儿子处死，无名士兵被执行枪决，其尸体由他的两个同母异父的妹妹收敛埋葬。两边的战争却继续进行，在几个月后，英美法盟军获胜，第一次世界大战结束。

在小说《圣殿》中，作者对人物形象的刻画和场景的描写，都与基督故事相互交织关联，形成互文关系，福克纳赋予小说以浓浓的神话色彩和象征寓意。在以往的作品中，福克纳对宗教元素的运用是其创作中的最大特色。这部小说中，福克纳把基督教的传说与象征体系提高到新的高度，再现了"耶稣受难再复活"的故事。那个不善言辞不识字的无名下士身上全是耶稣的影子，他是私生子（圣母玛利亚也是婚前受孕，生下耶稣），生父是联军"最高统帅"老将军，和耶稣一样在圣诞节出生在一间牲口棚。他的追随者和耶稣（《新约》中的耶稣）的门徒，恰好都是十二人，背叛他的"犹大"得到的同样是三十个银币。忠实追随他的两个女性（他的两个同母异父妹妹），相当于《新约》中看着耶稣被埋葬的两人，正好名叫玛利亚（Marya）和玛莎（Marthe）。小说故事时间（除最后一部分"明天"外）是在五月的一个星期，他和他的追随者（门徒）也享用了"最后的晚餐"，下士在星期三被捕，星期五与两个犯人一同被处死，这无疑是在影射耶稣的"受难星期",星期六尸体被妹妹埋葬,预示着在星期天"复活"。星期天在德军的一阵炮火之后,他的尸体同耶稣的尸体一样从坟墓里被炸飞,铁丝网缠绕在他的头上,宛如耶稣头上的荆冠。战争结束后,上级为了建造"无名战士墓",差一具尸体,阴差阳错,无名战士的遗体正好在纪念碑下。在他头上燃烧的"圣火",象征着无名战士的复活,与耶稣复活构成互文。

老将军此时成了"撒旦",成为了魔鬼的象征,他用自由、生命和统治世界的权力来引诱无名士兵,亦如撒旦在沙漠中对耶稣的三次引诱。无名战士那时和耶稣一样,都恰好是33岁,他对他的追随者有着不可理解的神秘魔力。《圣殿》无异于重述了耶稣故事,作者借下士(耶稣)这一人物形象,对人类道德沦落的现象和背叛基督精神的行为进行猛烈的批判和讽刺。但小说与传统的耶稣故事有所不同,基督耶稣拯救了整个人类,而下士的"救赎"却以失败告终。作者借此暗示,人类的和平不能寄希望于所谓的"救世主",只有通过自我的不断批判与反思,人类的和平之路才能长久,才能自救。很明显,这里已经不是简单的对耶稣故事的影射了,而是耶稣的"第二次降临",他在回复朋友的信中,对此书的评价说:"以前它是观念、道德的悲剧,现在变成了人的悲剧。"①

福克纳所针对的,不仅仅是"一战",或是战争本身,而是借此来对当今世界的贪婪、无情、腐败、堕落进行猛烈批判,并表明正因为当今世界如此混乱与堕落的秩序,才出现了绝对不能容忍耶稣再次降临。诚如福克纳在《野棕榈》及其他地方多次谈到的,如果耶稣再次降临的话,人们也会迅速把他再次钉在十字架上。但福克纳坚信,人类不会让这个世界永远沉沦,像下士一样的耶稣式的人物将会不断出现。下士拥有无比坚定的信念,或许他在付诸行动之前,早就知道了自己的结局,但始终坚信自己是对的。作家认为,尽管下士的救赎

---

① 1947年6月9日收到,现存于阿尔德曼图书馆;Joseph Blotner(ed.),*Selected Letters of William Faulkner*,New York:Vintage Books Press,1977:250。

第四章 再生：全球化时代的现代神话与人类命运共同体

行为本身在表面上来看是失败了，但他在战场上的团结反抗、拒绝战争、追求和平的思想已经传播开来。这一行为，是一种胜利的开始，更是一种和平的希望。他的悲壮努力是对人性与战争的深层思考，这一为世界和平而牺牲的精神本身是不朽的，正如耶稣为拯救人类而献身的精神。作家体系性地对人类社会的各个层面进行反思，理念性地推动小说故事的发展，而不是像往常一样，从一段记忆、一个画面或是一个人物那里提取信息。他把小说写成基督教式的寓言，同时也探讨了文学艺术关于内容与形式之间的相互关系，基督教亦成为作家创作中的"有意义的形式"。基督教为人类的个人行为、价值信仰提供了一种参照系，人类的行为活动应该安守本分，而据此生发出来的各种寓言，为人类自身提供了衡量自己、判别高下的尺度。通过宗教，人类可以看清自己，可以找到一个行为处事的榜样，可以让人在自己能力与抱负的范围之内，形成一套道德的准则。作家利用寓言来阐发道德观念，其原因在于寓言在传达道德理念方面的独到之处。

在20世纪50年代，第二次世界大战的阴影笼罩着整个人类社会，福克纳用长达十多年的时间完成的这部反战小说，代表着人们对和平的渴望。福克纳对基督教《新约》中的思想是保持中立的，从《寓言》中，我们不难发现，在创作过程中，他的思想由前期的较为含蓄的表达，朝着明显的道德说教倾向发展，特别是在获得诺贝尔文学奖以后，这一倾向更为明显。《寓言》反映了福克纳对基督式的英雄行为的推崇，抵抗诱惑，追逐自由，追求和平，这一切都成为世界的象征，他试图通过对人们思想的改革，去弥补现代人类丢掉的东西。无名战士的再生（复活），进一步凸显作者借助"神话之力"表达"今日之思"的愿景。

二 自传式写作与历史记忆

在福克纳的创作生涯中，《寓言》给了他一次采用欧洲现代主义的观点书写美国小说的机会，同时也是自传式写作的再次尝试。从小说的标题就可以看出，它展示给读者的是一个多维度的世界，在虚构与想象之中，通过战争这一行为，表现了更加真实的现实社会。可以说，《寓言》是关于小说构成的小说；是作家眼中的终极小说。他尝试通过蒙太奇的手法去捕捉"战争"的概念、战争带来的混乱及小说本身带来的不真实的体验，并通过对时空关系的处理，在历史的记忆中，找到适于寓言概念的最贴切的近似解释的东西——关于战争的梦想。正如阿莱达·阿斯曼指出的那样，"从当下到过去的转换从不间断也从不停歇。从普遍意义上来说，所有的一切都将成为'历史'，而我们也将失去与这些历史的生动联系。那些不再属于我们的，便属于历史"①。福克纳对于战争的书写，正是从当下到过去的一次写作实验，把历史与当下紧密联系起来。

1951 年，福克纳在欧洲"参观了葬有 40 万死亡士兵、几十万人受伤的沃邓战场"，用威尔弗列德·欧文的话说，"如果有什么能够影响一个人把战争看成是古老的灭绝年轻人生命的合法行为，那么沃邓就是这样一个地方。注视着这种无意义的屠杀场所，想象着从壕沟跃起、冒着德国机枪扫射而去白白送命的年轻人的涌流，力图洞悉那些人行军礼、从军令而后爬出战壕前那最后一刻的思想、恐惧和勇气，福克纳发觉自己恢复了生机"②。他"收集了这个地区的地图、攻势图，还有沃邓城的一枚奖章。他被深深地感动了，不能想象的战争能通过描写内战战场的故事和阅读而将毁灭了整整一代人的大屠杀栩栩如生地表现出来"③。将重述基督的故事转移到战争叙事上来，两者相互纠缠，将个体叙述层面上升到历史叙事，具有文学的历史写作和文

---

① [德]阿莱达·阿斯曼：《记忆中的历史：从个人经历到公共演示》，袁斯乔译，南京大学出版社 2017 年版，第 155 页。

② 转引自 [美]弗莱德里克·R. 卡尔《福克纳传》（下），陈永国、赵英男、王岩译，商务印书馆 2007 年版，第 895 页。

③ [美]弗莱德里克·R. 卡尔：《福克纳传》（上、下），陈永国、赵英男、王岩译，商务印书馆 2007 年版，第 895 页。

第四章 再生：全球化时代的现代神话与人类命运共同体

学的人类学写作的双重意蕴。

福克纳本人承认在能力衰退、身体、心理、感情上的重重重压情况下，依然创作出了复杂、大胆、难度大、极富有挑战性的小说。① 一般认为，《喧哗与骚动》《押沙龙，押沙龙!》是代表了福克纳创作巅峰时期的作品，而他本人则把《寓言》称为自己文艺思想的全部表述。这部作品的创作过程，经历了"二战"最激烈的时期，直到战争结束，它是对现代战争的一次较为彻底的反思，然而，一些评论家则认为，《寓言》是败笔。② 在作品中，福克纳借将军、师长、副官三人的对话，暗示性地阐述了《寓言》自传式的写作体例：

> 我说，一名勇士。可惜造化弄人，我却为女人做衣服。所以我想做演员，演亨利五世，就是演塔图夫③也好，连西哈诺④也成。可惜那不过是演戏，演的是别人家，不是我自己。接着我悟出了一个办法。我自己写。

---

① 像 Keen Butterworth 这样的一些人把盗马贼事件看作是这部小说的对位结构的一部分，采用了"老人"对《野棕榈》的补充手法；这种简洁论述甚至在《寓言》的最富有同情心的阅读中已经差不多消失殆尽了（安·阿伯尔：《福克纳的〈寓言〉的批评与文本研究》，UMI 研究出版社 1983 年版）。

② 包括福克纳本人，当我写《1940—1980 年美国小说中的〈寓言〉》时，我把它看作是小说，是崇高的败笔。我努力把这本书看成是一位年事已高的大师的作品，它在向新一代的作家靠近，我认为它几乎没有寓言应具备的超越小说的回旋余地。这并非意味着《寓言》作为寓言形式就一定是部好书；但是它的解读最好限定在它所类属的范围内，与其说它是对战争和历史事件的现实主义描写，不如说是一部富有想象力的散文诗。然而，几件历史事件，其中一些在书中一再重述，是隐于《寓言》中兵变背后的东西，最显著的莫过于 Humphey Cobb 的《光荣之路》，但其他的著作福克纳可能早就了解了。参见［美］克利恩思·布鲁克斯《威廉·福克纳：走向约克纳帕塔法和之外》，耶鲁大学出版社 1978 年版，第 414 页及其后。

③ 法国 17 世纪喜剧作家莫里哀所作同名喜剧的主人翁。

④ 法国剧作家罗斯丹的代表作《西哈诺》中的主人翁，西哈诺是一位禁卫军军官，不仅剑术出众，一个人能抵挡一百人，而且是一位了不起的诗人，可以一边与人比剑一边作诗。可是，他却长了一个特别丑的大鼻子。因而，他只有将对表妹罗克萨娜的爱情埋在心底。罗克萨娜不仅美貌纯情，且是位才女，她爱上了青年军官克里斯蒂安，克里斯蒂安却不谙诗书。关键时刻，是西哈诺凭自己的锦心绣口之才，帮助克里斯蒂安获得了爱。后来，克里斯蒂安战死，罗克萨娜进了修道院。十五年中，西哈诺一直关照着孤寂的罗克萨娜，却绝没有吐露自己代替克里斯蒂安写情书吟情诗的秘密。直到他被人暗害而濒于死亡，罗克萨娜才知道了那深深地使她激动的书信与诗歌，乃是西哈诺所作。她实际上"只爱了一个人，却做了两次寡妇"。

"你自己写？"

对。写剧本。我自己写剧本，不仅仅是按人家的意思演绎英雄们的事迹。我为自己虚构光辉的业绩和场面，将自己塑造成一位英勇无畏、不怕困难、不畏艰险、建功立业的英雄。

"那不也是假扮别人吗？"将军问。

"我写了他们、创作了他们、塑造了他们，但那就是我。"连将军也分辨不出算不算谦虚：就算是盲从，但也算是固执和谦虚的品质了。"至少我做到了。"①

福克纳在书写历史、书写战争、书写其他人物的同时，更是在书写自己，他也"做到了"。这部书的成功，同时为福克纳解除与好莱坞华纳兄弟的合同提供了帮助。在前期，因为经济上的负担，福克纳与华纳兄弟签订了长期合同，这个合同给他的创作带来很大的困扰。受到在好莱坞写电影脚本的思维习惯的影响，在创作的过程中，《寓言》原来是按照舞台剧的方式进行构思的，写成了故事提要。到后来，福克纳觉得它更应该是一部小说，因此，他常常不得不去除书中的电影脚本的影子，加入叙述、对话等，通过语言、人物形象的刻画，展开故事情节，让它成为一部小说。因为寓言对情节的要求，并不需要小说所要求的现实基础，它在想象层面和虚构上以及意义的可能性上，则有着更为广阔的回旋余地，可当作散文诗或象征诗歌来阅读。在写给哈厄斯的信件中，福克纳详细地谈了《寓言》的主题和题材，这"与（小说的）地点和题材有关。如果这本小说能被作为寓言而接受，对于我来说它是寓言，那么地点和内容便毫无关系。或许它们无论怎样都无关紧要。但是，那样的话你就不想出版它了。这也许是错误的，或许是我错了……所以对我来说最好是去一趟，花一个晚上把整个故事讲给你，看看你的反应，然后你我再计划提前多少时间预付

---

① ［美］威廉·福克纳：《寓言》，王国平译，漓江出版社2018年版，第41—42页。

第四章 再生：全球化时代的现代神话与人类命运共同体

钱给我——比如说一年或者更长"①。这里他所说的"地点和内容"，是"指从历史上说反面人物是法国军队或者是1918年的联军；而主要人物（不仅是历史的而且是寓言的、想象的）是弗迪南·福煦、道格拉斯·黑格和约翰·约瑟夫·潘兴。"② 不容忽视的是，福克纳对本书的构思，最早是把它看作一个"寓言"，而非小说，而一般都把它认定为小说。

因中途时常间断，这部书的进度非常迟缓。这期间，福克纳还写了《坟墓的闯入者》《修女安魂曲》，尤其后者，被萨特极力推崇。如果说早期小说如《士兵的报酬》《沙多里斯》论证了战争给退伍士兵带来的报酬是身体的和心理的双重创伤，让马洪、沙多里斯等"一战"老兵在创伤后应激障碍中变成了"失语"或"无语"的状态，那么萨德本、罗莎及其后代对战争的见证和创伤的代际传递，就成为《寓言》里的历史记忆，表现了作者对战争创伤的反思与批判，用耶稣基督式的牺牲来完成创伤后的自我救赎。

显然，福克纳对上帝可谓一片赤诚，其表达方式也是独特的，贯穿于作家艺术创作的始终。艺术家作为一种兰波式（他把原型作者等同于普罗米修斯，思想能穿透熟知的现实）的先知，该如何发挥自己的最大作用：

> 艺术不仅是人类的至上表达；它也是人类的救助。……艺术家是能够交流信息的人。这样做他没有意愿拯救人类。相反，艺术家只为自己说话。就个人来说，现不可能同外界交流。或许我将在某种自我交流中结束——沉寂——面对着我不再能被理解的既定事实。艺术家必须创造自己的语言。这不仅是他的权利，也是他的职责。有时我考虑兰波所做的事——然而，只要我活着，

---

① 写于1947年春；Joseph Blotner (ed.), *Selected Letters of William Faulkner*, New York: Vintage Books Press, 1977: 248-249.

② [美] 弗莱德里克·R. 卡尔：《福克纳传》（上、下），陈永国、赵英男、王岩译，商务印书馆2007年版，第822页。

我当然会坚持写作。①

福克纳对艺术观念的现代阐释，也包含着福克纳自己再也不能追随艺术的观念，而那种杜撰的语言及对"沉寂"的呼唤，恰恰是他的文艺表达的最佳武器。作家与自己交流，或在每次的努力中，去发现新的艺术形式。在某种意义上讲，成为一个人的运动，他规避了群体。语言对现实的塑造及对现实世界的不可能性的展示，很多时候构成了一种虚幻的现实。这样的作品如《喧哗与骚动》《押沙龙，押沙龙！》，语言成为文本结构中各部联络的关键。他对虚无主义的突破，对艺术形式的重构及天才的自信，可以在他给女友琼的信中窥见端倪："这也许是最后一部重要的有雄心的作品了……现在，我第一次意识到我的惊人天资：未受过正式教育，不甚通文墨，更不用说与文学同伴相比了。然而我还是写出了东西。我不知道它来自哪里。我不知道上帝或神或不管是谁为什么要选中我。"②

尽管他有着"惊人天资"，《寓言》对他来讲，却是一个考验，也是另一个意义上的总结。他努力将他自己关于描写战争的小说及所能见到的战争小说联系起来，在试图集世间万物于一书之外，还想将修辞手法也发挥到极致。在写作《寓言》的过程中，他也常常迷失在"言语的征途"，找不到恰当的修辞。但从最后的成书看，这本书的语言极尽奢侈，如"……谁知她又不肯接受，推开了面包，她针对的不是这份馈赠，而是面包，也不是针对给她的人，她针对的是她自己。她强忍着不去看那块面包，但她也清楚自己欲罢不能。在众目睽睽之下，她不再赌气。她嘴上推辞，眼睛、全身却跟她作着对，不等她伸手去接，眼睛就恨不得将面包吞了下去。她一把从排副手中抓过面包，

---

① James B. Meriwether and Michael Millgate (eds.), *Lion in the Garden: Interviews with William Faulkner*, Lincoln: University of Nebraska Press, 1968: 71.

② 写于1953年4月29日；Joseph Blotner (ed.), *Selected Letters of William Faulkner*, New York: Vintage Books Press, 1977: 348。

双手捧到脸前,生怕人家抢去似的,又好像不想人家看见她狼吞虎咽。她像老鼠一样啃着面包,眼睛不时地从指缝里飞快地瞥一眼,说不上偷偷摸摸,也说不上遮遮掩掩,不过是不安、警惕和惊恐,好似吹着一块时旺时灭的炭火"①。"车是敞篷!好像运牛车,架着高高的栏板,车厢内挤满了一个个光着脑袋、被缴了械、浑身带着前线硝烟的兵,他们胡子拉碴、满面倦容的脸上露出一副义无反顾和目空一切的神色,从没见过人,或者看不懂这些人,至少认不出他们是人似的愣愣地望着眼前的民众。"②"时间说没就没了,转眼到了春天;(现在是1918年)美国人卷了进来,急急忙忙地横渡大西洋,生怕来迟一步,分不到一杯残羹"③,"比赛尚未结束,好比是按一套正式和平达成、双方都认可的规则举行的一场尚未结束的板球或橄榄球赛,必须由他们完成,否则完整的裁判理论、文明和谐的国家以此为基础一步步确立的确实可靠的政治经济体系都将成为一纸空文"④。"你还年轻,即使经历了四年的战争,年轻人还能相信自己刀枪不入,别人家都会死,但轮不到他们。所以他们无须珍惜生命,因为他们想不到,也不承认它可能终结。但你们终有一天会老,到那时候,你会明白死是怎么一回事。到那时候,你才能体会到权力、荣誉、财产、享乐,甚至无忧无虑,一切的一切,都比不上单单有口气活着。"⑤ 他在给书商的信中谈到,《圣殿》这部书:"字字斟酌,我以前从未这样做过。"⑥《寓言》在结构上隐蔽和抑制了关键的(政治、宗教和社会模式)信息,或倒叙,或并叙,或中止时间,通过意识流叙述揭示细节。小说通过能力和精神之间的对抗衡量人类对苦难的承受力,意识形态(政治、权力、阴

---

① [美]威廉·福克纳:《寓言》,王国平译,漓江出版社2018年版,第7页。
② [美]威廉·福克纳:《寓言》,王国平译,漓江出版社2018年版,第13页。
③ [美]威廉·福克纳:《寓言》,王国平译,漓江出版社2018年版,第65页。
④ [美]威廉·福克纳:《寓言》,王国平译,漓江出版社2018年版,第75页。
⑤ [美]威廉·福克纳:《寓言》,王国平译,漓江出版社2018年版,第340页。
⑥ 写于1945年1月10日;Joseph Blotner (ed.), *Selected Letters of William Faulkner*, New York: Vintage Books Press, 1977: 188.

谋、伦理、道德、精神）的分割决定了小说的结构，也成为小说的内驱力。危机中的生活和经历构成人类的忍耐形式，当战争叙事、虚构幻想、历史经验及自传式写作相遇时，福克纳的"终极小说"得救了。

《寓言》通过法国无名战士重述了基督神话，他把耶稣生命中的最后一周作为战争叙事的事例，并以士兵的"复活"和耶稣的"复活"形成照应。福克纳打破了小说传统的线性叙述模式，达到适合概念的回环，最后完成了类似于弗莱提出的"U"形叙事模式。作者以全能的视角，对书中的人物、故事情节进行前后移动，成为故事素材最终的指导者和仲裁者。在故事情节展开时，作者插入了大量篇幅，讲述三条腿的赛马故事，并且从目录可以看出，首先是星期三，接着从星期三后移到星期二，然后是星期三和星期三夜晚；在那之前，从星期三到星期二；在那之前，从星期二晚到星期一。赛马故事中断了之前的一半左右的时间，但故事快速推进的时候，似乎快偏离了轨道；在第一个星期三之后，又移到了星期一、星期一夜晚。这样的叙事模式，让人很难把握头绪，作者的目的也是多方面的。作家希望通过这部小说，能够给读者呈现错综复杂的世代相争，既是一场宗教性质的斗争（德军与盟军的战斗），也是一场政治斗争（前期关于"斯诺普斯"的主题，变得更加宽泛深邃）。下士和老将军分别代表不同的阶层，这种基督式的叙事模式，我们可以从《去吧，摩西》中提取出来，可以说《寓言》在一定程度上是对《去吧，摩西》的拓展，素材构成《熊》的续篇。为和平而殉道的下士与大森林中的山姆·法泽斯，或遗产继承者艾克·麦卡斯林等同。统治阶级（老将军）是最终的掠夺者，他与那些毁掉森林的人没什么不同，目标就是在清醒的时候，把世界毁掉。山姆·法泽斯和下士的命运，是关于人的思考和背叛的感觉，两人都持有坚定的信念。从下士的拯救精神来看，福克纳以前的创作中，就蕴含着一种强烈的精神意识。山姆·法泽斯对森林的情感倾向于米尔西克·伊利亚德所指的神圣化的世界，是一种精神的皈依之地，也像下士对和平自由追逐的神圣感。这两者成为人类的灵魂人物，都有神秘的宗教元素。山姆·法泽斯对荒野的守候与下士"耶稣式"的经历，既有不同，却又十分相似。两者在不同阶段的文明冲突中，成为了人类灵魂的救赎者，揭示了人类对伊甸园和绝对精神的渴求。这其中，囊括了福克纳以期在文本世界重述对过去的记忆和对未来的希冀。

一位在普林斯顿专修政治科学的法国研究生罗伊克·布瓦尔对福克纳进行了采访。布瓦尔指出，法国存在主义者们对福克纳关于人类状况的论述与自己的观点不谋而合。福克纳认为人类对上帝认识的缺位只是暂时的，人类不能永远没有上帝（人类所能追求的完美象征或者成为"人类最充分体现"的人）。在福克纳眼中，上帝被非个人化，是一种奋斗精神。在他的时间观念中，时间可以被艺术家定形，是一种永恒的东西，而人类并不是时间的永恒奴仆。福克纳对人类意识进行探讨，他坚持人类是自由的、有责任的，人类的悲剧在于不能友好地交流，但人类仍旧"试图表达同他人交往"，与其说他的思想是一种存在主义的表达，不如说它更像一种杰斐逊主义。作家并不赞成西西弗斯神话——人类的奋斗终将一无所获，福克纳否认了该神话的虚无感、无望感，他的解释和加缪的观点很接近，肯定了人的努力，而不是否定人的忍耐。

"二战"后的几年，人们对世界和平形势似乎有了比较乐观的认识，但这种乐观的小火苗很快就被东西方威胁和平的冲突浇灭。在西方，德国柏林为了突破苏维埃对该城市的封锁，加强了空运物资储备，矛盾再次升级；在东方，朝鲜战场后形成微妙的格局。一定程度上，这些冲突与对峙都对和平理想造成冲击。传统上瑞典作为永久中立国似乎只是一个遥远的存在，在诺贝尔文学奖的演讲词中，福克纳就对战争给人类带来的毁灭性后果给予了控诉和批判。讲演及其本身均成为了历史重要文献，它刺激了人类对和平的需要。这涉及福克纳关于民主本质的深刻思考，《寓言》关涉西方国家处理诸如权力、公正、等级、造反、战争等问题的方法。更久远一点来看，可溯源到林肯的人权法令。这些思考在《坟墓的闯入者》中已有所涉及，如对种族问题的揭示，弥漫着虚伪和不公平，在这些作品中，福克纳变成了自己的救世主，他传达的信息正是耶稣救赎人类的信息。

三 人道主义与人类命运

"共同体"作为人类社会的普遍存在形式，表现了人类得以形成所必须拥有的开放性与包容性。而"人道主义建立在人类责任与信念基础之上，它是道德判断的最高权威，也是道德意识的最终源泉，更是一种哲学立场。支撑起福克纳思想基础的是人道主义精神。福克纳受到从美国南方社会的历史、现实和文化传统，到西方文明的多方面影响，其人道主义精神表现出浓浓的基督教文化的味道，对那压抑人性的清教主义进行了批判，也对战争给人类带来的毁灭性灾难进行反思和批判"[①]。可以说，人道主义与人类命运紧密相连，人道主义实践了人类命运共同体的最大要旨。

从福克纳第一部长篇小说《士兵的报酬》（1926），到第十六部长篇小说《寓言》（1954），在近三十年的时间里，作者对战争坚持一以贯之的关注与反思。在20世纪四五十年代，福克纳小说所呈现出来的道德观、责任感与同时期的许多其他小说有较大分歧。摆脱道德立场，成为该时期很多小说的内在驱动力，如海明威的《太阳照样升起》、威廉·加迪斯的《辨认》、索尔·贝娄的《雨王汉德森》《奥吉·马契历险记》等作品。当然，它也为70年代的托马斯·品钦的作品《万有引力之虹》提供了连续性的线索。这些作家或亲身参与两次世界大战，或间接认识到战争给人们带来的毁灭性灾难。他们的作品均反映了美国战后社会状况，民众的失落、麻木、悲观、失控的情绪。

如前文所述，《寓言》表达了福克纳的顾虑，法国下士及其十二

---

① 秦崇文：《乡土书写与现代性想象——以福克纳和贾平凹为中心》，天津社会科学院出版社2019年版，第177页。

第四章　再生：全球化时代的现代神话与人类命运共同体

名追随者和一名反基督的将军，将军把下士带到山上，把整个世界都交给他（福克纳也没有提及凭什么、为什么交给他的更深层次的原因，有点牵强）。除了文中穿插的美国田纳西州三条腿赛马的故事外，其他的篇章段落都带有浓浓的象征意味，因而是不真实的。其中，涉及大量的圣经意象，通过三个诱惑、受难、复活展开故事。不论耶稣降临多少次，也都会重新被钉在十字架上，人类在经过短暂的和平之后，将再次处于战火之中。作者预言，未来属于那些可以调动军队的当权者，而不是进行道德规劝的布道者。故事通过德国军官的出现而进一步展开，在基督式的"救赎"行为中结束。

在故事的核心部分，即星期三所涉猎的内容。关于马尔特的故事，"她是在男人军团里的三个女人之一。三个女人（三个玛丽）、三面旗、三名高级将军——小说的三个面相显而易见，同盘绕在西线上空的圣父、圣子、圣灵三位一体相平行"①。福克纳采用基督的象征手法，检视了基督的世界，人类的现代战争是对上帝和圣父、圣子、圣灵概念的颠覆。同时，小说在技法层面，也打破了传统的"三一律"规则，即对言语、场景和舞台设置的特殊性要求。

从整体上看，《寓言》所呈现出来的体例是一部反战小说，它更是一部基督教式人道主义杰作。福克纳曾说："一个崇尚自由的人应该带着希望、自豪与同志般的情怀，来保卫这片国土，因为它是人类自由与人道精神的发源地。"②"我希望，我唯一愿意属于的流派是人道主义流派。"③他母亲说："比利环顾他的周围，他所看到的使他的

---

① ［美］弗莱德里克·R. 卡尔：《福克纳传》（上、下），陈永国、赵英男、王岩译，商务印书馆2007年版，第956页。

② 福克纳在1951年10月26日于新奥尔良接受荣誉团勋章时的演说。1951年11月，福克纳将演说词的手稿（这篇演说词是福克纳自己用法语写的）给了他的编辑萨克斯·康明斯。后来此件未加改动，作为一幅插图说明，发表在《普林斯顿大学图书馆纪事》第十八期（1957年春季号）上。参见［美］威廉·福克纳《福克纳随笔》，李文俊译，译文出版社2008年版，第127页。

③ Robert Jelliffe (ed.), *Faulkner at Nagano*, Tokyo: Kenkyusha, 1966: 95. 1955年，福克纳访问日本时，一位记者坚持要他讲他属于什么流派。

心都碎了。"① 该书书名本身就已经暗示了作品的象征意义与神话色彩。通过《寓言》的序言，我们可以管窥作家的精神内核，该序言更像是一则不像广告的广告，一则关乎人类命运的人道主义的宣言书。

> 本书想显示的是，要结束战争，人类必须找到或是发明某种比战争、比人的好战性、比人的不顾一切的权力欲更为有力的东西，要不就是用战火本身来对抗战火，扑灭战火；人类也许最终不得不动员自己，用战争工具武装自己来结束战争。我们连续不断犯下的错误就是，为了结束战争挑动一个国家来反对另一个国家，挑动一种政治意识来反对另一种政治意识。本书还想显示，不想要战争的人可能必须武装自己准备上战场，通过战争的方式来打败权力联盟，它们死死抱住过时的信条仍然相信战争是万能的；应该教会他们（上面所说的权力联盟）去厌恶战争，不是为了道德或是经济上的理由，甚至还不是为了简单的面子问题，而是因为他们害怕战争，不敢冒险发动战争，因为他们知道在战争中他们自己——不是作为国家、政府或是政治意识，而是作为简简单单的人、很宝贵不应战死与受伤的人——会首先成为被消灭的对象。②

福克纳序言的意义在于向"死亡"说"不！"希望为人类的坚持找到原因，它深化了战争结束时期的情感小说，也表明了作家对腐败、欺骗、道德、公正的不同立场。作者通过战争叙事，对人类的生存状态进行深刻反思，对西方文明的堕落进行批判，对人类的自我救赎进行基督寓言式的展示。《寓言》以审美的方式去审视、表述、阐释和反思战争，揭示人类在战争环境下的生存状态和人物命运。它并非只

---

① Michel Gresset and Patrick Samway (eds.), *Faulkner and Idealism*, University Press of Mississippi, 1983: 18.
② [美]威廉·福克纳：《寓言》，王国平译，漓江出版社2018年版，扉页。

是简单地机械地复制、描写和再现战争本身,而是作家或读者作为审美主体之于战争这一审美客体的能动反映。尽管不可避免地会涉及功利性与非功利性之间的讨论,但如《寓言》这样的战争文学叙事并非历史,却与历史如影随形。从本质上讲,类似《寓言》这样的作品是作家对于人类战争的个体性的直接的或间接的体验记忆,在暂时和平时光到来之际,人们对战争的反思和人对自身的反思。战争文学的作者和作品本身也参与了历史的建构,成为特定时段的历史组成部分和历史的见证者。这些作品来自不同的审美主体或同一主体的不同时段,在动态变幻的时代语境下,这些作品具有多元的美学特征,如对战争、民族、种族、文化、国家及人类共同情感的认知等。

如果把《寓言》与其他作品如《修女安魂曲》《坟墓的闯入者》等相比较,可以看出,福克纳小说作品思想的连续性和流动性,其他作品更加侧重揭露和批判,后面的《圣殿》在前面的基础上,更加突出强调了人对生活的积极态度。如在小说《圣殿》的结尾,"我死不了。绝对死不了"。"我不是笑,"老人俯身看着他说,"你看到的是眼泪。"[①]尽管有"眼泪",但是"绝对死不了"。他致力于战后社会伦理价值观念的重建,当《寓言》中的下士在战场上"救赎"失败后,作者继续在美国南方乡下建构"约克纳帕塔法世界"温馨家园,表达人类乐观执着的坚定信念。评论家沃伦指出:"对福克纳的研究是现代美国文学评论界唯一一项富有挑战性的任务。这位小说家在作品数量、题材范围、效果、精确描写和微妙象征及哲学深度上,都可以与我们自己过去的文学大师相比肩。"[②]

福克纳并不是一个地方主义者,也不仅是一个南方小说家,而是一个关注人类命运的世界性的作家。福克纳暗示自己,作家的责任是对人类命运的关注,并且"做好这一工作并非道德义务,然而你责无

---

① [美]威廉·福克纳:《寓言》,王国平译,漓江出版社2018年版,第427页。
② Malcolm Cowley, *The Faulkner-Cowley File: Letter and Memories, 1944–1962*, New York: Viking Press, 1966: 93.

旁贷"①。在《寓言》中呈现出来的是作家对于战争的一种审美把握，是对社会现实生活的一种能动反映，同时也是对特定时期的社会文化和价值取向的一种浓缩式镜像呈现。从第一次世界大战到第二次世界大战，战争叙事文学从手法到技巧都呈现出多元化的趋势，审美视角也更加宽泛起来。直接描写战争的作品已不多见，对战争的正义性进行质疑，对残酷性，军队内部的专制、虚伪、背叛、腐朽及人员的内心进行审美观照，军队日常成为社会现实的缩影，士兵与将军的矛盾成为社会矛盾的一个投射。《寓言》作为众多战争叙事文学中的一部，其厌战、反战的情绪并未消失，而是作为一种社会矛盾被凸显出来。加之20世纪50年代麦卡锡主义盛行，人人自危成为了当时美国的社会常态。于是，循规蹈矩的战争叙事文学已经不能够适应社会审美客体的荒诞及疯狂。在现代性语境下，作家试图另辟蹊径，进行个性化的写作，去阐释历史和反思战争，进而完善小说的审美策略，凸显其文学价值。《寓言》存在许多争议，所以，它更需要时间的渗透，其长处就像其缺点一样被看得清清楚楚。② 无论它的缺点或优点怎样，

---

① ［美］威廉·福克纳：《先贤遗训（〈塔木德〉的论述之一）》，J. 戈尔丁译，新美洲图书馆1957年版，第116页。

② 罗伯特·弗罗斯特的传记作家劳伦斯·汤普森写给萨克斯·柯民斯一封极长的关于《寓言》的评价信，贬低它是福克纳真作中水平可与海明威的《过河入林》相提并论的。汤普森忘记了这本书叫作"寓言"，并且，因此发生的许多事情都是寓言般的、超现实主义的、幻想的。他一再说福克纳是在寓言的模式内创作，而依照这一设想，他狠狠批判一般意义上不契合的一切：人物的塑造，叙述，情形，基督故事的类比，如此等等。"他的任务，作为艺术家，应该是使我们感到这些类比的重要意义，而不是让我们摸索着向前，寻求其意义。"汤普森悲哀地得出结论，这些寓言成分，这是他的叫法，只是 "装饰性的，不具有功能性。它接近于仿冒的——巴洛克式的糊里糊涂的装饰模式……类比很清晰，但是它的设置莫名其妙，而且相当没有意义……你必须记得，我是福克纳的狂热崇拜者，我把他看作是伟大的艺术家。但是从《寓言》来看，福克纳根本不在他的最佳状态。毫无疑问，他耗费了九年时间试图使这本书成形，因为他自己也许已经一再地认识到，他并没有成功地做到使之成形。"［美］路易斯·丹尼尔·布罗茨基、罗伯特·W. 汉布林编《福克纳：布罗茨基文集指南大全》（两卷本）第Ⅱ卷，密西西比大学出版社1984年版，第149—151页。这里说的很多是实情，但是太褊狭了。与之相对照的是，戴尔莫·施瓦兹的评论赞赏有加，给小说赋予了它并未达到的高度。施瓦兹称《寓言》为"杰作"，并说它的灵感来自"受原子时代困扰的人具有的矛盾折磨时的希望和悲惨的认识"。见［美］唐纳德·戴克和戴维·H. 祖克尔编《戴尔莫·施瓦兹散文集》，芝加哥大学出版社1985年版，第304页。］

福克纳这部"总结"式的、再现耶稣基督神话的"终极小说",必将继续引起读者共鸣。《寓言》亦如福克纳自己想象的那样,说它是一部划时代的著作,一部总结性的作品,一部能与他的偶像陀思妥耶夫斯基、托尔斯泰、狄更斯或康拉德的作品相媲美的作品也不为过。

小　结

再生神话起初是先民用来表达四季交替、生死轮回,同时反映人类认为灵魂不灭,追求永生的朴素的原始时间循环观念,是多民族的共同文化记忆。福克纳的《野棕榈》和《寓言》都是对社会转型期的"再生神话"的现代阐释,寄托了作者对历史和现实的思索及对社会的审美价值判断。

神话作为原始先民意识形态的综合表现,对现代文明具有深远影响。现代主义文学中的神话回归,大体有两条途径:一是借用原型、意象、母题、结构模式等,在已有的神话体系中对这些神话元素加以改造,或置换,或平行,或对立,或形变等,赋予作品以反讽色调,深化作品主题;二是在现实生活片段中,嵌入各种神话、风土人情、历史传说,地方风物等,营造出极富神秘的象征体系或个人神话。纵观福克纳的小说作品,这两种路径兼而有之。当然,小说文本并非简单再现所谓的历史现实,也成为我们获得一种为社会现实创造积极历史意义的无形力量。

福克纳在《野棕榈》中,再现了古老的洪水再生神话,在从中透视远古初民的原始思维、日常生活的同时,也为人们提供一种思考当下的方法,"一种对当代历史加以控制,组织,赋予形体和意义的方法"[①],作者想创作出类似于《堂吉诃德》那样,能达到终结骑士文学效果的作品;而《寓言》则再现了耶稣基督从"受难"到"复活"这

---

① 袁可嘉:《欧美现代派文学概论》,上海文艺出版社1993年版,第149页。

一过程，显示了人类从起源到现今的缩影，并对现代战争进行深刻的批判。两部作品均从不同侧面对"再生神话"进行言说：前者强调了古老洪水再生神话的现代转换，从人类个体行为上去获取再生；后者被称为小说中的小说，强调古老战争神话在现代社会的重现，全球化时代人类将如何走出现代战争阴云，从群体层面获得再生。作品表达出对人类命运的深切关注，对神话价值的重新发掘与创造性再生，试图通过神话模式，从现代社会的混乱秩序中寻找出路，在变化中寻求统一，在毁灭中获得再生的美学理想。

从整体上看，福克纳力图创造一种完整的文化，内容涵盖一个语言系统、一套神话与现实谱系、一套历史与人类学谱系、一种"福克纳式"的文学表达系统，希望为美国文学重建摸索出一条道路。福克纳深受宗教思想影响，其创作无论是主题的表达，还是对生命轨迹的言说，都潜在地受到基督信仰与《圣经》话语表达系统的影响。洪堡曾说："一代人从来不是纯一的，因为正在成长的一代人和正在消逝的一代人总是交混生活在一起。"[①]福克纳还亲身经历两次世界大战，作品中都有明显的自传主题色彩，他对战争的批判、对种族主义的批判、对自我中心主义的批判，向往和平、民主、自由，成为其创作的永恒主题。作者打破了历史与现实、理性与非理性、神圣与世俗的界限，逐步从南方的文学传统中超越出来，走向世界，为书写人类的共同命运做出了自己的努力。

---

① ［德］威廉·冯·洪堡特：《论人类语言结构的差异及其对人类精神发展的影响》，见胡明扬主编《西方语言学名著选读》，中国人民大学出版社1988年版，第48页。

余论　诗性正义与福克纳的"世界性"

> 各民族的精神产品成了公共的财产。民族的片面性和局限性日益成为不可能，于是由许多民族的和地方的文学形成了一种世界的文学。
> ——马克思、恩格斯《共产党宣言》

> 我们的写作在某种程度上改变了世界。
> ——格雷格·丹宁（Greg Dening）①

一　文学全球化与福克纳研究带来的启示

自20世纪60年代始，诸如美国文学、英国文学等这类民族（国别）文学的概念已经发生了戏剧性变化，这种变化在今天仍然在持续。美国文学批评家文森特·里奇曾经指出："美国文学和英国文学已经进入两个阶段：第一阶段是一个史无前例的扩张阶段，这个阶段指20世纪中叶形式主义时期，为纯净文学巨著和宝贵的写作技巧而实行狭隘的收缩以后的扩张。第二阶段是一个解组分化阶段，这一阶段

---

① Greg Dening, "Performing on the Beaches of the Mind: An Essay", *History and Theory* 41, 2002: 6.

的标志是接纳边缘文学和跨国文学以及生成这些文学的社会历史语境，从而打破了传统的教学模式和文学系科的学术界限，使之因校而异。"① 今天的美国文学，已经在"内在"和"外在"两个层面发生了重大变化。"内在"变化呈现为对美国文学的不断扩容、增补，作品涵盖女性作品、黑人文学作品、移民文学作品、流散文学作品及印第安人的文学作品，这些作品被美国高校广为采用。② "外在"变化呈现为对新的地理区域的认识和具有了较为强烈的地理意识。如当下一些学者把类似非洲移民（或迁徙）作品看作是一种连续性的、多语言的跨国构成的文学。③ 新近的"美国文学"这一概念不仅涵盖了用西班牙语、法语、英语和其他方言创作的作品，还包括多语种的土著文学作品。④

造成这种变化的因素，主要体现在如下几个层面：一是女性文学、移民文学、土著族群文学及有色人种文学在被经典化的过程中，世界各地的少数民族起到了关键性作用。这就带来一个多元化的问题，即少数民族的语言、地方方言、洋泾浜混杂语等在民族文学中处于何种位置（或身份）？二是曾经备受怀疑或被忽视的日记、游记及土著神话等文类却在当下被接纳为重要的文学体裁。三是曾经饱受争议的浪漫小说、传奇小说、侦探小说、哥特式小说及时下流行的科幻小说等也都被肯定，为大众所接纳。四是以前不被重视的诸如美洲（从阿拉斯加至阿根廷）、黑色大西洋、太平洋盆地等区域很长一段时间以来就已经产生了跨国文学，却直到当下才开始得到关注和研究。五是处于全球化时代的当下，人们开始注意到一种"后民族文学现象"，如

---

① ［美］文森特·里奇（Vincent B. Leitch）：《当代文学批评：里奇文论精选》，王顺珠主编，北京大学出版社2014年版，第236页。

② 有关美国黑人、土著印第安人、美籍西班牙人、美籍亚裔和女权主义文学的理论与批评，参见 Vincent B. Leitch (eds.), *Norton Anthology of Theory and Criticism*, New York, 2001: 2532 ff.。

③ Paul Gilroy, *The Black Atlantic: Modernity and Double Consciousness*, Cambridge: HarvardUP, 1993.

④ John Carlos Rowe, "Postcolonialism, Globalism, and the New American Studies", Donald E. Pease and Robin Wieman (eds.), *The Future American Studies*, Durham: Duke UP, 2002: 167-182.

英语文学、德语文学、西班牙语文学、葡萄牙语文学及以汉语为母语的族裔文学。

在上述诸多因素的共同作用下，文学全球化和文学研究的后现代化（或后工业化）业已成为当下的一种事实。后现代的分化、变革特征，成为自20世纪60年代以来英美文学及文学文化研究领域的最突出的表现。其实，这种全球化趋势，早在欧洲殖民扩张时代就已经开始了，20世纪中后期发展到了一个新阶段，联合国、世界银行、太空探索、跨国公司、国际金融基金组织等成为这一阶段的标志性象征。这些组织和机构加速了世界现代化的进程，促进了资本、服务、人员、物资和信息的跨国流通以及自由市场、都市化、多元文化融合形成。这些文化表现的特征繁杂且极具个性，如现代自主性空间的消解，宏大叙事的解构，高雅艺术与低俗文化界限的模糊；又如后殖民、文化研究等新学科的兴起；另外还出现了如差异、融合、模仿（pastiche）、互文性、异质性、多语性、混杂化、解读群体、彩虹联盟、微型政治等一堆标志后现代的时髦用语。[①] "全球化"在当下的文学界，它还指代同类化了的盎格鲁语文学，同时成为后现代经验的一个核心部分。但是，全球化也唤醒或激发了诸如少数民族、亚文化族群的声音，以及世界各地的多元文化形式中被遗忘的他者的声音。

福克纳作品中所呈现出来的正是美国现代化进程中的局部阶段性缩影，富有启蒙现代性的韵味。福克纳的"约克纳帕塔法"世系小说，在突出"神圣与世俗"共谋的同时，呈现出身份的杂糅性和空间的流动性特点。本书从福克纳众多作品中，抽出其中相对更为经典的作品，从神话诗学层面做文本分析，在前文相关的论述基础上，以"神圣与世俗"为核心，从人与自然、人与自我、人与社会、人与时间、人与空间建立起小说的神话结构诗学体系，即五维理论框架图（如图4），借此为我国的文学文化研究提供一个参照，对文学创作问

---

① Vincent B. Leitch, *Postmodernism: Local Effects, Global Flows*, Albany: SUNY, 1996.

题、传统文化的现代转换及"城—乡"文化建设等问题，提供理论和操作层面上的启示。

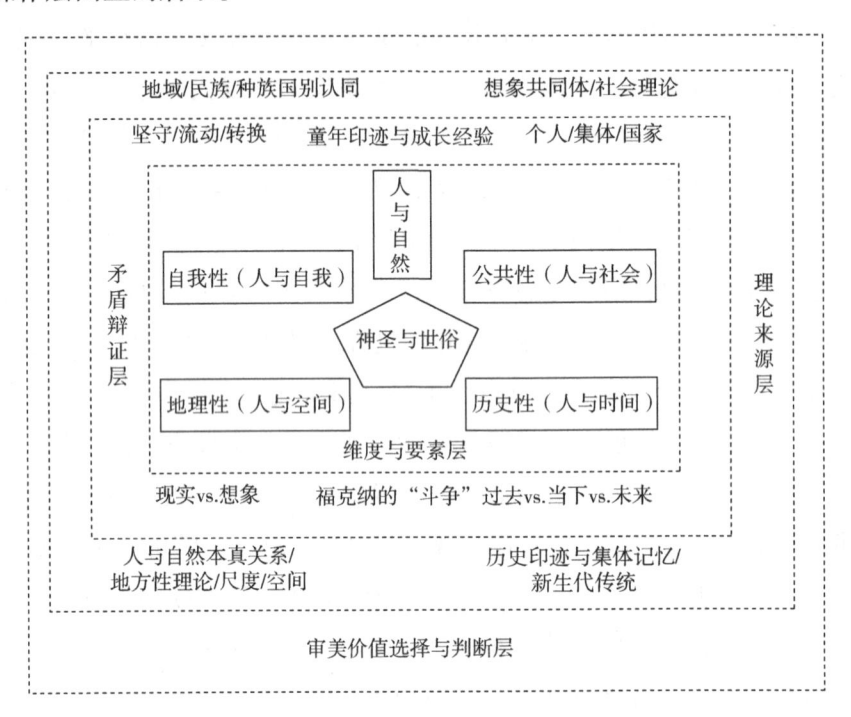

图4 福克纳小说神话诗学结构体系框架图

（图中文字：
- 地域/民族/种族国别认同　想象共同体/社会理论
- 坚守/流动/转换　童年印迹与成长经验　个人/集体/国家
- 矛盾辩证层
- 自我性（人与自我）　人与自然　公共性（人与社会）
- 神圣与世俗
- 地理性（人与空间）　历史性（人与时间）
- 理论来源层
- 维度与要素层
- 现实vs.想象　福克纳的"斗争"　过去vs.当下vs.未来
- 人与自然本真关系/地方性理论/尺度/空间　历史印迹与集体记忆/新生代传统
- 审美价值选择与判断层）

福克纳的文学想象，伴随着美国现代化的进程，同时也参与了这一进程，其在作品主题乃至写作技法层面上的探索，亦预示了后现代的脚步。在以神圣与世俗为核心框架下，考察福克纳笔下对美国现代性的阐释，从要素、维度、理论、辩证关系和价值判断五个层面进行诗学理论建构。福克纳作品内容涵盖神话、历史、民族、种族、地域、时代、现实等，其中体现出来的现代性内涵，充满人与自然、变与不变、童年与成年、个人与集体、民族与国家、种族与性别、自我与社会、时间与空间、空间位移、历史与地理、语言与文化、科学与理性、民主与自由、暴力与温柔、理想与现实、可能与不可能、审美判断与价值选择等诸多概念。作家对现代性的呈现，体现了其对社会的认知，更多地涉及实践经验与审美价值判断层面的内容。从整体上看,当下的美国已经从福克纳时代走向了"去现代化"的道路,而中国目前还呈现出前现代、现代和后现代同台演出的景观。在当时的语境中,福克纳以自己敏锐的嗅觉,对现代性的种种弊病进行批判的同时,表现出自己对于现代性的矛盾心态。作者对宏大叙事进行解构的同时,在形式上完成对"美国梦"建构的后现代转向,于人性的叩问之中,表达对"迦南福地"生态原乡的向往,重构人与人、人与自然、人与社会之间的关系。而在国内,自中国遭遇现代性以来,特别是在20世纪80年代以后,新文学在回应西方现代性冲击的语境中,重新思考了"传统"与"现代"之间的关系,传统在"寻根"运动中,重新受到重视。在比较文学领域,在批评理论和研究方法上,倡导在原有的理论和方法的基础之上,进行跨学科、跨语言、跨国界、跨文化的比较研究,从历时和共时角度研究文学作品。以福克纳为代表的作家呈现出来的"十字架"基督教精神,呈现出一种扩张性和侵略性,作家强调个人主义精神,推崇在基督教文化范围内的人道主义和救赎观念。相对而言,中国文化则呈现出强大的包容性,"太极图"成为此种文化的象征。从整体上看,作家们在时空之上建构起来的文学,或是对前现代的祛魅与理性哲思,或是对现代后现代的质疑、反思以及批判,均构成一种颇具张力的"间质性",呈现出接受与对抗的双重心态,在批判的同时,也暗示着接纳。这也展现出现代性"二律背反悖论"式的内在矛盾和历史逻辑,同时也是其张力所在。本书认为,以福克纳为研究对象,为中国文学研究提供了一种新的视角,去发掘中国的传统文化,特别是"中庸"之道。

二 诗性正义与文学想象中的神话学意识

阿尔伯特·爱因斯坦在《我的世界观》中说:"在某种意义上,

进而言之，我认为古人所追求的纯粹思想可以把握实体的理想，是正确的。"① 20世纪以来，在经济全球化和知识全球化的背景中，承载古人思想的神话，也得到了全面复兴和发展，特别是在人文社科领域中的文学领域尤为凸显。神话通常被认为是一种结合了超自然的人物、行为和事件的叙述，表达了人们对自然和社会的观念。人类学家往往把神话视为对相关事件的事实表述。创世的神话性，并非原始先民的杜撰或天真的谎言，而是对宇宙、自然及人类关系的质朴理解。因为"神话一向包含着部分真理，它的背后隐藏着某种实在"②。如希腊、罗马神话反映并记录了人类从原始社会向奴隶社会过渡过程中的时代想象，以及他们关于自然与社会关系的认知。神话源自古代，有丰富的符号和关键场景，其中的真（假）一起被流传了下来，因此人们时常借助神话来比喻当下，表达对当下的关注，特别是现代文学界的文艺作家们往往会不自觉地从中挑选所需要的神话资源。古人的思想智慧实现了现代转换，这一现象呈现出文学传统的再创造过程：先是吸纳与融合，然后产生"误解"，即创立新的语境。美国人不断重复亚当、夏娃之类的神话表述，而福克纳这样的作家，也用它们产生了诸如富有人类学气息的文学或好莱坞电影这类的新艺术形式。这种文学实践大体包含了两条途径：一是在原有的神话体系基础上，借用意象、母题、原型、结构模式等加以改造，或置换，或对立，或平行等，它"可能会对历史事实有所增减，借此来表达如何运行的文化价值和观念"③。二是在现实生活场景中，嵌入各种神话元素，营造出极富神秘意味的象征体系或个人神话。神话中的情节和人物经过新的变化，被重新讲述，帮助人们阐释当代生活，或获取相关事件的意义。

---

① [美国、瑞士] 阿尔伯特·爱因斯坦：《我的世界观》，纽约：科维奇·弗雷德出版社1934年版，第36—37页。
② [俄] 别尔嘉耶夫：《自由的哲学》，张百春译，学林出版社1999年版，第13页。
③ [美] 约翰·奥莫亨德罗（John Omohundro）：《像人类学家一样思考》，张经纬等译，北京大学出版社2017年版，第233页。

余论 诗性正义与福克纳的"世界性"

　　神话里面的道德训诫，为人们的行为方式提供指南。事实上，寻求一种恰当的正义是人类历来就有的梦想，古人的智慧中就潜隐着诗性正义的影子，其内容包含如何正确处理人与人、人与社会、人与自然之间的关系。西方文化中的"你希望别人怎么对待你，你就怎么对待别人"《圣经·马太福音》（7：12），中国孔子提出的"己所不欲，勿施于人"①。这些富有普适性意义的正义准则，往往构成了政治社会中人们判断事物或人际交往的中立标准。② 这与约翰·罗尔斯在《正义论》（*A Theory of Justice*）中从理论、制度、目的层面对西方社会内部矛盾进行深刻反思有着暗合之处，作者用纯粹抽象的社会契约演绎出"作为公平的正义"理论，并提出了两个正义基本原则：即平等自由原则，机会的公平平等原则和差别原则的混合。这两个基本原则暗示社会基本结构的政治权利、社会和经济利益的两大构成部分。③ 其实，这些元素在福克纳的作品中都或明或暗地有所体现。

　　本书不是详细论述在经济领域和司法界关于公正的错位问题，而是以福克纳的小说为个案，探讨基于文学和情感层面上的诗性正义，当然这并不能成为一种替代经济领域或司法领域的系列规范，但是文学和情感能够带来对世界复杂性的高度关注、对弱势群体的关注、对边缘文化的关注，带来对世界的想象，能让读者和旁观者获得较为全面的了解事物的视角。在此意义层面，旁观者的视角将变得更为清晰、更为透明，也更为公正和明智。当然，还有一个不能忽视的问题，从整体层面看，文学并不总是具有道德教益的，文学中也有鼓吹暴力、

---

① 杨伯峻：《论语译注·卫灵公》，中华书局1980年版，第176页。
② 本书在这里强调了"政治社会"这一前提条件，因为在政治社会或政治共同体中，只有存在共同利益的时候，正义才有实现的可能和意义。换句话说，正义并不存在于自然社会，正义是人为的美德。参见［英］休谟《人性论》，关文运译，商务印书馆1980年版，第517—524页。霍布斯也强调了类似的观点，在自然状态下，"是和非以及公正与不公正的观念……都不存在"。参见［英］霍布斯《利维坦》，黎思复译，商务印书馆1985年版，第96页。
③ ［美］约翰·罗尔斯（Rawl, J.）：《正义论》（修订版），何怀宏、何包钢、廖申白译，中国社会科学出版社2009年版。

战争、种族歧视、藐视弱势群体、边缘文化等，有可能遮蔽了现实，蒙蔽了读者的视线。再者，即使是怜悯、同情和仁慈的情感，也可能带来一些负面效果，从高尚的同情到蔑视的怜悯，有时候往往仅一步之遥。然而，从宏观辩证的视角看，从福克纳的文学想象中充分发掘诗性正义是可行的，也是正当的和必要的。对福克纳来讲，其诗性正义也是作者基督教人道主义精神的集中体现。

纵观福克纳的所有作品，我们从他重要的小说作品中提炼出了其作品的神话主题模式：诞生（创世）—成长—毁灭（消隐）—再生，即呈现一个类似闭环（循环）模式。从整体看，福克纳力图创造一种完整的文化，内容涵盖一个语言系统、一套神话与现实谱系、一套历史与人类学谱系、一种"福克纳式"的文学表达系统，希望为美国文学重建摸索出一条道路。作者打破了历史与现实、理性与非理性、神圣与世俗的界限，逐步从南方的文学传统中超越出来，走向世界，为书写全人类的共同命运做出自己的努力。

当前，关于人文学科功用的争论，关于后现代思想对文学探究性质的影响，都使得"文学何为"这一问题日渐凸显出来，变得至关重要。通过考察文学发展的过程，检视以往赋予文学的各种用途，我们发现，无论是有意还是无意，文学一再被"忽略"，文学传达的观念如今受到不同程度的质疑，特别是在后现代（自然科学突飞猛进，知识全球化）时期，尤为关键的是我们要重新思考文学的职责，重新商讨文学的用途或功能。在此背景下本书提出，在21世纪，文学应当充分发挥道德治疗和净化心灵的作用，致力于推进人类的自身建设和社会进步，让人类充满希望和幸福。华尔特·惠特曼曾经写到，文学艺术家是一个亟待参与到社会事务中来的群体。诗人是"复杂事务的仲裁人"，是"他的时代和国家的平衡器"。惠特曼对文学艺术家争取更多公共话语权的呼唤，在这个时代仍然和当时一样恰当。福克纳和惠特曼一样，作为一名"失败的诗人"和"成功的小说家"，不论是积极参与国家文化建设，还是在作品的字里行间，也都流露出这种思想——没有文学想象的参与,"事物便是荒诞的、古怪的、不能产生充分的效果",坚信小说故事以及文学想象和理性的争论,这两者之间并不矛盾;相反,能为理性提供必不可少的要素。"正义原则能够促成回忆的空间(Raum der Erinnerung)。在这个空间里,昨天有效的东西,今天依然有效,而且到了明天仍将有效。在这个空间里起到至关重要作用的法则为:'你不要忘记!'回忆的最强和最原始的动力来源于此。"[①] 并且,"互动的正义在宗教正义(religiose Gerechtigkeit)的语境中才真正起到促进人们回忆的作用。一方面,众神主持公道,另一方面,每个人都要对自己的行为负责,因此,所发生的一切都有其意义。一个人能否有所作为,首先要意识到神无形中主宰一切这个道理。我们可以把这种借神的意志解释世界变化的模式称为'通过神学化达到的符号指称'(Semiotisierung durch Theologisierung)"[②]。作为一名人道主义者的福克纳,他对美国南方社会在工业文明入侵下人们价值观的崩塌,表达了极度的忧虑,对南方精神遗产掩盖下的奴隶制度的罪恶和人性堕落进行揭露和批判,并在这种批判的基础上,尝试在文学和情感之上的正义和司法标准,希望作家(或文学创作者)能够在公共领域发出更多的声音,让文学想象走向一种富有神话色彩的诗性正义。

三 反思与超越:从神话复兴管窥人类命运共同体

文学自诞生以来,就与人类命运紧紧联系在一起,它通过人物描写,展示人的基本生存状况,表现人在不自由和争取自由过程中的各种状态,特别是"表现人因丧失自由所致的内心痛苦与焦虑"[③],其最

---

① [德]扬·阿斯曼:《文化记忆:早期高级文化中的文字、回忆和政治身份》,金寿福、黄晓晨译,北京大学出版社2015年版,第251页。
② [德]扬·阿斯曼:《文化记忆:早期高级文化中的文字、回忆和政治身份》,金寿福、黄晓晨译,北京大学出版社2015年版,第253页。
③ 蒋承勇:《西方文学"人"的母题研究》,华东师范大学出版社2017年版,第5页。

终目的是实现人的解放、自由和幸福。理查德·罗蒂就很直接地指出："我希望，知识探求从以自身为目的，降级为人类寻求更大幸福的手段。"① 文学关心人类如何发展，并实现其最大的潜能，在现实层面，回答是什么，我们怎么了？在理论层面，回答我们应该如何？就像柯林伍德所说："我研究历史，是想了解是什么成就了一个人（或个人）。"② 每个领域的参与者都有一套相对独立的问题和词汇，来认识、理解和阐释这个世界，文学界也不例外。当然，文学不是被动地再现所谓的现实生活，而是一种为现实生活创造历史意义的力量。福克纳从南方的历史、神话、传说以及现实生活的文库中提取素材，包括个人经历与家族的"历史碎片"，同时突破了现实与历史之间的边界，在文学的"人类学想象"中勾勒出事关美国历史的诠释路径和文学艺术的审美原则。不论是如福克纳这样的创作者，还是文学的接受者，虽然都会涉及或是询问该领域中相同的问题，但是在理解这些问题，并将其运用到人类社会时，都会不约而同地像人类学家一样进行思考。

20世纪既是全球化快速发展的时代，同时也是神话全面复兴的时代。如今，"世界已经变得不那么'西方'了"③，慕尼黑安全会议主席沃尔夫冈·伊申格尔这番话为这次集体政治内省定下了基调。西方本身变得越来越不"西方"，也应成为一种趋势，"西方缺失"伴随着世界秩序的变化，特别是经济上的紧密联系，世界一体化的加强逐渐成为事实。当然，这一事实对于身处20世纪的作家福克纳来讲，是一种前景，也更是作家文学想象的一种背景。包括福克纳在内的作家们有意识地从古老神话中汲取营养，并进行现代转换，以回应当下文化

---

① Richard Rorty, *Philosophy and Social Hope*, Harmondsworth, Penguin, 1999: xiii.
② Bonnie G. Smith, *The Gender of History: Men, Women, and Historical Practice*, London: Harvard University Press, 1998: 86.
③ 西班牙国家网2020年2月14日报道称，当今世界正变得越来越危险，西方陷入了自己的身份认同危机，被内部紧张局势和外部威胁所束缚。这次慕尼黑国家安全会议的背景之一，就是世界格局正在发生悄然变化。

余论 诗性正义与福克纳的"世界性"

发展需要。马克思就曾经指出:"一切神话,都是在想象中并通过想象去征服、支配和形成自然力,因此,对于自然力有了现实的支配,它们就消失了。"① 从整个人类文明发展进程看,"人类是从发展阶梯的底层开始迈进,通过经验知识的缓慢积累,才从蒙昧社会上升到文明社会的。"② 神话的一个显著功能,就是用上古想象的或发生的"事件"去解释各种现象,并对现存秩序进行阐释。如果说,人的行为是理性的,人类创造的文化是一个有意义的符号系统,那么人则可以被定义为"符号的动物"③。关于人类命运的思考,基本存在这样的一种模式,"人按照自己的形象创造了神,人终有一死,于是他便认为他的创造物也有同样可悲的命运"④,这也是作家们对悲剧人物的一种处理方式。作家通过人物形象塑造,表达了对人类普遍命运问题的关注。

从学术研究层面看,学术认同也成为人类命运共同体的一种表达方式。民众问题与社会结构是相伴而生的,包括福克纳在内的西方作家的处理方式是对"圣、俗(神、人)"二分的"彼岸—此岸"对立的文化秩序进行文学想象。随着社会的发展,这种二元文化秩序向着一元的纯粹此岸性文化秩序转换,这也催生了以"人"或"民"为主题的一系列社会科学和人文学科,即对现代学科的尝试与对现代性问题的关注,而后者的核心是:在"上帝死后"对彼岸世界与此岸世界的价值定位重新做出安排,并确定认同方式。在此种意义上,"现代学术不过是现代认同的知识形态"⑤。国内著名的神话学者叶舒宪曾经在"从神话学看人类命运共同体"一文中,突出强调了神话学的学术价

---

① [德] 马克思:《〈政治经济学批判〉导言》,人民出版社1955年版,第172页;另参见郑振铎编《希腊神话与英雄传说》,上海书店出版社2006年版,再版序言,第3页。
② [美] 路易斯·亨利·摩尔根:《古代社会》上册,商务印书馆1971年版,第3页。
③ [德] 恩斯特·卡西尔:《人论》,甘阳译,上海译文出版社1985年版,第34页。
④ [英] J. G. 弗雷泽:《金枝》,耿丽编译,重庆出版社2017年版,第156页。
⑤ 吕微:《民俗学:一门伟大的学科——从学术反思到实践科学的历史与逻辑研究》,中国社会科学出版社2015年版,第51页。

值，即对人类文化源流的总体认知与人类命运共同体的关注。①

从整体文化上看，关于神圣与世俗的二分文化秩序，在文化秩序或是情感结构上的差异性，直接影响了中西方对"人"的主题话语表达方式。借用杜维明的话来讲，这种差异的根源就是自古希腊和希伯来时代以来，西方文化表现为"存在的非连续性"，而中国文化表现为"存在的连续性"。②人类对终极价值的追寻，必将于历史的长河中去寻找，因为"宇宙论和历史无法区分，而世界和人类的起源在本质上是相同的"③，即追求历史（内在）的超越而不是（此岸）外在的超越。在美国作家中，也许没有其他人像福克纳那样为了成为一个现代小说家中的神话学家，或是小说家中的人类学家、小说家中的系谱学家，不断地突破自我、突破家庭、突破地区的束缚。他倾其一生收集、整理那些散落在民间的神话传说和文化碎片，并实地调研考察，撰写自传式的具有人类学和神话学意义的小说，为的是把它们改造成一种文化的认同，能够经受 21 世纪的文化考验，其对人类普遍命运的关注，也许还能为个人成为人类的英雄提供一种实践的可能性。福克纳的这种"世界性"的梦想，呈现出圣俗相偎的整体史观，当然也从侧面体现了作者激进与保守并置的复杂文化心态。

美国文学具有美国社会文艺思潮和文化心态的晴雨表功能，如福

---

① 叶舒宪：《从神话学看人类命运共同体——国家出版项目"神话学文库"的文化品牌意义》，《文艺报》2020 年第 3 期。叶舒宪指出神话学在现代学术整体中，具有引领整个文科学术跨文化比较研究大潮的报春鸟性质，具体体现在四个方面：第一，人类文化源流的总体认知；第二，旧大陆与新大陆的文明互鉴；第三，全球视野中凸显中国神话的文化基因意义；第四，多学科互鉴与交叉互动。神话学作为一门现代新学科，其诞生之际就被创始人麦克斯·缪勒命名为"比较神话学"。没有比较研究，就没有随后到来的知识全球化浪潮，也就没有关于人类命运共同体的实证性研究与思考的基础条件。

② 参见杜维明《生存的连续性：中国人的自然观》，载杜维明《儒家思想新论——创造性转换的自我》，江苏人民出版社 1996 年版。

③ ［美］本尼迪克特·安德森：《想象的共同体——民族主义的起源与散布》，吴叡人译，上海世纪出版集团 2003 年版，第 36 页。安德森认为，古代的文化秩序或价值结构都是连续性的，不存在文化间的差异，他说：在历史上，"统治者……既是通往存有之路，同时也内在于存有之中。……宇宙论与历史无法区分，而世界和人类的起源在本质上是相同的"。

克纳对种族、对战争的道德叙述等。我们可以通过文学对美国社会进行深层次的认知，发掘文本背后的文化价值观念。福克纳作为世界文学版图上一个不可忽视的图标，我们可以通过他进入美国文学、进入西方文化系统，进而去认知西方、了解世界文化。

参考文献

一 专著（含论文集）

［澳］多克尔（John Docker）：《后现代与大众文化》，王敬慧、王瑶译，北京大学出版社2011年版。

［德］阿莱达·阿斯曼：《回忆空间：文化记忆的形式和变迁》，潘璐译，北京大学出版社2016年版。

［德］阿莱达·阿斯曼：《记忆中的历史：从个人经历到公共演示》，袁斯乔译，南京大学出版社2017年版。

［德］奥斯瓦尔德·斯宾格勒：《西方的没落》，齐世荣译，群言出版社2016年版。

［德］恩斯特·卡西尔：《人论》，甘阳译，上海译文出版社2020年版。

［德］弗兰茨·贝克勒等编：《向死而生》，张念东、裘挹红译，生活·读书·新知三联书店1993年版。

［德］马克思·舍勒：《哲学人类学》，刘小枫主编，魏育青等译，北京师范大学出版社2017年版。

［德］马克斯·韦伯：《社会科学方法论》，韩水法译，中央编译出版社1999年版。

［德］马克斯·韦伯：《新教伦理与资本主义精神》，袁志英译，上海译文出版社2018年版。

［德］莫尔特曼：《来临中的上帝——基督教的终末论》，曾念粤译，上海三联书店2006年版。

［德］沃尔夫冈·伊瑟尔：《虚构与想象：文学人类学疆界》，陈定家、汪正龙等译，吉林人民出版社2003年版。

［德］扬·阿斯曼：《文化记忆：早期高级文化中的文字、回忆和政治身份》，金寿福、黄晓晨译，北京大学出版社2015年版。

［德］于尔根·哈贝马斯：《现代性的哲学话语》，曹卫东等译，译林出版社2004年版。

［俄］梅列金斯基：《神话的诗学》，魏庆征译，商务印书馆2009年版。

［俄］瓦列里·伊·秋帕：《艺术话语·艺术因素分析法》，周启超、凌建侯译，北京大学出版社2016年版。

［俄］瓦·叶·哈利泽夫：《文学学导论》，周启群、王加兴、黄玫等译，北京大学出版社2006年版。

［法］阿诺尔德·范热内普：《过渡礼仪》，张举文译，商务印书馆2010年版。

［法］艾田伯：《比较文学之道：艾田伯文论选集》，胡玉龙译，生活·读书·新知三联书店2006年版。

［法］丹尼斯·库什：《社会科学中的文化》，张金岭译，商务印书馆2016年版。

［法］吉尔·德勒兹：《哲学与权力的谈判——德勒兹访谈录》，刘汉全译，商务印书馆2000年版。

［法］克劳德·列维-斯特劳斯：《结构人类学——巫术·宗教·艺术·神话》，陆骁禾、黄锡光等译，文化学术出版社1989年版。

［法］罗兰·巴尔特：《写作的零度》，李幼燕译，中国人民大学出版社2008年版。

［法］米歇尔·福柯：《词与物——人文科学考古学》，莫伟民译，上海三联书店出版社2001年版。

［法］让·贝西埃：《当代小说或世界的问题性》，史忠义译，北京大

学出版社 2012 年版。

［法］让·贝西埃：《文学理论的原理》，史忠义译，暨南大学出版社 2012 年版。

［法］让-皮埃尔·韦尔南、［法］皮埃尔·维达尔-纳凯：《古希腊神话与悲剧》，张苗、杨淑岚译，华东师范大学出版社 2016 年版。

［法］萨莫瓦约：《互文性研究》，邵炜译，天津人民出版社 2002 年版。

［法］萨特：《他人就是地狱：萨特自由选择论集》，周煦良等译，陕西师范大学出版社 2003 年版。

［加］查尔斯·泰勒：《现代社会想象》，林曼红译，译林出版社 2014 年版。

［加］达琳·M. 尤施卡：《性别符号学：政治身体/身体政治》，程丽蓉译，译林出版社 2015 年版。

［加］诺思洛普·弗莱：《伟大的代码——圣经与文学》，郝振益、樊振帼、何成洲译，北京大学出版社 1998 年版。

［加］诺思洛普·弗莱：《神力的语言——"圣经与文学"研究续编》，吴持哲译，社会科学文献出版社 2004 年版。

［加］诺斯罗普·弗莱：《批评的解剖》，陈慧等译，吴持哲校译，百花文艺出版社 2006 年版。

［美］阿兰·布鲁姆、哈瑞·雅法：《莎士比亚的政治》，潘望译，江苏人民出版社 2012 年版。

［美］阿兰·邓迪斯：《西方神话学读本》，朝戈金译，广西师范大学出版社 2006 年版。

［美］埃里克·桑德奎斯特：《福克纳：破裂之屋》，隋刚等译，上海外语教育出版社 2012 年版。

［美］埃默里·埃利奥特主编：《哥伦比亚美国文学史》，朱通伯等译，四川辞书出版社 1994 年版。

［美］艾伦·布林克利（Alan Brinkley）：《美国史（1492—1997）》，邵旭东译，海南出版社 2009 年版。

参考文献

[美] 爱德华·W. 萨义德：《文化与帝国主义》，李琨译，生活·读书·新知三联书店 2016 年版。

[美] 爱莲心：《时间、空间与伦理学基础》，高永旺、李孟国译，江苏人民出版社 2015 年版。

[美] 本尼迪克特·安德森：《想象的共同体——民族主义的起源与散布》，吴叡人译，上海人民出版社 2003 年版。

[美] 伯克维奇（Bercovitch, S.）主编：《剑桥美国文学史》（第六卷），张宏杰、赵聪敏译，蔡坚译校，中央编译出版社 2009 年版。

[美] 查尔斯·俾耳德、[美] 威廉·巴格力：《美国的历史》，魏野畴译，新世界出版社 2017 年版。

[美] 达维德·敏特：《圣殿中的情网——小说家威廉·福克纳传》，赵扬译，生活·读书·新知三联书店 1991 年版。

[美] 大卫·丹穆若什：《什么是世界文学?》，查明建等译，北京大学出版社 2015 年版。

[美] 戴维·哈维：《正义、自然和差异地理学》，胡大平译，上海人民出版社 2015 年版。

[美] 丹尼尔·J. 辛格：《威廉·福克纳：成为一个现代主义者》，王东兴译，黑龙江教育出版社 2015 年版。

[美] 厄休斯·K. 海斯（Ursula K. Heise）：《地方意识与星球意识：环境想象中的全球》，李贵苍等译，中国社会科学出版社 2015 年版。

[美] 菲利普·韦恩斯坦：《成为福克纳：威廉·福克纳的艺术与生活》，晏向阳译，南京大学出版社 2018 年版。

[美] 弗莱德里克·R. 卡尔：《福克纳传》（上、下），陈永国、赵英男、王岩译，商务印书馆 2007 年版。

[美] 戈登·S. 伍德：《美国革命：美利坚合众国的缔造史》，赵辛阳译，中信出版社 2017 年版。

[美] 赫伯特·马尔库塞：《单向度的人——发达工业社会意识形态研

究》，刘继译，上海译文出版社 2014 年版。

［美］亨利·纳什·史密斯：《处女地——作为象征与神话的美国西部》，薛蕃康、费翰章译，薛蕃康校订，上海外语教育出版社 1991 年版。

［美］华勒斯坦等：《开放社会科学》，刘锋译，生活·读书·新知三联书店 1997 年版。

［美］贾雷德·戴蒙德：《枪炮、病菌与钢铁——人类社会的命运》（修订版），谢延光译，中信出版社 2016 年版。

［美］杰伊·帕里尼：《福克纳传》，吴海云译，中信出版社 2007 年版。

［美］克丽福德·格尔茨：《文化的解释》，韩莉译，译林出版社 2008 年版。

［美］克利福德·马库斯编：《写文化：民族志的诗学与政治学》，高丙中、吴晓黎、李霞等译，商务印书馆 2006 年版。

［美］肯尼思·工格根：《关系性存在：超越自我与共同体》，杨莉萍译，上海教育出版社 2017 年版。

［美］劳伦斯·布伊尔（Lqwrence Buell）：《环境批评的未来：环境危机与文学想象》，刘蓓译，北京大学出版社 2010 年版。

［美］劳伦斯·格罗斯伯格：《文化研究的未来》，庄鹏涛等译，中国人民大学出版社 2017 年版。

［美］勒内·韦勒克、［美］奥斯汀·沃伦：《文学理论》，刘象愚等译，浙江人民出版社 2017 年版。

［美］刘易斯·芒福德：《机器神话：技术发展与人文进步》（上、下卷），宋俊岭译，上海三联书店 2017 年版。

［美］路易斯·亨利·摩尔根：《古代社会》，商务印书馆 1997 年版。

［美］罗伯特（Robert）：《美国文学的周期》，王长荣译，聂振雄校订，上海外语教育出版社 1990 年版。

［美］M. A. R. 哈比布：《文学批评史：从柏拉图到现在》，阎嘉译，南京大学出版社 2017 年版。

［美］M. H. 艾布拉姆斯：《欧美文学术语词典》，朱金鹏、朱荔译，北京大学出版社1900年版。

［美］乔治·查农：《社会学与十个大问题》，汪丽华译，北京大学出版社2009年版。

［美］S. L. 荣格：《宗教与美国现代社会》，江怡、伊杰译，今日中国出版社1992年版。

［美］萨克凡·伯克维奇：《惯于赞同：美国象征建构的转化》，钱满素等译编，上海译文出版社2005年版。

［美］塞尔：《人类文明的结构：社会世界的构造》，文学平、盈俐译，中国人民大学出版社2015年版。

［美］斯蒂·汤普森：《世界民间故事分类学》，郑凡等译，上海文艺出版社1991年版。

［美］苏珊·斯坦福弗里德曼：《图绘：女性主义与文化交往地理学》，陈丽译，译林出版社2014年版。

［美］苏源熙编：《全球化时代的比较文学》，任一鸣等译，北京大学出版社2015年版。

［美］韦恩·布斯：《小说修辞学》，华明、胡晓苏、周宪译，北京联合出版公司2017年版。

［美］威廉·福克纳：《掠夺者》，王颖、杨菁译，上海译文出版社2004年版。

［美］威廉·福克纳：《八月之光》，蓝仁哲译，上海译文出版社2008年版。

［美］威廉·福克纳：《福克纳随笔》，李文俊译，上海译文出版社2008年版。

［美］威廉·福克纳：《喧哗与骚动》，李文俊译，漓江出版社2013年版。

［美］威廉·福克纳：《一个旅客的印象》，宋慧译，江苏文艺出版社2013年版。

［美］威廉·福克纳：《大森林》，李文俊译，北京燕山出版社2015年版。

［美］威廉·福克纳：《福克纳短篇小说集》，陶洁等译，北京燕山出版社2015年版。

［美］威廉·福克纳：《福克纳书信》，李文俊译，上海译文出版社2015年版。

［美］威廉·福克纳：《福克纳演说词》，李文俊译，上海译文出版社2015年版。

［美］威廉·福克纳：《坟墓的闯入者》，陶洁译，上海文艺出版社2015年版。

［美］威廉·福克纳：《圣殿》，陶洁译，北京燕山出版社2015年版。

［美］威廉·福克纳：《去吧，摩西》，李文俊译，北京燕山出版社2016年版。

［美］威廉·福克纳：《野棕榈》，蓝仁哲译，北京燕山出版社2016年版。

［美］威廉·福克纳：《士兵的报酬》，一熙译，漓江出版社2017年版。

［美］威廉·福克纳：《水泽女神之歌：福克纳早期散文、诗歌与插图》，王冠、远洋译，漓江出版社2017年版。

［美］威廉·福克纳：《喧哗与骚动》，金凌心译，海峡文艺出版社2017年版。

［美］威廉·福克纳：《押沙龙，押沙龙！》，李文俊译，现代出版社2017年版。

［美］威廉·福克纳：《我弥留之际》，李文俊译，浙江教育出版社2018年版。

［美］威廉·福克纳：《夕阳》，陈茜译，江苏凤凰文艺出版社2018年版。

［美］威廉·福克纳：《喧哗与骚动》，李继宏译，天津人民出版社2018年版。

［美］威廉·福克纳：《寓言》，王国平译，漓江出版社2018年版。

［美］文森特·里奇：《当代文学批评：里奇文论精选》，王顺珠主编，北京大学出版社2014年版。

［美］伊万·布莱迪编：《人类学诗学》，徐鲁亚等译，中国人民大学出版社2010年版。

［美］约翰·奥莫亨德罗：《像人类学家一样思考》，张经纬等译，北京大学出版社2017年版。

［美］约翰·布林克霍夫·杰克逊：《发现乡土景观》，俞孔坚、陈义勇等译，商务印书馆2015年版。

［美］约翰·罗尔斯：《正义论》（修订版），何怀宏、何包钢、廖申白译，中国社会科学出版社2009年版。

［美］约翰·迈尔斯·弗里：《口头诗学：帕里—洛德理论》，朝戈金译，社会科学文献出版社2000年版。

［美］詹姆斯·费伦：《作为修辞的叙事：技巧、读者、伦理、意识形态》，陈永国译，北京大学出版社2002年版。

［苏］米哈伊尔·巴赫金：《陀思妥耶夫斯基诗学问题》，白春仁等译，生活·读书·新知三联书店1988年版。

［匈］格雷弋里·纳吉：《荷马诸问题》，巴莫曲布嫫译，广西师范大学出版社2008年版。

［匈］卢卡奇：《小说理论：试从历史哲学论伟大史诗的诸形式》，燕宏远、李怀涛译，商务印书馆2012年版。

［以色列］尤瓦尔·赫拉利：《人类简史：从动物到上帝》，林俊宏译，中信出版社2017年版。

［意］罗西·布拉伊多蒂：《后人类》，宋根成译，河南大学出版社2015年版。

［意］维柯：《新科学》，朱光潜译，人民文学出版社1986年版。

［英］阿尔弗雷德·诺思·怀特海：《过程与实在》，李步楼译，商务印书馆2012年版。

［英］阿拉斯泰尔·福勒：《文学的类别：文类和模态理论导论》，杨建国译，南京大学出版社2018年版。

［英］阿兰·德波顿：《身份的焦虑》，陈广兴、南治国译，上海译文

出版社2009年版。

[英] 阿诺德·汤因比：《历史研究》（上），郭小凌、王皖强、杜庭广等译，上海人民出版社2016年版。

[英] 埃莉奥诺拉·蒙图斯基：《社会科学的对象》，祁大为译，科学出版社2018年版。

[英] 安德鲁·尼古拉：《关键词：文学、批评与理论导论》，汪正龙、李永新译，广西师范大学出版社2007年版。

[英] 保罗·史密斯、卡罗琳·瓦尔德主编：《艺术理论指南》，常宁生、刑莉译，南京大学出版社2017年版。

[英] 彼得·伯克：《文化杂交》，杨元、蔡玉辉译，译林出版社2016年版。

[英] 戴维·理查兹：《差异的面纱》，如一等译，辽宁教育出版社2003年版。

[英] 多洛丝·兰格利：《戏剧疗法》，游振声译，重庆大学出版社2016年版。

[英] 戈登·柴尔德：《历史的重建》，方辉、方堃杨译，上海三联书店2008年版。

[英] 赫丽生：《古希腊宗教的社会起源》，谢世坚译，广西师范大学出版社2004年版。

[英] J. G. 弗雷泽：《金枝》，耿丽编译，重庆出版社2017年版。

[英] 凯蒂·加德纳、[英] 大卫·刘易斯：《人类学、发展与后现代挑战》，张有春译，中国人民大学出版社2008年版。

[英] 雷蒙·威廉斯：《乡村与城市》，韩子满、刘戈、徐珊珊译，商务印书馆2013年版。

[英] 林克雷特：《世界土地所有制变迁史》，启蒙编译所译，上海社会科学院出版社2015年版。

[英] 罗伯特·A. 西格尔：《神话密钥》，刘象愚译，外语教学与研究出版社2015年版。

［英］马·布雷德伯里、詹·麦克法兰编：《现代主义》，胡易峦等译，上海外语教育出版社1992年版。

［英］莫利、［英］罗宾斯：《认同的空间：全球媒介、电子世界景观和文化边界》，司艳译，南京大学出版社2001年版。

［英］奈杰尔·拉波特、乔安娜·奥弗林：《社会文化人类学的关键概念》，鲍文妍、张亚辉译，华夏出版社2009年版。

［英］尼克·库尔德里：《媒介仪式：一种批判的视角》，崔玺译，中国人民大学出版社2016年版。

［英］诺兰：《基督教之前的耶稣》，宋兰友译，今日中国出版社1997年版。

［英］斯图尔特·霍尔编：《表征：文化表象与意指实践》，徐亮、陆兴华译，商务印书馆2003年版。

［英］苏珊-玛丽·格兰特：《剑桥美国史》，董晨宇、成恩译，新星出版社2017年版。

［英］维克多·特纳：《象征之林：恩登布人仪式散论》，赵玉燕、欧阳敏、徐洪峰译，商务印书馆2006年版。

［英］维克多·特纳：《仪式过程：结构与反结构》，黄建波、柳博赟译，中国人民大学出版社2006年版。

鲍忠明：《最辉煌的失败：福克纳对黑人群体的探索》，北京理工大学出版社2009年版。

鲍忠明、辛彩娜、张玉婷：《威廉·福克纳种族观研究及其他》，北京理工大学出版社2018年版。

蔡勇庆：《生态神学视野下的福克纳研究》，中国社会科学出版社2012年版。

常耀信：《精编美国文学教程》，南开大学出版社2005年版。

陈建华主编，江宁康、金衡山、查明建等著：《中国外国文学研究的学术历程（第4卷）：美国文学研究的学术历程》，重庆出版社2016年版。

陈许：《美国西部小说研究》，北京大学出版社2004年版。

代晓丽：《福克纳小说叙事修辞艺术》，中国社会科学出版社2014年版。

邓楠：《寻根文学价值观论》，湖南人民出版社2008年版。

董衡巽：《美国文学简史》，中国社会科学出版社2007年版。

董丽娟：《狂欢化视域中的威廉·福克纳小说》，南开大学出版社2014年版。

董璐编：《传播学核心理论与概念》，北京大学出版社2008年版。

杜维明：《儒家思想新论——创造性转换的自我》，江苏人民出版社1996年版。

葛纪红：《跨越时空的叙事：福克纳小说研究》，江苏大学出版社2015年版。

黄国寿、季明月编：《地图编制》，测绘出版社1984年版。

黄剑波、艾菊红主编：《人类学基督教研究导读》，知识产权出版社2014年版。

黄梅红：《中西文学比较研究：福克纳作品浅析》，光明日报出版社2016年版。

黄云亨、谢占杰、段汉武：《在喧哗与骚动中沉思——福克纳及其作品》，海南出版社1993年版。

黄运亭：《在喧哗与骚动中沉思——福克纳及其作品》，时代文艺出版社2001年版。

蒋承勇：《西方文学"人"的母题研究》，华东师范大学出版社2017年版。

李常磊、王秀梅：《传统与现代的对话：威廉·福克纳创作艺术研究》，外语教学与研究出版社2011年版。

李常磊、王秀梅：《镜像视野下威廉·福克纳时间艺术研究》，外语教学与研究出版社2015年版。

李公昭：《美国战争小说史论》，北京大学出版社2012年版。

李剑鸣：《"克罗齐命题"的当代回响——中美两国美史研究的趋向》，

北京大学出版社 2016 年版。

李萌羽:《多维视野中的沈从文和福克纳小说》,齐鲁书社 2009 年版。

李文俊:《福克纳评传》,浙江文艺出版社 1999 年版。

李文俊:《威廉·福克纳》,人民文学出版社 2010 年版。

李文俊:《福克纳画传》,重庆大学出版社 2013 年版。

李文俊:《福克纳传》,现代出版社 2017 年版。

李文俊编选:《福克纳评论集》,中国社会科学出版社 1980 年版。

李咏吟:《诗学解释学》,浙江大学出版社 2013 年版。

刘佾波:《南方失落的世界——福克纳小说研究》,西南师范大学出版社 1999 年版。

罗芃主编:《改革开放 30 年的外国文学研究》,北京大学出版社 2018 年版。

毛信德:《美国小说发展史》,浙江大学出版社 2004 年版。

聂珍钊:《文学伦理学批评导论》,北京大学出版社 2014 年版。

潘晓松:《福克纳——美国南方文学巨匠》,长春出版社 1995 年版。

彭霞媚:《在喧哗与骚动的世界中寻找意义:福克纳及其作品解读》,群众出版社 2017 年版。

秦崇文:《乡土书写与现代性想象——以福克纳和贾平凹为中心》,天津社会科学院出版社 2019 年版。

渠敬东:《缺席与断裂——有关失范的社会学研究》,上海人民出版社 1999 年版。

任虎军:《美国小说研究在中国的历史嬗变及其效应研究》,中国社会科学出版社 2017 年版。

史志康主编:《美国文学背景概观》,上海外语教育出版社 1998 年版。

史忠义:《现代性的辉煌与危机:走向新的现代性》,社会科学文献出版社 2012 年版。

唐启翠、叶舒宪编:《文学人类学新论:学科交叉的两大转向》,复旦大学出版社 2019 年版。

陶洁:《福克纳研究》上海外语教育出版社 2013 年版。

陶洁主编:《福克纳的魅力》,北京大学出版社 1998 年版。

汪民安:《身体、空间与后现代性》,江苏人民出版社 2006 年版。

王柯平主编:《历史诗学与现代想象》,北京师范大学出版社 2015 年版。

王立新:《探赜索幽:王立新教授讲希伯来文学与西方文学》,中央编译出版社 2014 年版。

王宁:《比较文学:理论思考与文学阐释》,复旦大学出版社 2011 年版。

王向远:《圣俗相依:刘建军教授讲基督教文化与西方文学》,中央编译出版社 2014 年版。

武月明:《爱与欲的南方:福克纳小说的文学伦理学批评》,南京大学出版社 2013 年版。

习传进:《走向人类学诗学:20 世纪八九十年代非裔美国文学批评转型研究》,中国社会科学出版社 2007 年版。

肖明翰:《威廉·福克纳研究》,外语教学与研究出版社 1997 年版。

肖明翰:《威廉·福克纳:骚动的灵魂》,四川人民出版社 1999 年版。

杨金才:《美国文艺复兴经典作家的政治文化阐释》,上海外语教育出版社 2009 年版。

杨乃乔:《比较诗学与跨界立场》,复旦大学出版社 2011 年版。

杨乃乔:《东西方比较诗学:悖立与整合》,文化艺术出版社 2006 年版。

叶舒宪:《文学人类学教程》,中国社会科学出版社 2010 年版。

叶舒宪:《结构主义神话学》(增订本),陕西师范大学出版社 2011 年版。

叶舒宪:《金枝玉叶——比较神话学的中国视角》,复旦大学出版社 2012 年版。

叶舒宪:《文学人类学探索》(增订本),陕西师范大学出版社 2018 年版。

叶舒宪:《神话意象》,陕西师范大学出版社 2018 年版。

叶舒宪编选:《神话—原型批评》(增订本),陕西师范大学出版社 2011 年版。

叶舒宪、谭佳:《比较神话学在中国:反思与开拓》,社会科学文献出版社 2016 年版。

叶舒宪主编：《文化与文本》，陕西师范大学出版社 2018 年版。

虞建华等：《美国文学的第二次繁荣——20 世纪二三十年代的美国文化思潮和文学表达》，上海外语教育出版社 2004 年版。

袁可嘉：《欧美现代派文学概论》，上海文艺出版社 1993 年版。

袁先来等：《破碎的遗产：现当代美国文学与信仰危机》，中国社会科学出版社 2017 年版。

张汉良：《文学的边界——语言符号的考察》，复旦大学出版社 2012 年版。

张津瑞、林广：《地图上的美国史》，东方出版中心 2014 年版。

张曦：《威廉·福克纳小说叙事艺术研究》，中国社会科学出版社 2017 年版。

张艳玲：《美国乌托邦文学的流变》，天津大学出版社 2013 年版。

张燕：《福克纳生态思想研究》，山东大学出版社 2011 年版。

赵毅衡：《反讽时代：形式论与文化批评》，复旦大学出版社 2011 年版。

赵毅衡：《符号学原理与推演》（修订本），南京大学出版社 2016 年版。

郑振铎编：《希腊神话与英雄传说》，上海书店出版社 2006 年版。

朱宾忠：《跨越时空的对话：福克纳与莫言比较研究》，武汉大学出版社 2006 年版。

朱振武：《福克纳的创作流变及其在中国的接受与影响》，人民文学出版社 2015 年版。

朱振武：《在心理美学的平面上：威廉·福克纳小说创作论》（增订版），学林出版社 2016 年版。

Albert Camus, *The Rebel*, (trans.) Anthony Bower, New York: Vintage-Random, 1956.

Alexander Pope, *The Dunciad (1728) Bk IV, lines 629 - 632*, Adolphus W. Ward (ed.), *The Poetical Works of Alexander Pope*, London: Macmillan, 1908.

Allen Tate, *Essays of Four Decades*, Athens: The Swallow Press, 1968.

Arthur F. Kinney, *Faulkner's Narrative Poetics: Style as Vision*, University of Massachusetts Press, 1978.

Bernard W. Bell, *The Afro-American Novel and Its Tradition*, Amherst: The University of Massachusetts Press, 1987.

Bernard Williams, *Truth and Truth Fulness: An Essay in Genealogy*, Princeton: Princeton University Press, 2002.

Bonnie G. Smith, *The Gender of History: Men, Women, and Historical Practice*, London: Harvard University Press, 1998.

Charles A. Peek and Robert W. Hamblin, *A Companion to Faulkner Studies*, University Press of Mississippi, 2004.

Charles D. Peavy, *Go Slow Now: Faulkner and the Race Question*, U. Of Oregon Bks, 1971.

Clifton Fadiman, *Party of One*, New York: World Publishing Co., 1955.

David Minter, *William Faulkner: His Life and Work*, Baltimore: Johns Hopkins University Press, 1980.

Dcharles A. Peek, Robert W. Hamblin, Caroline Carvill, *Feminist and Gender Criticism From A Companion to Faulkner Studies*, London: Greenwood Press, 2004.

D. H. Lawrence, "The Ship of Death", Richard Ellmann and Robert O'Clair (ed.): *The Norton Anthology of Modern Poetry* (second edition), New York: Norton, 1988.

Don Harrison Doyle, *Faulkner's County: The Historical Roots of Yoknapatawpha*, UNC Press, 2001.

Donald M. Kartiganer and Ann J. Abadie (eds.), *Faulkner and the Natural World*, University Press of Mississippi, 1999.

Donald Pizer, *The Literary Criticism of Frank Norris*, Austin: University of Texas Press, 1964.

Doreen Fowler and Ann J. Abadie (eds.), *Faulkner and the Craft of Fic-

tion, University Press of Mississippi, 1989.

Doreen Fowler and Ann J. Abadie (eds.), *Faulkner and the Southern Renaissance*, University Press of Mississippi, 1982.

Doreen Fowler and Ann J. Abadie (eds.), *Faulkner and Religion*, University Press of Mississippi, 2006.

Edwin Ray Hunter and William Faulkner, *Narrative Practice and Prose Style*, Windhover Press, 1973.

Evans Harrington and Ann J. Abadie (eds.), *The South and Faulkner's Yoknapatawpha*, University Press of Mississippi, 1977.

Ferdinando Castagnoli, *Orthogonal Town Plarming in Antiquity*, Cam-bridge, 1971.

Francis Brown, *A Hebrew and English Lexicon of the Old Testament*, Oxford: Clarendon Press, 1974.

Frederick John Hoffman and Olga W. Vickery (eds.), *William Faulkner: Two Decades of Criticism*, Michigan: Michigan State College Press, 1951.

Frederick John Hoffman and Olga W. Vickery (eds.), *William Faulkner: Three Decades of Criticism*, Michigan: Michigan State University Press, 1960.

Frederick L. Gwynn and Joseph Leo Blotner, *Faulkner in the University: Class Conferences at the University of Virginia, 1957–1958*, Charlottesville: University of Virginia Press, 1959.

Frederick R. Karl, "The Depths of Yoknapatawpha", *William Faulkner: American Writer: A Biography*, New York: Weidenfeld & Nicholson, 1989.

Gabriel Naude, *Additions to the History of Louis XI* (1630), Peter Burke, *The Renaissance Sense of the past*, London Edward Arrold, 1969.

George Marion O'Donnell, "Faulkner's Mythology", Frederick J. Hoffman and Olga W. Vickery (eds.), *William Faulkner: Three Decades of Criticism*, Michigan: Michigan State University Press, 1960.

Jacques Derrida, *Margins of Philosophy*, The University of Chicago Press, 1982.

James B. Meriwether and Michael Millgate (eds.), *Lion in the Garden: Interviews with William Faulkner*, Lincoln: University of Nebraska Press, 1968.

James M. Coffee, *Faulkner's Un-Christlike Christianity: Biblical Allusions in the Novels*, UMI Research Press, 1983.

Joel Williamson, *William Faulkner and Southern History*, New York: Oxford University Press, 1993.

Joel Williamson, *William Faulkner and Southern History*, New York: Oxford University Press, 1995.

John Carlos Rowe, "Postcolonialism, Globalism, and the New American Studies", Donald E. Pease and Robin Wieman, *The Future American Studies*, Durham: Duke UP, 2002.

John Wesley Hunt, *William Faulkner: Art in Theological Tension*, Syracuse University Press, 1965.

Jonathan Clark, *Our Shadowed Present: Modernism, Postmodernism and History*, London: Atlantic Book, 2003.

Joseph R. Urgo, *Faulkner's Apocrypha*, University Press of Mississippi, 1989.

Joseph R. Urgo and Ann J. Abadie (eds.), *Faulkner and the Ecology of the South*, University Press of Mississippi, 2007.

Josiah Strong, *Expansion: Under New World-Conditions*, New York: Baker and Taylor Co., 1900.

J. Robert Barth (ed.), *Religious Perspectives in Faulkner's Fiction: Yoknapatawpha and Beyond*, University of Notre Dame Press, 1972.

Judith B. Wittenberg, *Faulkner: The Transfiguration of Biography*, Lincoln: University of Nebraska Press, 1979.

Leonard Lutwack, *The Role of Place in Literature*, Syracuse: Syracuse University Press, 1984.

Leslie Fiedler, *Love and Death in the American Novel*, New York: Dell, 1966.

Linda Wagner-Martin (ed.), *William Faulkner: Four Decades of Criticism*, Michigan State University Press, 1973.

Linda Wagner-Martin (ed.), *William Faulkner: Six Decades of Criticism*, Michigan State University Press, 2002.

Louisn D. Rubin, *The History of Southern Literature*, Baton Rouge: Louisiana State University Press, 1985.

Malcolm Cowley, *The Faulkner-Cowley File: Letter and Memories, 1944 – 1962*, New York: Viking Press, 1966.

Malcolm Cowley, *The Portable Faulkner*, New York: Viking, 1967.

Martin Kreiswirth, "Intertextuality, Transference, and Postmodernism in *Absolom, Absolom!* The Production and Reception of Faulkner's Fictional World", John N. Duvall and Ann J. Abadie, *Faulkner and Postmodernism: Faulkner and Yoknapatawpha*, Jackson: University Press of Mississippi, 2002.

Mary Mumbach, "The Figural Action of Sacrifice in *Go Down, Moses*", Larry Allums, *The Epic Cosmos*, Dallas: Dallas Institute Publications, 1992.

Maxwell Geismar, *Writers in Crisis: The American Novel, 1925 – 1940*, New York: E. P. Dutton, 1971.

Michel Gresset and Patrick Samway (eds.), *Faulkner and Idealism*, University Press of Mississippi, 1983.

M. Thomas Inge, *Conversations with William Faulkner*, Jackson: University Press of Mississippi, 1999.

Myra Jehlen, *Class and Character in Faulkner's South*, Columbia University Press, 1976.

N. K. Sandars (trans.), "A Prayer to the Gods at Night", *Poems of Heav-*

en and Hell from Ancient Mesopotamia, London: Penguin, 1971.

Paul Gilroy, *The Black Atlantic: Modernity and Double Consciousness*, Cambridge: Harvard UP, 1993.

Richard Chase, *The American Novel and Its Tradition*, Baltimore: Johns Hopkins University Press, 1980.

Richard Godden, *Fictions of Labor: William Faulkner and the South's Long Revolution*, Cambridge University Press, 2008.

Richard Rorty, *Philosophy and Social Hope*, Harmondsworth, Penguin, 1999.

Robert Hughes, *American Visions: The Epic History of Art in America*, New York: Alfred A. Knopf, 1997.

Robert Penn Warren, "Faulkner: Past and Future", Robert Penn Warren, *Faulkner: A Collection of Critical Essays*, Englewood Cliffs, N. J.: Prentice-Hall, 1966.

Robert W. Hamblin and Charles A. Peek (eds.), *A William Faulkner Encyclopedia*, Greenwood Publishing Group, 1999.

Sacvan Bercovitch, "The Image of America: From Hermeneutics to Symbolism", Michael Gilmore, *Early American Literature*, New Jersey: Prentice Hall, 1980.

Theodore Roosevelt, "True Americanism", *The Forum Magazine*, April 1894, http://www.theodore-roosevelt.com/trspeeches.html.

Thomas Inge, "Faulkner 100 Bookshelf", Taojie, *Faulkner: Achievement and Endurance*, Beijing: Peking University Press, 1998.

Walter Taylor, *Faulkner's Search for A South*, University of Illinois Press, 1983.

Weldon Thornton, "Structure and Theme in Faulkner's *Go Down, Moses*", Leland H. Cox, *William Faulkner: Critical Collection*, Detroit: Gale Research Company, 1982.

Welshimer Wagner (ed.), *William Faulkner, Four Decades of Criticism*,

Michigan State University Press, 1981.

William Faulkner, *A Fable*, Random House, 1954.

William Faulkner, *Light in August*, New York: The Modern Library, 1959.

William Faulkner, *Sanctuary*, The New American Library, 1968.

William Faulkner, *Absalom, Absalom!* New York: Vintage-Random, 1972.

William Faulkner, "If I Forget Thee", *Jerusalem: The Wild Palms*, New York: Vintage International Vintage Books, 1990.

二 连续出版物

鲍忠明、吴剑峰:《挥动玉米锥的凸眼——福克纳〈圣殿〉小说异类人物"黑白人"之陌生化解读》,《外国语文》2010年第1期。

鲍忠明、辛彩娜:《镜与灯:〈押沙龙,押沙龙!〉的新历史主义解读》,《外国文学》2011年第1期。

蔡勇庆、李忠敏:《〈去吧,摩西〉的契约叙事与生态意蕴》,《东方丛刊》2010年第1期。

曹蕾:《视角的陌生化和边缘人的倾诉——论〈喧哗与骚动〉中班吉形象的意义》,《黑龙江社会科学》2006年第2期。

樊星:《福克纳与中国新时期乡土小说的转型》,《山东社会科学》2008年第7期。

范方俊:《威廉·福克纳"约克那帕塔法体系"小说与清教文化传统》,《安徽大学学报》(哲学社会科学版)2013年第2期。

高奋、崔新燕:《二十年来我国福克纳研究综述》,《浙江大学学报》(人文社会科学版)2004年第4期。

管建明:《〈去吧,摩西〉中终极精神价值的建构与解构》,《广东外语外贸大学学报》2006年第1期。

韩启群:《"物的文学生命":重读福克纳笔下的生意人弗莱姆·斯诺普斯》,《外国语文》2019年第1期。

季进：《我译故我在——葛浩文访谈录》，《当代作家评论》2009 年第 6 期。

蒋花、柴改英：《〈押沙龙，押沙龙!〉中的神话原型及主题》，《四川外语学院学报》1998 年第 2 期。

康杰：《解读〈寓言〉中的基督教人道主义思想》，《忻州师范学院学报》2010 年第 4 期。

孔庆华：《论福克纳短篇小说的乡土情结》，《外国文学研究》2003 年第 4 期。

蓝仁哲：《福克纳小说文本的象似性——福克纳语言风格辨析》，《外国语》（上海外国语大学学报）2004 年第 6 期。

蓝仁哲：《〈野棕榈〉：音乐对位法的形式，自由与责任错位的主题》，《四川外语学院学报》2006 年第 3 期。

黎明：《威廉·福克纳的南方妇女观》，《四川师范大学学报》（社会科学版）2002 年第 3 期。

李常磊：《福克纳存在主义哲学思想》，《山东师范大学学报》（人文社会科学版）2004 年第 4 期。

李方木、宋建福：《福克纳非线性艺术叙事范式及其审美价值》，《当代外语研究》2010 年第 3 期。

李纲：《从混血儿形象看福克纳的种族观》，《外国文学研究》2004 年第 2 期。

李萌羽：《关于威廉·福克纳：罗伯特·W. 哈姆布林教授访谈》，《外国文学研究》2010 年第 2 期。

李迎丰：《福克纳与莫言：故乡神话的构建与阐释》，《解放军外国语学院学报》2002 年第 1 期。

刘道全：《创造一个永恒的神话世界——论福克纳对神话原型的运用》，《当代外国文学》1997 年第 3 期。

刘建华：《福克纳小说中的神话与历史》，《国外文学》1997 年第 3 期。

刘泯波：《〈喧哗与骚动〉中的神话原型》，《西南师范大学学报》（哲学社会科学版）1999 年第 5 期。

邵玉丽：《圣殿的坍塌——论〈圣殿〉的主题及其解释》，《深圳职业技术学院学报》2009 年第 8 期。

申富英：《后殖民主义视角下的约克纳帕塔法神话解读》，《文史哲》2005 年第 2 期。

生安锋：《白皮肤、白面具：〈八月之光〉主人公乔·克瑞斯默司的身份僵局》，《外国文学研究》2004 年第 4 期。

生安锋：《现代社会中人格的分裂与模糊——试析〈八月之光〉中的双重人格》，《清华大学教育研究》2003 年第 S1 期。

隋刚：《福克纳的五维文学空间及其显现方式——评〈福克纳：破裂之屋〉》，《外国文学研究》2011 年第 3 期。

谭杉杉：《论福克纳小说中的圣经人物原型》，《世界文学评论》2006 年第 2 期。

陶洁：《新中国六十年福克纳研究之考察与分析》，《浙江大学学报》（人文社会科学版）2012 年第 1 期。

王钢：《福克纳小说的基督教时间观》，《外国文学评论》2012 年第 2 期。

王立新、王钢：《〈八月之光〉：宗教多重性与民族身份认同》，《南开学报》（哲学社会科学版）2011 年第 1 期。

王晓凌、刘娟：《从叙事学角度看〈去吧，摩西〉中圣经文学元素》，《淮北煤炭师范学院学报》（哲学社会科学版）2007 年第 4 期。

武月明：《被命运的洪流裹挟而去——写在〈野棕榈〉中译本问世之际》，《外国文学研究》2009 年第 31 期。

肖明翰：《福克纳与基督教文化传统》，《国外文学》1994 年第 1 期。

肖明翰：《福克纳主要写作手法的探讨》，《四川师范大学学报》（社会科学版）1995 年第 1 期。

肖明翰：《福克纳与美国南方文学传统》，《四川师范大学学报》（社会科学版）1996 年第 1 期。

肖明翰：《福克纳与美国南方》，《四川师范大学学报》（社会科学版）1998年第3期。

谢素霞：《〈押沙龙，押沙龙!〉的文学伦理学解读》，《邵阳学院学报》（社会科学版）2008年第6期。

杨彩霞：《〈喧哗与骚动〉与圣经文学传统的相关性研究》，《外国文学》2009年第3期。

易晓明：《碎片化与整体性——〈喧哗与骚动〉的历史感之建构》，《外国文学评论》2003年第1期。

虞建华：《历史与小说的异同：现实的南方与福克纳的南方传奇》，《英美文学研究论丛》2006年第1期。

张静：《论〈野棕榈〉"对位编码"的地理空间指向》，《世界文学评论》2012年第1期。

张立新：《禁忌、放纵与毁灭——福克纳小说中的"乱伦"母题及其意义》，《国外文学》2010年第2期。

张曦：《谁在弥留？——威廉·福克纳〈我弥留之际〉的主题分析》，《江南大学学报》（人文社会科学版）2003年第4期。

朱振武：《论福克纳小说创作的神话范式》，《上海大学学报》（社会科学版）2003年第4期。

朱振武、郭宇：《美国福克纳研究的垦拓与创新》，《当代外国文学》2011年第1期。

祖国颂：《〈我弥留之际〉中〈圣经〉话语的文化意蕴》，《学术交流》2003年第2期。

Barbara Ladd, "Faulkner's Paris: State and Metropole in *A Fable*", *The Faulkner Journal*, Spring 2012: 115 – 128.

Crystal Gorham Doss, "'Put A Mississippian in Alcohol and You Have A Gentleman': Respectable Manhood in William Faulkner's *Sanctuary*", *The Faulkner Journal*, fall 2013: 77 – 87.

Daniela Duralia, "Teaching How to Discern William Faulkner's Use of the

Gothic Tradition in *Absalom, Absalom!*" *International Journal of Arts & Sciences*, 11 (01), 2018: 295 – 302.

Daniela Duralia, "Teaching William Faulkner's Use of Classical Myth in *Absalom, Absalom!*" *International Journal of Arts & Sciences*, 10 (01), 2017: 283 – 298.

David Oswald, "Otherwise Undisclosed: Blood, Species, and Benjy Compson's Idiocy", *Journal of Literary & Cultural Disability Studies*, 10, 3, 2016: 287 – 304.

Diana York Blaine, "The Abjection of Addie and Other Myth of the Maternal in 'As I Lay Dying'", *The Mississippi Quarterly*, 47, 3, 1994: 419 – 427.

Greg Dening, "Performing on the Beaches of the Mind", *History and theory*, 41, 2002: 6.

Haihui Chen, "An Archetypal Study on William Faulkner's *Absalom, Absalom!*" *Theory and Practice in Language Studies*, 7, 3, 2017: 187 – 194.

Hüseyin ALTINDIS, "Faulkner Tragedies and Unproductive Frustrations: Love and Death in William Faulkner's Light in *August and Absalom, Absalom!*" *The Journal of International Social Research*, 11, 59, October 2018: 24 – 33.

Jonathan Berliner, "Borrowed Books: Bodies and the Materials of Writing in *The Sound and the Fury*", *The Faulkner Journal*, fall 2016: 3 – 17.

Jones, Carolyn M., "Traces and Cracks, Identity and Narrative in Toni Morrison's Ja", *African American Review*, 31 (3), 1997: 481 – 495.

Judith Caesar, "The Sound and The Fury: The Story Inside and Outside the Text", *The Explicator*, 77, 3, 2013: 199 – 202.

Libby Catchings, "Elegy, Effigy: Alchemy and the Displacement of Lament in *As I Lay Dying*", *The Faulkner Journal*, fall 2014: 25 – 38.

Mark Osteen, "Dark Mirrors: *Sanctuary's* Noir Vision", *The Faulkner Journal*, Spring 2014: 11 – 35.

Marybeth Southard, "'Aint None of Us Pure Crazy': Queering Madness in As I Lay Dying", *The Faulkner Journal*, Spring 2013: 47-63.

Mary Paniccia Carden, "Fatherless Children and Post-Patrilineal Futures in William Faulkner's *Light in August*, *Absalom, Absalom!* And *Go Down, Moses*", *The Faulkner Journal*, fall 2013: 51-75.

May Cameron Brown, "The Language of Chaos: Quentin Comparison in *The Sound and the Fury*", *American Literature*, Vol. 51, No. 4, 1980: 551.

Nidhi Mehta, "The Decadence and Decay of the Family in William Faulkner's *The Sound and The Fury*", *Literary Endeavour*, X, 2, April 2019: 137-141.

Toni Morrison, "Memory, Creation and Writing", *Thought*, 59, December 1984.

Victoria M. Bryan, "William Faulkner in the Age of the Modern Funeral Industry", *The Southern Quarterly*, 53, 1, fall 2015: 25-40.

William Collins, "Do Ghosts Desire? Time, Disembodiment and Consciousness in William Faulkner's '*Light In August*'", *International Journal of Arts and Sciences*, 11 (01), 2018: 21-34.

Yasemin ASCI, "Tragedy and Tragic Characters in William Faulkner's Novel *The Sound and The Fury*", *The Journal of International Social Research*, 12, 66, October 2019: 5-10.

三　学位论文

蔡勇庆:《生态神学视野下的福克纳小说研究》,博士学位论文,南开大学,2010年。

陈学谦:《诺贝尔文学奖美国获奖作家作品之环境伦理思想研究》,博士学位论文,湖南师范大学,2014年。

谌晓明:《符指、播散与颠覆:福克纳的"斯诺普斯三部曲"之解构主义研究》,博士学位论文,上海外国语大学,2009 年。

代晓丽:《福克的小说〈押沙龙,押沙龙!〉叙事修辞艺术研究》,博士学位论文,上海外国语大学,2012 年。

董丽娟:《狂欢化视域中的威廉·福克纳小说》,博士学位论文,南开大学,2009 年。

葛纪红:《福克纳小说的叙事话语研究》,博士学位论文,苏州大学,2009 年。

韩启群:《转型期变革的多维书写—福克纳斯诺普斯三部曲的物质文化批评》,博士学位论文,南京大学,2013 年。

黄秀国:《叩问进步——论福克纳穷白人三部曲中的商品化与异化》,博士学位论文,复旦大学,2014 年。

李萌羽:《全球化视野中的沈从文与福克纳》,博士学位论文,山东师范大学,2004 年。

刘国枝:《威廉·福克纳荒野旅行小说的原型模式》,博士学位论文,华中师范大学,2007 年。

刘泞波:《乱中求序—〈喧哗与骚动〉的文体特质》,博士学位论文,广东外语外贸大学,2007 年。

刘桃冶:《福克纳文学作品伦理取向研究》,博士学位论文,吉林大学,2017 年。

卢国荣:《20 世纪美国生态环境的文学观照——文学守望的无奈及其久远的影响》,博士学位论文,吉林大学,2008 年。

孙胜忠:《无尽的求索和虚妄的梦——美国成长小说艺术和文化表达研究》,博士学位论文,上海外国语大学,2004 年。

王春:《李文俊文学翻译研究》,博士学位论文,上海外国语大学,2014 年。

王胐:《福克纳战争小说的创作研究》,博士学位论文,上海外国语大学,2014 年。

云天英:《威廉·福克纳作品的后现代叙事研究》,博士学位论文,吉林大学，2015 年。

曾军山:《斯诺普斯三部曲的互文性研究》，博士学位论文，湖南师范大学，2012 年。

张鲁宁:《历史语境与文本再现——福克纳小说创作研究》，博士学位论文，上海外国语大学，2013 年。

朱宾忠:《福克纳与莫言比较研究》，博士学位论文，武汉大学，2005 年。

朱振武:《福克纳小说创作的心理美学研究》，博士学位论文，苏州大学，2002 年。

Amy A. Foley, Doorways to Being: Modernism and "Lived" Architectures, University of Rhode Island, 2017.

Anthony J. DeCamillis, Faulkner's "fierce, courageous being": Narrative and Neuroscience in *The Sound and the Fury*, University of Colorado-Boulder, 2018.

Bart Harrison Welling, Inescapable Earth: William Faulkner, Yoknapatawpha, and the book of nature, University of Virginia, 2004.

Bradley Gerhardt, Genealogical Modernism: Family Structures, Identity, History, and Narrative in the 20th-Century "Long" Novel, University of Washington, 2018.

Daisuke Kiriyama, Dis/Inheritance: Love, Grief, and Genealogy in Faulkner, State University of New York at Albany, 2018.

Eunju Hwang, William Faulkner's art of becoming: A Deleuzean reading, Purdue University, 2006.

Haili A. Alcorn, Beauty and the Beasts: Making Places with Literary Animals of Florida, University of South Florida, 2018.

James Benjamin Bolling, Serial historiography: Literature, narrative history, and the anxiety of truth, The University of North Carolina at Chapel Hill, 2016.

James Stannard, The influence and subversion of the Southern folk tradition in the novels of William Faulkner, University of Essex, 2015.

Jeffrey R. Villines, Normative Disruptions: The Diegetic Reading of Anachronism in Twentieth-century American Novels, University of Houston, 2018.

Jennifer Madeline Zoebelein, Memories in Stone and Ink: How the United States Used War Memorials and Soldier Poetry to Commemorate the Great War, Kansas State University, 2018.

John B. Padgett, War and history in the fiction of William Faulkner, The University of Mississippi, 2004.

Joyce Kim, Repressions and revisions: the afterlife of slavery in Southern literature, Boston University, 2016.

Katie Owens-Murphy, Lyrical Strategies: The Poetics of the Twentieth-Century American Novel, The Pennsylvania State University, 2017.

Kathryn Cai, Nascent Articulations of Feeling: Affective Care Labor in Emerging Postsocialist and Late Capitalist China-U. S. Circuits, University of California, Los Angeles, 2019.

Kathryn Lambd Hutchinson, Companionship in William Faulkner's "A Fable", University of Florida, 1981.

Levi J. Jost, Lines That Bind: Disability's Place in the Modernist Writings of William Faulkner, Amy Lowell, Langston Hughes, and Ezra Pound, Southern Illinois University at Carbondale, 2017.

Mamadou M. Samb, Regard croisé sur l'anthropologie et la littérature dans l'œuvre de Michel Leiris, University of Minnesota, 2013.

Peter John Lido, Queer Honor: White Masculinity in the Southern Novel 1936 – 1970, University of Chicago, 2019.

Robert Arnold Zandstra, The Nature of the Secular: Religious Orientations and Environmental Thought in Nineteenth-century American Literature,

University of Oregon, 2017.

Scott, T. Chancellor, *William Faulkner's Hebrew Bible: Empire and the myths of origins*, The University of Mississippi, 2011.

Stephanie Rountree, *American Corpus: The Subversion of National Biopower in Post-Emancipation Literature*, Georgia State University, 2017.

Tony Nelson Kelly, *Readings from a Life: Rural Educators Read our Rural Selves*, McGill University (Canada), 2009.

William Duane Nichols Ⅲ, *Arrythmias of Time: Past and Present in A La Recherche Du Temps Perdu and Absalom, Absalom!* Indiana University, 2019.

四 报刊及互联网资料

习近平：《共同构建人类命运共同体——在联合国日内瓦总部的演讲》，《人民日报》2017年1月20日第2版。

《王毅在第56届慕尼黑安全会议上发表演讲》，2020年2月15日，外交部网站，https：//www.mfa.gov.cn/web/zyxw/202002/t20200215_347908.shtml。

叶舒宪：《从神话学看人类命运共同体——国家出版项目"神话学文库"的文化品牌意义》，《文艺报》2020年1月15日第3版。

Buck vs. Bell (1927), available at: http://caselaw.lp.findlaw.com/cgi-bin/getcase.pl?court-us&v01=274&inv01=200 (July 18, 2010).

Emily Langer, *Toni Morrison, Nobel Laureate who Transfigured American Literature, dies at 88*, Washington Post, 2019-08-06.

附　录

附录1

附表1　　　目前国内出版的福克纳传记（含译著）

序号	书名	作者	译者	出版社	出版年份
1	圣殿中的情网——小说家威廉·福克纳传	[美]达维德·敏特	赵扬译	生活·读书·新知三联书店	1991
2	福克纳传	[美]戴维·明特	顾连理	东方出版中心	1994
3	威廉·福克纳	[美]弗雷里克·霍夫曼	姚乃强	春风文艺出版社	2000
4	威廉·福克纳传	[美]戴维·明特	张志军	中共中央党校出版社	2000
5	福克纳传	[美]杰伊·帕里尼	吴海云	中信出版社	2007
6	福克纳传（上、下）	[美]弗莱德里克·R.卡尔	陈永国	商务印书馆	2007
7	威廉·福克纳：成为一个现代主义者	[美]丹尼尔·J.辛格	王东兴	黑龙江教育出版社	2015
8	福克纳：破裂之屋	[美]桑德奎斯特	隋刚等	上海外语教育出版社	2012
9	成为福克纳：威廉·福克纳的艺术与生活	[美]菲利普·韦恩斯坦	晏向阳	南京大学出版社	2018
10	我和我的世界：威廉·福克纳传	[美]罗伯特·韦恩·韩布林	李方木	中国海洋出版社	2020

续表

序号	书名	作者	译者	出版社	出版年份
11	从福克纳到莫里森——两位诺贝尔奖美国作家作品研究文集	［美］罗伯特·W.汉柏林、［美］克里斯托弗·瑞格主编	康毅、王丽丽等	中央编译出版社	2020

附表2　　国内福克纳研究专著（含论文集）

序号	书名	作者/编著	出版社	出版年份
1	福克纳评论集	李文俊	中国社会科学出版社	1980
2	在喧哗与骚动中沉思——福克纳及其作品	黄运亭、谢占杰、段汉武	海南出版社	1993
3	大家族的没落——福克纳和巴金家庭小说比较研究	肖明翰	广西师范大学出版社	1994
4	福克纳——美国南方文学巨匠	潘小松	长春出版社	1996
5	威廉·福克纳研究	肖明翰	外语教学与研究出版社	1997
6	福克纳的魅力	陶洁编	北京大学出版社	1998
7	威廉·福克纳：骚动的灵魂	肖明翰	四川人民出版社	1999
8	福克纳小说中的语言与文化标志	廖彩胜	福建教育出版社	1999
9	福克纳评传	李文俊	浙江文艺出版社	1999
10	南方失落的世界——福克纳小说研究	刘俊波	西南师范大学出版社	1999
11	在喧哗与骚动中沉思——福克纳及其作品	黄运亭	时代文艺出版社	2001
12	文本与他者：福克纳解读（英文版）	刘建华	北京大学出版社	2002
13	在心理美学的平面上：威廉·福克纳小说创作论	朱振武	学林出版社	2004
14	跨越时空的对话：福克纳与莫言比较研究	朱宾忠	武汉大学出版社	2006
15	另一个角度看福克纳	黎明、江智利	重庆出版社	2006
16	福克纳的神话	李文俊	上海译文出版社	2008
17	多维视野中的沈从文和福克纳小说	李萌羽	齐鲁书社	2009
18	最辉煌的失败：福克纳对黑人群体的探索	鲍忠明	北京理工大学出版社	2009
19	后现代语境下的福克纳文本（英文版）	管建明	中山大学出版社	2010

续表

序号	书名	作者/编著	出版社	出版年份
20	传统与现代的对话：威廉·福克纳创作艺术研究	李常磊、王秀梅	外语教学与研究出版社	2010
21	福克纳生态思想研究	张艳	山东大学出版社	2011
22	生态神学视野下的福克纳研究	蔡勇庆	中国社会科学出版社	2012
23	爱与欲的南方：福克纳小说的文学伦理学批评	武月明	南京大学出版社	2013
24	文化诗学视域下的福克纳小说人学观	王钢	南开大学出版社	2013
25	福克纳研究	陶洁	上海外语教育出版	2013
26	狂欢化视域中的威廉·福克纳小说	董丽娟	南开大学出版社	2014
27	福克纳小说叙事修辞艺术	代晓丽	中国社会科学出版社	2014
28	镜像视野下威廉·福克纳时间艺术研究	李常磊、王秀梅	外语教学与研究出版社	2015
29	福克纳的创作流变及其在中国的接受与影响	朱振武	人民文学出版社	2015
30	跨越时空的叙事：福克纳小说研究	葛纪红	江苏大学出版社	2015
31	从意识洪流到艺术灵动——福克纳的斯诺普斯三部曲研究	谌晓明	上海三联书店	2016
32	威廉·福克纳批评与研究	袁秀萍	西南交通大学出版社	2016
33	中西文学比较研究：福克纳作品浅析	黄梅红	光明日报出版社	2016
34	空间理论视阈下的福克纳与伍尔夫小说创作研究	丛长宏	延边大学出版社	2016
35	解构主义与《大宅》的解构式阅读	夏增强	吉林大学出版社	2016
36	在心理美学的平面上：威廉·福克纳小说创作论（增订版）	朱振武	学林出版社	2016
37	莫言与福克纳小说语境比较研究	刘宁宁	辽宁大学出版社	2016
38	转型期变革的多维书写——福克纳斯诺普斯三部曲的物质文化批评	韩启群	苏州大学出版社	2017
39	福克纳研究	赵春花	吉林大学出版社	2017
40	在喧哗与骚动的世界中寻找意义：福克纳及其作品解读	彭霞媚	群众出版社	2017
41	宗教伦理与文学伦理的传承：威廉·福克纳小说中的伦理意识	赵博	辽宁人民出版社	2017

续表

序号	书名	作者/编著	出版社	出版年份
42	威廉·福克纳小说叙事艺术研究	张曦	中国社会科学出版社	2017
43	威廉·福克纳种族观研究及其他	鲍忠明、辛彩娜、张玉婷	北京理工大学出版社	2018
44	福克纳与莫言小说的空间叙事研究	杨红梅	湘潭大学出版社	2018
45	福克纳与美国南方乡土文学	魏贤梅	吉林大学出版社	2018
46	乡土书写与现代性想象——以福克纳和贾平凹为中心	秦崇文	天津社会科学院出版社	2019
47	政治无意识：阶级视角下的福克纳小说	林长洋	同济大学出版社	2019
48	福克纳导读	康毅等	哈尔滨工程大学出版社	2019
49	历史语境与文本再现——福克纳小说创作研究	张鲁宁	苏州大学出版社	2021
50	福克纳家族叙事与新时期中国家族小说比较研究	高红霞	人民出版社	2021
51	福克纳《喧哗与骚动》及其汉译研究	龙江华、姜月婵、李珊珊	西南交通大学出版社	2021
52	时空视域下的福克纳和莫言的叙事研究	杨红梅	九州出版社	2021
53	文学故乡的多维空间建构：福克纳与莫言的故乡书写比较研究	陈晓燕	作家出版社	2021
54	女性主义视域下的解读：威廉·福克纳作品中女性群像研究	谢俊	东北师范大学出版社	2021
55	福克纳小说的文学地理学研究	王海燕	广东人民出版社	2022
56	威廉·福克纳的神话意识研究	蒋必成	延边大学出版社	2022
57	疯癫的群落：拉康"原质"理论视域下福克纳小说疯癫书写研究	杨依柳	吉林大学出版社	2022
58	福克纳后期作品中的家族关系与国家认同	李方木	中国社会科学出版社	2023

附表3 国内与福克纳研究相关的基金项目统计（检索截至2023年7月15日）

排序类别	基金项目	作者	相关单位	论文篇数
1	国家社会科学基金①	王晓梅、李萌羽、樊星、高红霞、朱振武、李常磊、陶洁等36人	甘肃农业大学、中国海洋大学、兰州大学、上海大学、济南大学、北京大学等	40
2	湖南省哲学社会科学基金②	杨红梅、王芬、曾军山、尹志慧、龙慧萍等15人	长沙大学、湘潭大学、湖南涉外经济学院等	19
3	江苏省教育厅人文社会科学研究基金③	廖雨声、姜德成、周文娟、张鲁宁、韩启群、张曦、杨金才、葛纪红等11人	苏州科技大学、江苏大学、南通大学、南京林业大学、南京医科大学等	13

① 基金包括：国家社会科学基金重大项目（09&ZD071）；国家社会科学基金项目"福克纳家族叙述与新时期中国家族小说比较研究"（12BWW009）；国家社会科学规划项目"威廉·福克纳对中国新时期小说的影响研究"（13BWW007）和"中国新时期小说隐喻叙事研究"（15BZW0035）；教育部人文社会科学规划基金项目"当代美国南方文学主题研究"（10YJA752008）；国家社会科学基金后期资助项目"福克纳的创作流变及其在中国的接受与影响"（11FWW008）；兰州大学中央高校重点培育项目"美国南方文艺复兴文学研究"（12LZUJBWZP004）；国家社会科学基金重大项目"世界性与本土性交汇：莫言文学道路与中国文学的变革研究"（13&ZD122）；国家社科项目"镜像理论视野下的威廉·福克纳时间艺术研究"（10BWW022）；等等。

② 基金包括：湖南省哲学社会科学一般课题"福克纳与莫言空间叙事比较研究"（15YBA022）；湖南省教育厅一般课题"福克纳与莫言地志空间叙事比较研究"（15C0129）；教育部人文社会科学研究规划青年基金项目"福克纳与莫言小说的时空叙事比较研究"（16YJC752024）；2015湖南省社科基金外语科研联合项目"福克纳经典小说中的哥特式创作方法研究"（15WLH14）；湖南省社科基金外语联合项目"福克纳与'南方骑士'传统"（14WLH01）；衡阳师范学院科研启动项目"福克纳与南方幽默传统"（14B31）；湖南省社科基金立项资助项目：栖居在福克纳玫瑰花园中的女性——其短篇小说创作的存在主义倾向（2010YBA148）；湖南省社科规划课题"福克纳与沈从文乡土文学比较研究"（02YB44）；2009年度湖南省社科基金课题（09YBB098）；等等。

③ 基金包括：江苏省高校哲学社会科学基金项目"语—图关系视域下的文学通感研究"（2015SJB551）；苏州科技大学科研基金青年项目"现代艺术通感的现象学研究"（XKQ201410）；江苏省教育厅高校哲学社会科学研究项目"美国南方文学之'南方性'研究"（2013SJD750033）；江苏省高校哲学社会科学基金指导项目"福克纳晚期作品的主题嬗变"（06SJD750025）、"福克纳与莫言的历史书写比较"（2013SJD750004）、"物质文化批评视野中的美国现代小说研究"（2011SJD750034）及"福克纳小说的叙事话语研究"（08SJD7500022）；江苏省教育厅高校哲学社会科学研究项目"威廉·福克纳的叙事艺术"（09SJD750027）；江苏省教育厅高校哲学社会科学研究基金项目"威廉·福克纳作品异质空间叙事研究"（2013SJB750030）；南通大学人文社科项目"21世纪视域中的威廉·福克纳研究"（12W041）；国家社科基金青年项目"美国'南方文艺复兴'文学的道德重构研究"（13CWW022）。江苏省教育厅哲学社会科学基金指导项目涉及杨秀丽、姜德成、周文娟、张鲁宁、韩启群、张曦、杨金才、葛纪红等十一位作者。

续表

排序类别	基金项目	作者	相关单位	论文篇数
4	湖南省教委科研基金①	刘堃、赵树勤、宋德发、鲁娅辉等6人	湖南科技学院、湖南师范大学、湘潭大学等	9
5	国家留学基金：国家留学基金委资助项目；大连外国语大学科研基地项目（2016 XJJS05）；"美国文学研究"（CSC97822032）；辽宁省社科基金项目"美国文学中的中国他者形象流变研究"（L14AWW001）；国家留学基金管理委员会资助项目"美国文学研究"（CSC97822032）；吉林省社会科学基金"十八大"专题重点项目"文学的文化软实力研究"（2013A04）	王春、丁夏林、綦天柱、胡铁生、胡铁生、夏文静	大连外国语大学、南京农业大学、吉林大学文学院、长春师范大学、吉林大学	4
6	中国博士后科学基金（2013M530354）；湖南省青年骨干教师培养对象专项基金项目；中国博士后科学基金（20090460605），山东省艺术科学重点课题（2009150）	叶冬、张岩	湖南师范大学、复旦大学	3
7	黑龙江省哲学社会科学研究规划项目：黑龙江省哲学社会科学研究规划项目"美国迷惘的一代文学伦理学研究"（批准号：17WWB065）；黑龙江省哲学社会科学项目"当代女性主义伦理学视野下的福克纳小说研究"（15WWC01），中央高校自由探索项目"生态批评视域下的福克纳研究"	姚小娟、康毅、刘丹	东北石油大学外国语学院、哈尔滨工程大学外语系、北京外国语大学	2

① 基金包括：湖南省教育厅科学研究项目优秀青年项目（16B108）；湖南省教育厅重点研究项目"20世纪中国家族小说研究"（04A034）；湖南省社会科学成果评审委员会课题（WX166）；湖南省教育厅课题"流散与融聚——沈从文与谭恩美文学的现代性对比研究"（11C0339）；湖南省教育厅青年项目"现代小说中的空间结构类型及叙事功能研究"（06B060）；湖南省教育厅课题"美国自然主义文学的传承与发展研究"（09C551）；湖南省教育厅课题（05C107）；湖南省教育厅重点项目（02B001）；湖南省社科规划项目（02YB44）；等等。涉及刘堃、鲁娅辉、李卫华、赵树勤、宋德发、童真、司文会、邓颖玲等十二位作者。

续表

排序类别	基金项目	作者	相关单位	论文篇数
8	甘肃省教育厅课题"福克纳与莫言家族叙事艺术比较研究"（2013B－105）	赵鑫	兰州文理学院	2
9	浙江省教育厅科研计划项目：浙江省教育厅科研项目"认知视角下福克纳与莫言作品中隐喻的对比研究"（Y201329805）	朱凤梅、邓丽静	宁波大红鹰学院、浙江大学宁波理工学院	2
10	教育部人文社会科学研究项目：2018年教育部人文社会科学研究项目"福克纳小说的文学地理学研究"（BSY18018）教育部社科基金青年项目"圣经之维：美国南方文学经典的文化诗学阐释"（15YJC752033）；吉林省教育厅"十三五"社会科学规划重点项目"美国南方文艺复兴文学经典的圣经文化诗学阐释"（JJKH20180799SK）	王海燕、王钢	中南民族大学外语学院、吉林师范大学文学院	2
11	江苏省"青蓝工程"：国家社会科学基金青年项目"美国'南方文艺复兴'文学的道德重构研究"（13CWW022）；江苏省高校"青蓝工程"中青年学术带头人培养计划资助[苏教师（2016）15号]	韩启群	南京林业大学外国语学院	2
12	湖北省教育委员会科学研究计划项目："精神分裂分析视域下梅尔维尔小说《白鲸》的研究"（湖北省教育厅重点课题立项编号：16D007）	康有金、侯雯	武汉科技大学	1
13	连云港市哲学社会科学规划基金：连云港市社会科学基金项目（19LKT2121）	李丽	连云港师范高等专科学校	1

续表

排序类别	基金项目	作者	相关单位	论文篇数
14	深圳市哲学社会科学规划课题："当代文化语境中的'不可靠叙述'研究"（SZ2019C011）	王悦	厦门大学中国语言文学系	1
15	河南省软科学研究计划：2014年河南省科技厅软科学项目"'一带一路'战略下河南文化产业发展研究"（142400411424）；2016年度河南省科技厅软科学项目（162400410374）	陈大维	河南理工大学外国语学院	1
16	安徽省高校科研基金：安徽省教育厅重点项目（2013SQRW071ZD）	朱玲玲、石平	蚌埠学院外国语学院	1
17	陕西省教育厅科研计划项目：陕西省教育厅专项科研计划项目（2013JK0295）	李艾红	西安文理学院外国语学院	1
18	山东省教育厅科研计划项目：山东省教育厅项目"英美小说的非线性叙事范式与美学研究"（J06S11）的阶段性成果	李方木、宋建福	山东科技大学外国语学院	1
19	四川省教育厅重点项目"威廉·福克纳作品自然物象的象征意义研究"（11SA068）	胡英	成都信息工程大学外国语学院	1
20	四川省教育厅青年基金资助项目（W10207004）	龚静	西华大学外国语学院	1
21	2018年度山东省高校科研计划项目"福克纳后期创作中的家族罗曼司研究"（J18RA215）	李方木	山东科技大学、北京外国语大学	1
22	教育部社科基金青年项目"圣经之维：美国南方文学经典的文化诗学阐释"（15YJC752033）；吉林省教育厅"十三五"社会科学规划重点项目"美国南方文艺复兴文学经典的圣经文化诗学阐释"（JJKH20180799SK）	王钢	吉林师范大学文学院	1

续表

排序类别	基金项目	作者	相关单位	论文篇数
23	2004年度重庆市教委人文社会科学研究青年项目（odjwsk105）	黎明	渝西学院	1

附表4　国内福克纳研究被引频次较高的文章（2010—2020）
（检索截至2023年7月15日）

排序类别	论文标题	作者	期刊名	期数	关键词标引论文篇数
1	浅析小说《我弥留之际》中的创伤隐喻	田海荣、葛纪红	《英语广场》	2020年第13期	19
2	"物的文学生命"：重读福克纳笔下的生意人弗莱姆·斯诺普斯	韩启群	《外国语文》	2019年第1期	82
3	踽踽独行的朝圣者——李文俊编审访谈录	王春	《文艺研究》	2017年第4期	8
4	美国南方宗教文化对福克纳创作的影响	付景川、刘桃冶	《东北师范大学学报》（哲学社会科学版）	2017年第2期	5
5	福克纳与莫言作品中的悲剧女性形象比较研究	杜翠琴	《西北师范大学学报》（社会科学版）	2016年第5期	6
6	认知视角下福克纳与莫言作品篇名隐喻研究	朱凤梅	《江西社会科学》	2016年第4期	7
7	近五年国外威廉·福克纳研究述评	韩启群	《当代外国文学》	2015年第3期	13
8	《喧哗与骚动》中的句子重复	刘浥波	《外语教学》	2014年第4期	6
9	莫言与福克纳小说的伦理学对比	刘向辉	《江西社会科学》	2014年第6期	20

续表

排序类别	论文标题	作者	期刊名	期数	关键词标引论文篇数
10	福克纳与美国南方"圣经地带"	刘桃治、付景川	《东北师范大学学报》（哲学社会科学版）	2014年第3期	6
11	《我弥留之际》的《圣经》主题原型探析	曹媛媛	《长江大学学报》（社会科学版）	2014年第5期	8
12	福克纳对莫言的影响与莫言的自主创新	胡铁生、夏文静	《求是学刊》	2014年第1期	16
13	威廉·福克纳自然书写的生态启示	周文娟	《南通大学学报》（社会科学版）	2013年第5期	4
14	福克纳作品异质空间叙事解读	周文娟	《当代外国文学》	2013年第3期	23
15	一个反成长叙事的样本：重读福克纳《八月之光》	武月明	《外语研究》	2013年第3期	10
16	威廉·福克纳"约克那帕塔法体系"小说与清教文化传统	范方俊	《安徽大学学报》（哲学社会科学版）	2013年第2期	6
17	福克纳小说的基督教时间观	王钢	《外国文学评论》	2012年第2期	14
18	混乱无序的井然有序——福克纳的叙事艺术赏析	赵桂英、冯彦	《文艺争鸣》	2012年第4期	4
19	论斯诺普斯三部曲与南方骑士文化的互文性	曾军山	《外国文学》	2012年第2期	9
20	《喧哗与骚动》与中国当代家族小说的故乡叙事	赵树勤、龙其林	《外国文学研究》	2012年第1期	6
21	新中国六十年福克纳研究之考察与分析	陶洁	《浙江大学学报》（人文社会科学版）	2012年第1期	40

续表

排序类别	论文标题	作者	期刊名	期数	关键词标引论文篇数
22	小说的越界：浅论福克纳的电影化小说	仪爱松、冯春环	《中南大学学报》（社会科学版）	2011年第5期	5
23	威廉·福克纳作品中的消费主义文化透视	李常磊、王秀梅	《外国文学研究》	2011年第4期	11
24	福克纳小说意象的审美解读	葛纪红	《国外文学》	2011年第1期	12
25	《八月之光》：宗教多重性与民族身份认同	王立新、王钢	《南开学报》（哲学社会科学版）	2011年第1期	28
26	美国福克纳研究的垦拓与创新	朱振武、郭宇	《当代外国文学》	2011年第1期	19
27	福克纳短篇小说在中国	朱振武、杨瑞红	《上海大学学报》（社会科学版）	2010年第5期	23
28	福克纳研究的新动向	张曦	《外国文学动态》	2010年第3期	7
29	福克纳立足消费文化语境的欲望叙事	张晓毓	《求索》	2010年第3期	7
30	关于威廉·福克纳：罗伯特·W.哈姆布林教授访谈	李萌羽	《外国文学研究》	2010年第2期	12

附录2

国内关于福克纳研究的硕士、博士学位论文选题概览

附表5　　国内关于福克纳研究的硕士、博士学位论文选题一览

（数据截至2023年7月15日）

序号	题目	作者	院校	年份
1	福克纳小说创作的心理美学研究	朱振武	苏州大学	2002
2	全球化视野中的沈从文与福克纳	李萌羽	山东师范大学	2004
3	无尽的求索和虚妄的梦——美国成长小说艺术和文化表达研究	孙胜忠	上海外国语大学	2004
4	福克纳与莫言比较研究	朱宾忠	武汉大学	2005
5	乱中求序——《喧哗与骚动》的文体特质	刘浡波	广东外语外贸大学	2007
6	威廉·福克纳荒野旅行小说的原型模式	刘国枝	华中师范大学	2007
7	20世纪美国生态环境的文学观照——文学守望的无奈及其久远的影响	卢国荣	吉林大学	2008
8	福克纳小说的叙事话语研究	葛纪红	苏州大学	2009
9	狂欢化视域中的威廉·福克纳小说	董丽娟	南开大学	2009
10	符指、播散与颠覆：福克纳的"斯诺普斯三部曲"之解构主义研究	谌晓明	上海外国语大学	2009
11	生态神学视野下的福克纳小说研究	蔡勇庆	南开大学	2010
12	西方文学的非理性特点及禅意研究	柳东林	吉林大学	2010
13	福克的小说《押沙龙，押沙龙！》叙事修辞艺术研究	代晓丽	上海外国语大学	2012
14	斯诺普斯三部曲的互文性研究	曾军山	湖南师范大学	2012
15	转型期变革的多维书写——福克纳斯诺普斯三部曲的物质文化批评	韩启群	南京大学	2013
16	历史语境与文本再现——福克纳小说创作研究	张鲁宁	上海外国语大学	2013
17	叩问进步——论福克纳穷白人三部曲中的商品化与异化	黄秀国	复旦大学	2014
18	诺贝尔文学奖美国获奖作家作品之环境伦理思想研究	陈学谦	湖南师范大学	2014

续表

序号	题目	作者	院校	年份
19	福克纳战争小说的创作研究	王胱	上海外国语大学	2014
20	李文俊文学翻译研究	王春	上海外国语大学	2014
21	威廉·福克纳作品的后现代叙事研究	云天英	吉林大学	2015
22	福克纳文学作品伦理取向研究	刘桃冶	吉林大学	2017
23	白色病症，黑色治疗——威廉·福克纳小说种族关系表征研究	姚学丽	上海外国语大学	2019
24	圣俗相偎：威廉·福克纳小说神话诗学研究	秦崇文	陕西师范大学	2020
25	福克纳后期作品中的家族关系与国家认同	李方木	北京外国语大学	2020
26	历史记忆与时代精神的碰撞——威廉·福克纳与大江健三郎创作的比较研究	姜文莉	吉林大学	2021
27	威廉·福克纳的神话意识研究	蒋必成	华中科技大学	2021
28	威廉·福克纳作品中的男性气质研究	白碧霄	北京外国语大学	2022

附表6　　　　　　　　　　空间主题

作者	论文题目	院校	时间
潘开颜	时间，空间与自我——读威廉·福克纳小说《押沙龙，押沙龙！》	华中师范大学	2001
刘军	空间叙事、主体性和价值重塑——福克纳短篇小说研究	广西师范大学	2008
许娟	《八月之光》的空间形式	四川师范大学	2008
孙慧敏	解读《献给艾米丽的玫瑰》中的空间叙事	南京财经大学	2011
周文元	《喧哗与骚动》中的空间形式	东北师范大学	2013
李茜	福克纳小说的空间叙事研究	郑州大学	2013
邱璟	论《八月之光》的空间叙事	青岛大学	2014
袁蓉	论《喧哗与骚动》中的空间形式	天津科技大学	2015
黎娜	福克纳短篇小说的叙事时空研究	大连海事大学	2016
李娟	威廉·福克纳小说空间形式研究	南昌大学	2016
李丽阳	福克纳《圣殿》中的异质空间建构	江西师范大学	2017
娄春明	空间叙事方式在《押沙龙，押沙龙！》中的语言表征研究	四川外国语大学	2017
李萌	《押沙龙，押沙龙！》的空间叙事研究	湖北大学	2017
楼煦昂	福克纳小说的空间形式研究	浙江工商大学	2018

续表

作者	论文题目	院校	时间
李清云	福克纳小说中"他者"的空间性解读	浙江师范大学	2018
邓丽丽	空间理论视域下福克纳《村子》中的冲突研究	兰州大学	2019
佟玉华	约克纳帕塔法：移动世界中的非移动现象	北京外国语大学	2021
顾钊颖	身份追寻之旅——爱德华·索亚空间理论视域下福克纳《八月之光》的身份构建研究	北京交通大学	2022

附表7　　　　　　　　　　时间主题

作者	论文题目	院校	时间
崔新燕	福克纳与时间	浙江大学	2004
杨依柳	时间的喧嚣与骚动	吉林大学	2005
王朓	《喧嚣与骚动》的时间意义	哈尔滨工业大学	2006
丁洁	福克纳小说中的时间	华东师范大学	2006
杨彦玲	福克纳和白先勇小说中的时间意识比较	郑州大学	2006
姜波	论《喧哗与骚动》中时间结构的合理性	哈尔滨工程大学	2007
张佳佳	福克纳与苏童小说时间观之比较	华中科技大学	2008
胡晓萍	论《喧哗与骚动》中的时间叙事艺术	南昌大学	2009
李园	混乱下的清晰——从叙事时间、聚焦和叙事话语解读《喧哗与骚动》	华北电力大学（河北）	2009
徐莹	论福克纳作品中的时间观	辽宁大学	2012
朱鹊飞	论《喧哗与骚动》中的时间叙事策略	中南大学	2012
徐铮	论《喧哗与骚动》的时间价值观	上海外国语大学	2012
安小鸥	《喧哗与骚动》叙事时间的张力	中南大学	2013
王宁	探秘福克纳小说《八月之光》中的时间黑洞	广西师范学院	2013
戴维新	"无头列车"身后景——浅析福克纳的时间哲学观	上海师范大学	2014
陈警	《喧哗与骚动》中的心理时间角度及其对人物行为的影响	西南大学	2015

附表8　　　　　　　　　人物形象/城市形象

作者	论文题目	院校	时间
王慧	雾里赏花——《喧哗与骚动》中凯蒂人物的形象塑造	河北大学	2000
李纲	福克纳和他的混血儿形象	华中师范大学	2003

续表

作者	论文题目	院校	时间
鲁先进	解读福克纳笔下的主要混血儿形象	华中师范大学	2004
黄睿	寻求自我——从拉康观点分析《八月之光》中乔·克里斯默斯	合肥工业大学	2005
孙英馨	沉默之美——凯蒂失语现象的美学分析	吉林大学	2005
王志勇	福克纳小说中的女性形象与女性意识探析	湘潭大学	2005
郭爱东	《喧嚣与骚动》中的女性形象	哈尔滨工程大学	2006
贾晓庆	福克纳小说中的耶稣形象	安徽大学	2006
郑高红	评《喧哗与骚动》中昆丁的悲剧形象	安徽师范大学	2006
毕世颖	福克纳约克纳帕塔法世系中的女性形象分析	辽宁师范大学	2007
韦忠慰	虚构的真实：论不可靠叙述者对凯蒂形象的塑造	福建师范大学	2007
韩玉竹	《八月之光》和《押沙龙，押沙龙!》中父亲形象分析	哈尔滨工程大学	2008
李梅	耶稣形象的小说变形	兰州大学	2008
罗伟	《押沙龙，押沙龙!》中闯入者形象探析	山东大学	2009
郭建英	黑皮肤下的多彩灵魂——论福克纳笔下的黑人形象	青岛大学	2010
李玉佳	酝酿于南方情结的疯子先知——达尔形象论析	山东师范大学	2010
李兆撰	论福克纳小说中的女性形象	青岛大学	2010
杨梅	无望的找寻与虚妄的梦——论《八月之光》和《最蓝的眼睛》中的身份危机	上海外国语大学	2010
张文博	《献给艾米丽的一朵玫瑰花》中艾米丽的变态形象解读	东北林业大学	2010
李力	福克纳中期作品（1929—1942）中的父亲形象	东北师范大学	2011
闫美合	从威廉·福克纳小说中的女性形象探讨他矛盾的女性观	兰州大学	2011
张健堃	福克纳《我弥留之际》中女性形象探析	兰州大学	2011
赵洋	从女性主义视角分析福克纳作品《喧哗与骚动》和《八月之光》的女性形象	内蒙古大学	2011
王海霞	生命中的冲突与伤痕——《喧嚣与骚动》中昆汀的悲剧根源分析	北京邮电大学	2012
赵晨	威廉·福克纳代表作中毁灭式女性形象的分析	陕西师范大学	2012
周赛	《我弥留之际》中艾迪的独特形象	中南大学	2012
陈姗姗	解析福克纳作品中的替罪羊形象	南京师范大学	2013
王广领	《寓言》中耶稣式形象探究	南京师范大学	2013
施勤	从黑人女性形象塑造看福克纳的多维批判视野	上海外国语大学	2014
王海燕	《押沙龙，押沙龙!》女性形象的悖论研究	河北师范大学	2014

续表

作者	论文题目	院校	时间
周加齐	福克纳小说中白痴人物形象研究	东北农业大学	2014
何敬	福克纳小说中的愚人形象研究	山东大学	2015
刘菲	福克纳"约克"世系中的穷白人形象研究	南京师范大学	2015
沈萌	《喧哗与骚动》中凯蒂形象的文本世界解读	苏州大学	2015
刘晓暄	福克纳笔下"怪诞人"形象分析	东北师范大学	2018
李悦	福克纳《寓言》中的巴黎形象研究	东北师范大学	2022

附表9　原型主题

作者	论文题目	院校	时间
王秀梅	美国南方神话的破灭——福克纳《押沙龙，押沙龙!》中塞德潘人物的塑造及社会意义	山东师范大学	2003
池大红	自我的神话——论威廉·福克纳小说中的贵族意识	华中师范大学	2003
张博	福克纳小说中的圣经原型	上海师范大学	2003
陈海晖	福克纳小说的圣经原型研究	广东外语外贸大学	2003
张涛	福克纳小说《押沙龙，押沙龙!》的原型解读	广东外语外贸大学	2006
陈丽	福克纳小说中的神话原型解读	山东师范大学	2007
刘国枝	威廉·福克纳荒野旅行小说的原型模式	华中师范大学	2007
任娟	面向荒野：从历史到神话	北京语言大学	2008
李晶	《喧哗与骚动》中的圣经原型研究	河北师范大学	2008
王琴	《喧哗与骚动》的神话原型解读	合肥工业大学	2009
蔡勇庆	生态神学视野下的福克纳小说研究	南开大学	2010
潘沛沛	现代基督的希望和拯救之路	山东师范大学	2011
李婷	福克纳人性异化小说的原型模式解读	青岛大学	2012
丁丽	福克纳小说《村子》之原型批评解读	南京师范大学	2013
李文静	神话原型的平行对应与置换变形	兰州大学	2013
盛平娟	莫言与福克纳笔下故乡神话比较	湖南师范大学	2014
昌杨	福克纳小说中的希伯来神话叙事研究	南京航空航天大学	2014
杨秀萍	生态神学视野下福克纳短篇小说中的自然与女性研究	南京师范大学	2016
李慧	原型批评视角下《村子》的研究	郑州大学	2016
刘泽华	南方神话的毁灭：论《喧哗与骚动》中的重复	南京农业大学	2016

续表

作者	论文题目	院校	时间
王禄萍	论福克纳小说中的原罪意识	山东师范大学	2018
高成珂	福克纳的《我弥留之际》与古希腊神话中的死亡故事	浙江师范大学	2018
王凯云	福克纳小说中的父亲形象与文化隐喻	广西民族大学	2020

附表10　　　　　　　　　　生态主义主题

作者	论文题目	院校	时间
翟乃海	崇敬自然——对福克纳《森林三部曲》的生态主义解读	吉林大学	2005
张艳	对威廉·福克纳《去吧，摩西》的生态主义解读	山东大学	2006
李丽	《去吧，摩西》的生态女性主义解读	山东师范大学	2007
王蔚	《去吧，摩西》之生态主义解读	南京师范大学	2007
周海燕	论《古舟子咏》、《白鲸》、《熊》中生态伦理思想的演进	江西师范大学	2007
刘小红	《圣殿》中的生态女性意识	中南大学	2008
蔡勇庆	生态神学视野下的福克纳小说研究	南开大学	2010
方晶	《熊》中光与声音描写的生态意义	华南理工大学	2011
纪琳琳	《喧哗与骚动》的生态女性主义解读	山东大学	2011
杨帆	《熊》中荒野的生态批评解读	中南大学	2011
胡松娜	从《去吧，摩西》看福克纳的生态伦理观	中央民族大学	2012
李爱宁	与自然同行——福克纳《熊》和《三角洲之秋》之生态批评解	陕西师范大学	2012
吴晓燕	从生态翻译学角度看李文俊翻译《喧哗与骚动》	上海外国语大学	2012
陀子荣	《我弥留之际》中的生态失衡解读	广西大学	2013
赵龙	《喧哗与骚动》的生态女性主义探究	广西大学	2013
张晰	《八月之光》的生态女性主义研究	华北电力大学	2014
黄梦柯	一张精致编织的网：论《喧哗与骚动》中的女性主义伦理、种族伦理和生态伦理	北京理工大学	2016
孙新新	走向光明世界的伟大尝试——福克纳《去吧，摩西》的生态解读	西南大学	2016
杨秀萍	生态神学视野下福克纳短篇小说中的自然与女性研究	南京师范大学	2016
周琛	《边城》中"水意象"与《熊》中"树意象"：生态视野下的原乡情结对比研究	湖北工业大学	2016

续表

作者	论文题目	院校	时间
邢璐	《熊》与《怀念狼》的生态主义解读	西安外国语大学	2017
李如	《去吧，摩西》的生态审美研究	山东大学	2018
卢艳波	生态批评视角下《八月之光》的人物分析	辽宁大学	2018
徐露	对立与统一——论福克纳短篇小说中的生态女性主义观	四川外国语大学	2018
崔凌鑫	福克纳《圣殿》中那喀索斯式现象解读	山东师范大学	2019

附表11　　　　　　　　　　伦理主题

作者	论文题目	院校	时间
张春艳	美好人性的召唤——福克纳作品探析	吉林大学	2004
谢素霞	福克纳创作的文学伦理学解读	南京师范大学	2007
周海燕	论《古舟子咏》、《白鲸》、《熊》中生态伦理思想的演进	江西师范大学	2007
魏旭	论威廉·福克纳小说的伦理叙事与叙事伦理	山东大学	2009
谢玉博	徒劳的救赎　真实的人生	黑龙江大学	2009
宋丽丽	绝望中的希望——论福克纳小说中的人性光辉	黑龙江大学	2011
常娥	《我弥留之际》的伦理解读	湖北大学	2012
胡松娜	从《去吧，摩西》看福克纳的生态伦理观	中央民族大学	2012
程宝毛	《押沙龙，押沙龙！》的文学伦理学解读	青岛大学	2013
韩启群	转型期变革的多维书写—福克纳斯诺普斯三部曲的物质文化批评	南京大学	2013
何珊红	威廉·福克纳《喧哗与骚动》的伦理学解读	华东理工大学	2013
李震	对"他者"的人道主义关怀——《去吧，摩西》研究	上海交通大学	2013
朱晓亚	福克纳《熊》的文本变迁与文学伦理学解读	华东师范大学	2013
陈学谦	诺贝尔文学奖美国获奖作家作品之环境伦理思想研究	湖南师范大学	2014
黄秀国	叩问进步——论福克纳穷白人三部曲中的商品化与异化	复旦大学	2014
赵雪	福克纳《我弥留之际》的文学伦理学解读	西南科技大学	2015
程荣	《我弥留之际》的文学伦理学解读	青岛大学	2016
崔佃康	福克纳与太宰治小说中伦理意识比较研究	辽宁大学	2016
黄梦柯	一张精致编织的网：论《喧哗与骚动》中的女性主义伦理、种族伦理和生态伦理	北京理工大学	2016

续表

作者	论文题目	院校	时间
房雪磊	美加五部小说中熊意象的伦理阐释	南京航空航天大学	2017
刘桃冶	福克纳文学作品伦理取向研究	吉林大学	2017
刘想惠	《献给艾米丽的玫瑰》中的伦理冲突研究	燕山大学	2017
李秀丽	文学伦理学批评视角下的《押沙龙，押沙龙!》	湖南大学	2018

附表12　　　　　　　　现代主义/后现代主义主题

作者	论文题目	院校	时间
李新庭	现代主义文学的两大杰作	福建师范大学	2002
杨威	威廉·福克纳与《喧哗与骚动》中的后现代主义特征	华中师范大学	2003
王璟	福克纳小说《押沙龙，押沙龙!》的后现代主义研究	华中师范大学	2004
耿培英	福克纳小说《喧哗与骚动》中后现代主义成分分析	上海交通大学	2009
潘希子	论《押沙龙，押沙龙!》中南方文学传统与现代主义艺术技巧的融合	首都师范大学	2012
李磊	从后现代主义视角解读福克纳作品的哥特风格	青岛大学	2013
回宇	分析福克纳《喧器与骚动》中的后现代主义特色	辽宁师范大学	2014
卫国君	现代主义视角下福克纳短篇成长小说研究	太原理工大学	2015
云天英	威廉·福克纳作品的后现代叙事研究	吉林大学	2015
周玉晶	20世纪美国现代主义叙事文学追寻母题探析	曲阜师范大学	2016
秦利沙	现代主义视角下威廉·福克纳短篇小说中叙事策略研究	太原理工大学	2017

附表13　　　　　　　　存在主义主题

作者	论文题目	院校	时间
王蕊	从存在主义视角解读《喧哗与骚动》的悲剧意识	山东师范大学	2009
张娜	自由意识与禁闭处境的博弈——福克纳创作的存在主义解读	浙江大学	2009
陈雯	福克纳《喧哗和骚动》的存在主义主题研究	湖北工业大学	2010
李雪	《八月之光》的存在主义解读	山东师范大学	2011
秦娟	论《八月之光》的存在主义特征	河北师范大学	2011

续表

作者	论文题目	院校	时间
袁殷如	从死亡中领悟生存的哲学：论《我弥留之际》中的存在主义思想	江西师范大学	2012
刘莹	福克纳三部小说中死亡书写的存在主义分析	兰州大学	2017
宋丽霞	存在主义视角下《八月之光》异化主题研究	大连海事大学	2018
薛玲玲	从存在主义视角解读《八月之光》	河北师范大学	2018
吕宁	从存在主义视角解读《八月之光》中的身份危机与异化现象	上海外国语大学	2019

附表 14　　关系研究

作者	论文题目	院校	时间
夏澄苏	一场没有硝烟的战争	苏州大学	2003
王洪斌	福克纳两部小说中的母子关系——《喧哗与骚动》与《我弥留之际》的心理分析研究	吉林大学	2004
梅丹	福克纳主要作品中的父子关系研究	苏州大学	2011
王炎	论福克纳三部小说中的家庭关系	青岛大学	2011
王春燕	论《去吧，摩西》中的三大关系	青岛大学	2012
李华艳	马尔科姆·考利文艺思想研究	集美大学	2014
王胐	福克纳战争小说的创作研究	上海外国语大学	2014
张丽娟	美国南方社会的暴力研究	西南大学	2015
赵东阳	读者面临的挑战——"福克纳王国"所呈现的迥异世界	吉林大学	2015
白鹤翔	系统功能语言学视角下人际意义研究	沈阳师范大学	2016
牛子尧	论福克纳小说中的兄妹关系	山东师范大学	2016
易小喧	小说中的优生学思想研究	南华大学	2017
朱各各	威廉·福克纳20世纪20年代至40年代作品中的父子关系研究	云南师范大学	2017
王晓睿	从可接受性、充分性与时代性看《喧哗与骚动》李文俊中译本	北京外国语大学	2018
薛凤姣	场域—惯习视角下译者主体性研究	大连外国语大学	2018
李方木	福克纳后期作品中的家族关系与国家认同	北京外国语大学	2020
戴心逸	福克纳内战小说中旧南方的"白种垃圾"	北京外国语大学	2022
向文华	二元对立的消解：后人文主义视域下《村子》中的人与动物研究	四川外国语大学	2022

附表15　　历史/历史主义主题

作者	论文题目	院校	时间
张曦	历史与现实——福克纳穷白人题材小说中的两大主题	南京师范大学	2003
陈春萌	历史的现在时存在——关于《喧哗与骚动》与《进入黑夜的漫长旅程》的比较研究	山东大学	2007
陈昕	福克纳笔下女性人物：特征及历史背景	上海外国语大学	2007
戴小春	从小说《标塔》看福克纳对现代性的批判及历史感	华侨大学	2012
封娜	从新历史主义看《去吧，摩西》	河北师范大学	2012
李里	历史文化冲突下的生存之路—福克纳的印第安故事研究	湖南师范大学	2012
杨萌	论福克纳对美国南方历史的再现——新历史主义解读《押沙龙，押沙龙!》	烟台大学	2013
张鲁宁	历史语境与文本再现——福克纳小说创作研究	上海外国语大学	2013
丁怡伟	福克纳斯诺普斯三部曲的新历史主义解读	兰州大学	2014
段道余	谁的约克纳帕塔法？	南京师范大学	2014
牛芝霞	威廉·福克纳小说中的权力书写	兰州大学	2014
宋慧	福克纳与《新奥尔良速写集》	南京大学	2014
郭学超	颠覆的思想与权力的含纳—福克纳《熊》的新历史主义研究	西安外国语大学	2018
袁美钰	文化记忆视阈下的福克纳战争小说研究	吉林师范大学	2020

附表16　　叙事研究

作者	论文题目	院校	时间
田平	《喧哗与骚动》的解构叙事	安徽大学	2003
孙胜忠	无尽的求索和虚妄的梦——美国成长小说艺术和文化表达研究	上海外国语大学	2004
胡婷婷	新旧之间的协调者——析威廉·福克纳的写作技巧	上海外国语大学	2005
王欣	喧嚣世界中的死亡和双重性：论《我弥留之际》中的叙事策略	四川大学	2005
肖惠荣	《押沙龙，押沙龙!》的后经典叙事分析	江西师范大学	2005
陆双祖	分解与重构：《押沙龙，押沙龙!》的立体主义叙事	兰州大学	2006
叶明珠	运用格雷马斯叙事语法解读《我弥留之际》的异化主题	华中师范大学	2006
方敏惠	威廉·福克纳《村子》的叙事技巧	厦门大学	2008

续表

作者	论文题目	院校	时间
刘艳梅	虚构的叙事　叙事的虚构——论《喧哗与骚动》《竹林中》《花腔》的叙事	兰州大学	2008
孙桂蕾	我创造了一个自己的天地——论福克纳小说艺术形式的创新性	南京师范大学	2008
伍荣华	叙事认识的视域——福克纳小说论	苏州大学	2008
范卉婷	追寻多元的叙事：福克纳《喧哗与骚动》与莫言《红高粱家族》叙事模式的比较研究	贵州大学	2009
葛纪红	福克纳小说的叙事话语研究	苏州大学	2009
苟雪柳	接受与变异——余华与福克纳叙事艺术比较研究	重庆师范大学	2009
马喜峰	《献给艾米莉的玫瑰》中福克纳的叙事手法分析	中国石油大学	2009
孙宇	《夕阳》《熊》和《干旱的九月》的叙事策略	黑龙江大学	2009
余彦燕	福克纳"史诗"小说的画面叙事	江西师范大学	2009
韩芳	《八月之光》的叙事结构	河北师范大学	2010
张蕊	《喧哗与骚动》隐含核心人物之叙事分析	河北大学	2010
周振琳	福克纳小说的叙事模式	南昌大学	2010
陈敏	论《献给艾米丽的玫瑰》的叙事修辞	南京师范大学	2011
姜伟婧	精神的还乡——论福克纳对中国新时期寻根文学的影响	南京师范大学	2011
黎景宜	试析福克纳《押沙龙，押沙龙！》的复调叙事特征	上海外国语大学	2011
李林哲	福克纳与余华叙事艺术的比较研究	辽宁大学	2011
代晓丽	福克的小说《押沙龙，押沙龙！》叙事修辞艺术研究	上海外国语大学	2012
季拓	形式的意义——《喧哗与骚动》的叙事学研究	华东师范大学	2012
李潇潇	从叙事学角度看李文俊译《喧哗与骚动》	华中师范大学	2012
翁明杰	扭曲的人性——威廉·福克纳短篇小说叙事与修辞研究	福建师范大学	2012
谢欢	论《我弥留之际》的叙事艺术	中南大学	2012
杨双友	《喧哗与骚动》的叙事特色研究	中南大学	2012
代姣	评价理论视角下《喧哗与骚动》的叙事研究	江西师范大学	2013
刘可	《喧哗与骚动》之经典叙事分析	湖南大学	2013
王晓凤	福克纳意识流文体语篇功能分析	济南大学	2013
李燕萍	论《喧哗与骚动》中的叙事技巧	中国海洋大学	2014
刘黎	陌生化叙事技巧在福克纳小说《喧哗与骚动》、《我弥留之际》、《八月之光》中的运用	兰州大学	2014

续表

作者	论文题目	院校	时间
王涛	福克纳小说多重视角叙述及其意识形态	闽南师范大学	2014
杨翠平	《喧哗与骚动》中的疯癫叙事研究	南京师范大学	2014
郑湄蒹	故乡叙事的接受与疏离——莫言与福克纳比较研究	湖南师范大学	2014
高庆	《尘埃落定》和《喧哗与骚动》故乡叙事比较研究	西南大学	2015
张汀	福克纳小说《去吧,摩西》的叙事策略研究	长春理工大学	2016
盛婕	从复调叙事的视角研究《喧哗与骚动》中人物的生存困境	云南大学	2017
孙善飞	福克纳与莫言小说时空叙事比较研究	东北农业大学	2018
梁丽丽	福克纳《我弥留之际》中的疯癫叙事研究	陕西师范大学	2022
乔植禧	《在我弥留之际》中空间叙事的权力书写研究	西北大学	2022
王颖	南方"物"语:《我弥留之际》中物的叙事功能	云南师范大学	2022
雍正凤	《献给艾米丽的一朵玫瑰花》中福克纳南方情结叙事学分析	云南大学	2022
张入凡	威廉·福克纳小说中的女性身体叙事研究	哈尔滨师范大学	2022

附表 17-1　　作品评析类——《喧哗与骚动》

作者	论文题目	院校	时间
廖金罗	人类命运的探索者——论威廉·福克纳的《喧哗与骚动》	广西师范大学	2000
刘瑛	探索一个新世界——意识流手法在福克纳的《喧器与骚动》中的运用	华中师范大学	2000
田平	《喧哗与骚动》的解构叙事	安徽大学	2003
周小飞	论威廉·福克纳小说《喧哗与骚动》中形式与意识的重合	广东外语外贸大学	2003
黄旭东	小说《喧哗与骚动》的复调特征	广东外语外贸大学	2004
雷红珍	无事生非——从精神分析的角度阐释《喧哗与骚动》	西北大学	2004
李厚纲	评《喧哗与骚动》中的南方女性	吉林大学	2004
唐艳玲	技巧后的爱恨忧思——从《喧哗与骚动》叙事技巧看福克纳的南方情结	吉林大学	2004
王晓丹	《喧器与骚动》中的语言存在与女性	黑龙江大学	2004
孟文姬	由《喧哗与骚动》中的康普生三兄弟看衰落的美国南方	哈尔滨工程大学	2005

续表

作者	论文题目	院校	时间
邓春燕	对威廉·福克纳的《喧哗与骚动》中女性群像的分析	上海师范大学	2005
杨凤	《喧哗与骚动》的心理解析	云南师范大学	2005
王岩	个人与社区:解读威廉·福克纳的小说《喧哗与骚动》中个人悲剧的原因	广东外语外贸大学	2006
张长龙	《喧哗与骚动》的心理解读	厦门大学	2006
曹思思	从家长制到自由主义:论威廉·福克纳小说《喧哗与骚动》和《押沙龙,押沙龙!》中的反英雄	南昌大学	2007
李方木	失地与失贞——《喧哗与骚动》中的象征秩序	中国海洋大学	2007
刘浒波	乱中求序——《喧哗与骚动》的文体特质	广东外语外贸大学	2007
刘莉	《喧哗与骚动》:一种柏格森的绵延论解读	云南师范大学	2007
莫小英	福克纳的《喧哗与骚动》与现代基督教末世思想	西北师范大学	2007
徐艳玲	《喧嚣与骚动》中不可靠叙述者之研究	哈尔滨工业大学	2007
钟淑敏	母性分裂与人格分裂——读福克纳的《喧嚣与骚动》	上海外国语大学	2007
高雪艳	《喧哗与骚动》中的意识流技巧	河北师范大学	2008
郭思佳	南方传奇中的追忆之美:从《喧哗与骚动》看福克纳对于"追忆"的眷恋	深圳大学	2008
王抒飞	矛盾与困惑——《喧哗与骚动》,《去吧,摩西》和《坟墓闯入者》中看福克纳的种族观点	哈尔滨工程大学	2008
王晓燕	从精神分析角度解读福克纳的《喧哗与骚动》	山东师范大学	2008
孔庆昊	有声缺义:论《喧哗与骚动》中的意义缺失	复旦大学	2009
李旭	众声喧哗:《喧哗与骚动》的复调特征研究	哈尔滨工业大学	2009
刘佳	爱之深,恨之切——从《喧哗与骚动》看福克纳对美国南方的矛盾情感	天津师范大学	2009
刘芹	论《喧哗与骚动》中福克纳的女性情结	中国海洋大学	2009
孟子艳	《喧哗与骚动》和《八月之光》中的基督教思想	山东大学	2009
饶晓红	昆丁:麦克白人生箴言的全面演绎——《喧哗与骚动》的互文性解读	福州大学	2009
张晓燕	探析福克纳《喧哗与骚动》中的意识流艺术	天津理工大学	2009
赵冬梅	抗争或毁灭——尼采悲剧精神视角下《喧哗与骚动》的分析	河北大学	2009
左歆	论《喧哗与骚动》中的二元对立	东北师范大学	2009
侯建芳	《喧哗与骚动》的"史诗"地位	兰州大学	2010

续表

作者	论文题目	院校	时间
胡樱	威廉·福克纳《喧哗与骚动》中的女性主义思想解读	西北大学	2010
任中林	生活的真实写照——《喧哗与骚动》与《押沙龙,押沙龙!》的复调特征研究	华南理工大学	2010
张蕊	《喧哗与骚动》隐含核心人物之叙事分析	河北大学	2010
白秀峰	《喧哗与骚动》悲剧的动因	天津师范大学	2011
纪琳琳	《喧哗与骚动》的生态女性主义解读	山东大学	2011
冷艳丽	《喧哗与骚动》的复调特征研究	辽宁大学	2011
邱武飞	众声的喧声,喧哗的众声——论《喧哗与骚动》《竹林中》《玩笑》的叙事特征	江西师范大学	2011
陈丽春	小说《喧哗与骚动》中会话的话语分析	江苏科技大学	2012
付颖	从生命哲学视角解读福克纳的《喧哗与骚动》	江南大学	2012
季拓	形式的意义——《喧哗与骚动》的叙事学研究	华东师范大学	2012
李潇潇	从叙事学角度看李文俊译《喧哗与骚动》	华中师范大学	2012
李雪	福克纳《喧哗与骚动》中的圣经因素	河北师范大学	2012
刘志翔	《喧哗与骚动》中的女性人物研究	辽宁大学	2012
邢洪雁	喧哗的世界焦虑的人心	曲阜师范大学	2012
邢艳	《喧哗与骚动》的新历史主义剖析	重庆师范大学	2012
杨双友	《喧哗与骚动》的叙事特色研究	中南大学	2012
代姣	评价理论视角下《喧哗与骚动》的叙事研究	江西师范大学	2013
刘可	《喧哗与骚动》之经典叙事分析	湖南大学	2013
毛丹	从新历史主义角度分析威廉·福克纳《喧哗与骚动》中的女性角色	四川师范大学	2013
赵龙	《喧哗与骚动》的生态女性主义探究	广西大学	2013
李燕萍	论《喧哗与骚动》中的叙事技巧	中国海洋大学	2014
刘璇	《喧哗与骚动》中的不可靠叙述研究	南昌航空大学	2014
宋宵	对《喧嚣与骚动》中福克纳黑人歧视的复调阐释	浙江财经大学	2014
许再香	从《喧哗与骚动》看福克纳的女性观	安徽大学	2014
杨翠平	《喧哗与骚动》中的疯癫叙事研究	南京师范大学	2014
江黎黎	福克纳《喧哗与骚动》中凯蒂的空间转换	西南大学	2015
罗静	从弗洛伊德心理分析的角度看威廉·福克纳的《喧哗与骚动》	四川外国语大学	2015

续表

作者	论文题目	院校	时间
田婧	《喧哗与骚动》中母爱的缺失和错乱——康普生家族子女悲剧命运的根源	云南大学	2015
王茜	作为生存美学的疯癫——《喧哗与骚动》的福柯式研究	大连理工大学	2015
孟祥腾	《喧哗与骚动》中思维风格的认知文体学研究	西南大学	2016
苏荣花	一曲狂欢之歌——狂欢理论下的《喧嚣与骚动》	内蒙古大学	2016
郭馨	从及物性看意识流小说《喧嚣与骚动》的人物性格塑造	广西民族大学	2017
盛婕	从复调叙事的视角研究《喧哗与骚动》中人物的生存困境	云南大学	2017
迪丽妮嘎尔·菲达	《喧哗与骚动》中的面子现象研究	新疆大学	2018
胡龙霞	矛盾的性格——索绪尔二元对立下《喧哗与骚动》中的康普生兄弟解读	武汉大学	2018
李含雨	开放的文本与意义的生产——以《喧哗与骚动》为例	浙江大学	2018
闫梦佳	图形背景理论视域下《喧哗与骚动》中时空错置的认知分析	四川外国语大学	2018
王歆昱	创伤理论视阈下的《喧哗与骚动》	安徽大学	2019
连涛	《喧哗与骚动》中的时间建构及文本呈现	广西民族大学	2020
杨云芳	反抗支配——《喧哗与骚动》中的性别权力关系研究	四川外国语大学	2020
先芸莹	意识流与形象建构：《喧哗与骚动》的元功能视角研究	广东财经大学	2022

附表 17-2　　　　作品评析类——《八月之光》

作者	论文题目	院校	时间
肖立宏	《八月之光》的结构：多元和内聚	湖南师范大学	2002
高玉卉	乔安娜·伯顿：是白人种族主义者还是黑人反种族主义者？——谈《八月之光》的种族主题	安徽大学	2003
侯勤梅	Reading Faulkner's Light in August	浙江大学	2003
杨帆	Faulkner's Light in August—Shadowy Writing on a Piece of Blank Pape	四川大学	2003
刘晓华	《八月之光》中光明与黑暗的象征意义	河北师范大学	2004
姚瑞	威廉·福克纳《八月之光》的多重主题	哈尔滨工程大学	2004
廖白玲	《八月之光》的复调特征	江西师范大学	2005
孙艳	论小说《八月之光》的复调特征	东北师范大学	2006

续表

作者	论文题目	院校	时间
白晶	《我弥留之际》中艾迪与《八月之光》中莉娜之比较研究	哈尔滨工程大学	2007
刘堂	福克纳《八月之光》新解	上海外国语大学	2007
马春花	《八月之光》：似散而实聚	华中师范大学	2007
杨晓宁	白皮肤却是黑人命运：后殖民主义解读《八月之光》中乔·克瑞斯默斯的身份问题	厦门大学	2007
袁莉	福克纳小说《八月之光》研究	中国石油大学	2007
陈博渊	沸腾的灵魂——小说《八月之光》的对话性研究	扬州大学	2008
刘好	被囚困在"黑屋子"里的灵魂——全景敞视主义视野中的《八月之光》人物解读	中南大学	2008
魏丽	论福克纳小说《八月之光》中的种族问题	华东师范大学	2009
邢桂丽	《八月之光》中乔·克里斯莫斯悲剧的根源分析	山东大学	2009
章艳萍	绝望中的希望：萨特自由哲学观对《八月之光》主人公——乔·克里斯莫斯悲剧人生的一种解读	云南师范大学	2009
曹昉	他者的生存——论福克纳在《八月之光》中的人文关怀	重庆大学	2010
韩芳	《八月之光》的叙事结构	河北师范大学	2010
李婷婷	《八月之光》中种族歧视下一个混血儿的悲剧	哈尔滨工程大学	2010
张慧	从《八月之光》看福克纳的女性观	上海外国语大学	2010
葛挺	《八月之光》中乔·克里斯莫斯的悲剧根源	安徽大学	2011
覃曦	致命的"臆测"——论《八月之光》中的种族主义批判	重庆师范大学	2011
武文倩	威廉·福克纳《八月之光》文体研究：前景化视角解读	济南大学	2011
熊净雅	凝视着大路：对《八月之光》中莉娜·雷格夫的人物研究	北京第二外国语学院	2011
包丽娜	《八月之光》和《熊》中的原始回归意象	东北师范大学	2012
高雅丽	悲剧时代，悲惨人生——论《八月之光》中女性人物的悲剧	河北师范大学	2012
梁炜	《八月之光》人性解析	青岛大学	2012
罗荔	复调的喧哗：《八月之光》的巴赫金式解读	四川师范大学	2013
唐钰敏	巴赫金狂欢化理论视角下的《八月之光》	重庆师范大学	2013
王弋	基于基督教视角分析《八月之光》和《押沙龙，押沙龙！》	四川师范大学	2013
徐冰洁	从基督教视角对《八月之光》的研究	曲阜师范大学	2013
朱细霞	《八月之光》中人物的"他者性"分析	湖南大学	2013
郭敏	历史与文本的互动——新历史主义视角下的《八月之光》	贵州师范大学	2014

续表

作者	论文题目	院校	时间
李尚蔚	《八月之光》中威廉·福克纳的宗教观	四川外国语大学	2014
罗筱	破碎、幻象与宿命——《八月之光》中的毁灭	四川外国语大学	2014
王培	《八月之光》中克里斯莫斯悲剧的弗洛伊德式解读	吉林大学	2014
张晰	《八月之光》的生态女性主义研究	华北电力大学	2014
张铮	冲突与和解——《八月之光》的悲剧美学解读	上海师范大学	2014
李欣桐	创伤理论视角下小说《八月之光》研究	哈尔滨师范大学	2015
张狄哲	论《八月之光》中福克纳的原始情怀	东北师范大学	2015
赵玉娇	《八月之光》中的荒诞与异化	天津科技大学	2015
朱粤	后殖民视角下《八月之光》中乔·克里斯默斯的身份研究	浙江财经大学	2015
傅美玲	救赎之火——《八月之光》中乔·克瑞斯莫斯的自我建构	广东外语外贸大学	2018
卢艳波	生态批评视角下《八月之光》的人物分析	辽宁大学	2018
孙晴晴	福克纳《八月之光》中的异化分析	华北电力大学	2018
李扬	《八月之光》中的创伤记忆与悲剧成因	上海外国语大学	2019
潘晨	连贯与对话：《八月之光》中多线索叙事的艺术效果	上海外国语大学	2021
杨雪	文学伦理学批评视角下的《八月之光》	吉林大学	2022
周梦婷	《八月之光》地理空间的建构	天津师范大学	2022

附表 17-3　　作品评析类——《押沙龙，押沙龙！》

作者	论文题目	院校	时间
张媛	壮志难酬——从《红字》和《押沙龙，押沙龙！》看美国梦的破灭	南京师范大学	2003
马素敏	多个视角，多重反思——关于《押沙龙，押沙龙！》的结构设计	河北师范大学	2004
王莉	不懈的探索者：读福克纳的《喧哗与骚动》与《押沙龙，押沙龙！》	浙江大学	2004
张韧	《押沙龙，押沙龙！》中的未来立体主义——威廉·福克纳的多角度叙述法	哈尔滨工程大学	2004
肖惠荣	《押沙龙，押沙龙！》的后经典叙事分析	江西师范大学	2005
朱剑云	《押沙龙，押沙龙！》的戏谑风格研究	西南师范大学	2005
陆双祖	分解与重构：《押沙龙，押沙龙！》的立体主义叙事	兰州大学	2006
党敬华	《押沙龙，押沙龙！》中的复调特征	河北师范大学	2007

续表

作者	论文题目	院校	时间
黄冬群	论《押沙龙，押沙龙!》的历史性与反历史性	重庆大学	2007
俞全华	《押沙龙，押沙龙!》文体研究	南昌大学	2007
尹燕君	论《押沙龙，押沙龙!》中的基督教因素	东北师范大学	2008
曹雪云	寻找自我身份的旅程——《押沙龙，押沙龙!》塞得潘性格解读	华北电力大学	2009
陈琛	威廉·福克纳的圣经情结在《押沙龙，押沙龙!》中的体现	华北电力大学	2009
王晓梅	《押沙龙，押沙龙!》和《喧哗与骚动》的新历史主义解读	兰州大学	2010
黎景宜	试析福克纳《押沙龙，押沙龙!》的复调叙事特征	上海外国语大学	2011
许丽	历史与记忆：《押沙龙，押沙龙!》中的两个南方	湖南师范大学	2011
姜娟	从犯罪心理学角度看《押沙龙，押沙龙!》	青岛大学	2012
胡佩佩	《押沙龙，押沙龙!》中的种族创伤与种族身份重建	西南大学	2013
刘娜	宗教视野下的道德困境——论福克纳小说《押沙龙，押沙龙!》中的互文性及其意义	南京大学	2013
周宇婷	南方哥特小说《押沙龙，押沙龙!》的体裁互文性研究	哈尔滨工程大学	2013
姚娜	论《押沙龙，押沙龙!》中的悲剧主题	河北师范大学	2014
石兴	《押沙龙，押沙龙!》中的南方阶级意识	西南大学	2015
王玥	《押沙龙，押沙龙!》对哥特特征的演绎	河北师范大学	2015
谭传碧	超越生存处境：《押沙龙，押沙龙!》里的越界行为研究	四川外国语大学	2016
张旭燕	自愈的挫败：《押沙龙，押沙龙!》中的个体化诉求	西南大学	2018

附表17-4　　　　作品评析类——《我弥留之际》

作者	论文题目	院校	时间
张忆	论《我弥留之际》的不可确定性	湖南师范大学	2002
邓云飞	《我弥留之际》中的荒原主义	四川师范大学	2005
黄一超	论《我弥留之际》中道德的瓦解	湖南师范大学	2005
王欣	喧嚣世界中的死亡和双重性：论《我弥留之际》中的叙事策略	四川大学	2005
叶明珠	运用格雷马斯叙事语法解读《我弥留之际》的异化主题	华中师范大学	2006

续表

作者	论文题目	院校	时间
夏君	弗洛伊德主义对《我弥留之际》之影响研究	辽宁师范大学	2008
张彩芳	《我弥留之际》中的聚焦研究	中南大学	2008
康毅	从女权主义角度分析《在我弥留之际》中的艾迪	哈尔滨工程大学	2009
孔令云	《我弥留之际》中本得伦家庭的解体	湖南师范大学	2009
张河芬	我们究竟应该聆听谁的声音？——小说《我弥留之际》中隐含作者的分析	合肥工业大学	2009
殷彬	《我弥留之际》中的象征主义	哈尔滨工程大学	2010
霍金	社会面具下的双重生活——福克纳《我弥留之际》的巴赫金式解读	北京交通大学	2011
周丹强玉	达尔·本德仑悲剧之因：浅析小说《我弥留之际》	四川师范大学	2011
穆列珍	重复的艺术——《在我弥留之际》的解构式解读	中南大学	2012
王真真	象似性原则下《我弥留之际》的语言特色探究	济南大学	2012
谢欢	论《我弥留之际》的叙事艺术	中南大学	2012
陀子荣	《我弥留之际》中的生态失衡解读	广西大学	2013
霍霞	人类困境中的挣扎——《我弥留之际》人物的存在主义解读	四川外国语大学	2015
王悦	叙述语态视角下《我弥留之际》解读	哈尔滨师范大学	2016
张燕	《我弥留之际》中的叙述声音研究	江西师范大学	2017
何蓉	不可愈合的伤口——创伤理论下福克纳的《我弥留之际》	四川外国语大学	2018
王庆玲	《我弥留之际》异化现象解读	辽宁大学	2018
李梁成	《我弥留之际》的异托邦研究	西安外国语大学	2019
胡媛	威廉·福克纳《我弥留之际》叙事研究	河北师范大学	2021
刘子华	前景化理论视角下《我弥留之际》文体风格研究	济南大学	2022
史运雪	《我弥留之际》中的信仰追寻研究	贵州大学	2022
王如嫘	人性的冷漠与疏离——从图式理论解读《我弥留之际》	云南师范大学	2022

附表17-5　作品评析类——《献给艾米莉的玫瑰》

作者	论文题目	院校	时间
齐天蛮	《献给艾米莉的玫瑰》的哥特式风格	吉林大学	2007

续表

作者	论文题目	院校	时间
马喜峰	《献给艾米莉的玫瑰》中福克纳的叙事手法分析	中国石油大学	2009
王雯	小说《献给爱米丽的玫瑰花》的人际意义分析	中山大学	2010
陈敏	论《献给艾米丽的玫瑰》的叙事修辞	南京师范大学	2011
武亚楠	分析语境在语篇连贯中的作用——以《献给艾米莉的玫瑰》为例	中南民族大学	2011
朱慧	对《献给爱米丽的玫瑰》的女性主义角度	西北大学	2011
屈小铭	从文体学角度分析威廉·福克纳的《献给艾米丽的玫瑰》	辽宁大学	2012
张东梅	哥特视角下的《献给艾米丽的玫瑰》解析	山东师范大学	2015
魏艳静	论威廉·福克纳的《献给艾米丽的玫瑰》中的凝视	曲阜师范大学	2016
朱碧荣	块茎视域下福克纳小说《献给艾米丽的玫瑰》的解读	武汉科技大学	2016
李冰洋	朗基努斯崇高美学视域下《献给艾米丽的玫瑰》中的崇高特性解读	辽宁大学	2022

附表17-6　　作品评析类——《去吧，摩西》

作者	论文题目	院校	时间
冯燕	《去吧，摩西》中的男女合作与男性统治	南京师范大学	2002
曲洁姝	人与自然：论福克纳的长篇小说《去吧，摩西》	黑龙江大学	2003
谢志超	《去吧，摩西》的艺术性	湖南师范大学	2003
曾军山	论《去吧，摩西》中艾克的精神探索	湖南师范大学	2006
张艳	对威廉·福克纳《去吧，摩西》的生态主义解读	山东大学	2006
李丽	《去吧，摩西》的生态女性主义解读	山东师范大学	2007
王蔚	《去吧，摩西》之生态主义解读	南京师范大学	2007
曹慧炜	罪恶的传承与救赎的希望——论《去吧，摩西》之主题统一性	上海外国语大学	2009
付纬航	《去吧，摩西》的人物刻画策略	四川外语学院	2010
李君	《去吧，摩西》中混血儿对南方庄园体制的颠覆	中南大学	2010
黄晓丽	从"差异"到"杂糅"：《去吧，摩西》中的身份危机与重构	云南师范大学	2014
张晓芳	《去吧，摩西》中的荒野主义研究	天津财经大学	2014
孙新新	走向光明世界的伟大尝试——福克纳《去吧，摩西》的生态解读	西南大学	2016

续表

作者	论文题目	院校	时间
张汀	福克纳小说《去吧，摩西》的叙事策略研究	长春理工大学	2016
李如	《去吧，摩西》的生态审美研究	山东大学	2018

附表 17-7　　　　作品评析类——其他

作者	论文题目	院校	时间
王晓姝	《野棕榈》中主题与结构之完美统一	哈尔滨工程大学	2001
高兴梅	福克纳小说《谷仓燃烧》的认知文体分析	苏州大学	2005
朱晓峰	对南方传统及其人物的再评价：论威廉·福克纳的成长小说《不可征服的人们》中白耶德的成长历程	山东大学	2007
陈晨	从《老人与海》和《熊》看文学作品中的生成动物现象	清华大学	2008
方敏惠	威廉·福克纳《村子》的叙事技巧	厦门大学	2008
刘小红	《圣殿》中的生态女性意识	中南大学	2008
孙宇	《夕阳》《熊》和《干旱的九月》的叙事策略	黑龙江大学	2009
徐文杰	论《坟墓的闯入者》中福克纳的种族观	哈尔滨工程大学	2009
曹梦月	弗洛伊德心理分析视角下的《村子》	安徽大学	2010
方晶	《熊》中光与声音描写的生态意义	华南理工大学	2011
谭咪咪	超越生存处境的自由之路——福克纳长篇小说《野棕榈》主题研究	华中师范大学	2011
杨帆	《熊》中荒野的生态批评解读	中南大学	2011
李爱宁	与自然同行——福克纳《熊》和《三角洲之秋》之生态批评解	陕西师范大学	2012
刘俊	从精神分析角度解读《坟墓的闯入者》	青岛大学	2012
李凝梦	威廉·福克纳《掠夺者》中的南方精神再现	湘潭大学	2013
欧旦阳	《小镇》中的消费文化研究	南京师范大学	2013
吴碧清	从评价理论视角分析《干旱的九月》中的人性扭曲	南京理工大学	2013
杨扬	《烧马棚》的叙事学解读	杭州电子科技大学	2013
刘娜	论《坟墓的闯入者》中威廉·福克纳的种族立场	曲阜师范大学	2014
段梦瑶	罪恶神殿中的多声喧嚣——巴赫金复调理论视阈下福克纳《圣殿》的研究	北京交通大学	2015
李顺亮	威廉·福克纳小说《熊》和《古老的部族》中的异托邦	华中师范大学	2015

续表

作者	论文题目	院校	时间
杨珊寅	南方传统道德的衰落——论福克纳《村子》中的斯诺普斯主义	中国矿业大学	2015
赵梦静	福克纳小说《圣殿》中的消费文化研究	南京师范大学	2015
崔凌鑫	福克纳《圣殿》中那喀索斯式现象解读	山东师范大学	2019

附表 18　　　　　　　　比较研究

作者	论文题目	院校	时间
管建明	A Comparative Study of the Religious Outlooks between Eliot and Faulkner	安徽大学	2001
雷泠	丧钟为谁而鸣？——《熊》与《怀念狼》之比较	西北大学	2003
李萌羽	全球化视野中的沈从文与福克纳	山东师范大学	2004
马俊	骚动的心——《家》和《喧哗与骚动》中主要男性人物的比较	吉林大学	2004
王传习	聆听与对话——论福克纳影响下的80年代中国小说	苏州大学	2004
朱宾忠	福克纳与莫言比较研究	武汉大学	2005
黄春兰	20世纪中国对福克纳的接受	华东师范大学	2006
吴文皓	论余华的创作与外国文学的影响	四川大学	2007
廖新丽	郝薇香小姐和爱米丽：弃妇的比较研究	云南师范大学	2008
张凯	福克纳《士兵的报酬》与海明威《太阳照样升起》之比较研究	南京师范大学	2008
范卉婷	追寻多元的叙事：福克纳《喧哗与骚动》与莫言《红高粱家族》叙事模式的比较研究	贵州大学	2009
苟雪柳	接受与变异——余华与福克纳叙事艺术比较研究	重庆师范大学	2009
孔凡梅	从文学文体学角度对《喧哗与骚动》两个汉译本的比较研究	山东大学	2009
张玉洁	巴赫金视野下《喧哗与骚动》与《秦腔》复调特征研究	西北大学	2009
石洁	福克纳在中国的译介及中国当代小说中的福克纳因素	上海外国语大学	2010
李林哲	福克纳与余华叙事艺术的比较研究	辽宁大学	2011
睢晶晶	论福克纳和韩少功的坚守与反思	中南大学	2011

续表

作者	论文题目	院校	时间
王鹏	《道林格雷的画像》与《押沙龙，押沙龙!》中哥特特征之比较研究	哈尔滨工程大学	2011
李悦	《献给爱米丽的玫瑰》和《一个干净、明亮的地方》的文体风格比较研究	安徽大学	2013
邵惠滨	论福克纳对略萨小说创作技巧的影响	山东大学	2013
王淑娟	功能文体学角度分析威廉·福克纳和玛格丽特·米歇尔女性观的异同	重庆大学	2013
曹蕾	原生·模仿·超越——莫言文学创作历程观察	渤海大学	2014
高改革	福克纳与莫言美学思想对比研究	中国海洋大学	2014
李徐旭	从二元对立的视角解读《喧哗与骚动》与《红高粱家族》	湖南大学	2014
潘英英	比较文学变异学视野下的《尘埃落定》与《喧哗与骚动》	四川外国语大学	2014
秦翰	不同性别作者笔下南方哥特特征的比较研究	哈尔滨工程大学	2014
寿璐	莫言文学观探析	西北师范大学	2014
田姗姗	《林中之死》与《献给艾米丽的玫瑰》对比研究	山东师范大学	2014
赵越	莫言与福克纳作品中"非常规生命观"的比较研究	辽宁大学	2014
郑湄蒹	故乡叙事的接受与疏离——莫言与福克纳比较研究	湖南师范大学	2014
高庆	《尘埃落定》和《喧哗与骚动》故乡叙事比较研究	西南大学	2015
柳晓曼	苏童与福克纳的比较研究	中国海洋大学	2015
周琛	《边城》中"水意象"与《熊》中"树意象"：生态视野下的原乡情结对比研究	湖北工业大学	2016
陈锦彬	中上健次"路地三部曲"悲剧意识研究	福建师范大学	2017
崔晓丹	福克纳对莫言小说创作的影响解读	青海师范大学	2017
刘琳瑜	复调理论视野下的文化修辞比较研究	西安工业大学	2017
秦崇文	比较视域中的乡土书写与现代性想象——以福克纳和贾平凹的作品为例	北方民族大学	2017
邢璐	《熊》与《怀念狼》的生态主义解读	西安外国语大学	2017
代纯	《献给爱米丽的玫瑰》《罗马热病》和《高个金发女郎》三部短篇小说中的反讽对比研究	广东外语外贸大学	2018
孙善飞	福克纳与莫言小说时空叙事比较研究	东北农业大学	2018
张雪松	莫言小说创作对福克纳的"接受"与"背离"	沈阳师范大学	2018
姜文莉	历史记忆与时代精神的碰撞：威廉·福克纳与大江健三郎创作的比较研究	吉林大学	2021

附表19　　翻译研究

作者	论文题目	院校	时间
王艳艳	翻译家李文俊研究	上海外国语大学	2009
吴晓燕	从生态翻译学角度看李文俊翻译《喧哗与骚动》	上海外国语大学	2012
付恋敏	从李文俊译《喧哗与骚动》看陌生化的再现	四川师范大学	2014
王春	李文俊文学翻译研究	上海外国语大学	2014
王子文	以陌生译陌生——《喧哗与骚动》李文俊译本	上海外国语大学	2014
郭祺	《印第安人、环境及美国文学中的边界身份》（第二章）翻译报告	四川师范大学	2015
余宗琛	从翻译操纵理论分析《献给艾米丽的玫瑰》的杨岂深译本	湖南师范大学	2015
崔晖	操纵理论下李文俊《喧哗与骚动》翻译研究	兰州交通大学	2017
盛丽芳	乔治·斯坦纳阐释学视角下李文俊《喧哗与骚动》译本研究	四川外国语大学	2017
周晋	福克纳《寓言》第三章的翻译实践报告	厦门大学	2017
邹静	福克纳小说《寓言》（节选）翻译实践报告	厦门大学	2017
梁新新	福克纳语言特色汉译研究	山西师范大学	2018
刘晴	动态对等视野下文学译本中原作风格的再现	厦门大学	2018
叶桂香	语义翻译视角下文学文本意义的再现	厦门大学	2018
张宇	A Rose for Emily 和 That Evening Sun 汉译实践报告	湖南大学	2018
徐元元	A Rose for Emily 中译本研究	北京外国语大学	2019
王双双	顺应论视角下人物传记《福克纳传：过去永不消逝》（节选）汉译实践报告	兰州大学	2021
陈武淇	《福克纳》（节选）汉译实践报告	桂林电子科技大学	2022

附表20　　艺术特点

作者	论文题目	院校	时间
代晓丽	福克的小说《押沙龙，押沙龙!》叙事修辞艺术研究	上海外国语大学	2012
陈安文	基于布朗语料库的《喧哗与骚动》语言特色研究	济南大学	2013
刘黎	陌生化叙事技巧在福克纳小说《喧哗与骚动》、《我弥留之际》、《八月之光》中的运用	兰州大学	2014
李姝颖	论威廉福克纳《八月之光》的电影特征	四川外国语大学	2016
李含雨	福克纳小说《我弥留之际》和《圣殿》中的黑色幽默	广东外语外贸大学	2017

续表

作者	论文题目	院校	时间
王圣鲲	《喧哗与骚动》人物心理及其塑造艺术研究	济南大学	2017
贾雯	福克纳《我弥留之际》中的哥特艺术探究	上海外国语大学	2019
吴珊珊	论福克纳小说中的飞行书写	南京航空航天大学	2020
马雅婕	福克纳小说中的语法隐喻研究	黑龙江大学	2021
张曌	哥特理论视角下分析《厄舍府的倒塌》、《献给爱米丽的玫瑰》和《群山回唱》	辽宁师范大学	2021
何昌琪	互文理论视域下福克纳小说的陶译研究	大连外国语大学	2022